Nora Roberts

Magie des Ozeans

MIRA® TASCHENBUCH
Band 26038

2. Auflage: August 2017

Titel der nordamerikanischen Originalausgaben:
Playing the Odds

erschienen bei: Silhouette Books, Toronto

Courting Catherine

erschienen bei: Silhouette Books, Toronto

Published by arrangement with
Harlequin Enterprises II B.V./S.àr.l.

Umschlaggestaltung: büropecher, Köln
Umschlagabbildung: Colin Anderson / GettyImages
Redaktion: Mareike Müller
Satz: GGP Media GmbH, Pößneck
Printed in Germany
Dieses Buch wurde auf FSC®-zertifiziertem Papier gedruckt.
ISBN 978-3-95649-698-1

www.mira-taschenbuch.de

mtb

Nora Roberts

Das Spiel beginnt

Roman

Aus dem Amerikanischen von
Patrick Hansen

mtb

1. Kapitel

Es herrschte immer viel Verwirrung, noch mehr Lärm und eine Spur von Panik, wenn die neuen Passagiere eintrafen. Einige waren schon etwas erschöpft von der Anreise nach Miami, andere voller Vorfreude. Das riesige weiße Kreuzfahrtschiff, die „Celebration", wartete im Hafen – das Ticket für Spaß, Entspannung, Romantik. Wenn sie die Gangway hinter sich hatten, waren sie keine Buchhalter oder Lehrer mehr, sondern umsorgte Passagiere, die zehn Tage lang ernährt, verwöhnt und unterhalten wurden, wie in den Prospekten versprochen.

Von der Reling des Aussichtsdecks aus beobachtete Serena den Menschenstrom. Aus sicherer Entfernung konnte sie die Farben und den Lärm genießen, ohne im Gewühl von fünfzehnhundert drängelnden Menschen unterzugehen. Die Köche, die Barkeeper, die Stewards hatten bereits mit der Orgie der Arbeit begonnen, die während der nächsten zehn Tage ununterbrochen anhalten würde. Aber Serena hatte noch Zeit.

Sie liebte diese erholsamen Momente, bevor das Schiff den Hafen verließ. Sie konnte sich noch an ihre erste Erfahrung auf einem Kreuzfahrtschiff erinnern. Sie war acht gewesen, das jüngste der drei Kinder von Daniel MacGregor, dem Finanzgenie, und Dr. Anna Whitfield MacGregor. Sie hatten Erste-Klasse-Kabinen gehabt, in denen die Stewards warme

Brötchen und frische Säfte am Bett servierten. Serena hatte den Luxus so genossen, wie sie jetzt ihre winzige Kabine auf dem Mannschaftsdeck genoss. Beides war für sie ein Abenteuer.

Serena wusste noch, wie pikiert ihr Vater gewesen war, als sie sich um einen Job auf der „Celebration" beworben hatte. Eine Frau, die im zarten Alter von zwanzig ihr Examen auf dem Smith College gemacht und danach akademische Grade in Englisch, Geschichte und Soziologie erworben hatte, schrubbte keine Schiffsdecks. Serena hatte nur gelacht, und ihre Mutter hatte Daniel aufgefordert, dem Kind seinen Willen zu lassen.

Also hatte Serena ihren Job bekommen und die Dreizimmersuite in der Familienvilla in Hyannis Port gegen eine Besenkammer mit Pritsche in einem schwimmenden Hotel vertauscht. Keinen ihrer Kollegen interessierte, wie hoch ihr IQ war oder welche Universitätsabschlüsse sie erworben hatte. Sie wussten nicht, dass ihr Vater die komplette Kreuzfahrtreederei hätte kaufen können oder dass ihre Mutter eine Autorität auf dem Gebiet der Thorax-Chirurgie war. Sie wussten auch nicht, dass ihr ältester Bruder Senator und der jüngere Generalstaatsanwalt war. Wenn sie sie ansahen, sahen sie Serena. Das war alles, was sie wollte.

Sie hob den Kopf, hielt das Haar in den Wind. Es tanzte in der Brise, eine blonde Masse, ein sattes Gold, wie es sich auf alten Gemälden fand. Sie hatte hohe Wangenknochen und ein energisches Kinn. Ihre Haut weigerte sich, braun zu werden, blieb pfirsichfarben und ein Kontrast zu den violettblauen Augen, deren Einzigartigkeit die Männer anzog. Serena strahlte elegante Sinnlichkeit aus, war aber an den Männern nicht sonderlich interessiert. Seit sechsundzwanzig Jahren hörte sie sich nun schon Lobgesänge auf ihre Augen an und fand diese zunehmend langweilig.

Unter ihr ebbte der Strom der an Bord kommenden Passagiere langsam ab. Bald würde die Calypso-Band auf dem Lido-Deck spielen, während das Schiff sich aufs Auslaufen vorbereitete. Serena würde draußen bleiben, um die Musik und das Gelächter zu genießen. Es würde ein Büfett geben, mit mehr Köstlichkeiten, als die über tausend Gäste verzehren konnten, exotische Drinks und eine lebhafte Atmosphäre. Die Passagiere würden sich an die Reling drängen, um einen letzten Blick an Land zu werfen, bevor es nur noch die offene See gab.

Wehmütig sah sie den Nachzüglern entgegen. Es war die letzte Kreuzfahrt der Saison. Wenn sie nach Miami zurückkehrten, würde die „Celebration" für zwei Monate ins Trockendock gehen. Und wenn sie wieder auslief, würde Serena nicht mehr an Bord sein. Sie hatte beschlossen weiterzuziehen. In dem einen Jahr, in dem sie diesen Job gemacht hatte, hatte sie gefunden, was sie suchte. Freiheit von den Jahren des Studiums, von familiären Erwartungen, von ihrer eigenen Rastlosigkeit. Sie hatte die Unabhängigkeit gefunden, die sie immer angestrebt hatte. Und sie war der Nische entflohen, die so viele ihrer College-Freundinnen zielstrebig ansteuerten: eine gute Ehe.

Nur das Allerwichtigste hatte sie nicht gefunden: das Ziel. Was wollte Serena MacGregor mit dem Rest ihres Lebens anfangen? Sie wollte keine politische Karriere, wie ihre beiden Brüder sie gewählt hatten. Sie wollte nicht unterrichten. Sie wollte Herausforderungen. Und wie immer die aussehen mochten, sie würde sie nicht finden, indem sie endlos in der Karibik herumkreuzte.

Zeit von Bord zu gehen, Rena, dachte sie lächelnd. Das nächste Abenteuer wartet um die Ecke. Nicht zu wissen, wie es aussah, machte die Sache noch spannender.

Der erste lange Ton der Schiffssirene war ihr Zeichen. Serena ging in ihre Kabine, um sich umzuziehen.

Dreißig Minuten später betrat sie das Schiffscasino in dem leicht abgewandelten Smoking, den sie als Uniform trug. Ihr Haar lag in einem lockeren Knoten im Nacken, damit es ihr nicht ins Gesicht fiel. Ihre Hände würden bald viel zu beschäftigt sein, um sich auch noch damit abzugeben, es sich hinters Ohr zu stecken.

Die Kronleuchter ergossen ihr Licht auf den rot-gelben Art-déco-Teppich. Lange geschwungene Fenster gaben den Blick auf das Promenadendeck und die blaugrüne See frei. An den anderen Wänden standen Spielautomaten, stumm wie Soldaten vor dem Angriff. Serena zupfte an ihrer Fliege und ging zu ihrem Vorgesetzten. Das schwankende Deck unter ihren Füßen registrierte sie längst nicht mehr.

„Serena MacGregor meldet sich zum Dienst, Sir“, sagte sie.

Dale Zimmermann hatte die Figur eines Leichtgewichtboxers und galt an Bord als großartiger Liebhaber. „Rena, bekommst du das Ding denn nie richtig hin?“ Er schob sich das Klemmbrett unter den Arm und rückte Serenas Fliege gerade.

„Ich muss dir doch was zu tun geben.“

„Weißt du, Darling, wenn du nach dieser Fahrt wirklich aussteigen willst, ist dies deine letzte Chance, das Paradies zu erleben.“ Er hob den Blick und grinste.

Serena zog eine Augenbraue hoch. Was Dale vor einem Jahr als heißen, aber erfolglosen Verführungsversuch begonnen hatte, war zu einer überraschend harmonischen Freundschaft geworden. „Ich werde es mir nie verzeihen", erwiderte sie seufzend. „Hast du die kleine Rothaarige aus Süd-Dakota glücklich gemacht?"

„Hat dir schon mal jemand gesagt, dass du zu viel siehst?"

„Dauernd. Welchen Tisch habe ich?"

„Zwei." Dale sah ihr nach, als sie davonging. Wenn ihm vor einem Jahr jemand gesagt hätte, dass eine Klassefrau wie Serena brüderliche Gefühle in ihm wecken würde, hätte er ihn zum Psychiater geschickt.

Auch andere Männer und Frauen in Smokings bezogen ihre Posten. Neben Serena stand der junge Italiener, der gerade erst zum Croupier befördert worden war. „Es wird ein langer Abend, Tony", sagte sie und sah zur Glastür hinüber. Dale gab das Signal, sie zu öffnen.

Die Passagiere strömten herein. Wenn das Dinner serviert wurde, würde die Zahl der Gäste abnehmen, um anschließend bis nach Mitternacht beständig zuzunehmen. Die Kleidung war lässig – Shorts und Jeans, das Outfit für einen Nachmittag im Spielsalon. Es dauerte nur wenige Minuten, bis die Musik vom Promenadendeck im Lärm der Automaten unterging.

Es gab Gäste, die sich nur amüsieren wollten, ob sie nun gewannen oder nicht. Und Zuschauer, die eine Weile brauchten, bis sie sich an einen Tisch oder Automaten trauten. Und dann waren da die echten Spieler, die das Gewinnen und Verlieren zu einer Kunst entwickelt hatten. Oder zu einer Besessenheit.

Serena lächelte den fünf Gästen an ihrem Tisch zu und öffnete vier versiegelte Packungen neuer Spielkarten.

„Willkommen an Bord“, sagte sie und begann die Karten auszugeben.

Während ihrer ersten Schicht wechselte Serena alle dreißig Minuten den Tisch und arbeitete sich langsam durchs Casino. Weil die Karten und die Leute sich ständig änderten, wurde es ihr nie langweilig. Sie hatte den Job gewählt, um Menschen kennenzulernen. Im Moment hatte sie einen Texaner, zwei New Yorker, einen Koreaner und einen Mann aus Georgia am Tisch. Die Gäste an ihrem Akzent zu erkennen, gehörte für sie zur Arbeit wie die Karten, die sie auf den Filz gleiten ließ.

Serena gab die zweite Karte aus, warf einen Blick auf ihre eigene und war mit der Achtzehn zufrieden. Der erste New Yorker zählte seine Karten und schnaubte, hielt aber mit. Der Koreaner stieg mit Zweiundzwanzig aus und verließ den Tisch. Die Frau aus New York, eine schlanke Blondine in einem schwarzen Abendkleid, hatte eine Neun und eine Dame und blieb im Spiel.

„Ich nehme noch eine“, sagte der Mann aus Georgia. Er zählte achtzehn, sah Serena nachdenklich an und hielt mit.

Der Typ aus Texas ließ sich Zeit. Er hatte vierzehn, und die Acht, die Serena aufgedeckt hatte, gefiel ihm nicht. Er rieb sich das Kinn, nahm einen Schluck Bourbon und nickte Serena auffordernd zu. Sie präsentierte ihm eine Neun.

„Sweetheart“, sagte er und beugte sich vor. „Sie sind einfach zu hübsch, um einem Mann auf diese Weise Geld abzunehmen.“

„Tut mir leid.“ Lächelnd drehte sie die Karte um und sah erst jetzt die Hundertdollarnote auf dem Tisch.

Jemand hatte den Platz des Koreaners eingenommen. Sie sah hoch, direkt in ein Paar grüner Augen – kühl, ohne Tiefe, mit offenem Blick. Es war ein kaltes Grün, mit einem bernsteinfarbenen Rand um die Iris. Ein eisiges Gefühl lief ihr über den Rücken. Serena zwang sich, den Mann anzusehen.

Er hatte das schmale Gesicht eines Aristokraten, aber Serena ahnte sofort, dass er kein Fürst oder Prinz war. Ein Herrscher, aber kein König. Er war der Typ Mann, der rücksichtslose Coups plante und damit Erfolg hatte. Sein dichtes schwarzes Haar reichte ihm über die Ohren und den Kragen des weißen Seidenhemds. Die straffe Gesichtshaut war so gebräunt wie die von Dale, aber Serena bezweifelte, dass er auf seinen Teint achtete. Dieser Mann stellte sich den Elementen, ohne einen Gedanken an sein Aussehen zu verschwenden.

Er flegelte sich nicht an dem Tisch wie der Texaner oder saß mit hängenden Schultern da wie der Mann aus Georgia, sondern hatte die Haltung einer geduldigen Raubkatze, die jederzeit zuschlagen konnte. Erst als er eine Augenbraue leicht nach oben zucken ließ, ging Serena auf, dass sie ihn die ganze Zeit angestarrt hatte.

„Hundert", sagte sie energisch und ärgerte sich über sich selbst. Sie schob den Schein in den Schlitz im Tisch und zählte ihm die Jetons hin. Als die Wetten platziert waren, gab sie die Karten aus.

Der Neuankömmling mit dem gefährlichen Gesicht steckte sich ein Zigarillo an und spielte schweigend. Serena wusste schon jetzt, dass er ein Spielertyp war.

Sein Name war Justin Blade. Seine Vorfahren hatten schnelle Pferde geritten und mit Pfeil und Bogen gejagt. Was die aristokratische Herkunft betraf, so hatte Serena richtiggelegen, obwohl er nicht von königlichem Geblüt war. Ein Teil davon stammte von französischen Einwanderern, ein Spritzer von walisischen Minenarbeitern, der Rest war reines Komantschenblut.

Trotz der indianischen Abstammung hatte er nie in einem Reservat gelebt, und obwohl er in der Jugend die Armut kennengelernt hatte, wusste er, wie sich Seide auf der Haut anfühlte. Seinen ersten Erfolg hatte er mit fünfzehn im Hinterzimmer eines Billardsalons gehabt. In den zwanzig Jahren, die seitdem vergangen waren, hatte er elegantere Spiele gespielt. Er war, wie Serena ahnte, ein Spielertyp, ein Hasardeur. Und schon jetzt wog er seine Chancen ab.

Er hatte das Casino betreten, um sich die Zeit zu vertreiben. Kleine Einsätze waren entspannend, wenn man es sich leisten konnte, zu verlieren. Dann hatte er sie gesehen. Sein Blick war über andere Frauen in Abendkleidern, über den Glanz von Gold und das Funkeln von Juwelen gewandert, bis er auf die Blondine im Smoking fiel. Sie hatte einen schlanken Hals, den ihr Haarstil und das gerüschte Hemd noch unterstrichen. Ihre Haltung verriet Klasse. Aber was ihn am meisten faszinierte, war die unverhohlene Sexualität, die sie ohne jede Bewegung, ohne jedes Wort verströmte.

Justin betrachtete ihre Hände, als sie die Karten austeilte. Sie waren exquisit – schmal, mit langen Fingern und zartblauen Adern unter der cremigen Haut. Die Nägel waren oval und perfekt, farbloser Lack verlieh ihnen zusätzlichen Glanz. Es waren Hände für zerbrechliche Teetassen und feines französisches Gebäck. Die Art von Händen, die ein Mann auf seiner Haut spüren wollte.

Er hob den Blick und sah direkt in ihre Augen. Leicht

irritiert erwiderte Serena den Blick. Warum machte dieser schweigende Mann sie zugleich nervös und neugierig? Er hatte noch kein einziges Wort gesagt, weder zu ihr noch zu den anderen am Tisch. Obwohl er mit geradezu professioneller Beständigkeit gewann, schien er sich nicht darüber zu freuen. Eigentlich schien er gar nicht auf das Spiel zu achten. Stattdessen starrte er sie ruhig und aufmerksam an.

„Fünfzehn", sagte Serena kühl und zeigte auf die Karten vor ihm. Justin nickte und nahm eine Sechs, ohne den Gesichtsausdruck zu verändern.

„Verdammtes Glück, mein Junge", erklärte der Texaner jovial und starrte auf sein eigenes mageres Häufchen Jetons. „Bin froh, dass wenigstens einer es hat." Er stöhnte auf, als Serena ihm die Karte gab, die ihn mit zweiundzwanzig aus dem Spiel warf.

Als sie Justin zwei 25-Dollar-Jetons zuschob, berührten seine Fingerspitzen ihre. Die Berührung war leicht, aber wirkungsvoll genug, um sie hochsehen zu lassen. Er blickte sie an und ließ seine Hand, wo sie war. Es gab keinen Druck, kein flirtendes Drücken, aber es kostete Serena dennoch große Mühe, ihre Hand zurückzuziehen.

„Neuer Geber", verkündete sie ruhig und stand auf. „Ich wünsche Ihnen noch einen netten Abend." Sie wechselte an den nächsten Tisch und nahm sich fest vor, keinen Blick über die Schulter zu werfen. Natürlich tat sie es trotzdem, und ihr Blick sog sich an seinem fest.

Wütend schüttelte sie den Kopf. Ihre Miene wurde herausfordernd. Zum ersten Mal an diesem Abend sah sie, wie sein Mund sich zu einem Lächeln verzog – einem Lächeln, das die Züge und Flächen seines Gesichts kaum veränderte.

Justin neigte den Kopf, als würde er die Herausforderung annehmen. Serena kehrte ihm demonstrativ den Rücken zu.

„Guten Abend“, begrüßte sie die neuen Spieler.

Der Mond stand hoch am Himmel, sein Licht schlug eine helle Schneise durchs schwarze Wasser. Von der Reling aus konnte Serena die weißen Kronen der Wellen sehen, die am Schiff vorbeiglitten. Es war nach zwei Uhr morgens, und außer ihr kein Mensch an Deck. Sie mochte diese Zeit. Die Passagiere schliefen, die Frühschicht hatte noch nicht begonnen. Sie war allein mit der See und dem Wind.

Sie atmete die salzige Nacht ein. Im Morgengrauen würden sie Nassau erreichen, und im Hafen blieb das Casino geschlossen. Sie hatte den Vormittag frei. Der Abend wäre ihr lieber gewesen.

„Die Nacht passt zu Ihnen.“

Serenas Hände legten sich fester um die Reling. Obwohl sie seine Stimme nicht kannte und seine Schritte nicht gehört hatte, wusste sie, wer hinter ihr stand. So langsam wie möglich drehte sie sich zu ihm um und bemühte sich, möglichst neutral zu wirken.

„Ist Ihnen das Glück treu geblieben?“, fragte sie.

Justin sah ihr ins Gesicht. „Offensichtlich.“

Sie versuchte von seinem Akzent auf seine Herkunft zu schließen. Es ging nicht. Seine Stimme war tief und melodisch und ohne jede Färbung. „Sie sind sehr gut“, sagte sie. „Einen Profi haben wir nur selten im Casino.“ In seinen Augen schien Belustigung aufzublitzen, bevor er ein Zigarillo hervorholte und es ansteckte. „Genießen Sie die Reise?“

„Mehr, als ich erwartet habe." Nachdenklich zog er am Zigarillo. „Und Sie?"

Serena lächelte. „Es ist mein Job."

Justin lehnte sich neben ihr an die Reling und legte die Hand neben ihre. „Das ist keine Antwort, Serena."

Da sie ein Namensschild trug, zog sie lediglich eine Augenbraue hoch, als er ihren Namen nannte. „Es macht mir Spaß, Mr. …?"

„Blade", erwiderte er leise und strich mit der Fingerspitze an ihrem Kinn entlang. „Justin Blade. Merken Sie ihn sich."

Serena zuckte nicht zurück, sondern musterte ihn ernst. „Ich habe ein gutes Gedächtnis."

Er nickte. „Deshalb sind Sie auch eine gute Geberin. Seit wann machen Sie das?"

„Seit einem Jahr." Obwohl er sie nicht mehr berührte, kühlte ihr Blut nicht ab.

Überrascht nahm Justin einen letzten Zug und trat das Zigarillo aus. Er nahm ihre Hand von der Reling, drehte sie um und betrachtete die Handfläche. „Was haben Sie vorher gemacht?"

Obwohl ihr Verstand ihr sagte, dass ein Rückzug jetzt ein weiser Schritt wäre, ließ Serena ihre Hand in seiner. „Ich habe studiert."

„Was?"

„Was immer mich interessiert hat. Was tun Sie?"

„Was immer mich interessiert."

Sie lachte, ein leiser, verführerischer Laut, der an seiner Haut entlangwisperte. „Irgendwie habe ich das Gefühl, dass Sie das völlig ernst meinen, Mr. Blade." Sie wollte ihm ihre Hand entziehen, aber seine Finger schlossen sich darum.

„Das tue ich“, murmelte er. „Mein Name ist Justin, Serena.“ Sein Blick wanderte über das verlassene Deck, dann auf die dunkle, endlose See hinaus. „Dies ist nicht der Ort für Förmlichkeit.“

„Für die Mannschaft gelten beim Umgang mit Passagieren bestimmte Regeln“, sagte sie scharf. „Ich brauche meine Hand.“

Er lächelte. „Ich auch.“ Er hob sie an den Mund und presste die Lippen in die Mitte der Handfläche. Serena spürte die Nachwirkung des Kusses in jeder Pore. „Und ich nehme mir, was ich brauche“, murmelte er an ihrer Haut.

Sie atmete schneller, ohne dass es ihr bewusst wurde. Auf dem dunklen leeren Deck war er kaum mehr als ein Schatten mit einer Stimme, bei deren Klang es sie heiß überlief, und gefährlichen Augen. Serena registrierte ihr heftiges Verlangen, und ihr Unmut darüber schlug in Verärgerung um.

„Diesmal nicht. Ich gehe hinein. Es ist spät.“

Justin hielt ihre Hand fest und zog die Nadeln aus ihrem Haar, warf sie ins Meer. Das Haar fiel ihr auf die Schultern. Seine Kühnheit verblüffte Serena. Sie funkelte ihn an.

„Spät“, wiederholte er und strich mit den Fingern durch die blonde Mähne. „Aber Sie sind eine Frau für die dunklen Stunden. Das habe ich gleich gedacht, als ich Sie sah.“ Er drehte sich, bis Serena zwischen seinem Körper und der Reling gefangen war. Ihr Haar flatterte über dem Wasser, vom Wind erfasst, und ihre Haut schimmerte im Mondlicht wie Marmor.

„Wissen Sie, was ich dachte?“, fragte Serena. „Ich fand Sie unhöflich und provozierend.“

Er lachte. „Wie’s aussieht, hatten wir beide recht. Sollte ich

Ihnen sagen, dass ich mich kaum aufs Spiel konzentrieren konnte, weil ich mich immerzu gefragt habe, wie Ihre Lippen wohl schmecken?“

Serena stand reglos da. Nur die goldenen Strähnen tanzten um ihr Gesicht. Dann hob sich ihr Kinn. „Wirklich schade“, sagte sie leise und ballte eine Hand zur Faust. Sie würde ihm einen Aufwärtshaken verpassen, so wie sie es von ihren Brüdern gelernt hatte.

„Es kommt selten vor, dass ich mich ablenken lasse.“ Er beugte sich vor. „Sie haben die Augen einer Hexe. Ich bin ein abergläubischer Mann.“

„Arrogant“, verbesserte Serena ruhig. „Abergläubisch wohl kaum.“

„Glauben Sie an das Glück, Serena?“

„Ja.“ Und an eine gute Rechte. Sie spürte, wie seine Finger unter ihr Haar und in den Nacken glitten. Sein Mund näherte sich ihrem. Irgendwie brachte sein warmer Atem ihre Lippen dazu, sich zu öffnen. Ihre Konzentration ließ nach.

Während er ihre Handfläche mit einem Finger streichelte, holte Serena mit dem freien Arm aus und zielte auf seinen Bauch.

Nicht mehr als eine Handbreit vor dem Ziel wurde ihre Faust von einem festen Griff aufgehalten. Sie wollte sie losreißen, aber er lachte nur. „Ihre Augen verraten Sie“, sagte er. „Daran werden Sie arbeiten müssen.“

„Wenn Sie mich nicht loslassen, werde ich …“ Die Drohung verklang, als seine Lippen ihre streiften. Es war kein Kuss, sondern eine Versuchung. Seine Zunge befeuchtete ihre Lippen.

„Was werden Sie?“, flüsterte er, den Mund an ihrem. Ihre Lippen dufteten leicht nach See und Sommer. Als sie nicht antwortete, zog er mit der Zungenspitze die Konturen ihres Mundes nach. Er prägte sie sich ein, kostete den Geschmack aus und wartete.

Serena wurden die Lider schwer. Ihre Augen fielen zu, und die Muskeln entspannten sich. Die Faust in seiner Hand wurde kraftlos. Zum ersten Mal, seit sie sich erinnern konnte, dachte sie an nichts mehr. Sie spürte den winzigen erregenden Schmerz, während er an ihrer vollen Unterlippe knabberte. Sein Mund war viel weicher, als sie es sich bei einem Mann hatte vorstellen können, wie Seide auf bloßer Haut. Sein Duft war würzig, exotisch und, abgesehen vom Tabak, nur sein eigener. Er flüsterte ihren Namen so, wie sie ihn noch nie gehört hatte. Serena gab den Widerstand auf, ließ zu, dass ihre Arme sich um seinen Hals schlangen, und legte den Kopf einladend in den Nacken.

Justin griff in ihr Haar. „Mach die Augen auf", verlangte er. „Sieh mich an, wenn ich dich küsse."

Dann fiel sein Mund über ihren her, rücksichtslos, plündernd. Er hörte seinen Herzschlag, als er weiter vordrang. Ihre Zunge kam seiner entgegen, reagierte so wild, wie seine es vorgab. Fasziniert beobachtete er, wie sich ihre Augen vor Leidenschaft verdunkelten. Sie stöhnte auf, ihre Augen schlossen sich, und sein Blick wurde verschwommen.

Serena fühlte, wie die Begierde sie wie mit Macht ergriff. Bedürfnisse, Sehnsüchte, Geheimnisse, sie alle wurden in einer einzigen Explosion der Gefühle enthüllt. Noch während sie danach hungerte, sie zu erfüllen, wurde ihr klar, dass dieser Mann ihr bis auf den Grund der Seele blicken konnte. Und sie wusste nichts über ihn. Sie wollte sich befreien, doch er hielt sie fest.

Als sie es dann doch geschafft hatte, sich aus seiner Umarmung zu winden, atmete sie tief durch. Wie immer schützte sie sich, indem sie Angst in Zorn verwandelte.

„Wenn Sie Ihren Prospekt lesen, werden Sie feststellen, dass der Reisepreis keine Selbstbedienung bei der Mannschaft einschließt."

„Gewisse Dinge haben keinen Preis, Serena."

Sie wich zurück. „Halten Sie sich von mir fern."

Justin lehnte sich an die Reling. „Nein", erwiderte er sanft. „Ich habe die Karten bereits ausgegeben, und das Glück ist immer aufseiten des Gebers."

„Ich bin nicht interessiert", zischte sie. „Also lassen Sie mich aus dem Spiel." Sie drehte sich um und hastete den Niedergang zum nächsten Deck hinab.

Justin steckte die Hände in die Taschen und ließ sein Kleingeld klimpern. „Ganz bestimmt nicht", sagte er lächelnd.

2. Kapitel

Serena schlüpfte in Kakishorts und kroch unter ihre Koje, um nach den Sandaletten zu suchen. Die meisten Passagiere, die den Tag in Nassau verbringen wollten, waren schon von Bord gegangen, sodass sie sich weder durchs Gewühl noch an den wartenden Taxifahrern und Fremdenführern vorbeikämpfen musste. Da dies ihre letzte Reise hierher war, wollte Serena selbst einmal Touristin spielen und einige Souvenirs für ihre Familie einkaufen. Eine Sandalette hatte sich verklemmt, und Serena musste noch weiter unter die Koje kriechen.

„Man sollte meinen, nach einem Jahr in diesem Loch hätte ich gelernt, Ordnung zu halten“, murmelte sie und kam wieder hoch.

Wenn sie sich auf der Koje ausstreckte, konnte sie beide Wände der Kabine berühren. Eine winzige Spiegelkommode und eine Wandnische, die als Schrank diente, bildeten den Rest der Einrichtung. Serena war heilfroh, dass sie nicht unter Platzangst litt.

Wenig später wechselte sie vom schlichten Teppichboden der Mannschaftsquartiere auf das edle rot-goldene Design, das den Rest des Schiffes zierte. Als sie das Hauptdeck erreichte, wechselte sie einige Worte mit anderen Besatzungsmitgliedern, die noch an Bord waren.

Zwei Männer standen links und rechts der Gangway. Einer in der blütenweißen Uniform des Ersten Offiziers, der andere in lässigem Kreuzfahrt-Outfit. Wie immer stritten sie sich. Serena sah zunächst den Kreuzfahrtdirektor an, einen kleinen Engländer mit rötlich blondem Haar und grenzenloser Energie. Sie zwinkerte ihm zu und stellte sich zwischen die beiden.

„Welcher Diplomat hat euch beide zusammen zum Gangway-Dienst eingeteilt?“, fragte sie mit gespieltem Seufzer. „Schätze, ich muss mal wieder die Schiedsrichterin spielen. Was ist es diesmal?“

„Rob behauptet, dass Mrs. Dewalter eine reiche Witwe ist“, begann Jack, der Engländer. „Ich sage, sie ist geschieden.“

„Eine Witwe“, beharrte der Erste Offizier. „Eine hübsche reiche Witwe.“

„Okay“, sagte Serena. „Geschieden oder verwitwet? Was ist mit Ringen?“

„Genau.“ Rob lächelte selbstgefällig. „Sie trägt Ringe. Witwen tragen Ringe.“

„Was für Ringe?“, fragte Serena geduldig. „Schlicht? Aus Gold? Oder mit Brillanten?“

„Ein Klunker, so groß wie ein Hühnerei“, erwiderte Rob und grinste triumphierend. „Reiche Witwe.“

„Geschieden“, verkündete Serena. „Tut mir leid, Rob, aber wenn wir nach der Statistik gehen, ist sie geschieden. Hühnereier werden nur selten aus Sentimentalität getragen.“ Sie tätschelte ihm tröstend die Wange. „Bitte um Erlaubnis, von Bord gehen zu dürfen, Sir!“

„Verschwinde“, knurrte er. „Bring mir eine Strohmatte mit.“

„Genau das hatte ich vor.“ Lachend joggte sie die schmalen Metallstufen zum Pier hinunter.

Die Sonne war strahlend, die Luft feucht und mild. Serena freute sich auf die Stunden an einem der schönsten Touristenorte auf den Bahamas.

„Drei Dollar“, rief ein schwarzer Junge und streckte ihr eine Muschelhalskette entgegen.

„Du Pirat“, erwiderte sie gutmütig. „Einen Dollar.“

Der Junge grinste. „Oh, hübsche Lady“, begann er mit melodischer Stimme. „Wenn ich könnte, würde ich Ihnen die Kette für Ihr Lächeln geben, aber dann würde mein Vater mich verprügeln.“

Serena zog eine Augenbraue hoch. „Einen Dollar und fünfundzwanzig Cents.“

„Zweifünfzig. Ich habe die Muscheln selbst gesammelt und bei Kerzenschein aufgezogen.“

Lachend schüttelte sie den Kopf. „Vermutlich hast du auch noch einen Schwarm Haie abwehren müssen.“

„Keine Haie um unsere Insel, Lady“, verkündete er stolz. „Zwei amerikanische Dollar.“

„Eineinhalb amerikanische Dollar, weil ich deine Fantasie bewundere.“ Sie holte ihre Brieftasche heraus.

„Für Sie, hübsche Lady, riskiere ich es, verprügelt zu werden.“

Serena suchte sich eine Halskette aus und gab ihm noch einen Vierteldollar zusätzlich. „Pirat“, wiederholte sie mit gespielter Empörung, bevor sie sich die Umhängetasche wieder über die Schulter streifte und weiterschlenderte.

In diesem Moment sah sie ihn. Serena war nicht so überrascht, wie sie erwartet hätte. Irgendwie musste sie es geahnt haben. Er trug ein beigefarbenes T-Shirt, das seine Haut fast wie Kupfer aussehen ließ, und ausgebleichte abgeschnittene

Jeans, die seine muskulösen Oberschenkel betonte. Trotz der grellen Sonne trug er keine dunkle Brille. Während sie noch überlegte, ob sie einfach an ihm vorbeigehen sollte, kam er auf sie zu.

„Guten Morgen." Justin nahm ihre Hand, als wären sie miteinander verabredet.

„Guten Morgen", erwiderte sie frostig. „Nehmen Sie denn an keinem Ausflug teil?"

„Nein. Ich lasse mich ungern führen." Er setzte sich in Bewegung und zog Serena einfach hinter sich her, ohne sich nach ihr umzublicken.

Sie beherrschte sich. „Wir bleiben nur kurz im Hafen, und da ist ein organisierter Ausflug die beste Art, die Insel kennenzulernen."

„Sie waren doch schon einmal hier", sagte er unbeschwert. „Warum zeigen Sie sie mir nicht?"

„Ich bin nicht im Dienst. Und ich möchte einkaufen gehen."

„Schön. Wie ich sehe, haben Sie schon damit angefangen." Er warf einen Blick auf die Halskette in ihrer Hand. „Wohin wollen Sie als Nächstes?"

Sie beschloss, nicht mehr diplomatisch zu sein. „Warum lassen Sie mich nicht in Ruhe? Ich habe vor, den Tag zu genießen."

„Ich auch."

„Allein", sagte sie spitz.

Er blieb stehen und drehte sich zu ihr um. „Schon mal was davon gehört, dass wir Amerikaner in der Fremde zusammenhalten?", fragte er, bevor er nach der Halskette griff und sie ihr über den Kopf streifte.

„Nein“, antwortete sie.

„Ich erkläre es Ihnen während der Kutschfahrt.“

„Ich will einkaufen“, wiederholte sie, als sie wieder in Richtung Stadt gingen.

„Nach der Fahrt wissen Sie, wo Sie kaufen müssen.“

„Justin.“ Serena passte sich seinem Schritt an, weil es immer noch besser war, als geschleift zu werden. „Ich habe mich doch klar genug ausgedrückt. Akzeptieren Sie denn niemals ein Nein?“

Er tat, als müsse er nachdenken. „Nicht, dass ich mich erinnere.“

„Habe ich mir gedacht“, murmelte sie und musterte ihn mit eisigem Blick.

„Na gut, versuchen wir es so. Kopf, wir machen die Kutschfahrt. Zahl, Sie gehen einkaufen.“ Er holte eine Münze aus der Tasche.

„Vermutlich hat sie zwei gleiche Seiten.“

„Ich betrüge nie“, erklärte Justin feierlich und hielt ihr die Münze hin.

Serena hätte einfach davongehen können, aber sie nickte. Er ließ die Münze durch die Luft segeln, fing sie auf und legte sie auf den Handrücken. Kopf. Irgendwie überraschte es sie nicht.

Als das Pferd sich mit klappernden Hufen in Bewegung setzte, beschloss Serena, würdevoll zu schweigen. Sie schaffte es immerhin dreißig Sekunden lang.

„Was tun Sie hier?“, fragte sie.

Er legte einen Arm auf den Sitz. Seine Finger streiften ihr Haar. „Ich genieße die Fahrt.“

„Keine frechen Antworten, Justin.“

Er musterte sie, erst neugierig, dann bewundernd. „Was wollen Sie wissen?“

„Was tun Sie auf der ‚Celebration‘?“, fragte sie und rutschte nach vorn, als seine Finger in ihren Nacken glitten. „Irgendwie kommen Sie mir nicht vor wie ein Mann, der sich auf Kreuzfahrten in die Tropen erholt.“

„Ein Freund hat es mir empfohlen. Ich war rastlos, er überzeugend.“ Seine Finger berührten ihren Hals. „Und was tun Sie auf der ‚Celebration‘?“

„Ich gebe beim Blackjack die Karten aus.“

„Warum?“

„Ich war rastlos.“ Gegen ihren Willen musste Serena lächeln.

Der Kutscher begann mit seinem Monolog über die Attraktionen der Insel, merkte jedoch schnell, dass seine Gäste nur aneinander interessiert waren. Er schnalzte mit der Zunge und verstummte.

„Na schön, woher kommen Sie?“, erkundigte Serena sich, um irgendwo anzufangen. „Ich habe mir angewöhnt, die Herkunft der Leute zu erraten, aber Sie kann ich nicht unterbringen.“

Justin lächelte geheimnisvoll. „Ich reise.“

„Ursprünglich.“

„Nevada.“

„Vegas.“ Sie nickte. „Und damit verdienen Sie Ihr Geld? Mit Glücksspiel?“

Justin drehte den Kopf und sah sie an. „Ja. Warum?“

„Ich habe Sie gestern Abend beobachtet. Sie verfügen über die Konzentration, die den Profi vom Gelegenheitsspieler unterscheidet.“

„Interessante Theorie." Mit der Fingerspitze schob er ihre Sonnenbrille nach unten, um ihr in die Augen sehen zu können. „Spielen Sie, Serena?"

„Das kommt auf das Spiel und die Gewinnchancen an", erwiderte sie und schob die Brille wieder hinauf. „Ich verliere nicht gern." Sein Blick ließ erkennen, dass er nicht von Karten, sondern von einem weit gefährlicheren Spiel gesprochen hatte.

Lächelnd zeigte er nach rechts. „Es gibt hier wunderschöne Strände."

„Hmm."

Wie auf Stichwort begann der Kutscher wieder mit seinem Text und hörte erst auf, als sie wieder am Ausgangspunkt der Fahrt waren.

Inzwischen waren die Straßen voller Menschen, die Mehrzahl davon Touristen mit Einkaufstüten und Fotoapparaten. „Danke für die Fahrt." Serena wollte aus der Kutsche klettern, doch Justin umfasste ihre Taille mit den Händen und hob sie mühelos hinaus.

Einen Moment lang schwebte sie über dem Boden und musste sich an seinen Schultern festhalten. Es überraschte ihn, wie leicht sie war. Ihre erotische Ausstrahlung und ihr Stil hatten ihn übersehen lassen, wie klein sie war. Sein Griff wurde zärtlich, als er sie auf den Boden stellte.

„Danke", brachte Serena nach einem Räuspern heraus. „Genießen Sie Ihren Tag."

„Das habe ich vor." Er nahm ihre Hand.

„Justin …" Sie atmete tief durch. „Ich habe mich von Ihnen zu einer Kutschfahrt einladen lassen. Jetzt gehe ich einkaufen."

„Schön. Ich begleite Sie."

„Ich suche nach Souvenirs, Justin. Sie wissen schon, T-Shirts, Sachen aus Stroh. Sie werden sich langweilen."

„Ich langweile mich nie", beteuerte er.

„Diesmal ja", versicherte sie ihm, während er seine Finger zwischen ihre schob und sich in Bewegung setzte. „Das verspreche ich Ihnen."

„Wie wäre es mit einem Aschenbecher, auf dem ‚Willkommen in Nassau' steht?", schlug er vor.

Tapfer schluckte sie ein Schmunzeln hinunter. „Ich gehe jetzt hier hinein." Sie blieb vor dem ersten Geschäft stehen. Notfalls würde sie sämtliche Geschäfte in der Bay Street abklappern, bis er es nicht mehr aushielt.

Als ihre Umhängetasche schließlich Schlüsselringe mit kleinen Spieluhren, eine Kollektion T-Shirts und mit Muscheln verzierte Kästchen enthielt, hatte Serena längst vergessen, dass sie ihn hatte loswerden wollen. Für einen Mann, den sie instinktiv als Einzelgänger eingeschätzt hatte, war er ein erstaunlich angenehmer Begleiter.

„Oh, sehen Sie mal!" Sie griff nach einem grinsenden Kopf, der aus einer Kokosnuss geschnitzt worden war.

„Elegant", meinte Justin.

„Er ist kitschig, Sie Dummkopf." Lachend holte sie die Brieftasche heraus. „Und perfekt für meinen Bruder Caine."

Der Strohmarkt war voller Menschen und Waren, aber nicht so voll, um Serena von der Suche nach Schätzen abzuhalten. Sie entdeckte eine große geflochtene Tasche und zeigte hinauf. Gehorsam holte Justin sie ihr herunter.

„Die ist ja fast so groß wie Sie", sagte er, als sie sie ihm abnahm.

„Die ist für meine Mutter“, murmelte Serena. „Sie schleppt immer viel Nähzeug mit sich herum.“

„Handgeflochten“, verkündete die dunkelhäutige Frau, die in einem Schaukelstuhl saß und eine kleine braune Pfeife rauchte. „Von mir selbst.“ Sie klopfte sich auf den gewaltigen Busen. „Nichts aus Hongkong an meinem Stand.“ Ihr Blick wanderte von Serena zu Justin. „Wollen Sie Ihrer Lady nicht etwas Hübsches kaufen?“

„Was schlagen Sie vor?“, erwiderte er.

„Justin …“

„Hier.“ Die alte Frau nahm ein mit breiten Stichen gesäumtes cremefarbenes Kleid im Dashiki-Stil vom Haken und drückte es ihm in die Hände.

Justin hielt es Serena an. „Ja, es steht Ihnen“, entschied er.

„Tragen Sie es heute Abend für Ihren Mann“, riet die Frau und legte es in eine Tüte. „Sehr sexy.“

„Ausgezeichnete Idee“, stimmte Justin zu und zählte ihr schon Geldscheine hin.

„Augenblick.“ Serena hob die Hand mit der Strohtasche und zeigte auf ihn. „Er ist nicht mein Mann.“

„Nicht Ihr Mann?“ Die Frau lachte, bis der Schaukelstuhl protestierend ächzte. „Honey, das ist Ihr Mann, glauben Sie mir. Der siebten Tochter einer siebten Tochter können Sie nichts vormachen. Ganz bestimmt nicht. Wollen Sie die Tasche auch noch?“

„Na ja, ich …“ Serena starrte die Tasche an, als hätte sie sie nie zuvor gesehen.

„Die Tasche auch.“ Justin zählte noch einige Scheine hin. „Danke.“

Das Geld verschwand in ihrer riesigen Hand. „Genießen Sie unsere Insel."

„Warten Sie ..."

Aber Justin zog Serena bereits weiter. „Widersprechen Sie bloß nicht der siebten Tochter einer siebten Tochter. Wer weiß, mit welchem Fluch sie Sie belegt."

„Unsinn", erklärte Serena. „Sie können mir nicht einfach ein Kleid kaufen, Justin. Ich kenne Sie ja nicht einmal."

„Ich habe es gerade getan."

„Nun, das hätten Sie nicht tun dürfen. Und die Tasche für meine Mutter haben Sie auch bezahlt."

„Grüßen Sie Ihre Mutter von mir."

Sie seufzte und kniff die Augen zusammen, als sie in den Sonnenschein hinaustraten. „Sie sind ein sehr schwieriger Mann."

„Sehen Sie? Sie kennen mich schon genau." Er nahm ihr die Sonnenbrille, die sie auf den Hut geschoben hatte, ab und setzte sie ihr auf. „Hungrig?"

„Ja." Ihre Mundwinkel zuckten, also gab Serena auf und lächelte. „Ja, das bin ich."

Sein Finger kreiste in ihrer Hand. „Wie wär's mit einem Picknick am Strand?"

Es war nicht einfach, das Prickeln zu ignorieren, das den Arm hinauflief, aber sie brachte ein lässiges Achselzucken zustande. „Wenn Sie Proviant, eine Transportmöglichkeit und einen kühlen tropischen Drink dieser Insel hätten, wäre ich vielleicht interessiert."

„Sonst noch etwas?", fragte Justin und lehnte sich gegen die Motorhaube eines geparkten Mercedes.

„Sonst fällt mir nichts ein."

„Okay, fahren wir." Er holte Schlüssel aus der Tasche, ging um den Wagen herum und öffnete die Beifahrertür.

Serena starrte ihn an. „Soll das heißen, dies ist Ihr Wagen?"

„Nein, ein Mietwagen. Im Kofferraum ist eine Kühltasche. Mögen Sie kaltes Huhn?"

Als er ihre Tüten auf den Rücksitz warf, stemmte sie die Hände in die Seiten. „Sie waren sich verdammt sicher, was?"

„Ich habe nur meine Chancen genutzt." Er nahm ihr Kinn in die Hand und strich mit den Lippen über ihre. „Mehr nicht."

Serena ließ sich auf den Beifahrersitz fallen. Sie wusste nicht, ob sie seine Unverfrorenheit verabscheuen oder bewundern sollte. „Ich würde gern wissen, welche Karten er noch im Ärmel hat", murmelte sie, als er um den Wagen herumging.

Ihr fiel auf, dass Justin so fuhr, wie er auch alles andere tat. Mit einer fast arroganten Lässigkeit. Er schien es gewöhnt zu sein, auf der linken Seite zu fahren. Zweige mit den für diese Insel so typischen Orangenblüten tanzten in der Brise, als sie sich der See näherten. Er sagte nichts, und einmal mehr staunte sie darüber, wie lange er schweigen konnte. Aber selbst sein Schweigen war erregend.

Ein Spieler, dachte sie. Eine Bordbekanntschaft. Serena kannte beides zu gut, um an eine intensive und dauerhafte Beziehung zu glauben. Trotzdem, wenn sie vorsichtig war, würde sie diese Bekanntschaft für einige Tage genießen können.

Was konnte es schon schaden, ihn etwas besser kennenzulernen? Ein wenig Freizeit mit ihm zu verbringen? Sie war nicht wie ihre Kollegen im Casino, die sich für kurze Abenteuer ineinander verliebten oder ihr Herz an einen Passagier verloren, um sich nach jeder Kreuzfahrt elend und verlassen zu fühlen. Wenn eine Frau es geschafft hatte, ihr Herz sechsundzwanzig Jahre lang zu behalten, würde sie es wohl kaum in zehn Tagen verlieren … oder?

Justin warf ihr einen seiner kühlen Blicke zu. Schmetterlinge flatterten in ihrem Bauch. Ich muss aufpassen, dachte Serena, wie in einem Minenfeld.

„Woran denken Sie?"

„An Sprengladungen. Tödliche getarnte Sprengladungen." Sie lächelte unschuldsvoll. „Essen wir bald? Ich verhungere."

Er hielt am Straßenrand. „Wie wär's hier?"

Serena blickte über den weißen Sand auf das intensive Blau des Ozeans. „Perfekt." Sie stieg aus und atmete den Duft der Blüten, der See und des heißen Sandes ein. „Ich komme nicht oft dazu, während einer Kreuzfahrt etwas zu unternehmen. Wenn das Schiff im Hafen ist, hole ich Schlaf nach oder lese. Oder ich versuche braun zu werden. Ich weiß schon gar nicht mehr, wie oft ich auf dieser Insel war."

„Haben Sie den Job nicht angenommen, um zu reisen?" Er holte eine kleine Kühltasche und eine Decke aus dem Kofferraum.

„Nein, eigentlich mehr der Leute wegen. Ich wollte herausfinden, wie viele verschiedene Arten von Menschen es auf der Welt gibt." Serena streifte die Sandaletten ab, um den warmen Sand an den Füßen zu spüren. „Wir haben mehr als fünfhundert in der Besatzung, und nur zehn davon sind Amerikaner. Wir sind eine schwimmende UN." Sie nahm ihm die Decke ab und breitete sie aus. „Ich habe Menschen von allen Kontinenten Karten gegeben." Sie setzte sich im Schneidersitz an den Rand der Decke. „Das wird mir fehlen."

„Fehlen?" Justin setzte sich neben sie. „Wollen Sie kündigen?"

Serena warf ihren Hut beiseite und strich ihr Haar nach hinten. „Es ist höchste Zeit. Erst einmal will ich zu meiner Familie."

„Und dann?"

„Vielleicht ein Hotelcasino." Es war ein Projekt, das sie mit ihrem Vater besprechen wollte. Er kannte sich mit Finanzierungen aus.

„Genug Erfahrung haben Sie", sagte Justin. Er dachte, sie wollte sich um einen Job als Kartengeber bewerben. „Wo lebt Ihre Familie?"

„Hmm? Oh. Massachusetts." Ihr Blick fiel auf die Kühltasche. „Füttern Sie mich." Als er den Deckel hochklappte, sah sie, dass die Servietten und das Besteck vom Schiff stammten. „Wie haben Sie das denn geschafft? Die Küche bereitet grundsätzlich keine Picknicks vor."

„Ich habe sie bestochen." Er reichte ihr eine Hähnchenkeule.

Sie biss hinein. „Gute Idee. Was haben Sie zu trinken bekommen?"

Justin holte eine Thermoskanne und zwei Plastikbecher mit dem Emblem des Schiffs heraus. „Wie ist das Fleisch?"

„Großartig. Essen Sie." Sie nahm den Becher mit dem pinkfarbenen Getränk entgegen und nippte vorsichtig. Es war fruchtig, mit einem Schuss Rum von der Insel. „Oho, die Spezialität aus der Bar der ‚Celebration'." Sie musterte den Drink skeptisch. „Normalerweise halte ich immer mindestens einen Meter davon Abstand."

„Sie haben Landurlaub", erinnerte er sie. „Wundert mich, dass der Strand nicht voller ist."

Serena nahm einen weiteren Schluck. „Die meisten Touristen, die nicht beim Einkaufen sind, machen einen Ausflug oder tauchen auf der anderen Seite der Insel. Außerdem ist keine Saison. Wieso verbringen Sie den Tag nicht in einem der Casinos auf Paradise Island?“

Er beugte sich zu ihr und ließ ihr Haar durch seine Finger gleiten. „Es gibt nicht nur ein Spiel.“

Justin strich mit den Lippen über die ihren. Was als kurzer, harmloser Kuss gemeint war, wurde schnell leidenschaftlich. „Wie konnte ich nur vergessen, wie sehr ich dich will?“, murmelte er und verhinderte ihre Antwort mit einem drängenden Kuss.

Seine Zunge schob sich zwischen ihre Lippen, während er sie behutsam auf die Decke drückte. Serena wollte protestieren, doch ihre Arme hatten sich bereits um ihn gelegt, und ihr Mund bewegte sich schon unter seinem.

Die Sonnenstrahlen drangen durch die Wedel der Palme, unter der sie lagen, und flackerten über Serenas geschlossene Lider, bis nur noch ein roter Nebel vor ihren Augen tanzte. Er küsste sie, wie sie noch nie geküsst worden war, mit Lippen und Zähnen und Zunge, erst knabbernd, dann verschlingend, erst verführend, dann besitzergreifend.

Eine Möwe segelte übers Wasser, aber keiner von ihnen hörte ihren klagenden Schrei. Als Justins Hände an ihren Armen hinabglitten, spürte sie die Berührung im ganzen Körper. Sie stöhnte auf und bewegte sich einladend unter ihm.

Justin riss den Mund von ihrem los und presste ihn gegen ihren Hals, als versuche er, sich an den letzten Rest von Vernunft zu klammern, der ihm noch geblieben war. Er wollte sie, wollte fühlen, wie ihre weiche Haut unter seinen Händen heiß und feucht wurde. Er wollte jede Rundung, jede Vertiefung berühren, jeden Pulsschlag spüren und sie erschmecken, bis es für keinen von ihnen ein Zurück gab.

Das Verlangen zerrte an ihm, wie er es noch nie erlebt hatte. Fast verzweifelt versuchte er, nicht zu vergessen, dass sie nicht allein in einem dunklen Zimmer waren. Hatte je eine Frau ihn mit nicht mehr als einem Kuss so weit gebracht? Er konnte sich nur ausmalen, wie weit sie ihn bringen würde, wenn er sie ganz besitzen durfte.

Knabbernd ließ er den Mund zu ihrem Ohr hinaufwandern. „Fahr mit mir zurück, Serena." Seine Zunge streifte das Ohrläppchen, bevor er es zwischen die Zähne nahm. „Komm mit in meine Kabine. Ich will dich."

Seine Worte schienen wie eine Welle herangedriftet zu kommen und waren fast schon wieder verklungen, als ihre Bedeutung endlich durch die Leidenschaft in Serenas Bewusstsein drang. „Nein." Sie hörte ihren schwachen Protest und wollte ihn bekräftigen. „Nein", wiederholte sie und setzte sich auf. Sie schlang die Arme um die angezogenen Knie und wartete, bis ihr Atem sich beruhigt hatte. „Nein", sagte sie zum dritten Mal. „Du hast kein Recht ..."

„Was zu tun?", fragte Justin scharf und nahm ihr Gesicht zwischen die Hände. „Dich zu wollen oder dir zu zeigen, dass du mich willst?"

Seine Augen blickten jetzt nicht mehr leidenschaftlich, sondern wütend. Serena schob seine Hände fort. „Sag mir nicht, was ich will", gab sie zurück. „Wenn du auf ein kleines Bordabenteuer scharf bist, such dir eine andere. Da dürftest du keine Probleme haben." Sie sprang auf und marschierte zum Ufer. Justin folgte ihr, packte ihren Arm und riss sie herum.

„Und sag du mir nicht, worauf ich scharf bin“, sagte er erregt. „Du weißt ja nicht einmal, wo wir sind. Ich hätte es auch an einem öffentlichen Strand versuchen können.“

„Ach wirklich?“ Sie warf den Kopf zurück und unternahm einen zweiten Versuch, ans Wasser zu gelangen. Sie war erst bis zu den Zehen nass, als er erneut nach ihr griff und sie an sich zog.

Er wollte den Mund, der ihn beschimpfte, mit seinen Lippen zum Schweigen bringen. Aber wenn er diesem Verlangen jetzt nachgab, wäre es um seine Selbstbeherrschung endgültig geschehen. Wütend auf sich selbst schob er sie von sich. Sie fiel nach hinten und saß plötzlich im Wasser.

Aus dem Schock wurde nackter Zorn. „Du … du gemeiner Kerl!“ Sie kam wieder auf die Beine und stürzte auf ihn zu, um sich zu rächen. Er hielt ihre erhobenen Arme fest und lächelte.

„Würdest du glauben, dass du wunderschön aussiehst, wenn du wütend bist?“

„Dafür wirst du bezahlen, Justin Blade.“ Da sie die Arme nicht einsetzen konnte, versuchte sie ihn zu treten. Mit dem Ergebnis, dass sie diesmal beide im Wasser landeten. „Nimm deine Hände weg, du Idiot!“ Sie stieß ihn von sich, glitt aus, tauchte mit dem Kopf unter und kam prustend wieder hoch. „Niemand stößt eine MacGregor herum und kommt ungeschoren davon!“

Bei seinem Versuch, sie beide vor dem Ertrinken zu bewahren, streifte seine Hand ihre Brust. Im nächsten Moment bedeckte sein Mund ihren, und die Hand liebkoste sie durch das nasse T-Shirt hindurch. Obwohl die Berührung sie erregte, gab sie den Widerstand nicht auf und zog ihn wieder mit sich unter Wasser. Er schmeckte Salz und ihre Lippen. Er spürte schlanke Oberschenkel an seinen, als er sich mit der nächsten Welle herumrollte. Er musste lachen, als sie nach Luft schnappte und ihn gleichzeitig zu beschimpfen versuchte. Dann warf die Brandung ihre Körper gegeneinander. Die Wellen umspülten sie, setzten unter ihnen den Sand und die Muscheln in Bewegung. Halb unter Wasser lagen sie prustend da.

„MacGregor?", wiederholte er plötzlich und schüttelte den Kopf. Wassertropfen fielen ihm aus dem Haar und aufs Gesicht. „Serena MacGregor?"

Sie schob sich das triefende Haar aus den Augen und versuchte zu denken. In ihrem Körper pulsierte die wirkungsvolle Mischung aus Zorn und Verlangen. „Ja. Und sobald mir einige dieser wundervollen schottischen Flüche einfallen, bekommst du sie ab."

Zum ersten Mal sah sie in seinem Gesicht Überraschung. Das vertrieb ihren Zorn und ersetzte ihn durch Erstaunen. Justin legte seine Stirn an ihre und lachte aus vollem Hals.

Es klang reizvoll, doch bevor Serena sich davon anstecken ließ, konzentrierte sie sich auf die Muschel, die sich ihr in den Rücken bohrte. „Was ist daran so komisch?", fragte sie. „Ich bin klitschnass und voller Sand. Und wahrscheinlich ist meine Haut zerkratzt. Außerdem habe ich nicht zu Ende gegessen!"

Noch immer lachend hob er den Kopf und gab ihr einen brüderlichen Kuss auf die Nase. „Komm, wir spülen uns ab und essen."

3. Kapitel

Serena MacGregor. Kopfschüttelnd holte Justin ein Hemd aus dem schmalen Schrank. Zum ersten Mal seit Jahren war er zutiefst verwirrt. Wenn ein Mann seinen Lebensunterhalt mit seiner Reaktionsschnelligkeit verdiente, konnte er es sich nicht sehr oft erlauben, überrascht zu werden.

Eigenartig, dass er die Ähnlichkeit nicht bemerkt hatte. Andererseits hatte sie äußerlich nicht viel gemein mit ihrem großen rothaarigen Vater. Sie war eher eine moderne Version der kleinen gemalten Miniatur, die Daniel MacGregor in seiner Bibliothek hatte. Wie oft war er in all den Jahren in der Villa in Hyannis Port gewesen? Rena, wie die Familie sie nannte, war immer in der Schule gewesen. Aus irgendeinem Grund hatte er sie sich als eine dürre Brillenträgerin mit Daniels rotem Haar und Annas exzentrischer Würde vorgestellt. Ja, Serena MacGregor war wirklich eine Überraschung.

Seltsam, dass sie einen Job machte, der wenig mehr einbrachte als Kost und Logis. Dabei besaß sie angeblich einen IQ, der so hoch war wie das Gewicht ihres Vaters, und genug Kapital, um sich einen Ozeanriesen als private Vergnügungsjacht zu kaufen. Andererseits waren die MacGregors ein unberechenbarer Haufen.

Einen Moment lang stand Justin reglos da, mit bloßem Oberkörper, das Hemd vergessen an den Fingerspitzen baumelnd. Sein Oberkörper war dunkel und schlank, die Haut straff über den Brustkorb gespannt, der auf der linken Seite von einer fünfzehn Zentimeter langen Narbe gezeichnet war. Er erinnerte sich …

Als er Daniel MacGregor zum ersten Mal traf, war er fünfundzwanzig gewesen. Eine Glückssträhne hatte ihm genug Geld verschafft, um seinem Partner dessen Hälfte des kleinen Hotels auf dem Strip in Las Vegas abzukaufen. Justin wollte es erweitern und umbauen. Dafür brauchte er Kapital, und die Banken waren normalerweise sehr skeptisch, wenn ein Mann, der sein Geld mit Spielkarten verdiente, einen Kredit von ihnen wollte. Aber Justin hatte ohnehin nicht viel übrig für die Bankiers mit ihren glatten Händen und trockenen Stimmen. Und der Indianer in ihm hatte wenig Vertrauen in ein Versprechen, das auf Papier gemacht wurde. Dann hörte er von Daniel MacGregor.

Justin zog Erkundigungen über den Mann ein, der als Finanzgenie und Aktienjongleur galt. MacGregor war ein zäher, exzentrischer Schotte, der seine eigenen Regeln aufstellte und gewann. Justin nahm Kontakt mit ihm auf und besuchte ihn einen Monat später in seiner Villa in Hyannis Port.

Daniel arbeitete zu Hause. Er legte keinen Wert auf Bürogebäude, in denen man von Fahrstühlen und Sekretärinnen abhängig war. Er hatte sein Küstengrundstück mit dem Reichtum gekauft, den er sich erst mit körperlicher Arbeit, dann mit dem Verstand erworben hatte. Daniel hatte frühzeitig gemerkt, dass sich mit dem Verstand weit mehr verdienen ließ. Dann hatte er sein Haus und sein Reich errichtet – nach seinen eigenen Vorstellungen.

Es war ein Riesenhaus, mit breiten Korridoren und enormen Räumen. Daniel hasste die Enge. Als Justin in das Turmzimmer geführt wurde, das Daniel als Büro diente, sah er einen Mann vor sich, dessen Geistesgröße der des Körpers in nichts nachstand.

„Sie sind also Blade." Daniel trommelte mit den Fingern auf einem Schreibtisch, der aus einem gigantischen kalifornischen Redwood-Baum angefertigt worden war.

„Ja. Und Sie sind MacGregor."

Ein Grinsen legte das breite Gesicht in Falten. „Der bin ich. Setzen Sie sich, Junge." Daniel sah keinerlei Reaktion auf diese Anrede und faltete die Hände vor der Brust, als Justin sich setzte. Er mochte die Art, wie er sich bewegte. „Sie wollen also einen Kredit."

„Ich biete eine Investition an, Mr. MacGregor", verbesserte Justin kühl. Der Sessel war geschaffen, um einen Mann zu verschlucken. Justin saß vollkommen unbeschwert darin. „Mit meinem Eigentum als Sicherheit."

„Hmm." Daniel legte die Fingerspitzen aneinander und musterte sein Gegenüber. Kein schlichter Mann, dachte er und registrierte die aristokratischen Züge. Kühl, beherrscht, mit einem gewalttätigen Potenzial. Komantschenblut, das Blut eines Kriegers, aber kein Schläger. Daniel stammte selbst von Kriegern ab. „Hmm", wiederholte er. „Was sind Sie wert, Junge?"

Justin unterdrückte die zornige Antwort, die ihm in den Sinn kam. Er griff nach seinem Aktenkoffer. „Ich habe die Unterlagen, die Schätzungen und so weiter."

Daniel lachte nur und machte eine geringschätzige Handbewegung. „Glauben Sie etwa, ich hätte es so weit gebracht, wenn ich nicht all die Zahlen kennen würde, die Sie da drin haben? Was ist mit Ihnen?", fragte er. „Warum sollte ich Ihnen Geld leihen?"

Justin stellte den Aktenkoffer wieder ab. „Ich zahle meine Schulden."

„Wenn nicht, wären Sie schnell aus dem Geschäft."

„Und ich bringe Ihnen eine Menge Geld ein."

Daniel lachte, bis seine blauen Augen feucht wurden. „Ich habe Geld, Junge."

„Nur ein Dummkopf will nicht mehr davon", sagte Justin leise, und Daniel hörte auf zu lachen.

Er lehnte sich zurück und nickte. „Verdammt richtig." Dann grinste er und schlug mit der flachen Hand auf den Schreibtisch. „Verdammt richtig. Was brauchen Sie, um Ihr Loch zu flicken?"

„Dreihundertfünfzigtausend", erwiderte Justin, ohne mit der Wimper zu zucken.

Daniel holte eine Flasche Scotch und Spielkarten aus dem Schreibtisch. „Wir pokern."

Sie spielten eine Stunde lang, ohne jedes überflüssige Wort. Justin hörte, wie irgendwo im Haus eine Standuhr schlug. Einmal klopfte jemand an die Tür, und Daniel schickte ihn wieder weg. Sie wurden kein weiteres Mal gestört. Der Duft von Justins Zigarillo vermischte sich mit dem des Whiskeys und der Rosen auf der Fensterbank. Nachdem er fünfzehnhundert Dollar verloren hatte, lehnte Daniel sich wieder zurück.

„Sie werden Anteilseigner brauchen."

„Ich bin gerade erst meinen Partner losgeworden." Justin drückte das Zigarillo aus. „Ich brauche keinen neuen."

„Anteilseigner, Junge." Daniel schob die Karten beiseite. „Wenn Sie Geld machen wollen, müssen Sie es streuen. Ein Mann, der so spielt wie Sie, weiß das." Seine blassblauen Augen richteten sich auf Justin. „Ich leihe Ihnen das Geld und kaufe mich mit zehn Prozent ein. Wenn Sie schlau sind, behalten Sie sechzig und streuen den Rest.“ Er ließ den Scotch im Glas kreisen, leerte es und grinste. „Sie werden reich werden.“

„Ich weiß.“

Daniels Lachen ließ die Fensterscheibe vibrieren. „Bleiben Sie zum Abendessen“, sagte er und stemmte sich aus dem Sessel.

Justin blieb zum Abendessen und wurde reich. Er nannte sein Hotel „Comanche“ und machte es zu einem der besten Hotelcasinos in Vegas. Er kaufte ein fast bankrottes Haus in Tahoe und wiederholte seinen Erfolg. Ein Jahrzehnt später besaß er fünf florierende Hotels und Anteile an diversen Unternehmen in den USA und Europa. Seit dem Gespräch im Turmzimmer war er einige Dutzend Mal im Haus der MacGregors gewesen, hatte Daniel und Anna in seinen eigenen Hotels empfangen und war mit ihren Söhnen zum Angeln gewesen. Aber die Tochter hatte er nie getroffen.

„Kluges Mädchen“, sagte Daniel hin und wieder. „Kommt leider nicht zur Ruhe. Braucht einen guten Mann … Du solltest sie kennenlernen.“

Und Justin hatte sich gegen alle nicht sonderlich diskreten Versuche gewehrt, ihn und Serena MacGregor zusammenzubringen. Jedenfalls hatte er das gedacht.

„Dieser alte Teufel“, murmelte er und zog sich das Hemd über.

Es war Daniel gewesen, der ihn zu der Kreuzfahrt gedrängt hatte. „Nichts entspannt einen überarbeiteten Mann so gut wie Seeluft und halb nackte Frauen“, hatte er gesagt. Justin hatte gezögert, doch dann war der Brief von Daniel gekommen. Mit dem Ticket und der Bitte um eine Kiste zollfreien Scotch.

Also zieht der alte Pirat noch immer seine Fäden, dachte Justin belustigt. Daniel konnte sich denken, dass er seine Zeit im Bordcasino verbringen würde. Lachend knöpfte Justin sich das Hemd zu. Was der Alte wohl sagen würde, wenn er wüsste, dass sein Freund und Geschäftspartner sich gerade erst mit seiner Tochter am Strand gewälzt hatte? Justin fuhr sich mit der Hand durchs Haar. Daniel MacGregors Tochter. Guter Gott.

Justin nahm sich ein Jackett aus dem Schrank und knallte die Tür zu. Der gerissene Kerl hätte es nicht besser verdient gehabt, wenn ich seine Tochter verführt hätte, dachte er. Vielleicht sollte ich ihr für den Rest der Kreuzfahrt aus dem Weg gehen und sie ihm gegenüber mit keinem Wort erwähnen. Der alte Schotte würde durchdrehen. Justin sah in den Spiegel. Ein dunkelhaariger schlanker Mann in Schwarz und Weiß blickte ihm entgegen.

„Und wenn du glaubst, du könntest ihr aus dem Weg gehen, hast du den Verstand verloren", murmelte er.

Als er das Casino betrat, stand Serena neben einem Monitor und sprach mit ihrem Vorgesetzten. Sie lachte über etwas, das er sagte, und schüttelte den Kopf. Justins Blick wurde misstrauisch, als Dale mit einem Finger über ihre Wange strich. Er wusste, wie die Haut sich anfühlte – weich und kühl. Dale grinste, rückte ihre Fliege gerade und sprach leise auf sie ein. Obwohl Justin seinen Ärger als kleinliche Eifersucht identifizierte, hatte er Mühe, diese Regung in den Griff zu bekommen. Binnen weniger Tage hatte Serena in ihm Verlangen, Wut und Eifersucht ausgelöst – Emotionen, die er normalerweise im Zaum hielt. Er verfluchte ihren Vater und ging hinüber.

„Serena." Er registrierte, wie sie die Schultern straffte, bevor sie sich umdrehte. „Gibst du heute Abend keine Karten?"

„Ich bin gerade aus der Pause gekommen." Sie hätte wissen müssen, dass die Gnadenfrist nicht ewig dauern würde. „Ich habe dich gestern Abend nicht gesehen. Ich dachte schon, du wärst über Bord gefallen." Serena hörte, wie Dale heftig einatmete, und wandte sich ihm zu. „Dale, dies ist Justin Blade. Als ich am Strand in Nassau seinem Charme widerstanden habe, hat er mich einfach ins Wasser geworfen."

„Ich verstehe." Dale streckte die Hand aus. „Das habe ich noch nie probiert. Hat es funktioniert?"

„Halt den Mund, Dale", sagte Serena.

„Sie müssen sie entschuldigen", meinte Dale zu Justin. „Das Leben auf See macht einige von uns reizbar. Genießen Sie die Reise, Mr. Blade?"

„Ja." Justin warf Serena einen Blick zu. „Bisher war sie ein echtes Erlebnis."

„Entschuldigt mich", sagte sie übertrieben höflich. „Ich muss Tony ablösen." Sie marschierte zu Tisch fünf. Da das Zähnezusammenbeißen wehtat, zwang Serena sich, die Kiefermuskeln zu lockern. Sie schenkte den drei Spielern am Tisch ein professionelles Lächeln, das sofort vereiste, als Justin einen freien Hocker nahm.

„Guten Abend. Neue Karten." Serena riss die Verpackung auf und gab sich große Mühe, Justins ruhigen Blick zu ignorieren. Er legte Jetons für schätzungsweise zweihundert Dollar in die Vertiefung vor sich und steckte sich ein Zigarillo an. Sie strich noch einmal über die Karten und beschloss, ihn auszunehmen.

Einige Minuten später hatte er nur noch drei Jetons, und

Serena verspürte eine grimmige Zufriedenheit. Dann gab sie ihm eine doppelte Sieben. Er teilte sie und hatte einundzwanzig auf der einen Hand und einundzwanzig auf der anderen. Die Zahl seiner Jetons wuchs auf zehn. Als sie den Tisch wechseln musste, zog er mit ihr um. Serena erneuerte den Schwur, ihn auszunehmen.

Während der nächsten zwanzig Minuten nahm sie die anderen Spieler kaum wahr. Sie sah nichts als Justins unergründliche grüne Augen und seine Hand mit den Karten oder Jetons. Obwohl sie alles tat, um ihn zu schlagen, erhöhte sich die Zahl seiner Jetons beständig.

„Blackjack!" Der Ruf des College-Studenten am Ende des Tischs riss sie aus ihren Gedanken. Serena sah hinüber. „Ich habe drei Dollar gewonnen!", verkündete er stolz und hielt die drei hellblauen Jetons wie eine Trophäe hoch. Serena sah sofort, dass er betrunken war. „So ..." Er knallte die Jetons auf den Tisch und rieb sich die Hände. „Jetzt wird gespielt."

Lachend griff sie nach den Karten, aber ihr Blick richtete sich auf Justin. In seinen Augen lag Belustigung, die erste Gefühlsregung seit Stunden, und am liebsten hätte sie sein dichtes weiches Haar berührt.

„He!" Der College-Student hob sein Bier. „Ich habe eine Glückssträhne."

„Die erste und letzte", sagte seine Freundin trocken.

Serena riss sich zusammen. Nur weil Justin einmal lächelte, würde sie nicht vergessen, dass sie hier war, um ihn auszunehmen. „Möglicher Blackjack", sagte sie und drehte ihre Karte um. Ein Ass. Die Freundin des College-Studenten legte einen Jeton hin. Justin rührte sich nicht. Serena hob eine Ecke ihrer anderen Karte an. Eine Drei. Nicht schlecht. Das gab ihr eine Menge Spielraum.

„Kein Blackjack.“ Sie warf einen Blick auf Justins Karten. Sie hatte ihm ein mageres Blatt gegeben. „Sechzehn. Gehen Sie mit oder steigen Sie aus?“ Er bat mit gekrümmtem Zeigefinger um eine weitere Karte. Serena unterdrückte eine Verwünschung und drehte eine Vier um. „Zwanzig.“ Er fuhr mit der Hand über seine Karten, um anzudeuten, dass er zufrieden war.

Das solltest du auch, dachte sie, als die nächste Karte den College-Studenten auf achtzehn brachte. „Vier oder vierzehn“, verkündete sie und drehte ihre Karte um. Ohne den Blick von Justin zu nehmen, zog sie die nächste. „Sechs oder sechzehn“, sagte sie zu ihm, als wäre er der einzige Spieler am Tisch. Erneut musste sie eine Verwünschung hinunterschlucken, als die Kreuzdrei kam. „Geber steht bei neunzehn.“ Dale würde sie über Bord werfen, wenn sie schon wieder verlor. „Zahlt zwanzig.“

Sie sammelte sämtliche Jetons bis auf Justins ein und schob einen weiteren 25-Dollar-Jeton über den Filz. Seine Augen blitzten amüsiert, als er ihn nahm.

Rauch hing in der Luft, zu dick, als dass die Klimaanlage ihn vollständig hätte entfernen können. Serena brauchte nicht auf die Uhr zu sehen, um zu wissen, dass sie seit zehn Stunden auf den Beinen stand. Nach und nach wurde das Geklapper der Spielautomaten weniger, das erste Zeichen, dass die Spätschicht bald vorüber war. Der Mann und die Frau bekamen schwere Lider, fingen an, über ihren Aufenthalt in Puerto Rico zu reden, und lösten für fünf Dollar Jetons ein, bevor sie das Casino verließen.

Ein kurzer Blick in die Runde zeigte Serena, dass sämtliche Tische bis auf drei leer waren. An ihrem saßen nur noch zwei Spieler, Justin und eine Frau, die Jacks und Robs Mrs. Dewalter sein musste. Die Rothaarige achtete weit mehr auf Justin als auf ihre Karten. Serena fand den Diamanten an ihrer Hand entschieden zu vulgär und hätte fast gegrinst, als die Frau verlor.

„Schätze, dies ist nicht mein Spiel", sagte die Rothaarige und zog einen Schmollmund. Sie drehte sich zu Justin, bis ihr imponierender Busen in voller Sicht war. „Sie scheinen enorm viel Glück zu haben. Haben Sie ein System?" Sie strich ihm mit einem Finger über den Ärmel und lächelte.

Justin durchschaute das allzu plumpe Manöver und ließ den Blick vom Ausschnitt zu ihrem Gesicht wandern. „Nein."

„Irgendein Geheimnis müssen Sie haben", murmelte sie. „Ich würde es sehr gern hören … bei einem Drink?"

„Ich trinke nie, wenn ich spiele." Er blies Rauch über ihre Schulter. „Es verträgt sich nicht miteinander."

„Einsätze, bitte", sagte Serena eine Spur zu scharf.

„Ich glaube, für heute habe ich genug von den Karten." Die Rothaarige stand auf, streifte dabei Justins Oberschenkel mit ihrem und ließ Jetons im Wert von hundert Dollar in ihre Handtasche gleiten. Serena wusste nur zu gut, dass sie mit vier angefangen hatte. „Ich bin im Salon", sagte sie zu Justin und ging davon.

„Hoffentlich haben Sie das nächste Mal mehr Glück", entfuhr es Serena, bevor sie sich bremsen konnte. Als sie sich wieder zu Justin drehte, blickte sie in sein lächelndes Gesicht.

„Zahlst du mich aus?"

„Sicher." Damit er dieser dämlichen Rothaarigen nachlaufen kann, dachte sie wütend und zählte seine Jetons. Siebenhundertfünfzig Dollar. Sie wurde noch wütender. „Dale ist beschäftigt. Ich löse sie selbst ein."

Justin sah ihr nach und versuchte an ihren Vater zu denken. Es war nicht einfach.

Serena kehrte mit einen Bündel fast neuer Banknoten und einer Empfangsbestätigung zurück. Rasch zählte sie die Scheine auf den Tisch und schob sie ihm zu. „Du hattest einen profitablen Abend." Sie legte den Zettel in ein Fach unter den Tisch und griff nach den Karten. Justin nahm ihr Handgelenk.

„Noch ein Spiel?", fragte er und genoss es, den schneller werdenden Puls unter seinen Fingern zu spüren.

„Du hast dich schon auszahlen lassen", erwiderte sie und wollte ihm ihre Hand entziehen. Er festigte den Griff.

„Eine Wette, zwischen dir und mir."

„Tut mir leid, aber es verstößt gegen die Regeln. Wenn du mich jetzt entschuldigen würdest, ich muss den Tisch abräumen."

„Kein Geld." Er lächelte. „Ein Spaziergang an Deck, wenn ich gewinne."

„Kein Interesse."

„Du hast doch nicht etwa Angst, es mit mir aufzunehmen, Serena?" Ihre Hand stellte den Widerstand ein.

„Wenn ich gewinne", begann sie und entfernte seine Hand, „wirst du mich dann für den Rest der Fahrt in Ruhe lassen?"

Er überlegte. Das wäre natürlich weit vernünftiger als das, was er im Moment tat. Er zog ein letztes Mal an seinem Zigarillo und drückte es aus. Es wäre nicht das erste Mal, dass er sein Schicksal den Karten überließ. „Abgemacht."

Er schaute auf die Zwei und die Fünf vor ihm, dann auf die Zehn, die Serena hatte. Er nickte und erhielt eine Dame. Erst wollte er sich damit begnügen, doch ein Blick auf Serena zeigte ihm, dass sie viel zu selbstzufrieden aussah. Er hätte jeden Dollar in seiner Tasche darauf verwettet, dass sie mindestens eine Acht in der Hinterhand hatte. Ohne sie aus den Augen zu lassen, bat er um eine weitere Karte.

„Verdammt!“ Sie warf die Karovier auf den Tisch und funkelte ihn an. „Ich schwöre es, Justin, eines Tages werde ich dich schlagen.“ Verärgert drehte sie den Buben um.

„Nein.“ Er stand auf, steckte die Hände in die Taschen. „Weil du mich zu schlagen versuchst, nicht meine Karten. Ich warte draußen auf dich.“

Dale bekam gerade noch mit, wie seine beste Blackjack-Geberin einem davongehenden Passagier die Zunge herausstreckte.

Justin lehnte sich an die Wand, beobachtete Serena durch die Glastür des Casinos und spielte gedankenverloren mit dem 25-Dollar-Jeton, den er noch in der Tasche hatte. Mancher würde sagen, dass er eine ungewöhnliche Glückssträhne hatte. Andererseits hätte er vielleicht noch mehr Glück gehabt, wenn er das letzte Spiel verloren hätte. Wenn er Serena weiterhin sah, würde sein Leben nicht mehr so unkompliziert sein.

Vielleicht hätte er das Gefühl, dass Daniel MacGregor ihm dauernd über die Schulter sah, ignorieren können, wenn er mit ihr ins Bett gegangen wäre, um sie aus dem Kopf zu bekommen. Aber das war eher unwahrscheinlich. Sie war die erste Frau in seinem Leben, die zu einem permanenten Bestandteil seiner Gedanken zu werden drohte.

Was sie wohl sagen würde, wenn er ihr erzählte, dass ihr

Vater dieses ganze Szenario von Hyannis Port aus arrangiert hatte? Seine Mundwinkel verzogen sich zu einem Lächeln. Sie würde dem Alten die Haut abziehen und zum Trocknen aufhängen. Er sah, wie Serena zur Tür ging, und beschloss, sich diese Bombe für einen anderen Tag aufzuheben.

„Ich nehme an, du hast ein Recht, zu lächeln", sagte Serena kühl, als sie die Tür hinter sich zufallen ließ. „Du bist in einer echten Gewinnphase."

Justin nahm ihre Hand und küsste ihr mit unerwarteter Höflichkeit die Finger. „Und ich habe vor, möglichst lange darin zu bleiben. Du bist wirklich hübsch, Serena."

Verwirrt sah sie ihn an. „Wenn ich wütend bin", sagte sie und versuchte, sich nicht geschmeichelt zu fühlen.

Er drehte ihre Hand um und küsste sie. „Wirklich hübsch."

„Bring mich nicht mit angeblicher Freundlichkeit durcheinander." Unwillkürlich schob sie die Finger zwischen seine. „An dir ist nichts freundlich."

„Nein", stimmte er zu. „Lass uns hinausgehen. Ich könnte mir vorstellen, dass du frische Luft brauchst."

„Ich war mit einem Spaziergang einverstanden." Nebeneinander gingen sie nach oben. „Mit mehr nicht."

„Hmm. Und wir haben fast Vollmond. Wie war's heute Abend?"

„Im Casino?" Als er die Tür öffnete, wehte der Wind herein, herrlich warm und rein. „Besser als sonst. Seit dem Frühjahr machen wir Verlust."

„Zu viele Spielautomaten. Das schluckt den Profit." Er legte den Arm um ihre Taille. Serena sah zu ihm hoch. „Ihr würdet an den Tischen mehr verdienen, wenn einige eurer Geber aufmerksamer wären."

„Es ist schwer, aufmerksam zu bleiben, wenn man für einen Hungerlohn sechzig Stunden in der Woche arbeiten muss“, sagte sie. „Außerdem ist die Fluktuation hoch. Die meisten durchlaufen eine höchstens sechswöchige Ausbildung, arbeiten sich vom Kassierer zum Croupier hoch, und viele bleiben höchstens einige Fahrten, weil sie bald merken, dass die Arbeit nichts mit bezahltem Urlaub auf See zu tun hat.“ Ohne es zu merken, legte sie den Arm um ihn, als er sich ihrem Schritt anpasste. „Das hier mag ich am liebsten.“

„Was?“

„Diese Zeit. Spätabends, wenn das Schiff ruhig ist. Man hört nur die See. Wenn meine Kabine ein Bullauge hätte, würde ich es die ganze Nacht offen lassen.“

„Kein Bullauge?“ Seine Hand glitt an ihrem Rücken auf und ab.

„Nur Passagiere und Offiziere haben Außenkabinen.“ Sie bog sich seiner Hand entgegen und seufzte, als er die müden Muskeln massierte. „Trotzdem würde ich das letzte Jahr gegen nichts eintauschen. Es ist, als hätte ich eine zweite Familie gefunden.“

„Deine Familie ist dir wichtig?“, fragte er und dachte an Daniel.

„Natürlich.“ Weil sie die Frage eigenartig fand, legte sie den Kopf in den Nacken, um ihn anzusehen. Als er seinen neigte, streiften ihre Lippen fast seine Wange. „Tu so etwas nicht“, murmelte sie.

„Was?“ Das Wort wurde sanft und leise dicht an ihren Lippen geflüstert.

„Du weißt ganz genau, was.“ Sie ließ den Arm sinken, löste

sich von ihm und ging an die Reling. „Meine Familie", sagte sie, bevor sie sich umdrehte und einen Arm auf das polierte Holz legte, „war immer das Wichtigste in meinem Leben. Die Loyalität ist manchmal unbequem, aber wir alle brauchen sie. Was ist mit dir?"

Sie sah absolut hinreißend aus, die weichen Kurven verborgen und doch betont durch den eher männlichen Smoking, das zuvor so sorgfältig gestylte Haar vom Wind durcheinandergebracht, das Gesicht vom Mondschein in marmornen Schimmer getaucht.

„Meine Familie …" Er stellte sich vor sie. „Ich habe eine Schwester. Diana. Sie ist zehn Jahre jünger. Wir waren uns nie sehr nah."

„Deine Eltern?"

„Starben, als ich sechzehn war. Diana zog zu einer Tante. Ich glaube, seit zwanzig Jahren habe ich sie praktisch nicht mehr gesehen."

Serenas spontanes Mitgefühl wurde sofort unterdrückt. „Das ist ja entsetzlich!"

„Meiner Tante hat mein Beruf nie gefallen", erwiderte er trocken. Obwohl sie nichts gegen das Geld hat, das ich ihr für Diana schicke, dachte er und tastete nach den Knöpfen an Serenas Jacke. „Es war für Diana leichter, sich nicht einzumischen."

„Welches Recht hat deine Tante, ein Urteil über deinen Beruf zu fällen?", fragte Serena, viel zu wütend, um zu merken, wie er ihre Jacke aufknöpfte. „Sie ist deine Schwester."

„Meine Tante glaubt fest daran, dass Glücksspiel das Werk des Teufels ist. Sie ist eine Grandeau, von der französischen Seite der Familie."

Serena schüttelte den Kopf über seine Logik. „Und was bist du?"

„Blade." Sein Blick bohrte sich in ihre Augen. „Komantsche."

Sein Gesicht war nah, viel näher, als ihr bewusst gewesen war. Obwohl sie fühlte, wie der Wind den dünnen Stoff ihres Hemds erfasste, begriff sie noch nicht, was Justin getan hatte. Sie musste schlucken. Steckte in den beiden Worten eine Drohung, oder hatte sie es sich nur eingebildet?

„Ich hätte es wissen sollen", brachte sie heraus. „Aber deine Augen haben mich irritiert."

„Die verdanke ich dem französischen und walisischen Blut, von dem einige Tropfen zu mir durchgedrungen sind. Mein Vater war fast reiner Komantsche, aber die Familie meiner Mutter geht zurück auf die Verbindung eines Komantschenkriegers mit einer französischen Siedlerin." Langsam, ohne den Blick von ihren Augen zu nehmen, zog er die Fliege an ihrem Hals auf. „Man erzählt sich, dass einer meiner Vorfahren an einem Flussbett eine Frau mit goldenem Haar sah. Sie wusch Wäsche und sang dabei. Er war ein tapferer Krieger, der viele Menschen getötet hatte, um sein Land zu beschützen. Als er sie sah, wollte er sie." Justin öffnete die Knöpfe ihrer Bluse, einen nach dem anderen. „Also nahm er sie."

„Das ist barbarisch", stieß sie entsetzt aus. „Er hat sie gekidnappt, sie ihrer Familie weggenommen ..."

„Einige Tage später jagte sie ihm bei einem Fluchtversuch ein Messer in die Schulter", fuhr er leise fort. „Aber als sie das Blut an ihren Händen sah, lief sie nicht weg. Sie blieb, pflegte ihn und schenkte ihm grünäugige Söhne und Töchter."

„Vielleicht hat das Bleiben sie mehr Mut gekostet als der Messerstich."

Justin lächelte. Er hatte das Zittern in ihrer Stimme bemerkt. „Er gab ihr einen Namen, der sich in etwa mit ‚Goldschatz' übersetzen lässt, und nahm nie wieder eine andere Frau. Also ist es bei uns Tradition, wenn einer meiner Leute eine Frau mit goldenem Haar sieht, die er will – dann nimmt er sie."

Sein Mund presste sich auf ihren, sein Kuss erweckte ihre Leidenschaft. Seine Hände wühlten sich in ihr Haar und zogen Nadeln heraus, die im Wind tanzten, bevor sie in die Wellen fielen. Serena packte seine Schultern, hatte fast Angst, ihnen zu folgen, nach unten, ins dunkel vorbeirauschende Wasser zu stürzen. Ihr Herz raste bereits, bevor seine Hand ihre Brust bedeckte.

Aufstöhnend verstärkte sie ihren Griff, als wäre Justin die Rettungsleine in einer See, die urplötzlich zu brodeln begonnen hatte. Seine Hand umschloss eine Brust, er vergaß sowohl Zärtlichkeit als auch Vernunft. Vielleicht ließ sie es deshalb geschehen. Er wagte es, ohne zu fragen, ohne routinierte Worte der Verführung. Es war eine Macht, die sie beide beherrschte – ein Impuls, zu alt und zu ursprünglich, um ihm zu widerstehen.

Ihr Körper verlangte pulsierend danach, berührt zu werden, überlistete ihren verwirrten Verstand und zeigte ihnen beiden, was sie jetzt brauchte. Die wilden, verwegenen Küsse auf ihren Lippen, ihrem Hals, steigerten ihr Verlangen. Die warme, besänftigende Brise wurde zu einer Folge kleiner Flammen, die ihr Fieber noch steigerten. Serena sog die feuchte Luft in die Lungen und spürte, wie sie zu Feuer wurde.

Die Hand an ihrer Brust drückte, streichelte, während die

andere über ihren bloßen Rücken glitt. Und über einen winzigen Punkt irgendwo an ihrer Wirbelsäule. Aufstöhnend schmiegte sie sich an Justin, als Wellen eines unglaublichen Gefühls sie durchströmten.

„Nein." Serenas Stimme klang dünn und wie aus großer Entfernung. „Nein, nicht."

Aber er presste die Lippen auf ihre und unterdrückte ihren zitternden Protest. Ihr Mund war zu hungrig, um auf das Warnsignal zu achten, das in ihrem Gehirn ertönte. Sie kostete den leichten Geschmack der salzigen Gischt auf seinen Lippen aus. Welcher Zauber auch immer in seinen Fingern steckte, jetzt beherrschte er sie. Sie würde ihm alles geben, was er verlangte. Hauptsache, er hörte nicht auf, sie zu berühren. Sie grub die Hände in sein Haar, zog ihn daran noch dichter zu sich heran, ohne die Feuchtigkeit zu bemerken, die wie ein feiner Nebel darauf lag.

Als er ihre Lippen freigab, um sich ihrem Hals zu widmen, konnte sie nicht mehr tun, als seinen Namen zu hauchen. All ihre Sinne waren auf das konzentriert, was seine Hände und Lippen in ihr auslösen konnten. Dann bewegte er sich, und sie schwankte, als er sie von der Reling zog. Schwach vor Verlangen lehnte Serena sich an ihn, während er ihr Haar streichelte.

„Du wirst klitschnass", murmelte Justin, während er sie auf das feuchte Haar küsste, den Duft einsog. „Lass uns hineingehen."

„Was?" Benommen öffnete Serena die Augen und sah den feinen Regenschleier. „Es regnet?" Als das kalte Wasser sie belebte, schüttelte sie den Kopf. Es kam ihr vor, als wäre sie aus einem Traum erwacht, von einer Ohrfeige schlagartig in die Realität zurückgeholt worden. „Ich …“ Sie stieß sich von ihm ab, fuhr sich mit der Hand durchs Haar. „Ich …“

„Muss jetzt schlafen“, beendete er den Satz. Justin wurde klar, dass er kurz davor gewesen war, sie sich einfach zu nehmen. Wie sein Vorfahre.

„Ja.“ Serena fühlte die Regentropfen auf der bloßen Haut und zog ihre Jacke zusammen. „Ja, es ist spät.“ Sie war noch wie benebelt, als sie sich ein wenig verwirrt umsah. „Es regnet“, wiederholte sie.

Ihre plötzliche Verletzlichkeit hatte etwas an sich, das ihn sie noch mehr begehren ließ als Momente zuvor. Aber dieses Etwas machte es ihm auch unmöglich, sie einfach zu nehmen. Er stopfte die Hände in die Taschen und ballte sie kurz zu Fäusten. Dieser verdammte Daniel MacGregor, dachte er wütend. Der Schotte hatte ihm eine Falle mit einem erstklassigen Köder gestellt. Wenn er sie jetzt nahm, würde es bestimmt seine Beziehung zu dem Mann zerstören, den er fast liebte. Und wenn nicht, würde er sie nur weiterhin begehren. Wenn er wartete … nun ja, das war eben das Risiko.

„Gute Nacht, Serena.“

Unentschieden stand sie da, wollte unter Deck und in die Welt der Vernunft, wollte zugleich auch in seine Arme und in den Wahnsinn eilen. Sie holte tief Luft und zog die Jacke noch fester um sich. „Gute Nacht.“

Serena hastete davon, denn sie wusste, dass sie nicht mehr als einen Moment brauchen würde, um es sich anders zu überlegen.

4. Kapitel

Weil sie dachte, es wäre menschenleer, wählte Serena das hintere Verandadeck. Wer noch an Bord war, hielt sich wahrscheinlich im geräumigeren Poolbereich auf und sonnte sich in Reichweite von Lido-Bar und -Grill. Die meisten Passagiere besichtigten San Juan, erkundeten die historische Altstadt, stiegen zur Festung hinauf und machten Schnappschüsse von den Bergen ringsherum. Wer immer im Laufe des Tages an Bord zurückkehrte, würde sie auf dem ruhigen Achterdeck wohl kaum stören.

Fast hätte sie verschlafen, weil sie vergessen hatte, dass sie mit Dale zur Abrechnung der Einnahmen eingeteilt war. Erst kurz vor Morgengrauen war sie eingeschlafen. Nach kaum mehr als vier Stunden hatte der Wecker sie schockartig aufwachen lassen. Nachdem die Arbeit des Vormittags erledigt war, legte sie sich in die Mittagssonne.

Serena wollte nicht mehr nachdenken, wie in den langen stillen Stunden zwischen drei Uhr morgens und Sonnenaufgang. Eigentlich war sie viel zu müde, um sich über den gestrigen Abend den Kopf zu zerbrechen, doch schon als sie sich auf dem Liegestuhl ausstreckte, war alles wieder da. Was geschah bloß mit ihr, wann immer Justins Lippen ihre berührten? Was immer es war, sie hatte sich geschworen, es nie wieder geschehen zu lassen – und war dann doch hilflos gewesen. Was hatte er bloß an sich, dass sie sich immer wieder davon mitreißen ließ, bis an einen Abgrund, in dem etwas Gefährliches lauerte? Jedes Mal fiel es ihr schwerer, sich dagegen zu wehren.

Serena löste die Träger ihres Bikinioberteils und lehnte sich zurück. Vielleicht war es doch sinnvoller, gründlich über die Sache nachzudenken, anstatt sich vor der Wahrheit zu drücken. Wenn es im MacGregor-Clan eine Gemeinsamkeit gab, dann die, dass alle Realisten waren. Stelle dich einem Problem und räume es beiseite. So hätte das Motto des Clans lauten können. Und das Motto, mit dem sie das Problem Justin Blade angehen musste.

Er war gefährlich attraktiv. Gefährlich deshalb, folgerte Serena, weil diese Attraktivität sie von der ersten Sekunde an beherrscht hatte und seitdem nicht geringer geworden war. Und es ist nicht nur sein Aussehen, dachte sie und schob die Sonnenbrille höher. Auf das Aussehen kam es nicht an. Sondern auf die kraftvolle und erotische Ausstrahlung und auf den dominierenden Stil. Alle drei forderten sie heraus, sich ihm zu widersetzen. Für eine Frau, die äußerst selten den einfachsten Weg wählte, war das eine unglaublich reizvolle Kombination.

Mochte sie ihn eigentlich? Serena schüttelte leicht den Kopf, wurde dann jedoch nachdenklich. Und? Mochte sie ihn nun oder nicht? Die Antwort kam mit der Erinnerung an einen gemächlichen Nachmittag in Nassau, an den kurzen Scherz im Casino, an die Selbstverständlichkeit, mit der ihre Hand in seine passte. Vielleicht mag ich ihn wirklich, gestand Serena sich widerwillig ein. Ein wenig. Aber, dachte sie und schloss die Augen, das ist nicht der Punkt. Der Punkt ist, wie begegne ich ihm in den nächsten fünf Tagen?

Verstecken konnte sie sich nicht. Selbst wenn das möglich gewesen wäre, hätte Serenas Stolz es nie zugelassen. Nein, sie musste mit ihm fertigwerden … und mit sich selbst. Die Vorstellung, ein wenig Zeit mit ihm zu verbringen, ihn etwas besser kennenzulernen, konnte nicht mehr als harmlos eingeordnet werden. Serena war ehrlich genug, sich einzugestehen, dass an Justin Blade absolut nichts harmlos war. Damit war sie wieder am Ausgangspunkt. Bei dem, was ihn so attraktiv machte. Und das ist keine Lösung, beschloss sie und drehte sich auf den Bauch.

Ihr blieben nur noch wenige Tage an Bord der „Celebration", bevor sie zu einem längeren Besuch nach Hause fuhr. Arbeitslos. Sie rümpfte die Nase und rutschte hin und her, bis sie es auf der Liege bequem hatte. Jetzt, wo sie eine Entscheidung über den Rest ihres Lebens zu treffen hatte, durfte ein umherstreifender Glücksspieler nicht die erste Stelle in ihren Gedanken einnehmen. Das tat er nur, weil sie es zuließ. Jetzt hatte sie sich eingestanden, dass sie Justin sowohl attraktiv als auch interessant fand. Damit hätte die Sache eigentlich erledigt sein müssen.

Eigentlich war es ganz einfach. Sie würde ihn wie jeden anderen Passagier behandeln. Höflich und freundlich. Nun ja, dachte sie und ließ die Sonnenbrille aufs Deck fallen, nicht zu freundlich. Und keine privaten Spiele mehr, beschloss sie, bevor sie die Augen schloss. Der Mann hatte einfach phänomenales Glück.

Die Sonne war viel zu warm, das Deck viel zu ruhig, um über Komplikationen nachzudenken. Seufzend legte sie den Kopf auf die Hände und schlief ein.

Warm und entspannend … diese Empfindungen drifteten

in ihr und ließen Serena seufzen. Verschwommene Bilder davon, wie sie nackt auf einem Floß trieb, während die Sonne ihre Haut streichelte, brachten einen leisen Laut auf ihre Lippen. Sie hätte endlos weitertreiben können, ohne Ziel. Sie spürte eine Freiheit, nein, eine Enthemmung. Sie war allein auf einer blauen See, vielleicht auch in einem dichten grünen Dschungel. Ein geheimer einsamer Ort, an dem es keine Beschränkungen gab. An dem die Sonne ihren Körper liebkoste wie die Hände eines Liebhabers.

Sie fühlte das Streicheln, das ihr wohliges, heißes Vergnügen bereitete ... die gemächlichen Finger des Sonnenscheins ... die sie erregten ... auf delikate Weise verführten ...

Ein Schmetterling streifte ihr Ohr und brachte sie zum Lächeln. Serena lag reglos da, wollte ihn nicht stören. Sanft wie ein Tautropfen landete er auf ihrer Wange, verharrte dort einen Moment, als hätte er eine duftende Blüte gefunden. Mit einem letzten Flügelschlagen flüsterte er ihren Namen an ihrem Mundwinkel.

Wie seltsam, dachte Serena mit einem leisen Seufzen, dass ein Schmetterling meinen Namen kennt. Sie hob die Schulter, um dem zarten Streicheln an ihrem Rücken näher zu sein, und befahl den Augen, sich zu öffnen, weil sie die Farbe der weichen Flügel sehen wollte. Sie sah nur das kühle unergründliche Grün von Justins Augen.

Einen Moment lang starrte Serena hinein, zu zufrieden, um verwirrt zu sein. „Ich habe dich für einen Schmetterling gehalten", flüsterte sie, als ihre Augen sich wieder langsam schlossen.

„Wirklich?" Lächelnd berührte Justin ihren Mundwinkel ein zweites Mal mit den Lippen.

„Mmm-hmm." Es war ein langes, genießerisches Seufzen. „Wie bist du hergekommen?"

„Wohin?" Er genoss es, wie sie sich unter seiner flachen Hand streckte, und fuhr fort, ihren Rücken zu streicheln.

„Wo immer wir sind", murmelte Serena. „Bist du auf einem Floß hergetrieben?"

„Nein." Ihr schnelles Atmen und der kurze Blick in ihre dunklen, verschleierten Augen ließen ihn erkennen, dass sie bereits erregt war, orientierungslos genug, um alles mit sich geschehen zu lassen. Ihre absolute Wehrlosigkeit löste in ihm widersprüchliche Wünsche aus. Er wollte sie zugleich besitzen und beschützen. Während diese Wünsche miteinander um die Vorherrschaft kämpften, küsste er Serena sanft auf die Schulter. „Du hast geträumt."

„Oh." Das war ihr egal. Hauptsache, diese herrlich warmen Zärtlichkeiten nahmen kein Ende. „Es fühlt sich gut an."

„Ja." Justin strich mit der Fingerspitze an ihrer Wirbelsäule hinunter. „Das tut es."

Die Berührung brachte einen raschen Schauer, eine gebündelte Erregung. Serena riss die Augen auf. „Justin."

„Ja."

Serena war schlagartig wach und stützte sich auf die Ellbogen. „Was tust du hier?"

Sein Blick glitt kurz über die winzigen Stofffetzen, die Mühe hatten, ihre Brüste zu verhüllen. „Das hast du mich schon einmal gefragt. Mit deiner hellen Haut solltest du nicht ungeschützt in der Sonne liegen." Seine Hand glitt über ihren Rücken und verteilte die Creme, die er mit der anderen auftrug. Als seine Finger das Unterteil des Bikinis berührten, hielt sie den Atem an.

„Hör auf!“, fuhr sie ihn an und ärgerte sich, dass ihrer Stimme die Festigkeit fehlte.

„Du bist sehr empfindlich“, murmelte er. Das Verlangen in ihren Augen war kurz aufgeflackert, hatte sie verdunkelt und geweitet, noch während sie dagegen ankämpfte. „Schade, dass wir nie zum richtigen Zeitpunkt am richtigen Ort zu sein scheinen.“

„Justin.“ Serena rückte von seiner Hand weg, und erst im letzten Moment fiel ihr ein, das Oberteil festzuhalten. „Ich wünschte, du würdest mir etwas Ruhe gönnen.“ Sie setzte sich auf und verknotete die Träger äußerst sorgfältig im Nacken. „Ich musste heute sehr früh aufstehen, und das Casino öffnet heute Abend gleich nach dem Auslaufen.“ Sie streckte sich. „Ich möchte jetzt schlafen.“

„Ich möchte jetzt mit dir reden.“ Er kam aus der Hocke hoch.

„Nun, was mich …“ Sie verstummte, als ihr Blick an den langen muskulösen Beinen hinauf zu der knappen schwarzen Badehose wanderte. Er hatte einen Körper, der einen an Kraft und Ausdauer und Schnelligkeit denken ließ. Hastig wandte Serena den Blick ab und griff nach hinten, um die Lehne des Liegestuhls anders einzustellen. „Was mich betrifft, ich möchte jetzt nicht reden“, vollendete sie den Satz und setzte die Sonnenbrille auf. „Warum siehst du dir nicht wie alle anderen San Juan an?“

„Ich habe einen Vorschlag.“

„Was du nicht sagst.“

Ohne auf eine Einladung zu warten, schob Justin ihre Beine beiseite und setzte sich ans Fußende. „Geschäftlich.“

Serena legte die Beine an den Rand der Liege, damit sie ihn

nicht berührten und sie dadurch ablenkten. „Deine Geschäfte interessieren mich nicht. Nimm dir einen eigenen Liegestuhl."

„Gibt es keine Anweisung, dass man zu Passagieren nicht unhöflich sein darf?"

„Melde mich", forderte sie ihn auf. „Dies ist meine letzte Woche in diesem Job."

„Genau darüber wollte ich mit dir reden." Justin rieb mit einer von der Sonnencreme noch glatten Hand über ihren Oberschenkel.

„Justin …"

„Sehr gut." Er lächelte, als er ihr wütendes Gesicht sah. „Jetzt hörst du mir zu."

„Wenn du mich nicht in Ruhe lässt, fängst du dir eine gebrochene Nase ein", warnte sie ihn.

„Fällt es dir immer so schwer, dich auf eine geschäftliche Besprechung zu konzentrieren?", fragte Justin sanft.

„Nicht auf eine ehrliche."

„Dann dürften wir keine Probleme haben."

Serena ließ sich auf den Liegestuhl zurückfallen und musterte ihn durch die getönten Gläser hindurch. Sie bemerkte die gezackte weiße Narbe an den Rippen. „Sieht schlimm aus", sagte sie mit kühlem Lächeln. „Das Geschenk eines eifersüchtigen Ehemanns?"

„Ein Verrückter mit einem Messer." Seine Antwort war so kühl wie ihre Frage und vollkommen emotionslos.

Ein Schmerz durchzuckte sie, stechend und unerwartet. Er blieb ihr in der Kehle stecken, und sie keuchte, als sie zu sehen glaubte, wie die Klinge die Haut durchtrennte. „Das war dumm von mir. Es tut mir leid." Sie warf einen zaghaften Blick auf die Narbe. „Es muss gefährlich gewesen sein."

Justin dachte an die zwei Wochen, die er im Krankenhaus zugebracht hatte. „Es ist lange her."

„Was ist passiert?" Sie musste es fragen. Vielleicht teilte etwas in ihr den Schmerz, ohne zu wissen, warum.

Justin musterte sie. Er dachte kaum noch daran. Dennoch war es ein Teil von ihm, wie die Narbe. Vielleicht war es besser, wenn sie es wusste. Er nahm ein Handtuch vom Deck und wischte sich die Hände daran ab.

„Ich war in einer Bar im Osten von Nevada. Einer von den Stammgästen hatte etwas dagegen, dieselbe Luft zu atmen wie ein Indianer. Ich hatte mein Bier noch nicht aus, also schlug ich ihm vor, woanders zu atmen." Ein kaltes, humorloses Lächeln glitt über seine Mundwinkel. „Ich war jung genug, um mich auf eine Schlägerei zu freuen. Mit achtzehn kann Boxen ein echtes Ventil sein."

„Aber die Narbe hast du nicht vom Boxen", murmelte sie.

Justin hob zustimmend eine Augenbraue. „Die meisten Dinge geraten außer Kontrolle, wenn Alkohol im Spiel ist. Er war betrunken." Fast abwesend strich er mit dem Finger an der Narbe entlang. „Eigentlich fing es an wie immer. Worte, Stöße, Faustschläge. Dann hatte er plötzlich ein Messer. Vermutlich war er zu betrunken, um zu wissen, was er tat, aber er hat es an mir benutzt."

„Oh Gott." Spontan griff sie nach seiner Hand. „Das ist ja schrecklich. Warum hat niemand die Polizei gerufen?"

Trotz des Reichtums, der umfangreichen Ausbildung, der vielen Reisen hatte sie offenbar ein behütetes Leben geführt – oder vielleicht gerade deswegen. „So werden die Dinge nun mal nicht immer geregelt", sagte er einfach.

„Aber er hat auf dich eingestochen“, erwiderte sie mit einer Mischung aus Logik und Entsetzen. „Man muss ihn doch festgenommen haben.“

„Nein.“ Justins Blick blieb so ruhig und fest wie seine Stimme. „Ich habe ihn getötet.“

Serenas Hand erschlaffte in seiner. Justin sah, wie sich vor Schock ihre Augen hinter den getönten Gläsern weiteten. Er spürte, wie sie sich von ihm zurückzog. Dann legten ihre Finger sich fester um seine. „In Notwehr“, sagte sie mit nur einem leichten Beben in der Stimme.

Er sagte nichts. In all den Jahren hatte er sich genau danach gesehnt, nach diesem schlichten, bedingungslosen Vertrauen. Während des Schmerzes der Tage im Krankenhaus, während der kalten, einsamen Angst in der Zelle vor dem Prozess. Damals hatte niemand an ihn geglaubt. Niemand hatte ihm etwas von dem Vertrauen und der Hoffnung zurückgegeben, die er während dieser endlosen leeren Tage verloren hatte. Als sie seine Hand zwischen ihre nahm, bewegte sich etwas in ihm und kroch aus einem lange verriegelten Versteck hervor.

„Ich griff nach dem Messer“, fuhr Justin fort. „Wir stürzten zu Boden. Und dann erwachte ich im Krankenhaus, als Beschuldigter in einem Mordprozess.“

„Aber es war sein Messer.“ In ihrer Stimme lag nackte Entrüstung, keine Frage. „Er hat dich angegriffen.“

„Bis das herauskam, dauerte es eine Weile.“ Justin konnte sich an jede einzelne Stunde, jede einzelne Minute des Wartens erinnern. An den Geruch in der Gefängniszelle, an die Gesichter im Gerichtssaal. Die Angst, die Wut. „Als es dann so weit war, wurde ich freigesprochen.“

Mit wie vielen weiteren Narben, fragte Serena sich. „Keiner

der anderen wollte für dich aussagen." Sie wusste es instinktiv. „Die, die auch noch in der Bar gewesen waren."

„Ich war keiner von ihnen", sagte er tonlos. „Aber sie hielten sich an die Wahrheit, sobald sie unter Eid standen."

„Es muss ein schreckliches Erlebnis für einen Jungen gewesen sein." Da Justin lediglich eine Augenbraue hochzog, bemühte Serena sich um ein Lächeln. „Mein Vater würde sagen, ein Mann ist erst mit dreißig ein Mann, vielleicht auch mit vierzig. Er legt sich da ungern fest."

Wie gut er mich kennt, dachte Justin. Er war versucht, ihr hier und jetzt von seiner Beziehung zu Daniel zu erzählen, zwang sich jedoch, beim ursprünglichen Plan zu bleiben. „Ich habe dir das erzählt, weil du vermutlich ohnehin Bruchstücke davon hörst, wenn du mein Angebot annimmst. Und es ist mir lieber, wenn du alles auf einmal von mir erfährst." Er sah, dass er ihre Neugier geweckt hatte.

„Was für ein Angebot?", fragte sie misstrauisch.

„Ein Job."

„Ein Job?", wiederholte Serena und lachte. „Was hast du vor? Einen schwimmenden Blackjacktisch mit mir als Geberin?"

„Eigentlich schwebt mir etwas Stationäres vor", murmelte Justin und ließ seinen Blick nach unten wandern. „Wie sicher sind diese dünnen Träger?"

„Sicher genug." Sie widerstand dem Drang, daran zu ziehen. „Warum erzählst du mir nicht genau, was du vorhast, Justin? Ganz ehrlich."

„Na schön." Abrupt verschwand die Belustigung aus seinen Augen. Sie wurden wieder kühl und sahen in ihre. „Ich habe dich bei der Arbeit beobachtet. Du bist sehr gut. Nicht nur mit Karten, auch mit Menschen. Du kannst Spieler schnell einschätzen, und dein Tisch ist fast immer voll, während andere immer wieder ausdünnen. Außerdem kannst du mit Spielern umgehen, die sich über ihre Karten ärgern oder etwas zu viel getrunken haben. Alles in allem", fügte er sachlich hinzu, „hast du eine Menge Stil."

Serena war nicht sicher, worauf er hinauswollte, und zuckte mit den Schultern. „Und?"

„Und ich kann jemanden mit deinem Talent gebrauchen." Er musterte sie sorgfältig und schlug die Beine unter.

Serena fand, dass er seinem berüchtigten Kidnapper-Vorfahren etwas zu ähnlich sah. Sie schob sich die Sonnenbrille auf den Kopf und erwiderte seinen forschenden Blick. „Wofür?", fragte sie kühl.

„Für mein Casino in Atlantic City. Als Managerin." Zufrieden registrierte er ihre ungläubige Miene.

„Du besitzt ein Casino in Atlantic City?"

Justin legte die Hände auf die Knie. „Ja."

Serena kniff die Augen zusammen und runzelte die Stirn. Belustigt stellte er fest, dass sie ihm diesmal nicht so schnell vertraute. Langsam stieß sie den Atem aus.

„‚Comanche'", murmelte Serena. „In Las Vegas gibt es auch eins. Und in Tahoe, glaube ich." Sie lehnte sich zurück und schloss die Augen. Also hatte der umherziehende Glücksspieler sich als wohlhabender und sehr erfolgreicher Geschäftsmann erwiesen. „Ich hätte es wissen müssen."

Ihre Reaktion belustigte ihn noch mehr, und er entspannte sich. Schon beim Bummel durch Nassau hatte er daran gedacht, ihr einen Job anzubieten. Damals war es halb eine spontane Laune, halb eine geschäftliche Überlegung gewesen. Jetzt musterte er ihr elegantes Gesicht und wusste, dass schon viel mehr dahintersteckte, Gefühle, die eigentlich nicht hineinspielen sollten. Damit würde er später fertigwerden – nachdem er alles arrangiert hatte.

„Kurz vor meiner Abreise habe ich den Manager gefeuert", fuhr Justin fort, ohne darauf zu warten, dass Serena ihre Augen wieder öffnete. „Es gab Probleme mit den Einnahmen."

Sie machte sie auf, zog die Augenbrauen hoch. „Er hat dich betrogen?"

„Er hat es versucht", verbesserte Justin sanft. „Niemand betrügt mich."

„Nein", stimmte sie zu. „Da bin ich sicher." Sie zog die Knie an, damit sie Justin nicht mehr berührte, und schlang die Arme darum. „Warum willst du, dass ich für dich arbeite?"

Justin hatte das unangenehme Gefühl, dass sie die Antwort kannte, auch wenn er sich seiner Motive noch gar nicht sicher war. Er war nur sicher, dass er sie in seiner Welt haben wollte, wo er sie sehen … und berühren konnte. „Das habe ich dir doch schon gesagt", erwiderte er, zu vorsichtig, um ihre Haut erneut zu streicheln.

„Wenn du drei florierende Hotels hast …"

„Fünf", korrigierte er.

„Fünf." Sie nickte leicht. „Dann kann ich mir dich nicht als Mann vorstellen, der seine geschäftlichen Entscheidungen spontan trifft." Oder jede andere Entscheidung, fügte sie stumm hinzu. „Du musst doch wissen, dass die Leitung eines solchen Casinos etwas ganz anderes ist, als auf einem Kreuzfahrtschiff Karten zu geben. Vermutlich hast du doppelt so viele Tische wie hier und Einnahmen, die unseren Profit wie den Umsatz eines Kaugummiautomaten aussehen lassen."

Justin gestattete sich ein Lächeln. Sie hatte recht. „Wenn du natürlich glaubst, du schaffst es nicht …"

„Ich habe nicht gesagt, ich schaffe es nicht", gab sie zurück und sah ihn wütend an. „Du bist sehr clever, nicht wahr?"

„Denk darüber nach", schlug er vor und hakte einen Finger hinter einen ihrer Bikiniträger. „Du hast selbst gesagt, dass du noch keine konkreten Pläne hast."

Keine konkreten Pläne, dachte sie. Nur die vage Vorstellung, einen eigenen Laden aufzumachen. Den wollte sie immer noch, aber wäre es nicht logisch, den eines anderen zu managen, bis sie etwas mehr gelernt hatte? „Ich werde darüber nachdenken", sagte Serena langsam und bemerkte kaum, dass Justins Daumen an ihrem Finger entlangstrich.

„Gut." Er hob die freie Hand und zog ihr eine Nadel aus dem Haar. „Wir können in San Juan zu Abend essen und über praktische Fragen reden." Er ließ die erste Nadel fallen und zog eine zweite heraus.

„Hör auf damit." Verärgert griff Serena nach seinem Handgelenk. „Jedes Mal, wenn ich dich sehe, wirfst du meine Haarnadeln weg. Wenn die Kreuzfahrt zu Ende ist, werde ich keine mehr haben."

„Es gefällt mir offen." Er fuhr mit den Fingern durch den jetzt locker sitzenden Knoten und verstreute den Rest der Nadeln. „Ich mag es, wenn es nach unten fällt."

Serena schob seine Hand fort und setzte sich auf. Wenn er in diesen Ton verfiel, ging eine kluge Frau besser auf Distanz. „Ich werde nicht mit dir zu Abend essen, weder in San Juan noch irgendwo anders." Sie griff nach dem Dashiki, den sie über dem Bikini getragen hatte. „Und ich glaube, ich habe jetzt lange genug über deinen Vorschlag nachgedacht."

„Angst?“ Justin schwang die Beine vom Liegestuhl und erhob sich mit der Geschmeidigkeit einer Raubkatze.

„Nein.“ Sie wich seinem Blick nicht aus, denn er sollte wissen, dass sie die Wahrheit sagte.

„Gut.“ Ihr trotziger Ausdruck gefiel ihm, und er legte die Hand um ihren Nacken. Angst war zu gewöhnlich und zu leicht zu überwinden. „Aber lass dir ein paar Tage Zeit. Das Angebot ist rein geschäftlich. Es hat nichts damit zu tun, dass du und ich Lover sind.“

Der Druck seiner Finger hätte sie fast dazu gebracht, sich zu entspannen. Seine Worte ließen ihre Augen funkeln. „Wir sind keine ‚Lover‘.“

„Aber wir werden es sein“, sagte er und näherte sich ihr wieder. „Bald. Wir beide sind Menschen, die sich nehmen, was sie wollen, Serena. Wir wollen einander.“

„Warum legst du dein Ego nicht mal eine Weile ab, Justin? Es muss doch schwer werden.“ Als seine Hand auf ihren Rücken glitt, blieb sie steif. Sie wollte nicht kämpfen, sie wollte nicht verlieren.

„Wir Spieler glauben an die Vorsehung.“ Obwohl ihr Rücken starr und unnachgiebig war, spürte er die Weichheit ihrer Brüste. Nur ein Stück Stoff trennte Haut von Haut. „Du bist auch eine Spielerin, Serena MacGregor, wie ich.“ Er neigte den Kopf und knabberte an ihrem Ohrläppchen. „Wir müssen beide mit den Karten spielen, die uns gegeben worden sind.“

Wie lange konnte sie dem verführerischen Ton und dem klugen Mund noch widerstehen? Serena fühlte, wie ihr Herz gegen die Rippen hämmerte und eine süße Schwäche ihre Glieder durchströmte. Wenn sie sich wehrte, würde sie verlieren. Vielleicht … Ihr Verstand vernebelte sich, hektisch vertrieb sie die seidigen Schwaden. Vielleicht sollte sie diesmal sein Spiel mitmachen und ein Unentschieden erreichen. Es war ein gefährliches Spiel, aber sie wagte das Risiko.

Langsam, sanft ließ sie die Hände an seinem Rücken hinaufwandern. Ihre Nägel streiften behutsam seine Haut. Als sein Mund sich auf ihren Hals presste, hätten ihre Knie beinahe nachgegeben, und sie musste in die Innenseite ihrer Unterlippe beißen. Sie rieb sich an ihm, während ihre Finger nach oben glitten, um an seinem Nacken zu kreisen. Sein Herzschlag wurde schneller, passte sich ihrem an.

Sein Mund wurde hungrig, aber sie drehte sich, damit seine Lippen ihre nicht erreichen konnten. Wenn er sie küsste, war sie verloren. Sein Atem strich heftig über ihr Ohr, entlockte ihr ein Aufstöhnen. Serena hielt die Augen fest geschlossen und wehrte sich dagegen, all die Dinge zu fühlen, die er so mühelos in ihr wachrief. Sie presste die Lippen gegen seinen Hals, sagte sich, dass sie es nicht tat, um ihn zu schmecken. Es war nur der nächste Schritt in diesem Spiel. Sie würde sich von dem herb-männlichen Geschmack und Duft nicht schwach machen lassen, und auch nicht von den kräftigen, straffen Muskeln unter ihren Händen. Diesmal, schwor sie sich, würde sie ihn in die Knie zwingen.

Sie hörte ihn stöhnen, spürte, wie er erzitterte, als er sie noch fester an sich zog. Serena war zu erstaunt über die Macht, die sie so plötzlich errungen hatte, um etwas anderes zu tun, als sich an ihn zu klammern. Er flüsterte etwas in einer Sprache, die sie nicht verstand, und vergrub das Gesicht in ihrem Haar.

Ihr Herz drängte sie, dort zu bleiben, wo sie war, warme

Haut an warmer Haut. Könnte es sich so gut anfühlen, wenn sie nicht hierher gehört hätte? Wenn ihr Körper nicht dafür geschaffen wäre, würden sie dann so perfekt zusammenpassen? Wenn ihr Mund nicht für seinen da wäre, würde er sich schon bei dem Gedanken an einen Kuss erhitzen?

Nein. Serena fing sich, bevor die Schwäche sich zu weit ausbreitete. Sie würde sich nicht von einem erotischen Bedürfnis beherrschen lassen … und auch nicht von einem Mann.

Sie schob ihn von sich und wusste, dass sie nur deshalb frei war, weil sie ihn überrascht hatte. Langsam bückte sie sich nach dem zu Boden gefallenen Dashiki und betete, dass ihre Beine sie tragen würden. Ohne ein Wort streifte Serena ihn sich über den Kopf. Das gab ihr einen Moment, nur einen Moment, um sich zu sammeln, bevor sie Justin ansah.

Sie sah Verlangen in seinen Augen, ein rücksichtsloses Verlangen, das ihr Herz schmerzhaft schlagen ließ. Und sie sah das Misstrauen. Also war er ebenso wenig wie sie auf den Ansturm der Sinne vorbereitet gewesen. Das verschaffte ihr einen Vorteil.

„Falls und wenn ich beschließe, mit dir zu schlafen, wirst du es erfahren." Sie sagte es ganz ruhig, drehte sich um und ging ohne einen Blick zurück davon. Ihre Knie zitterten.

Justin sah ihr nach. Am liebsten hätte er sie zurückgeschleift. In seine Kabine, um sie auf der Stelle zu nehmen. Er könnte sagen, zur Hölle mit dem Plan, und den quälenden Hunger stillen, der ihn von innen heraus aufzufressen schien. Wäre er doch nur einmal, nur ein einziges Mal mit ihr allein, wirklich allein … Justin lockerte die Faust. Es zahlte sich nie aus, sein Handeln von Emotionen leiten zu lassen. Das war etwas, das er vor vielen Jahren gelernt hatte. Es war zu lange her, als dass er es jetzt vergessen könnte.

Er bückte sich nach der Sonnencreme, die Serena neben dem Liegestuhl vergessen hatte. Mein Angebot reizt sie, dachte er, während er den Verschluss festdrehte. Nach einem Jahr, in dem sie nur Anweisungen befolgt hatte, musste sie sich danach sehnen, selbst welche zu erteilen. Und nach dem Sieg, den sie gerade errungen hatte, fühlte sie sich ihm bestimmt gewachsen. Sie war eine MacGregor. Die Herausforderung war unwiderstehlich.

Ein kühles Lächeln umspielte seinen Mund. Er hatte sein Gebot abgegeben. Vorläufig würde er es dabei belassen.

Serenas Kabine war vollkommen dunkel, als das Telefon neben der Koje schrillte. Schläfrig tastete sie nach dem Wecker. Als das Läuten nicht aufhörte, stieß sie den Hörer vom Apparat. Er landete an ihrer Schläfe.

„Autsch, verdammt!"

„Guten Morgen, kleines Mädchen."

Schläfrig und die Schläfe reibend klemmte sie sich den Hörer ans Ohr. „Dad?"

„Wie ist das Leben auf hoher See?", fragte er so laut und fröhlich, dass sie das Gesicht verzog.

„Ich …" Serena fuhr sich mit der Zunge über die Zähne und versuchte wach zu werden.

„Komm schon, Mädchen, sag etwas."

„Dad, es ist …" Sie drückte auf den Wecker, bis sie die Leuchtziffern erkennen konnte. „Es ist gerade erst sechs Uhr morgens."

„Ein guter Matrose steht mit der Sonne auf."

„Mmm. Gute Nacht, Dad."

„Deine Mutter möchte wissen, wann du nach Hause kommst."

Selbst im Halbschlaf musste Serena lächeln. Anna MacGregor war nie eine Glucke gewesen, aber Daniel … „Wir laufen am Samstagnachmittag in Miami ein. Ich müsste Sonntag zu Hause sein. Willst du eine Blaskapelle bestellen?"

„Ha!"

„Einen Dudelsackpfeifer?"

„Du warst immer die Freche, Rena." Er versuchte streng zu klingen, klang aber eher stolz. „Deine Mutter möchte wissen, ob sie dich auch anständig füttern."

Sie verschluckte ein Kichern. „Wir bekommen ein ganzes Gerstenbrot pro Woche und sonntags gepökeltes Schweinefleisch. Wie geht es Mom?"

„Gut. Sie ist schon in der Klinik, um jemanden aufzuschneiden."

„Und Alan und Caine?", fragte Serena.

Daniel schnaubte. „Wer bekommt die schon zu Gesicht? Es bricht deiner Mutter das Herz, dass ihre Kinder die Eltern vergessen haben. Kein Enkelkind, um es auf dem Knie zu schaukeln."

„Wie nachlässig von uns", erwiderte sie trocken.

„Wenn Alan dieses hübsche Judson-Mädchen geheiratet hätte …"

„Die hatte einen Gang wie eine Ente", erinnerte Serena ihn. „Alan wird sich schon selbst seine Frau aussuchen, wenn er bereit ist."

„Ha!", wiederholte Daniel. „Hat sich in D.C. in die Arbeit

vergraben. Caine hätte sich längst die Hörner abstoßen müssen. Und du schipperst mit irgendeinem Boot herum."

„Schiff."

„Deine arme Mutter wird ihr erstes Enkelkind wahrscheinlich nicht mehr erleben." Seufzend steckte er sich eine der dicken Zigarren an, die Annas wachsamem Auge entgangen waren.

„Hast du mich um sechs Uhr morgens geweckt, um mir einen Vortrag über das Aussterben der MacGregors zu halten?"

„Darüber brauchst du gar nicht die Nase zu rümpfen, kleines Mädchen. Der Clan ..."

„Ich rümpfe nicht die Nase", beteuerte sie. „Und ich habe vor, eine Weile bei euch zu bleiben, also warte bis Sonntag. Ab dann kannst du mich wieder tyrannisieren."

„Redet man so mit seinem Vater?", fragte er gekränkt. „Habe ich je meine Hand gegen dich erhoben?"

„Du bist der beste Vater, den ich je hatte", besänftigte sie ihn. „Ich werde dir auf St. Thomas eine Kiste Scotch kaufen."

„Nun ja." Er beruhigte sich, bis ihm die zweite Kiste Scotch und der eigentliche Grund seines Anrufs einfielen. „Hast du interessante Leute getroffen, Rena?"

„Mmm, ich könnte ein Buch schreiben. Ich werde den Rest der Besatzung wirklich vermissen."

„Was ist mit den Passagieren?", bohrte er nach. Daniel zog an der Zigarre und versuchte Kringel zu blasen. „Irgendwelche echten Spieler darunter?"

„Hin und wieder." Wie Daniel, so dachte auch sie an Justin.

„Ich nehme an, du hattest alle Hände voll zu tun mit Männern."

Sie murmelte ausweichend und legte sich auf den Rücken. Mit einem Mann jedenfalls.

„Natürlich ist gegen eine kleine Romanze ab und zu nichts einzuwenden“, fügte er jovial hinzu. „Vorausgesetzt, der Mann hat gutes Blut und etwas Stärke. Ein echter Spieler muss einen scharfen Verstand besitzen.“

„Würdest du dich besser fühlen, wenn ich dir erzählte, dass ich mit einem durchbrennen will?“

„Mit welchem?“, fragte er.

„Mit keinem“, erwiderte sie. „Und jetzt will ich weiterschlafen. Sieh zu, dass du die Zigarrenasche beseitigst, bevor Mom nach Hause kommt. Ich sehe dich und Mom am Sonntag. Und übrigens, ich liebe dich, du alter Pirat.“

„Frühstücke ordentlich“, befahl er, bevor er auflegte.

Nachdenklich lehnte Daniel sich im Sessel zurück. Rena war immer eine harte Nuss gewesen. Und wenn Justin Blade es nicht geschafft hatte, einen oder zwei tropische Abende in ihrer Gesellschaft zu verbringen, war er nicht der Mann, für den Daniel ihn gehalten hatte. Er drückte die Zigarre aus und nahm sich vor, sämtliche Beweise beiseitezuschaffen, bevor Anna nach Hause kam.

Er konnte sich einfach nicht geirrt haben, was Justin Blade betraf! Daniel MacGregor träumte von einem schwarzhaarigen, violettäugigen Enkelkind. Erst ein Junge, beschloss er. Auch wenn er nicht den Namen der MacGregors tragen würde, es war ihr Blut, das durch seine Adern strömen würde. Sie würden ihn nach seinem Großvater benennen.

Daniel war bester Laune und griff erneut nach dem Hörer. Wenn er schon mal dabei war, konnte er auch seinen anderen Kindern ein wenig auf die Nerven gehen.

5. Kapitel

Sooft sie sich auch sagte, es sei nicht ihre Angelegenheit, fragte Serena sich immer wieder, was Justin vorhatte. Seit zwei Tagen hatte sie ihn nicht mehr zu Gesicht bekommen. In der Zeit hatte er keinen Fuß ins Casino gesetzt. Auch auf der Backbordseite des Promenadendecks, wo privat gespielt wurde, war er nicht gewesen. Jedenfalls nicht, als sie in ihrer Pause dort entlangschlenderte.

Serena bereitete sich auf ihren letzten freien Tag der Kreuzfahrt vor und fragte sich auch dabei, was er wohl tat. Ein Spieler spielte, oder nicht? Er war nicht der Typ, der sich mit Bingo in der Lounge zufriedengab.

Er tut es absichtlich, beschloss sie, als sie ihre purpurrote Jacke zuknöpfte. Er will mich reizen. Vermutlich lag er irgendwo in der Sonne und freute sich darüber, dass sie sich den Kopf zerbrach. Und vermutlich hatte er auch den intimen kleinen Drink mit Mrs. Dewalter genommen. Sie griff nach der Bürste und fuhr sich mit schnellen Strichen durchs Haar. Stirnrunzelnd blickte Serena in den kleinen Spiegel.

„Na und?“, sagte sie laut. „Wenn er nach ihren Waden schnappt, schnappt er wenigstens nicht nach meinen.“ Das Letzte, was sie an ihren letzten Tagen an Bord wollte, war ein konstanter Kampf, ob nun mit Worten oder sonst wie. Also war es ganz gut, dass er beschäftigt war. So brauchte sie ihn nicht zu ignorieren.

Er erregte sie, wenn er in der Nähe war. Er erregte sie auch, wenn er nicht da war. Wütend warf sie die Bürste auf die Kommode. Gab es keine Gerechtigkeit mehr? Ich werde nicht mehr an ihn denken, beschloss sie und setzte sich auf den Boden, um die Sandaletten anzuziehen. Ich werde etwas schnorcheln, einige Sachen einkaufen, einen Karton Scotch, und, so fügte sie grimmig hinzu, ich werde mich amüsieren.

Das macht er absichtlich, dachte sie und schlug mit einer der Sandaletten gegen die Handfläche. Erst hält er mir diese Sache mit seinem Casino vor die Nase, dann verschwindet er. Er weiß genau, dass er mich damit rasend macht. Na ja, das Spiel können auch zwei spielen, sagte Serena sich, als sie den Fuß in die Sandalette schob. Ich werde ihm während der nächsten Tage aus dem Weg gehen. Und wenn ich dazu seekrank spielen und mich in der Kabine einschließen muss. Das wäre ihm eine Lehre.

Serena runzelte noch immer die Stirn, als es an der Tür klopfte. „Sie ist offen", rief sie.

Der Letzte, den sie erwartet hatte, war Justin. Und das Letzte, womit sie gerechnet hatte, war die Freude, die sein Anblick in ihr auslöste. Mein Gott, schoss es ihr durch den Kopf, ich habe ihn vermisst.

Er sah das kurze Lächeln in ihren Augen, bevor es sich in ein wütendes Funkeln verwandelte. „Morgen."

„Passagiere haben keinen Zutritt zu diesem Deck", erwiderte sie kühl.

„Oh." Er trat ein und schloss die Tür. Justin ignorierte ihr verärgertes Zischen und sah sich in der winzigen Kabine um.

Eigentlich hätte sie trist und farblos sein müssen, mit der spartanischen Koje und den weißen Wänden, aber Serena hatte ihr mit nur wenigen Handgriffen einen persönlichen Stil verliehen. Ein buntes Bild mit Segeljachten, eine flaschengrüne Avantgarde-Schüssel mit zerstoßenen Muscheln, ein paar Fotos … In Hyannis Port, dachte er, ist selbst die Speisekammer geräumiger.

„Keine Raumverschwendung“, sagte er und ließ den Blick zu ihr zurückwandern.

„Es ist mein Raum“, erinnerte sie ihn. „Und es verstößt gegen die Vorschriften, dass du hier bist. Würdest du bitte gehen, bevor sie mich feuern?“

„Du hast bereits gekündigt.“ Er schob sich zwischen sie und die Koje, um einen Blick auf das Bild zu werfen. „Sehr gut. Der Hafen von St. Thomas?“

„Ja.“ Serena blieb sitzen. Sie wusste, dass es für zwei Leute so gut wie unmöglich war, in der Kabine zu stehen, ohne sich zu berühren. „Tut mir leid, dass ich dir nichts anbieten kann, Justin, aber ich wollte gerade los.“

Er ignorierte ihre Worte und setzte sich auf die Koje. „Stabil“, kommentierte er und entlockte Serena ein widerwilliges Lächeln. Die Koje war hart wie ein Fels.

„Gut für den Rücken.“ Sie sahen einander an, und Serena wehrte sich gegen das schlichte Vergnügen, ihn bei sich zu haben. „Ich dachte schon, ich wäre dich los.“

„Wirklich?“ Er griff nach dem zarten Negligé, in dem sie geschlafen hatte, und ließ es durch die Finger gleiten. Ohne jede Mühe konnte er sie sich darin vorstellen. Er malte sich aus, wie der hauchdünne Stoff über ihre Haut glitt, wenn sie es auszog.

„Leg das hin.“ Sie beugte sich hinüber, um es ihm wegzunehmen, und musste sich quer über seinen Körper lehnen.

„Du magst also Seide und Spitze“, stellte er fest und ließ das Kleidungsstück wieder auf die Koje gleiten, bevor sie es ihm entreißen konnte. „Ich habe Frauen immer bewundert, die so etwas tragen, obwohl sie allein schlafen.“ Justin sah nach unten, als Serena sich hinkniete. „Es beweist eine gewisse Unabhängigkeit.“

Ihre Stirn legte sich in Falten. „Ist das ein Kompliment?“

„Es war so gemeint.“ Lächelnd beugte er sich vor und wickelte sich einige Strähnen ihres Haars um die Finger. „Warum hast du gedacht, du wärst mich los?“

„Ich wünschte, du wärst nicht so nett, Justin. Es verwirrt mich.“ Sie ließ sich nach hinten fallen und seufzte. „Du warst nicht im Casino.“

„Es gibt an Bord noch andere Unterhaltungsmöglichkeiten.“

„Da bin ich sicher.“ Ihre Stimme wurde kühler. „Ich wette, du hast Mrs. Dewalter dein System erklärt.“

„Mrs. wer?“

Serena stand auf und suchte nach ihrer Tasche. „Die geschiedene Rothaarige mit dem Hühnerei.“

„Oh.“ Belustigt sah Justin zu, wie sie unter der Koje herumwühlte. „Suchst du etwas?“

„Ja.“

Serena schob sich auf dem Bauch unter die Koje. „Brauchst du Hilfe?“, fragte er.

„Nein. Verdammt!“ Sie fluchte, als sie sich den Kopf stieß. Als sie wieder ins Freie kam, saß Justin neben ihr auf dem Boden. Lächelnd strich er ihr das zerzauste Haar aus dem Gesicht.

„Justin …“ Sie drehte sich weg und kippte den Inhalt der

Tasche auf die Koje. „Ich hasse es wirklich, das sagen zu müssen."

Er war ihre spitze Zunge gewöhnt und zuckte nur mit den Schultern. „Sag's trotzdem."

„Ich habe dich vermisst." Serena drehte sich um und registrierte zum zweiten Mal Verblüffung in seinem Gesicht. „Wie gesagt, ich hasse es wirklich." Als sie aufstehen wollte, hielt er sie am Arm fest.

Vier Worte. Vier Worte, die in ihm einen noch nie erlebten Strudel aus widersprüchlichen Emotionen auslösten. Er war auf ihre Verärgerung, ihre Kälte, ihren Zorn vorbereitet gewesen. Aber nicht auf diese vier schlichten Worte. „Serena." Er legte eine Hand an ihre Wange. Es war eine so zärtliche Geste, wie sie bei ihm nicht oft vorkam. „Es ist gefährlich, mir das zu sagen, wenn wir allein sind."

Sie strich kurz über seine Hand und löste sie behutsam von ihrem Gesicht. „Ich wollte es dir gar nicht sagen. Außerdem glaube ich, es ist mir erst bewusst geworden, als du hereinkamst." Ihr Seufzen war zugleich verwirrt und wehmütig. „Ich verstehe es einfach nicht."

„Ich frage mich, warum wir beide das Gefühl haben, wir müssten es verstehen", sagte er halb zu sich selbst.

Abrupt sprang sie auf und fing an, in ihre Tasche zu packen, was sie zu brauchen glaubte. „Ich gehe an den Strand. Ich will mich etwas umsehen und schnorcheln. Möchtest du mitkommen?"

Sie hörte ihn nicht, denn er bewegte sich absolut geräuschlos, aber sie wusste, dass er hinter ihr stand. Zum ersten Mal seit einem Jahr verspürte Serena einen leichten Anflug von Platzangst.

Justin legte ihr die Hände auf die Schultern und drehte sie zu sich. Diese Augen, dachte er. Diese unglaublich satte Farbe. „Ein Waffenstillstand?“, fragte er.

Erleichtert stellte sie fest, dass er den Vorteil, den sie ihm eingeräumt hatte, nicht ausnutzen wollte. „Wozu?“, gab sie zurück. „Du kannst mitkommen, wenn du willst, aber kein Waffenstillstand.“

„Klingt vernünftig“, sagte er. Als er die Hände um ihre Taille legte, schob Serena ihre Tasche zwischen sie beide. Justin sah erst die Tasche, dann sie an. „Die dürfte wohl kaum ein Hindernis sein.“

„Das Angebot war rein touristisch“, erinnerte sie ihn. „Akzeptiere es oder lass es.“

„Ich akzeptiere.“ Nach einem unmerklichen Zögern ließ Justin die Hände sinken. „Vorläufig.“

Serena drehte sich um und öffnete die Tür. „Schon mal mit einem Glasbodenboot gefahren?“

„Nein.“

„Es wird dir gefallen“, versprach sie und nahm seine Hand.

Ihre Haut war warm und feucht und glitzerte im Sonnenschein. Zwei winzige Stofffetzen klebten an den Kurven ihrer Brüste und Hüften. Sie streckte die Beine auf der Decke aus und seufzte zufrieden.

„Ich denke immer gern an die Piraten.“ Serena sah auf das traumhaft blaue Wasser hinaus. Um sie und Justin herum erhoben sich hohe grüne Berge, als ob sie auf der See trieben. „Vor dreihundert Jahren.“ Sie schüttelte das nasse Haar nach hinten und lächelte Justin zu. „Eigentlich nicht sehr lange her, wenn man bedenkt, seit wann es diese Inseln schon gibt.“

Einige Tropfen glitzerten auf seiner dunklen Haut. „Meinst du nicht, die wären entsetzt, wenn sie das hier sehen könnten?“ Er nickte zu all den Menschen hinüber, die den weißen Sandstrand bevölkerten und im türkisfarbenen Wasser planschten. Gelächter und der Duft von Sonnenschutzmittel erfüllten die Luft. „Ich glaube nicht, dass dieser Strand für sie noch als unverdorben gelten würde.“

Sie lachte, erfrischt und belebt vom einstündigen Schnorcheln. „Die würden sich einfach einen anderen suchen. Piraten finden immer einen.“

„Das klingt, als würdest du sie bewundern.“

„Nach einigen Jahrhunderten ist es leicht, sie in romantischem Licht zu sehen.“ Serena stützte sich auf die Ellbogen und genoss es, in der Sonne zu trocknen. „Und vermutlich habe ich immer Menschen bewundert, die nach ihren eigenen Regeln leben.“

„Um jeden Preis?“

„So, du willst also praktisch denken?“ Serena drehte das Gesicht in die Sonne. Der Himmel war so blau wie das Wasser und wolkenlos. „Hier ist es viel zu schön, um praktisch zu sein. Heute gibt es nicht weniger Barbarei und Grausamkeit als vor dreihundert Jahren und nicht annähernd so viel Abenteuer. Ich würde zu gern in H. G. Wells’ Zeitmaschine mitfahren.“

Justin griff nach dem Kamm, den sie hingelegt hatte, und fuhr ihr damit durchs Haar. „Wohin würdest du reisen?“

„König Artus’ Britannien, Platons Griechenland, Cäsars Rom.“ Sie seufzte. Von Justin gekämmt zu werden war zugleich beruhigend und sinnlich. „Und an Hunderte von anderen Orten. Ich müsste Rob Roy in Schottland treffen, sonst würde mein Vater es mir nie verzeihen. Ich würde gern den

Westen sehen, bevor die Siedler ihn erobern. Vielleicht würde ich aber auch gern im ersten Wagen des Trecks nach Oregon sitzen.“ Lachend legte sie den Kopf in den Nacken. „Es wäre mir das Risiko wert, von deinen Vorfahren skalpiert zu werden.“

Justin wog ihr Haar in einer Hand. „Wäre keine schlechte Trophäe gewesen.“

„Ich würde es lieber behalten. Und du?“, fragte sie. „Würdest du denn nicht gern die Rothaut in einem Saloon in Tombstone spielen?“

„Komantschen waren dort nicht willkommen.“

Sie griff nach hinten und schob ihm das feuchte Haar aus der Stirn. „Jetzt bist du wieder praktisch.“

„Ich wäre unter den Kriegern gewesen, die deinen Wagen angegriffen haben.“

„Ja.“ Sie sah auf die See hinaus. Es war dumm zu vergessen, wer und was er war, selbst für einen Moment. Er war anders. Aber das machte ihn nur noch attraktiver. „Das wärst du wohl. Wir hätten neue Grenzen geschaffen, und du hättest verteidigt, was dir gehört. Später liegt immer alles im Nebel, und man fragt sich, ob eine der beiden Seiten ungerecht war. Kommst du dir je betrogen vor?“, wollte sie wissen. „Um dein Geburtsrecht?“

Justin zog den Kamm langsam durch ihr Haar. Während es trocknete, konnte er all die feinen Farbschattierungen erkennen, die sich zu dem satten Gold zusammenfügten. „Ich ziehe es vor, mein eigenes Geld zu verdienen, anstatt an Erbschaften zu denken.“

Sie nickte, denn seine Worte drückten genau das aus, was sie fühlte. „Die MacGregors wurden in Schottland verfolgt, wurden gezwungen, ihren Namen, ihr Tartan-Karo, Zeichen ihres Clans, und ihr Land aufzugeben. Wenn ich damals dort gewesen wäre, hätte ich gekämpft. Jetzt ist es nur eine faszinierende Geschichte." Sie lachte leise. „Eine, die mein Vater beim geringsten Anlass erzählt. Immer und immer wieder."

Ein Kleinkind rannte vor seiner Mutter davon und landete wie ein runder Ball auf Serenas Schoß. Kichernd schlang das Mädchen ihr die Arme um den Hals und klammerte sich fest, als hätte es eine Verbündete gefunden.

„Hallo." Lachend erwiderte Serena die Umarmung und sah dem Kind in die lustig blitzenden braunen Augen. „Du bist weggelaufen, was?"

Das Mädchen griff in Serenas Haar. „Hübsch."

„Was für ein kluges Kind", kommentierte sie und sah über die Schulter zu Justin hinüber. Zu ihrer Überraschung nahm er ihr das Kind ab und setzte es sich auf den Schoß, bevor er eine Fingerspitze auf das Stupsnäschen legte. „Du bist auch hübsch." Kichernd gab die Kleine auch ihm einen feuchten Kuss auf die Wange.

Serena staunte noch immer darüber, wie unbeschwert er die kindliche Liebkosung über sich hatte ergehen lassen, da kam eine Frau in einem knappen schwarzen Einteiler angerannt.

„Rosie!", rief sie außer Atem. Die verlegene Mutter hatte einen Plastikeimer und eine Schaufel in der Hand. Ihre Wangen röteten sich. „Sie müssen entschuldigen."

„Hübsch", wiederholte Rosie und gab Justin noch einen Kuss. Diesmal war es Serena, die kichern musste.

„Rosie!" Die Mutter fuhr sich mit der Hand durchs Haar.

„Es tut mir wirklich leid", beteuerte sie zum zweiten Mal. „Sie rennt überallhin. Niemand ist vor ihr sicher."

„Wenn man rennt, hat man nach dem Ankommen mehr Zeit zum Spielen, stimmt's, Rosie?" Serena strich über das braune Haar und lächelte der Mutter aufmunternd zu. „Sie hält Sie bestimmt ganz schön auf Trab."

„Allerdings", erwiderte die Frau. „Bis zur Erschöpfung. Aber wirklich, ich …"

„Sie müssen sich nicht entschuldigen." Behutsam entfernte Justin den Sand von der Kinderhand. „Sie haben eine bezaubernde Tochter."

Die erfreute Mutter entspannte sich sichtlich und streckte Rosie die Hand hin. „Danke. Haben Sie Kinder?"

Serena brauchte einen Moment, um zu begreifen, dass die Frau sie für ein Paar hielt. Bevor sie sich davon erholen konnte, antwortete Justin bereits: „Noch nicht. Ich nehme nicht an, dass das hier zu verkaufen ist."

Die junge Frau setzte sich Rosie auf die Hüfte und strahlte zu ihm hinunter. „Nein, aber manchmal bin ich versucht, sie zu vermieten. Sie ist ganz schön anstrengend. Nochmals danke. Nicht jeder weiß es zu schätzen, wenn er von einem zwei Jahre alten Tornado überfallen wird. Sag ‚Auf Wiedersehen', Rosie."

„Wiedersehen!" Rosie winkte über die Schulter ihrer Mutter hinweg und versuchte gleich danach, sich freizustrampeln. Serena hörte ihr begeistertes Kichern, als Mutter und Tochter über den Strand gingen.

„Wirklich, Justin." Serena bürstete den Sand ab, den Rosie mitgebracht hatte. „Warum hast du der Frau gesagt, dass wir noch keine Kinder haben?"

„Wir haben keine."

„Du weißt ganz genau, was ich meine", begann sie.

„Wer ist denn jetzt praktisch?" Bevor Serena etwas erwidern konnte, hatte er bereits die Arme um ihre Taille gelegt und den Mund auf ihre Schulter gepresst. Anstatt sich zu wehren, lehnte sie sich einen Moment bei ihm an und kostete die Nähe aus.

„Sie war süß."

„Das sind die meisten Kinder." Er küsste die andere Schulter. „Sie haben weder Vorurteile noch Angst. Bald wird die Mutter ihr beibringen, nicht mit Fremden zu reden. Notwendig, aber ziemlich traurig."

Serena löste sich von ihm, damit sie sich umdrehen und ihn ansehen konnte. „Ich hätte nie geglaubt, dass du auch nur einen Gedanken an Kinder verschwendest."

Justin wollte ihr sagen, dass das Kind etwas in ihm ausgelöst hatte. Den längst verloren geglaubten Wunsch nach einer Familie. Nach einer Frau an seiner Seite, nach einem Kind, das die Arme nach ihm ausstreckte, um ihn zu küssen. Dann schob er den Gedanken beiseite. Auf einem Boden, den man nicht kannte, bewegte man sich besser vorsichtig. „Ich auch nicht", sagte er.

Lächelnd legte sie ihm die Hände auf die Schultern. „Ich sage dir jetzt etwas", begann sie feierlich und beugte sich vor.

„Ja?"

„Ich finde nicht, dass du hübsch bist."

„Kinder sehen da klarer als Erwachsene."

„Du hast nicht einmal einen hübschen Charakter", beharrte sie, doch das Verlangen, seine Lippen auf ihren zu spüren, war einfach übermächtig.

„Du auch nicht." Justin strich mit beiden Händen über ihren Rücken und ließ den Kuss leidenschaftlicher werden. Sie fühlte, wie etwas in ihr aufstieg, während es sie heiß durchströmte. Etwas, das in diesem Moment ihr und im nächsten ihm gehörte. Serena gab sich ihm und einem Kuss hin, der mehr Versprechen als Leidenschaft enthielt.

„Ich wollte nie einen haben", flüsterte sie.

„Gott sei Dank." Seine Hand wühlte sich fester in ihr Haar, aber sein Mund blieb so zärtlich wie zuvor.

Serena wich zurück. Etwas hatte sich geändert. Es gab keine Erklärung dafür, und sie hatte keine klare Vorstellung, aber etwas hatte sich geändert. Sie hatte das Bedürfnis, wieder festen Grund unter den Füßen zu haben, bis sie diese Veränderung entschlüsselt hatte. Ihr Körper fühlte sich weich und schwach und fremd an.

„Wir sollten gehen", brachte sie heraus. „Ich muss in der Stadt noch ein paar Dinge erledigen, bevor ich wieder an Bord muss."

„Die Zeit und die Flut wartet auf keinen Menschen."

„So ungefähr." Sie stand auf und schüttelte ihre Jacke aus, bevor sie sie über den Bikini streifte.

„Die Ausrede wirst du nicht immer haben." Justin stand neben ihr und hinderte sie daran, die Knöpfe zu schließen.

„Nein", stimmte Serena zu und befreite ihre Hände. „Aber jetzt habe ich sie."

Es erforderte einiges an Geschicklichkeit, sich durch den dichten Verkehr von Charlotte Amalie zu schlängeln, und anschließend etwas Glück, einen freien Parkplatz zu finden. Auf den Straßen drängten sich Taxis, Menschen und kleine offene Busse mit ihrer fröhlichen Bemalung. Justin und Serena schwiegen, jeder in eigene Gedanken vertieft.

Sie fragte sich, was während des kurzen, fast freundschaftlichen Kusses am Strand geschehen war. Warum hatte sie sich so seltsam gefühlt, so nervös und gleichzeitig so glücklich? Vielleicht hatte es etwas damit zu tun, wie gerührt sie gewesen war, Justin mit dem kleinen Mädchen zu sehen. Es war schwer sich vorzustellen, dass ein Mann wie er, ein ebenso eiskalter wie rücksichtsloser Spieler, sich für ein Wesen mit klebrigen Händen begeisterte. Das hatte sie ihm einfach nicht zugetraut.

Vielleicht lag es aber auch daran, dass sie jetzt nicht mehr länger nur vermutete, ihn zu mögen, sondern wusste, dass sie es tat. Aber mit aller Vorsicht, fügte sie hinzu. Wenn es um Justin ging, war es in jeder Hinsicht riskant, nicht permanent auf der Hut zu sein. Und jetzt, wo sie sich endlich eingestehen konnte, dass sie ihn mochte und seine Gesellschaft genoss, war die Kreuzfahrt fast vorüber.

Und während des Rests würden ihre Pflichten im Casino sie so sehr in Anspruch nehmen, dass ihr kaum Zeit für eine Stunde mit ihm blieb, geschweige denn für einen Tag. Das Schiff blieb bis Miami auf See, was bedeutete, dass das Casino sechzehn Stunden am Tag geöffnet war.

Natürlich hatte sie noch immer die Möglichkeit, den Job zu akzeptieren, den er ihr angeboten hatte. Mit leicht gerunzelter Stirn sah Serena aus dem Fenster und auf einen Tisch, der auf dem Bürgersteig stand und mit Hüten aus Palmwedeln bedeckt war. Seit zwei Tagen hatte sie absichtlich nicht mehr an das Angebot gedacht, denn es war vernünftiger, erst etwas Distanz zwischen sich und Justin zu bringen. Atlantic City wäre ein Abenteuer. Mit Justin zu arbeiten wäre ein Risiko. Vielleicht war beides dasselbe.

Justin fragte sich, warum ihre plötzliche Freundlichkeit ihn so erstaunte. Schließlich hatte er es genau darauf abgesehen. Er wollte sie, er hatte sie vom ersten Moment an gewollt. Und doch hatten die Tage des Streits, des Lachens, der Leidenschaft seinem ganz natürlichen Verlangen einen neuen Aspekt hinzugefügt.

Es fiel ihm nicht mehr so leicht wie früher, seine widerstreitenden Gefühle auf die Machenschaften ihres Vaters zurückzuführen. In Wirklichkeit hatte er in Serena seit Tagen nicht mehr die Tochter von Daniel MacGregor gesehen. Als er auf einen leeren Parkplatz fuhr, beschloss Justin, sie wieder so zu sehen … wenigstens für den Moment.

„Nun, möchtest du noch mehr Schlüsselanhänger einkaufen, die ‚Für Elise' spielen?", fragte er und stellte den Motor ab. Obwohl er sich gerade vorgenommen hatte, so etwas nicht mehr zu tun, zog er Serena an sich, um ihre Lippen erneut zu schmecken.

„Ich wiederhole mich nie", gab sie zurück, ließ sich jedoch von ihm küssen.

„Nur dieses eine Mal", flüsterte er. „Mach eine Ausnahme, ja?"

Sie lachte leise und erhöhte den Druck ihrer Lippen, bis sie beide vergaßen, dass sie inmitten einer überfüllten Stadt in einem geparkten Wagen saßen. Heute Nacht, dachte sie, als ihre Finger auf der Reise zu seinem Haar über seine Wangen glitten. Es war höchste Zeit, mit der Verstellung aufzuhören und sich zu nehmen, was sie wollte.

„Serena." Halb war es ein Seufzen, halb ein Stöhnen, mit dem er sich von ihr löste.

„Ich weiß." Sie legte den Kopf an seine Schulter. „Offenbar sind wir dazu verurteilt, uns jedes Mal in der Öffentlichkeit zu befinden." Sie atmete hastig durch und sprang aus dem Wagen. „Da wir so lange am Strand waren, muss ich jetzt ganz diszipliniert einkaufen." Justin kam um den Wagen herum und nahm ihre Hand. Serena lächelte, sah die Straße entlang und zeigte auf ein Geschäft. „In dem müsste ich die Souvenirs und den Scotch bekommen."

Bevor sie ihr Ziel erreichten, ließ die glitzernde Auslage eines luxuriösen Juweliers sie stoppen. Ihr langer Seufzer war teils Bewunderung, teils noch unerfüllte Leidenschaft. „Was bringt eine intelligente Frau bloß dazu, von einem Haufen glänzender Steine zu träumen?"

„Ist doch natürlich, oder nicht?" Justin stellte sich neben sie und ließ den Blick über die funkelnden Diamanten und glitzernden Smaragde wandern. „Die meisten Frauen lieben Diamanten. Die meisten Männer auch."

„Unter gewaltigem Druck fest gewordener Kohlenstoff", sagte sie und seufzte erneut. „Gesteinsbrocken aus der Erde. Vor Jahrhunderten haben wir sie als Amulette gegen böse Geister oder als Glücksbringer benutzt. Die Phönizier zogen an die Ostsee, um Bernstein zu finden. Kriege wurden ihretwegen geführt, Länder ausgebeutet … und irgendwie macht sie das nur noch reizvoller."

„Gibst du diesem Reiz nie nach?"

Serena drehte sich vom Schaufenster weg und lächelte ihn an. „Nein, denn dann habe ich noch etwas, auf das ich mich freuen kann. Ich habe mir vorgenommen, dass meine nächste

Reise ein reiner Erholungsurlaub wird. Und dann werde ich mich so gehen lassen, dass es ein gewaltiges Loch in mein Konto reißt. Bis dahin …“ Sie zeigte auf das benachbarte Geschäft. „Bis dahin werde ich mich mit etwas traditionelleren Souvenirs für meine Brüder und einem Karton Scotch begnügen.“

Justin begleitete sie in den Laden, und Serena vertiefte sich sofort darin, anzusehen, auszuwählen und zu kaufen. Eigentlich hasste sie das Einkaufen, aber wenn sie einmal damit angefangen hatte, nahm sie die Sache ernst. Als Justin davonschlenderte, achtete sie nicht weiter darauf, sondern konzentrierte sich auf die bestickte Tischwäsche.

Nachdem die Souvenirs gekauft und verpackt waren, ging Serena an den Tresen, hinter dem Unmengen von alkoholischen Getränken standen. Ein hastiger Blick auf die Uhr zeigte ihr, dass sie noch zwei Stunden hatte, bevor sie wieder an Bord sein musste. „Ein Kasten Chivas. Zwölf Jahre.“

„Zwei.“

Sie drehte sich zu Justin um. „Oh. Ich dachte schon, ich hätte dich verloren.“

„Hast du gefunden, was du wolltest?“

„Das und mehr“, gestand sie und verzog dabei das Gesicht. „Ich werde mich hassen, wenn ich all das Zeug in meine Koffer packen muss.“ Der Verkäufer stellte zwei Kartons Scotch auf den Tresen. „Meinen liefern Sie bitte auf die ‚Celebration‘.“ Sie holte ihre Kreditkarte heraus und wartete, bis der Mann das Formular ausgefüllt hatte.

„Und meinen auch“, fügte Justin hinzu und zählte Geldscheine auf den Tresen.

Serena überlegte, während er die erforderlichen Angaben

machte. Seltsam, dachte sie, ich hätte nicht erwartet, dass er Scotch gleich kartonweise kauft. Er trank nie, wenn er spielte. Das gehörte zu dem, was ihr als Erstes an ihm aufgefallen war. Während der gesamten Kreuzfahrt hatte sie ihn nur ein Mal mit einem Drink in der Hand gesehen, bei dem Picknick in Nassau. Sie unterschrieb den Beleg und steckte sich den Durchschlag in die Tasche.

„Geschafft." Sie schob die Hand in seine und steuerte den Ausgang an. „Seltsam, dass wir die gleiche Sorte Scotch gekauft haben."

„Nicht, wenn man bedenkt, dass wir ihn für ein und denselben gekauft haben", erwiderte er.

Verwirrt sah Serena zu ihm hoch. „Ein und denselben?"

„Dein Vater trinkt keine andere Sorte."

„Woher …?" Sie schüttelte den Kopf. „Warum solltest du meinem Vater Scotch kaufen?"

„Er hat mich darum gebeten." Er führte sie an einer Gruppe Teenager vorbei.

„Er hat dich gebeten?" Serena musste warten, bis ein anderer Pulk Touristen den Weg freigab. „Was soll das heißen, er hat dich gebeten?"

„Daniel hat noch nie etwas ohne Hintergedanken getan." Justin nahm ihren Arm, um sie über die Straße zu führen, denn sie sah ihn an und nicht die Autos. „Einen Karton Scotch fand ich ganz in Ordnung."

Daniel? dachte Serena und fragte sich, wieso er ihren Vater so einfach beim Vornamen nannte. Dieser nebensächliche Punkt beschäftigte sie, bis sich ihr andere unangenehme Fragen aufdrängten. Sie ignorierte den Strom der Fußgänger und blieb mitten auf dem Bürgersteig stehen.

„Justin, ich glaube, du solltest mir ganz genau erzählen, wovon du redest."

„Ich rede davon, dass ich deinem Vater einen Karton Scotch gekauft habe, weil er so nett war, mir eine Kreuzfahrt mit der ‚Celebration' zu buchen."

„Da musst du etwas verwechselt haben. Mein Vater arbeitet nicht im Reisebüro", erwiderte sie.

Er lachte so laut wie damals, als er ihren Nachnamen erfuhr. „Nein, Daniel macht zwar viel, aber in einem Reisebüro arbeitet er bestimmt nicht. Warum setzen wir uns nicht?"

„Ich will mich nicht setzen." Sie wollte sich losreißen, als er sie in den kühlen Innenhof eines Restaurants führte. „Ich will wissen, wie, zum Teufel, mein Vater dazu kommt, dir deinen Urlaub zu organisieren."

„Ich glaube, ihm schwebte da eher mein Leben vor." Justin fand einen leeren Tisch und schob sie auf einen Stuhl. „Und deins", fügte er beim Hinsetzen hinzu.

Serena roch die frisch gebackenen Leckereien aus der Bäckerei gegenüber, hörte das Geplauder aus dem kleinen Buchladen nebenan. Weil sie am liebsten auf etwas eingeschlagen hätte, faltete sie die Hände auf dem Tisch. „Wovon, zum Teufel, redest du da?"

„Ich habe deinen Vater vor etwa zehn Jahren kennengelernt." Ohne Hast holte Justin ein Zigarillo heraus und steckte es an. Serena reagierte genau so, wie er es erwartet hatte. Diese Berechenbarkeit verringerte die Anspannung, gegen die er kämpfte, seit sie den Strand verlassen hatten. „Ich kam mit einem geschäftlichen Vorschlag nach Hyannis Port", begann Justin. „Wir pokerten ein wenig und haben seitdem hin und wieder geschäftlich miteinander zu tun. Du hast eine recht interessante Familie.“ Serena gab keinen Kommentar ab, aber ihre Finger verschränkten sich noch fester.

„Ich habe sie in all den Jahren lieb gewonnen“, fuhr er fort. „Immer, wenn ich zu Besuch war, schienst du in der Schule zu sein, aber ich habe einiges gehört … über Rena. Alan bewundert deinen Verstand, Caine deinen rechten Haken.“ Obwohl ihre Augen glühten, konnte Justin ein leises Lächeln nicht unterdrücken. „Dein Vater hätte fast ein Denkmal errichtet, als du das Smith College zwei Jahre früher als üblich absolviert hast.“

Serena unterdrückte den Wunsch zu fluchen, den Wunsch zu schreien. Seit einem Jahrzehnt wusste dieser Mann über ihr Leben Bescheid, und sie hatte keine Ahnung gehabt. „Du wusstest es“, begann sie mit leiser, aber wütender Stimme. „Du wusstest die ganze Zeit, wer ich bin, und hast nichts gesagt. Du hast ein Spielchen mit mir getrieben, dabei hättest du mir nur …“

„Augenblick.“ Als sie aufstehen wollte, packte er ihren Arm. „Ich wusste nicht, dass die Blackjack-Geberin namens Serena identisch ist mit Daniels Rena MacGregor, dem Stolz der Familie.“

Sie errötete, sowohl vor Zorn als auch vor Verlegenheit. Die meiste Zeit ihres Lebens hatte sie die Prahlerei ihres Vaters amüsant gefunden und ihn dafür geliebt. Jetzt wirkte sie wie ein kalter, harter Schlag ins Gesicht. „Ich weiß nicht, was für ein Spiel du hier …“

„Daniels Spiel“, unterbrach Justin sie. „Erst als du am Strand etwas davon sagtest, dass die MacGregors sich nicht herumkommandieren lassen, wurde mir klar, wer du bist und warum Daniel mich unbedingt zu dieser Reise überreden wollte.“

Serena erinnerte sich noch an seine schockierte Miene und

beruhigte sich etwas. „Er hat dir das Ticket geschickt und nichts davon gesagt, dass ich auf der ‚Celebration' arbeite?"

„Was glaubst du?", konterte Justin und streifte die Asche vom Zigarillo, ohne Serena aus den Augen zu lassen. „Als ich deinen vollen Namen herausbekam, ging mir auf, dass ich von einem Experten in diese Situation manövriert worden war." Er grinste, fand alles plötzlich wieder lustig. „Ich muss zugeben, es hat mich kurz irritiert."

„Irritiert", wiederholte Serena, kein bisschen belustigt. Das kurze Telefonat mit ihrem Vater fiel ihr ein. Er hatte sie ausgehorcht, hatte wissen wollen, ob sein kleines Komplott schon Früchte trug. „Ich werde ihn umbringen", sagte sie leise. Ihr zorniger Blick kehrte zu Justin zurück. „Sobald ich mit dir fertig bin." Sie gönnte sich eine Pause, weil sie am liebsten wieder geschrien hätte. „Du hättest es mir schon vor Tagen sagen können."

„Hätte ich", erwiderte Justin. „Aber da ich mir deine Reaktion ungefähr so vorgestellt hatte, wie sie jetzt ist, habe ich mich dagegen entschieden."

„Du hast dich entschieden?", stieß sie hervor. „Mein Vater hat entschieden. Oh, was für großartige Egomanen ihr Männer doch seid. Vielleicht ist dir nicht aufgegangen, dass ich auch noch auf dem Schachbrett stand." Der Zorn färbte ihr Gesicht rot. „Hast du gedacht, du bekommst mich ins Bett, damit du ihm deine ‚Irritation' zurückzahlen kannst?"

„Du weißt, dass es nicht so war." Justins Ton war so sanft, dass Serena eine scharfe Erwiderung unterdrückte. „Aus irgendeinem Grund vergaß ich immer, wessen Tochter du bist, sobald ich dich berührte."

„Ich sage dir, was ich weiß", sagte sie mit ebenso leiser und bedrohlicher Stimme. „Ihr beide verdient einander. Ihr seid beide arrogante, großspurige, tyrannische Idioten. Was gibt dir das Recht, dich so in mein Leben einzumischen?“

„Dein Vater hat die Einmischung arrangiert“, sagte er ruhig. „Der Rest war rein persönlich. Wenn du den alten Teufel umbringen willst, so ist das deine Sache, aber schlag deine Krallen nicht in mich.“

„Ich brauche deine Erlaubnis nicht, um ihn umzubringen!“, gab sie so laut zurück, dass einige Köpfe sich drehten.

„Ich glaube, genau das habe ich gerade gesagt.“

Sie sprang auf und suchte vergeblich nach etwas, womit sie ihn bewerfen konnte. Da es ihr körperlich unmöglich war, ihn in die Luft zu heben und durch die Schaufensterscheibe des Buchladens zu schleudern, war sie ihrem Zorn hilflos ausgeliefert. „Ich fürchte, mir fehlt dein Sinn für Humor“, brachte sie nach einem Moment heraus. „Zufällig finde ich das, was mein Vater getan hat, beleidigend und erniedrigend.“

Mit dem bisschen Würde, das ihr noch geblieben war, griff sie nach ihren Tüten. „Ich wäre dir dankbar, wenn du dich für den Rest der Fahrt von mir fernhalten würdest. Ich glaube, es dürfte mir äußerst schwerfallen, dich nicht über Bord zu werfen.“

„Okay“, meinte Justin. „Falls du versprichst, mir in zwei Wochen wegen der Stelle in Atlantic City Bescheid zu sagen.“ Als sie den Mund öffnete, um ihn zu beschimpfen, hob er eine Hand. „Oh nein. Wenn du mir jetzt deine Antwort gibst, ist die Sache endgültig gestorben. Zwei Wochen.“

Sie nickte. „Die Antwort bleibt gleich, aber ich kann sie auch vertagen. Auf Wiedersehen, Justin.“

„Serena.“ Sie drehte sich noch einmal um. „Grüße Daniel von mir, bevor du ihn umbringst.“

6. Kapitel

Das Erste, was Serena auf der Fahrt vom Flughafen auffiel, waren die Bäume. Es war einige Zeit her, seit sie Eichen und Ahornbäume und Pinien mit einem Hauch von Herbst gesehen hatte. Es war gerade erst September, aber der Herbst lag schon in der Luft, mit all seiner Kraft und Farbe. Aber obwohl sie den Anblick genoss, kochte sie innerlich.

Hätte man ihr nicht eingeschärft, einen Job stets ordnungsgemäß zu Ende zu bringen, hätte sie nach Justins Geständnis den ersten Flug von St. Thomas genommen. Stattdessen war sie ihren Pflichten an Bord nachgekommen, dabei aber noch wütender und enttäuschter geworden. Sie fühlte sich missbraucht. Justin hatte seinen Teil ihres Abkommens eingehalten und war ihr für den Rest der Kreuzfahrt aus dem Weg gegangen. Vielleicht war das die Ursache dafür, dass Serenas Zorn sich nun voll auf einen Mann richtete: Daniel MacGregor.

„Das wird dir noch leidtun", murmelte sie, und der Taxifahrer warf einen hastigen Blick in den Rückspiegel.

Hübsche Lady, dachte er. Reizbar wie eine Hornisse. Er schwieg diskret und bog auf die Straße ein, die am Nantucket Sound entlangführte.

Der erste Anblick des Hauses an der Bucht lenkte Serena von ihren Racheplänen ab. Der graue Stein war mit Glimmer durchsetzt und schien in der Nachmittagssonne zu glänzen.

Daniel hatte es nach seinem Geschmack bauen lassen, und mit den beiden Türmen ähnelte es einer Burg. Es gab große Balkone mit Steinbrüstungen und hohe, von Längspfosten gesäumte Fenster. Ein breites Blumenbeet lag halbkreisförmig vor der Vorderfront, anstelle eines Burggrabens, von dem er bestimmt geträumt hatte.

Vom Hauptgebäude gingen zwei flachere Seitenflügel ab. In dem einen war eine Garage für zehn Wagen, die jetzt, wo Alan und Caine fort waren, nur halb genutzt wurde. Der andere beherbergte einen geheizten Pool. Daniels architektonischer Stil mochte eher schlicht sein, aber er wusste Komfort zu schätzen.

Das Taxi hielt vor den Granitstufen und unterbrach Serenas Betrachtung des Hauses, in dem sie aufgewachsen war. Sie überließ es dem Fahrer, die beiden Koffer und den Karton Scotch auszuladen, sammelte ihre diversen anderen Einkäufe zusammen und stieg aus.

Aus alter Gewohnheit starrte sie auf die massive Eichentür, in deren Messingklopfer das Wappen der MacGregors graviert war. Unter dem gekrönten Löwenkopf stand das gälische Motto, das sich mit „Königlich ist mein Geblüt" übersetzen ließ. Wie immer, wenn sie es las, musste sie lächeln. Ihr Vater hatte darauf bestanden, dass sie lernten, es auf Gälisch auszusprechen.

„Stellen Sie sie bitte hier ab, vielen Dank." Noch immer lächelnd bezahlte Serena den Taxifahrer und drehte sich wieder um, um mit dem Familienwappen gegen die Tür zu klopfen. Das dumpfe Geräusch würde durchs Haus hallen, das wusste sie, wie ein Kanonenschuss.

Die Tür öffnete sich und gab den Blick auf eine kleine Frau

mit eisgrauem Haar und kantigem Gesicht frei. Ihr Mund klappte auf und betonte das spitze Kinn. „Miss Rena!“

„Lily.“ Serena umarmte die schmächtige, knochige Frau mit jugendlichem Überschwang. Lily war nicht nur Haushälterin gewesen, sondern auch Serenas Ersatzmutter, wenn Anna im Krankenhaus war. Sie war hervorragend mit den drei lebhaften Kindern fertig geworden, hatte kleinere Wunden versorgt und Streitigkeiten nicht zu früh geschlichtet.

„Hast du mich vermisst?“, fragte Serena und drückte Lily noch einmal an sich.

„Habe kaum bemerkt, dass Sie weg waren.“ Lily lächelte ihr Willkommen. „Wo ist Ihre Sonnenbräune?“

„In meiner Einbildung.“

„Lily, hat es nicht gerade geklopft?“ Anna MacGregor hielt eine Stickerei in der Hand, als sie den Kopf durch eine Tür steckte und die lange Halle entlangsah. „Rena!“ Mit ausgestreckten Armen kam sie auf ihre Tochter zu. Serena lief zu ihr und schmiegte sich an sie.

Anna war sanft und stark. Hundert Erinnerungen durchströmten Serena. Sie holte tief Luft, inhalierte den Apfelblütenduft, den ihre Mutter trug, seit sie sich erinnern konnte.

„Willkommen zu Hause, Darling. Wir haben dich erst morgen erwartet.“

„Ich habe eine frühere Maschine genommen.“ Serena legte den Kopf auf die Seite, um ihrer Mutter ins Gesicht zu sehen. Die Haut war noch zart und glatt, nur einige kleine Falten verrieten ihr Alter. Annas Gesicht besaß eine jugendliche Sanftheit, die es wohl nie verlieren würde. Die Augen blickten ruhig, spiegelten einen Charakter wider, der sich auch in all den Jahren in Operationssälen und im Angesicht des Todes nicht verändert hatte. Das Haar lag in weichen Wellen, ein tiefes Braun, durchsetzt mit hellem Grau.

„Mom." Serena presste ihre Wange noch einmal an die ihrer Mutter. „Wie bleibst du nur so schön?"

„Dein Vater besteht darauf."

Lachend ergriff Serena eine der kräftigen geschickten Hände ihrer Mutter. „Es ist gut, wieder zu Hause zu sein."

„Du siehst wundervoll aus, Rena." Anna musterte sie mit einer unbeschwerten Mischung aus mütterlichem Stolz und Professionalität. „Nichts ist besser für den Teint als feuchte Seeluft. Lily, bitte sagen Sie der Köchin, dass Miss Rena hier ist. Das Willkommensessen findet einen Tag früher statt. Du musst mir alles über deine Reisen erzählen", fuhr sie fort und wandte sich wieder ihrer Tochter zu. „Aber wenn du nicht zuerst zu deinem Vater gehst, wird er mir ewig in den Ohren liegen."

Abrupt fiel Serena ihr Ärger wieder ein. Anna sah, wie sie die Augen leicht zusammenkniff. Sie kannte das Zeichen und zog die Augenbrauen hoch.

„Oh, das habe ich vor. Darauf kannst du dich verlassen", beteuerte Serena.

„Etwas, wovon du mir erzählen möchtest?"

„Hinterher." Serena atmete tief durch. „Wenn ich mit ihm fertig bin, wird er deine medizinische Betreuung brauchen."

„Ich verstehe." Anna war klug genug, nicht nachzufragen, und lächelte nur. „Du findest mich im Salon. Wir werden uns in Ruhe unterhalten, wenn du damit fertig bist, deinen Vater anzuschreien."

„Ich bin bald wieder da", murmelte Serena und ging die breite geschwungene Treppe hinauf.

Von der ersten Galerie aus warf sie einen Blick in den Korridor, der links abging. In diesen Räumen schlief die Familie. Serenas altes Kinderzimmer lag hinter der dritten Tür. Der Seitenflügel war ein Irrgarten aus Ecken und Kurven und schattigen Nischen. Sie konnte sich noch erinnern, wie ihr Bruder Caine sich hinter einer einen Meter hohen Bodenvase versteckt und sie beim Hervorspringen fast zu Tode erschreckt hatte.

Serena jagte ihn fast dreißig Minuten durchs Haus, bis der Spaß an der Jagd den Zorn verrauchen ließ. Schließlich ließ er sich von ihr fangen, auf dem Ostrasen, wo er sie ins Gras warf und mit ihr rang, bis sie vor Lachen schwach wurde. Wie alt war ich damals? fragte Serena sich. Acht, neun? Caine musste elf oder zwölf gewesen sein. Plötzlich vermisste sie ihn so sehr, dass es fast körperlich wehtat.

Und Alan, dachte sie auf dem Weg weiter nach oben. Er hatte sie immer beschützt, auf beiläufige, unauffällige Weise. Er war sechs Jahre älter als sie, und vielleicht hatten sie deshalb nie so miteinander gekämpft, wie sie und Caine es immer wieder getan hatten. Als Junge war Alan immer absolut ehrlich gewesen, Caine dagegen war mit der Wahrheit so umgegangen, wie es ihm gerade passte. Aber gelogen hat er nie, erinnerte Serena sich lächelnd. Er war ehrlichen Antworten nur geradezu meisterhaft ausgewichen. Doch auch Alan hatte die Umstände stets zu seinem Vorteil genutzt.

Sie kam zu dem Ergebnis, dass das eine Fähigkeit war, die alle MacGregors auszeichnete. Sie sah die schmale Treppe hinauf, die zum Turmzimmer führte, und schwor sich, dass es einen MacGregor gab, der das noch bedauern würde.

Daniel lehnte sich in seinem Sessel zurück und lauschte der präzisen, aber langweiligen Stimme, die aus dem Telefonhörer kam. Bankiers, dachte er verärgert. Es war ein Fluch, mit ihnen verhandeln zu müssen. Selbst die Tatsache, dass er eine Mehrheitsbeteiligung an der Bank besaß, schützte ihn nicht vor ihnen.

„Gewähren Sie ihnen eine dreißigtägige Verlängerung des Kredits", befahl er schließlich. „Ja, ich kenne die Zahlen. Die haben Sie mir ja gerade genannt." Trottel, fügte er insgeheim hinzu. Ungeduldig trommelte er mit den Fingern auf dem Schreibtisch. Warum konnten Bankiers nicht mehr, als zwei und zwei zusammenzuzählen? „Dreißig Tage", wiederholte er. „Mit dem üblichen Überziehungszins."

Er hörte das dumpfe Geräusch an der Tür und wollte den Störenfried gerade zur Rede stellen, als sie aufging. Schlagartig wich die Verärgerung unbändiger Freude. „Tun Sie's einfach", bellte er in den Hörer und knallte ihn auf die Gabel. „Rena!"

Bevor er sich aus dem Sessel stemmen konnte, war Rena schon bei ihm. Sie baute sich vor dem Schreibtisch auf, schlug mit den Handflächen auf die Platte und beugte sich hinüber.

„Du alter Ziegenbock."

Daniel ließ sich zurückfallen und räusperte sich. Das Öl war also im Feuer. „Du siehst auch gut aus."

„Wie kannst du es wagen!" Sie sprach die Worte langsam und mit präziser Betonung aus. Das nächste Alarmsignal. „Wie kannst du es wagen, mich wie ein leckeres Steak vor Justin Blades Nase baumeln zu lassen?"

„Steak?" Daniel sah sie ungläubig an. Hübsches Mädchen, dachte er stolz. Eine echte MacGregor. „Ich weiß nicht, wovon du redest“, fuhr er fort. „Du bist also Justin Blade begegnet. Feiner Junge.“

Der Laut, den sie von sich gab, kam tief aus ihrer Kehle. „Du hast mich manipuliert. Hast dir dein kleines Komplott hier in diesem Zimmer ausgedacht, was? Wie ein verrückter König, der eine überzählige Tochter unterzubringen hat. Warum hast du nicht gleich einen Vertrag mit ihm gemacht?“, fragte Serena mit immer lauter werdender Stimme. „Eigentlich hätte ich genau das von dir erwartet. ‚Ich, Daniel MacGregor, übergebe hiermit meine einzige Tochter für einen Karton mit zwölf Jahre altem Scotch an Justin Blade.‘“ Erneut schlug sie mit der Hand auf den Redwood-Schreibtisch. „Du hättest sogar festlegen können, wie viele Nachkommen ich gebären soll, um den Familiennamen fortzuführen. Es wundert mich, dass du ihm keine Mitgift angeboten hast!“

„Jetzt hör mir mal zu, kleines Mädchen …“

„Ich bin nicht dein kleines Mädchen.“ Sie marschierte um den Schreibtisch und drehte seinen Sessel herum, bis Daniel sie ansehen musste. „Es war widerlich. Ich bin noch nie in meinem Leben so sehr erniedrigt worden!“

„Ich weiß nicht, wovon du redest. Ich habe einen Freund überredet, sich auf einer Kreuzfahrt zu erholen.“

„Versuche nicht, dich herauszureden.“ Sie klopfte ihm mit einem schlanken Finger auf die breite Brust. „Du hast ihn auf mein Schiff geschickt. In der Hoffnung, dass wir uns so oft über den Weg laufen, dass deine Investition sich auszahlt.“

„Du hättest ihm ja gar nicht zu begegnen brauchen!“, donnerte er. „Es ist ein großes Boot.“

„Schiff!“, donnerte sie zurück. „Es ist ein großes Schiff mit einem kleinen Casino. Du wusstest ganz genau, dass die Wahrscheinlichkeit für dich arbeitet."

„Und? Wo liegt das Problem? Du hast einen jungen Freund von mir getroffen. Du hast schon Hunderte von meinen Freunden getroffen."

Erneut kam der Laut aus ihrer Kehle. Diesmal wirbelte Serena von ihrem Vater weg. An der Ostwand stand ein riesiges Bücherregal. Serena marschierte hinüber und zog einen dicken Band über die Entstehung der amerikanischen Verfassung heraus. Sie klappte ihn auf und legte die Aushöhlung frei, in der sechs Zigarren versteckt waren. Ohne ihren Vater aus den Augen zu lassen, holte sie sie heraus und brach sie in zwei Hälften.

„Rena!", sagte er mit leisem Entsetzen.

„Immer noch besser, als dich zu vergiften", erwiderte sie und klopfte sich die Finger ab.

Daniel legte eine Hand aufs Herz und stand auf. Seine Miene war zutiefst betrübt. „Ein trauriger Tag, wenn eine Tochter den eigenen Vater verrät."

„Verrat?!", schrie sie und ging wieder auf ihn zu. „Du besitzt die Frechheit, die himmelschreiende Unverfrorenheit, mir Verrat vorzuwerfen?" Sie rammte die Hände in die Seiten und funkelte ihn an. „Ich weiß nicht, wie Justin darüber denkt, aber ich kann dir sagen, dass ich dein kleines Komplott als Beleidigung empfinde."

Er registrierte, dass sie Justin beim Vornamen nannte. Vielleicht war die Lage doch nicht so verfahren, wie es aussah. „Das ist nun der Dank dafür, dass ich mich um das Glück meiner Tochter sorge. Nichts ist so spitz wie die Zunge eines undankbaren Kindes."

„Nur das Schlachtermesser, das mir vorschwebt."

„Du hattest etwas von Gift gesagt", erinnerte er sie.

„Ich bin flexibel." Sie lächelte genüsslich. „Na ja, damit du nicht denkst, du hättest dein Geld umsonst ausgegeben, werde ich dir sagen, was ich im Hinblick auf Justin beschlossen habe."

„Na dann …" Daniel kehrte an seinen Schreibtisch zurück. Jetzt, wo sie ein wenig getobt und geschrien hatte, würde sie vielleicht etwas vernünftiger sein. Aber um die Zigarren war es trotzdem schade. „Er ist ein feiner Junge; scharfer Verstand, Integrität, Stolz." Er faltete die Hände über den Bauch und gab sich großzügig und zur Verzeihung bereit.

„Oh ja, das finde ich auch", flötete sie in süßlichem Ton. „Und er ist sehr, sehr attraktiv."

Daniel lächelte erfreut. „Ich wusste doch, dass du ein vernünftiges Mädchen bist, Rena. Du und Justin, ihr liegt mir schon seit Langem am Herzen."

„Dann wird es dich freuen, dass ich beschlossen habe, seine Geliebte zu werden."

„Ich kann nicht …" Daniel verstummte, erst verwirrt, dann verblüfft, schließlich entrüstet. „Das wirst du nicht, zum Teufel! Der Tag, an dem meine Tochter sich … sich von einem Mann als Gespielin aushalten lässt, ist der Tag, an dem ich ihr zum ersten Mal im Leben den Hintern versohle! Jawohl, Serena MacGregor, den Hintern versohle, ob du eine erwachsene Frau bist oder nicht!"

„Aha, jetzt bin ich also eine erwachsene Frau, ja?" Sie sah ihn durchdringend an. „Vergiss nicht, eine erwachsene Frau entscheidet selbst, wen sie heiratet, wann sie heiratet und ob sie heiratet. Eine erwachsene Frau braucht keinen Vater, der hinter ihrem Rücken unverschämt komplizierte ‚zufällige' Treffen arrangiert. Bevor du das nächste Mal deine Nase in mein Privatleben steckst, denke lieber darüber nach, dass diese Sache auch nach hinten hätte losgehen können."

Stirnrunzelnd musterte er ihr Gesicht. „Also willst du doch nicht seine Geliebte werden?"

Serena warf ihm einen hochmütigen Blick zu. „Wenn ich mir einen Lover nehmen will, nehme ich mir einen, aber ich werde ganz bestimmt nicht die Geliebte eines Mannes."

Zusammen mit der Verunsicherung empfand er auch einen Anflug von Stolz. Er brauchte nur einen Moment, um sich auf den Stolz zu konzentrieren. Daniel schob den vergoldeten Füllfederhalter auf dem Schreibtisch hin und her. „Hast du an meinen Scotch gedacht?"

Sie versuchte wütend auszusehen, doch sein Augenzwinkern ließ es nicht zu. „Welchen Scotch?"

„Ach Rena."

Serena ging zu ihm und schlang die Arme um seinen Nacken. „Ich vergebe dir nicht", murmelte sie. „Ich tue nur so. Und du musst wissen, dass ich dich kein bisschen vermisst habe." Sie presste die Lippen auf seine Wange.

„Warst schon immer eine respektlose Göre", meinte er und zog sie fest an sich.

Als Serena den Salon betrat, saß ihre Mutter in ihrem Lieblingssessel mit Rosenmuster und arbeitete an ihrer neuesten Stickerei. Auf dem Rosenholztablett neben ihr stand ein zartes Teeservice mit Veilchenmuster. Serena betrachtete die Szene und staunte einmal mehr darüber, dass eine Frau, die eine engagierte und begnadete Chirurgin war, ein solches

Hobby hatte. Die Hände, die mit Nadel und Garn eine komplizierte Stickerei schufen, würden am Montag wieder ein Skalpell führen.

„Oh, gut." Anna sah auf, als Serena eintrat. „Ich dachte mir schon, dass ich den Tee gerade zur rechten Zeit bestellt habe. Leg noch ein Stück Holz ins Feuer, Liebes, und dann erzähl mir davon."

Serena ging zum Kamin, und Anna legte ihre Stickerei auf den Beistelltisch. Das Feuer prasselte im Natursteinkamin und flackerte auf, als es frische Nahrung bekam. Serena sah zu, wie das Eichenscheit Feuer fing, und atmete tief durch. Erst jetzt wurde ihr bewusst, wie sehr sie den Geruch des brennenden Holzes vermisst hatte.

„Und ein Wannenbad", sagte sie laut. Lächelnd drehte sie sich zu ihrer Mutter um. „Ist es nicht komisch, dass mir gerade jetzt aufgeht, was für ein Luxus es ist, so lange in der Wanne zu liegen, wie man will? Nach zwölf Monaten in einem Eimer, der als Duschkabine durchgehen will."

„Und du hast jede Minute davon geliebt."

Lachend nahm Serena auf dem Sitzkissen zu Annas Füßen Platz. „Du kennst mich so gut. Es war harte Arbeit und hat viel Spaß gemacht. Aber ich bin froh, zu Hause zu sein." Sie nahm die Tasse, die Anna ihr reichte. „Mom, ich weiß genau, ich hätte niemals so viele Leute, so viele verschiedene Leute kennengelernt, wenn ich es nicht getan hätte."

„Deine Briefe waren immer voll davon. Eines Tages solltest du sie selbst einmal lesen, damit du dich daran erinnerst." Anna schlug die Beine unter und schmunzelte. „Du glaubst gar nicht, wie schwer es war, deinen Vater davon abzuhalten, eine Kreuzfahrt zu machen."

„Wann hört er endlich auf, sich Sorgen um mich zu machen?“, fragte Serena.

„Nie. Auch so zeigt er dir, dass er dich liebt.“

„Ich weiß.“ Seufzend nippte Serena an ihrem Tee. „Wenn er mich doch nur so leben lassen würde, wie ich will.“

„Warum erzählst du mir nicht, wie du Justin fandest?“ Als Serena aufsah, lächelte Anna nur. „Nein, ich hatte wirklich keine Ahnung, was dein Vater vorhatte. Er war klug genug, mir nichts davon zu erzählen. Deine … nun ja, Diskussion mit ihm war recht lautstark.“

„Du wirst es nicht glauben!“ Serena sprang auf, ohne den Tee zu verschütten. „Er hat Justin zu der Reise überredet und allen Ernstes gehofft, dass ich mit Sternen in den Augen und Orangenblüten im Gehirn nach Hause komme. Noch nie in meinem Leben war ich so wütend. Ich habe mich so geschämt.“

„Wie hat Justin es aufgenommen?“

Serena schüttelte verächtlich den Kopf. „Ich glaube, nach dem ersten Schock fand er die ganze Sache sehr amüsant. Er hatte keine Ahnung, wer ich war. Bis wir uns eines Tages am Strand stritten und ich meinen vollen Namen nannte.“

Am Strand stritten, dachte Anna. Um ein Lächeln zu verbergen, nahm sie einen Schluck Tee. „Ich verstehe. Dein Vater hält sehr viel von ihm, Rena. Ich auch. Ich nehme an, Daniel konnte der Versuchung einfach nicht widerstehen.“

„Er macht mich rasend.“

„Wer?“

„Justin. Beide“, ergänzte sie rasch und stellte hastig ihre Tasse ab. „Er hat es mir erst gesagt, als die Fahrt fast vorüber war, und das auch noch wie beiläufig. Und dabei fing ich gerade an …“

„Du fingst gerade an?“, ermunterte Anna sie behutsam.

„Er ist sehr attraktiv“, murmelte Serena. „Ich nehme an, es hat mit seiner rücksichtslosen Art zu tun. Und mit diesem verdammten Charme.“ Anna war weise genug, ihre Tochter nicht zu unterbrechen. „Selbst wenn er mich wütend machte, weckte er Dinge in mir, die ich lieber schlafen gelassen hätte. Eine solche Leidenschaft habe ich noch nie empfunden. Ich bin nicht sicher, ob ich es je wollte.“ Sie drehte sich um und erwiderte den forschenden Blick ihrer Mutter. „Den letzten Tag haben wir zusammen in St. Thomas verbracht. Ich wäre mit ihm ins Bett gegangen – aber dann hat er mir von Dads kleinem Komplott erzählt.“

„Und wie fühlst du dich jetzt?“

Serena starrte auf ihre Hände. „Ich will ihn immer noch. Ich weiß nicht, ob es mehr als das ist. Wie könnte es denn, wo wir uns doch kaum zwei Wochen kennen?“

„Rena, traust du deinem Instinkt wirklich so wenig? Warum sollten Gefühle sich nach einem bestimmten Zeitplan entwickeln? Sie sind so individuell wie die Menschen, denen sie gehören. Bevor ich deinen Vater näher kennenlernte, hielt ich ihn für einen eingebildeten, großmäuligen Ochsen.“ Als Serena zustimmend schmunzelte, lächelte Anna mädchenhaft. „Das war er natürlich auch. Ich habe mich trotzdem in ihn verliebt. Zwei Monate später lebten wir zusammen, und nach einem Jahr waren wir verheiratet.“ Sie quittierte Serenas schockierte Miene mit einem Nicken.

„Leidenschaft und vorehelicher Sex sind nicht das Privileg deiner Generation, liebes Kind. Daniel wollte gleich heiraten, aber ich war entschlossen, erst mein Medizinstudium abzuschließen. Das Einzige, worin wir uns einig waren, war, dass wir ohne einander nicht mehr leben konnten und wollten."

Serena dachte über die Worte ihrer Mutter nach, während das Feuer hinter ihr laut prasselte. „Woher wusstest du, dass es Liebe war und nicht nur Verlangen?"

„Von all meinen Kindern hast du immer die schwierigsten Fragen gestellt." Anna beugte sich vor und nahm die Hände ihrer Tochter. „Ich bin nicht sicher, ob man das voneinander trennen kann, wenn es um einen Mann und eine Frau geht. Man kann das eine ohne das andere empfinden, aber nicht, wenn es wahre Liebe ist, und auch nicht, wenn es wahres Verlangen ist. Die Leidenschaft, die aufflackert und rasch wieder vergeht, ist nur ein Echo. Keine Substanz, nur ein Resultat. Glaubst du, du hast dich in Justin verliebt, oder hast du Angst davor, dass du es hast?"

Serena öffnete den Mund, schloss ihn wieder und probierte es erneut. „Beides."

Anna drückte Serenas Hand. „Sag deinem Vater nichts davon. Ich denke du weißt, dass er sich etwas darauf einbilden würde. Und was willst du jetzt unternehmen?"

„Ich habe noch nicht darüber nachgedacht. Ehrlich gesagt, ich habe es verdrängt." Sie zog die Knie an und legte das Kinn darauf. „Aber ich werde ihn wohl wiedersehen müssen. Er hat mir einen Job angeboten."

„So?"

„Ich soll sein Casino in Atlantic City leiten. Ein echter Zufall, denn ich hatte gerade beschlossen, Dad zu fragen, ob ich es schaffen könnte, mein eigenes Hotel mit Casino zu eröffnen."

„Wenn Justin dir eine solche Position anbietet, muss er eine Menge Vertrauen in deine Fähigkeiten haben."

„Ich habe ein Talent entwickelt, mit Menschen umzugehen", fuhr Serena mit der Andeutung eines Lächelns fort. „Im letzten Jahr habe ich mehr gelernt, als Karten zu geben. Im Grunde ist die ‚Celebration' eins der bestgeführten Hotels, die ich je gesehen habe. Und obwohl das Casino klein ist, ist alles Wesentliche vorhanden. Es gibt keinen Teil des Casino-Betriebs, den ich nicht gründlich kennengelernt habe." Sie verstummte. Ihre Augen weiteten sich. Anna kannte den Blick.

„Was brütest du gerade aus, Rena?"

„Ich überlege gerade, ob ich die Wette erhöhe. Gewinnen, Verlieren oder Unentschieden."

Nachdem er dem Pagen ein Trinkgeld gegeben hatte, zog Justin sich aus und betrat die Duschkabine. Das Auspacken konnte das Zimmermädchen am Morgen übernehmen, und das Casino würde auch einen weiteren Abend ohne ihn überstehen. Er hatte vor, in seiner Suite zu Abend zu essen und dabei alle notwendigen Anrufe in seine anderen Häuser zu erledigen. Mit etwas Glück gab es keine Probleme, die sich nicht mit einem Ferngespräch lösen ließen. Justin hatte andere Dinge im Kopf.

Er drehte an der Armatur, bis das Wasser in pulsierenden Stößen kam. Serena ist jetzt schon zu Hause, dachte er. Und wie er sie kannte, musste Daniel bereits den Preis für sein Komplott bezahlen. Justin hätte eine Menge dafür gegeben, wenn er das Wiedersehen der beiden hätte belauschen dürfen. Das hätte ihn vielleicht für die beiden letzten, unerträglich langweiligen Tage an Bord der „Celebration" entschädigt.

Seinen Teil des Abkommens einzuhalten war schwieriger

gewesen, als Justin erwartet hatte. Zu wissen, dass Serena in seiner Reichweite war, beim Kartengeben in ihrem eleganten Smoking, in dem dünnen Hauch von Seide in ihrer schmalen Koje, hatte ihn fast verrückt werden lassen. Aber er hatte sich von ihr ferngehalten. Abgemacht war abgemacht. Und weil er erkannt hatte, dass sie unter ihrem Zorn wirklich verletzt war. Diese Wunde konnte nur die Zeit heilen, und die musste er ihr geben. Nach zwei Wochen würde es bestimmt einfacher sein, mit ihr zu verhandeln.

Selbst wenn sie sein Angebot ablehnte, womit er eigentlich rechnete, hatte er nicht vor, es dabei zu belassen. Notfalls konnte er sie irgendwie nach Atlantic City locken, und wenn sie erst dort war, konnte er seinen Heimvorteil ausspielen. Justin drehte die Dusche ab und griff nach einem Handtuch.

Unten im Casino brauchte er einen fähigen Manager. In der obersten Etage brauchte er eine Frau. Serena war die Einzige, die beide Anforderungen erfüllte. Er schlang sich das Handtuch um die Hüften und verließ das Bad.

Wie der Rest der Eigentümersuite, so war auch das Schlafzimmer geräumig und elegant eingerichtet. Der zinnfarbene Teppichboden unter seinen Füßen war dicht und warm. Lange, senkrechte Jalousien hingen vor der Glastür zum Balkon. Sie öffneten sich auf Knopfdruck und gaben den Blick auf den Atlantik frei. Er warf einen Blick auf das breite, von dunkelblauer Seide bedeckte Bett. Wie viele Frauen hatten darin geschlafen? Justin wusste es nicht, und es war ihm auch egal. Eine Nacht des geteilten Vergnügens, nicht mehr, nicht weniger hatten sie ihm bedeutet.

Er holte einen Hausmantel aus dem Schrank und ließ das Handtuch fallen, während er ihn überstreifte. Es hatte Jahre gegeben, da hatte er in Wohnungen gelebt, die kleiner waren als dieses Schlafzimmer. Trotzdem hatte er Frauen gehabt. Falls er in dieser Nacht eine wollte, brauchte er nur eine Nummer aus seinem Notizbuch auszuwählen und zum Hörer zu greifen. Sein Körper verlangte nach einer. Und doch wusste er zum ersten Mal in seinem Leben, dass irgendeine ihm nicht reichen würde.

Frustriert und rastlos durchstreifte er die Suite. Er hatte allen Grund, sich an der Ostküste aufzuhalten. Das Haus in Atlantic City war sein neuestes, und das Neueste erforderte stets am meisten Aufmerksamkeit. Justin war es nie wichtig gewesen, wo er gerade lebte. Über die Jahre hinweg hatte er sich an den Komfort eines Hotels gewöhnt, in dem jeder Wunsch sich per Knopfdruck erfüllen ließ. Jetzt ertappte er sich dabei, an ein richtiges Zuhause zu denken – etwas Dauerhaftes, mit einem Rasen, der gemäht werden musste, und Luft, die nicht von Hunderten anderer Menschen geteilt wurde.

Justin fuhr sich mit der Hand durchs Haar und fragte sich, woher diese vage Unzufriedenheit kam. Er hatte doch alles, was er je gewollt hatte. Aber er hatte nie nur eine einzige Frau gewollt. Lag es daran, dass er den Mangel an Wärme gespürt hatte, als er diese Räume betrat? Wäre sie hier, gäbe es diese von den Wänden widerhallende Leere nicht. Sie würde sie mit Temperament und Lachen füllen. Mit Leidenschaft.

Warum hatte er ihr zwei Wochen gegeben? Wütend stopfte Justin die Hände in die Taschen des Bademantels. Warum hatte er sie nicht gedrängt, mit ihm herzukommen, sie nicht hergeschleift? Dann wäre er jetzt nicht allein und voller Verlangen nach ihrer Nähe. Er brauchte Kontakt zu ihr – ihre

Stimme durchs Telefon. Nein, dachte Justin, nicht ihre Stimme. Das würde die Sache nur noch komplizierter machen. Er ging an den Apparat und wählte Daniel MacGregors Privatanschluss.

„MacGregor."

„Du alter Bastard", sagte Justin in mildem Ton.

„Hallo, Justin." Daniel verdrehte die Augen zur Decke, denn er wusste, dass ihm jetzt die zweite Abreibung des Tages bevorstand. „Wie war deine Reise?"

„Informativ. Ich nehme an, Serena hat bereits mit dir gesprochen?"

„Freut sich riesig, wieder zu Hause zu sein", sagte Daniel und starrte sehnsüchtig auf die zerbrochenen Zigarren auf dem Schreibtisch. „Spricht in den höchsten Tönen von dir."

„Ich wette, das tut sie." Mit einem grimmigen Lächeln setzte Justin sich auf die Couch. „Wäre es nicht einfacher gewesen, mir zu erzählen, dass Serena auf dem Schiff arbeitet?"

„Hättest du die Reise trotzdem gemacht?"

„Nein."

„Siehst du", erwiderte Daniel zufrieden. „Und ich bin sicher, es hat dir gutgetan. Du warst verkrampft, Junge, rastlos." Er überlegte, ob er versuchen sollte, sich eine der verstümmelten Zigarren anzustecken. „Und keine Sorge, ich rede mit Rena, beruhige sie etwas."

„Nein, das wirst du nicht. Ich habe hier einen Karton Scotch als Geisel, Daniel, und den behalte ich, bis ich sicher bin, dass du dich heraushältst."

„Komm schon, Justin, spar dir die Drohungen. Es ist doch nur meine elterliche Sorge um euch beide." Die beiden wissen genau, wo sie einen treffen können, dachte er betrübt. „Warum verlängerst du deinen Urlaub nicht um ein paar Tage und besuchst uns hier, Justin?“

„Serena wird herkommen“, antwortete er.

„Zu dir?“ Die breite Stirn legte sich in Falten. „Was meinst du damit?“

„Das, was ich gesagt habe.“

„Na gut, Junge.“ Daniel warf sich in die Brust. „Du erklärst mir jetzt besser, was du für Absichten hast.“

„Nein.“ Justins Muskeln entspannten sich etwas. Das Gespräch machte ihm Spaß. Genießerisch lehnte er sich zurück.

„Was soll das heißen, nein?“, tobte Daniel. „Ich bin ihr Vater.“

„Aber nicht meiner. Du hast mir dieses Blatt in die Hand gegeben, Daniel. Ich spiele die Karten nur aus.“

„Jetzt hör mir mal …“

„Nein“, unterbrach Justin ihn ruhig. „Ich sage dir, du sollst aussteigen, Daniel. Serena und ich werden verdoppeln oder verlieren.“

„Wenn du dem Mädchen wehtust, häute ich dich bei lebendigem Leib.“

Justin lachte. „Falls es je eine Frau gab, die selbst auf sich aufpassen kann, dann Serena MacGregor.“

„Stimmt.“ Der Stolz ließ Daniels Herz anschwellen und lenkte ihn ab. „Das Mädchen ist eine Wucht.“

„Falls du natürlich glaubst, sie macht sich hier lächerlich …“

„Keins meiner Kinder macht sich lächerlich!“, fauchte Daniel.

Justin lächelte triumphierend. „Schön, dann halte dich aus allem heraus.“

Daniel knirschte mit den Zähnen und starrte stirnrunzelnd auf den Hörer.

„Dein Wort darauf, Daniel."

„Schon gut, schon gut. Du hast es, aber wenn ich höre, dass du …"

„Gute Nacht, Daniel."

Justin legte auf. Er hatte es seinem Wohltäter ordentlich heimgezahlt.

7. Kapitel

Justin hatte seine Bürosuite im Erdgeschoss, mit privatem Fahrstuhl hinauf zu den Räumen im Penthouse. Er fand das sehr praktisch, da seine Arbeitszeit unregelmäßig war und es Zeiten gab, zu denen er keine Lust hatte, den Hotelgästen zu begegnen. Die beiden Fernsehmonitore in den Ecken und der hinter einer Wandtäfelung verborgene Einwegspiegel machten es möglich, dass er von seinem Schreibtisch aus alles beobachten konnte.

Weil er in seinen Büros absolut ungestört sein wollte, arbeitete Justin in einem großen Raum ohne Fenster und mit nur einem Eingang. Seine Erfahrung in einer Gefängniszelle hatte ihm eine tief sitzende Abneigung gegen allzu enge Orte beschert, also kompensierte er die Abgeschlossenheit durch eine sorgfältig ausgewählte Inneneinrichtung. Die Möbel waren in hellen Naturtönen gehalten, die Bilder groß und farbenfroh. Eine Wüstenlandschaft im Licht der untergehenden Sonne, die zerklüfteten Gipfel der Rockies, ein Komantschenkrieger auf einem Pferd in vollem Galopp. Diese Motive vermittelten Justin eine Illusion von Freiheit, die der Rastlosigkeit entgegenwirkte, die ihn manchmal hinter dem Schreibtisch erfasste.

Im Moment ging er eine Jahresbilanz durch, die jeden erfreuen würde, der Anteile an „Blade Enterprises" besaß. Zweimal ertappte Justin sich dabei, etwas zu lesen, ohne es bewusst wahrzunehmen. Jedes Mal zwang er sich, von vorn zu beginnen. Serenas zwei Wochen waren zu Ende, und, wie er entdeckt hatte, auch seine Geduld. Wenn sie nicht innerhalb der nächsten vierundzwanzig Stunden anrief, würde er nach Hyannis Port aufbrechen, um sie an ihren Teil der Abmachung zu erinnern.

Verdammt, ich will ihr nicht nachlaufen, dachte Justin und warf den Bericht auf den Schreibtisch. Er war noch nie im Leben einer Frau nachgelaufen, doch bei Serena war er schon kurz davor gewesen, es zu tun. Er spielte sein bestes Spiel, wenn der Gegner als Erster angriff.

Gegner, wiederholte Justin. Eigentlich sollte er sie so sehen. Es war sicherer so. Aber egal, wie er von ihr dachte, er dachte immerzu an sie. Egal, worauf er sich zu konzentrieren versuchte, sie war immer da und wartete darauf, sich wieder in den Vordergrund zu drängen. Jedes Mal, wenn er kurz davorstand, sich eine Frau zu nehmen, kam ihm Serena in den Sinn, so deutlich, dass er sie fast berühren, fast schmecken konnte. Das Verlangen nach ihr löschte jegliches Verlangen nach einer anderen aus. So ausgehungert und frustriert er auch war, Justin hatte sich befohlen, auf sie zu warten. Jetzt, so entschied er, hatte er lange genug gewartet. Noch bevor diese Nacht vorüber war, würde er sie besitzen.

Als Justin nach dem Hörer griff, um die Fahrt nach Norden zu organisieren, klopfte es an der Tür. „Ja."

Gewarnt durch den Tonfall dieser einzelnen Silbe, steckte seine Sekretärin nur den Kopf durch die Tür. „Entschuldigung, Justin."

Nur mit Mühe ersparte er ihr eine barsche Antwort. „Was ist, Kate?"

„Telegramm.“ Sie trat ein, eine schlanke, elfenhafte Brünette mit leiser Stimme und statuenhaftem Gesicht. „Und Mr. Streeve hängt draußen herum. Er will, dass Sie seinen Kreditrahmen vergrößern.“

Justin nahm das Telegramm knurrend entgegen. „Was braucht er denn?“

„Fünf“, sagte sie und meinte fünftausend.

Justin riss den Umschlag auf und fluchte leise. „Der Idiot weiß nicht, wann er aufhören muss. Wer hat die Aufsicht?“

„Nero.“

„Sagen Sie Nero, dass Streeve noch einen gut hat, aber danach ist Schluss. Mit etwas Glück gewinnt er zweitausend zurück und gibt sich damit zufrieden.“

„Bei seinem Glück wird er versuchen, seine AT&T-Aktien gegen Jetons einzutauschen“, erwiderte Kate. „Nichts ist schlimmer als die verwöhnten Reichen, die zeitweilig unter Bargeldmangel leiden.“

„Wir sind nicht hier, um moralische Urteile zu fällen“, erinnerte Justin sie. „Sagen Sie Nero, er soll ihn im Auge behalten.“

„Okay.“ Achselzuckend schloss Kate die Tür hinter sich.

Abwesend tastete Justin nach dem Knopf, der die Täfelung vor dem Einwegspiegel zur Seite gleiten ließ. Vielleicht wäre es ganz vernünftig, Streeve selbst auch im Auge zu behalten. Noch bevor er den Knopf betätigen konnte, fiel Justins Blick auf den Text des Telegramms.

Habe über dein Angebot nachgedacht. Werde am Donnerstagnachmittag eintreffen, um Konditionen zu besprechen. Bitte arrangiere angemessene Unterbringung. S. MacGregor

Justin las die kurze Nachricht zweimal, bevor ein Lächeln

seine Mundwinkel zucken ließ. Typisch, dachte er. Kurz, auf den Punkt gebracht und herrlich vage. Und im letzten Moment, fügte er hinzu und lehnte sich zurück. Es war schon nach Mittag am Donnerstag. Also kam sie, um über die Konditionen zu reden. In seinem Nacken lockerte sich eine verkrampfte Stelle. Justin holte ein Zigarillo heraus und steckte es nachdenklich an.

Konditionen, dachte er. Ja, sie würden Konditionen besprechen und dabei cool und geschäftsmäßig bleiben.

Er hatte jedes Wort ernst gemeint, als er ihr den Job anbot. Seiner Meinung nach war Serena für den Umgang mit seinem Personal und seinen Gästen hervorragend qualifiziert. Er brauchte jemanden, der selbstständig Entscheidungen treffen konnte, damit er, falls nötig, zu seinen anderen Häusern fahren konnte. Er konnte es sich nicht leisten, seine ganze Zeit in einem einzigen Casino zu verbringen. Justin pustete eine dünne Rauchfahne in den Raum und beschloss, Serena möglichst attraktive Konditionen zu bieten. Und wenn das erst geklärt war …

Wenn das erst geklärt ist, dachte er, wird sie sich auf privater Ebene mit mir beschäftigen müssen. Seine Augen wurden dunkel, die Lippen schmal. Diesmal gab es keinen Daniel MacGregor, der den wohlwollenden Dritten mit einem Ass im Ärmel spielte. Heute Abend würden er und Serena ein sehr privates Zwei-Personen-Spiel beginnen. Justin lachte. Gewinnen war sein Geschäft.

Er nahm den Hörer ab und drückte den Knopf, der ihn mit der Rezeption verband.

„Rezeption, Steve am Apparat. Kann ich Ihnen helfen?“

„Hier ist Blade.“

Der Hotelangestellte war sofort hellwach. „Ja, Sir."

„Eine Miss MacGregor wird heute Nachmittag einchecken. Serena MacGregor. Sorgen Sie dafür, dass ihr Gepäck in die Gästesuite in meinem Stockwerk gebracht wird."

„Ja, Sir."

„Die Floristin soll einen Strauß Veilchen hinaufschicken."

„Ja, Sir. Eine Karte?"

„Nein."

„Ich werde mich persönlich darum kümmern."

„Gut." Zufrieden legte Justin auf. Jetzt brauchte er nur noch zu warten. Er griff wieder nach dem Bericht für die Aktionäre und schenkte ihm seine volle Aufmerksamkeit.

Serena reichte dem Türsteher die Wagenschlüssel und warf den ersten ausgiebigen Blick auf das „Comanche". Justin hatte nichts Schickes oder Opulentes angestrebt, sondern einen ausgewogenen Kompromiss gefunden. Serena gefiel der Stil, der der Ostküste einen Hauch des Westens brachte. Sie registrierte, dass fast alle Zimmer Meerblick besaßen. Die Auffahrt umrundete einen auf zwei Ebenen verlaufenden, grottenartigen Teich mit eigenem Wasserfall. Auf dem Grund glitzerten Münzen. Offenbar gab es genug Gäste, die ihr Kleingeld für ein wenig Glück im Spiel opferten.

Neben dem Haupteingang stand ein Komantschenhäuptling mit vollem Kopfschmuck. Kein Supermarkt-Indianer, bemerkte Serena, sondern eine exquisite Skulptur aus weißem, schwarz geädertem Marmor. Sie gab der Versuchung nach und strich mit der Fingerspitze über den glatten Brustkorb. Typisch Justin, dachte sie, nie wählt er das Gewöhnliche. Ihr Blick wanderte zu dem marmornen Gesicht hinauf. Bildete sie es sich nur ein, oder bestand da wirklich eine gewisse Ähnlichkeit? Wenn die Augen grün gewesen wären ... Kopfschüttelnd wandte Serena sich ab.

Während ihr Gepäck entladen wurde, nutzte sie die Wartezeit, um sich die riesigen Reklametafeln anzusehen.

Berühmte Namen in großen Buchstaben, auffällige Neonbilder, reglos im Licht der Nachmittagssonne, ein riesiges Hotel neben dem anderen, Springbrunnen, Verkehr, Lärm. Aber es war nicht so wie in Vegas. Und das lag nicht nur daran, dass die Berge fehlten und sie das Rauschen des Ozeans in den Ohren hatte. Hier lag noch Jahrmarktsstimmung in der Luft. Dies war noch immer ein Ferienort mit einem Strand vor der Hintertür. Man roch das Glücksspiel, aber es trug die feucht-salzige Gischt des Atlantiks mit sich und das Lachen der Kinder, die am Strand Sandburgen bauten.

Serena schob sich den Riemen ihrer Tasche höher auf die Schulter und folgte ihrem Gepäck nach innen. Es gab keine roten Teppiche oder funkelnde Kronleuchter, sondern ein geschmackvolles Bodenmosaik und indirekte Beleuchtung. Angenehm überrascht registrierte Serena die riesigen Grünpflanzen in den Tontöpfen und die Wandteppiche, die das Leben und die Kultur der Prärie-Indianer zeigten. Justins Herkunft war ihm wichtiger, als er zugab.

Sie schlenderte zur Rezeption. Sie hörte das vertraute Geräusch der Glücksspielautomaten und das Klappern ihrer Absätze auf den Bodenfliesen. Bevor sie sich an den Mann hinter dem Tresen wandte, reichte sie dem Türsteher einen Geldschein.

„Serena MacGregor."

„Ja, Miss MacGregor." Er lächelte ein Willkommenslächeln. „Mr. Blade erwartet Sie. Bringen Sie Miss MacGregors Gepäck in die Gästesuite im Penthouse", befahl er dem Pagen, der bereits an ihrer Seite wartete. „Mr. Blade möchte, dass Sie gleich in sein Büro kommen, Miss MacGregor. Ich zeige Ihnen den Weg."

„Danke." Serena spürte die Aufregung im Bauch, ignorierte sie jedoch. Sie wusste, was sie wollte und wie sie es erreichen würde. Sie hatte zwei Wochen gehabt, um ihre Strategie auszuarbeiten. Auf der langen Fahrt von Massachusetts nach New Jersey war sie alles immer wieder durchgegangen. Ein- oder zweimal wäre sie fast umgekehrt und wieder nach Norden gefahren. Sie ging ein enormes Risiko ein. Sie setzte ihre Zukunft aufs Spiel. Und ihr Herz. Das war unausweichlich. Aber es gab etwas, das sie in Atlantic City wollte – und sein Name war Justin Blade.

Hastig presste sie die Hand auf den Bauch, als könnte sie die Aufregung wegdrücken. Der Angestellte öffnete eine Tür, an der „Privat" stand. Die Brünette am Ebenholz-Schreibtisch sah fragend auf. Dann fiel ihr Blick auf Serena.

„Miss MacGregor", verkündete der junge Mann.

„Ja, natürlich." Kate stand mit einem Nicken auf. „Danke, Steve. Mr. Blade erwartet Sie, Miss MacGregor. Ich sage ihm nur schnell, dass Sie hier sind."

Deshalb war der Chef also so gereizt, folgerte Kate und musterte Serena kühl, während sie nach dem Hörer griff. Sie registrierte das lange goldene Haar, das an den Schläfen mit zwei antiken Elfenbeinkämmen festgehalten wurde, die eleganten, von den außergewöhnlichen violetten Augen noch betonten Gesichtszüge, die schlanke Figur in einem Wildseidenkostüm, dessen Farbe einen Hauch dunkler war als die der Iris. Stil und Klasse, entschied Kate. Und nicht leicht einzuschüchtern, fügte sie hinzu, als Serena ihren prüfenden Blick ruhig und fest erwiderte.

„Miss MacGregor ist hier, Justin. Natürlich." Sie legte auf und schenkte Serena ein Lächeln, das nicht unfreundlich war. „Hier entlang, Miss MacGregor." Kate stand auf, ging vor und öffnete eine weitere Tür. Serena blieb neben ihr stehen.

„Danke, Miss …"

„Wallace", erwiderte Kate automatisch.

„Danke, Miss Wallace." Serena griff selbst nach der Klinke und schloss die Tür hinter sich.

Kate starrte einen Moment auf den Knauf, bis ihr aufging, wie geschickt sie abgehängt worden war. Eher neugierig als verärgert kehrte sie an ihren Schreibtisch zurück.

„Serena." Justin lehnte sich im Sessel zurück. Warum hatte er bloß erwartet, dass etwas anders zwischen ihnen sein würde? Irgendwie hatte er geglaubt, er hätte sich auf das Gefühl vorbereitet, das allein schon ihr Anblick in ihm auslöste. Jede Stunde der vergangenen zwei Wochen verschwand in einer einzigen Sekunde.

„Hallo, Justin." Sie betete, dass er ihr nicht die Hand reichen würde, denn ihre war feucht. „Eindrucksvoller Laden."

„Setz dich." Er zeigte auf einen Stuhl vor dem Schreibtisch. „Möchtest du etwas? Kaffee?"

„Nein." Mit einem höflichen Lächeln durchquerte sie den Raum und nahm Platz. „Ich weiß es zu schätzen, dass du dir gleich Zeit für mich nimmst."

Er zog eine Augenbraue hoch. Wir werden uns eine Weile umkreisen, dachte er, wie zwei Boxer, die in der ersten Runde die Deckung des Gegners testen. „Wie war dein Flug?"

„Ich bin gefahren", erwiderte sie. „Das hat mir im letzten Jahr richtig gefehlt. Das Wetter war herrlich", fügte sie hinzu, denn sie war entschlossen, über Belanglosigkeiten zu plaudern, bis ihre Nerven sich beruhigt hatten.

„Und deine Familie?"

„Meinen Eltern geht es gut. Alan und Caine habe ich leider nicht sehen können." Auf Serenas Gesicht zeigte sich ein Anflug des ersten echten Lächelns. „Mein Vater lässt dich grüßen."

„Er weilt also noch unter den Lebenden?"

„Ich habe subtilere Rachemethoden gefunden." Mit grimmigem Vergnügen dachte sie an die zerbrochenen Zigarren.

„Du gewöhnst dich ans Landleben?" Justin konnte nicht anders und starrte kurz auf ihren Mund. Kein Lippenstift, leicht angefeuchtet.

„Ja, aber nicht an die Arbeitslosigkeit." Sie spürte die Hitze an den Lippen und die Wärme, mit der ihr Bauch darauf reagierte. Am liebsten wäre sie zu ihm gegangen, um sich zu nehmen, was er ihr gab, zu welchen Konditionen auch immer. Sie wollte einfach nur gehalten werden, diese schlanken sensiblen Hände an sich spüren. Sorgfältig faltete sie ihre eigenen auf dem Schoß. „Und genau darüber will ich mit dir reden."

„Die Stelle des Casinomanagers ist noch frei", sagte er sofort, brauchte aber ein wenig Zeit, um den Blick zu ihren Augen zurückkehren zu lassen. „Die Arbeitszeit ist lang, doch ich glaube, du wirst sie nicht so anstrengend finden wie auf dem Schiff. Normalerweise brauchst du nicht vor fünf im Saal zu sein. Natürlich kannst du das flexibel handhaben, wenn du einen freien Abend brauchst. Es gibt eine Menge Papierkram zu erledigen, aber im Wesentlichen hast du mit dem Personal und den Gästen zu tun. Du hast dein eigenes Büro auf der anderen Seite des Empfangsbereichs. Wenn du im Saal nicht gebraucht wirst, kannst du alles auch von dort beaufsichtigen. Es gibt Monitore", fuhr er fort. „Und eine ungehinderte Sicht."

Justin drückte auf einen Knopf, und die Wandtäfelung glitt zur Seite. Serena sah durch die Scheibe auf die Gäste, die wie in einem Stummfilm spielten, sprachen, schlenderten. „Du wirst einen Assistenten haben", sprach Justin weiter. „Er ist kompetent, aber nicht autorisiert, selbstständig Entscheidungen zu treffen. Eine Suite steht dir zur Verfügung. Wenn ich nicht im Hotel bin, untersteht das Casino allein dir ... im Rahmen der von mir festgelegten Regeln."

„Scheint mir klar genug." Serena nahm die Hände auseinander und entspannte sich. Sie schenkte Justin ein mildes, freundliches Lächeln. „Ich könnte mir durchaus vorstellen, das Casino zu leiten, Justin ... als deine Partnerin."

Sie sah die Verblüffung in seinen Augen aufflackern, aber es war eben nicht mehr als ein kurzes Aufflackern, bevor er sich zurücklehnte. Bei jedem anderen wäre das ein Zeichen der Entspannung gewesen. Bei Justin schien es eher darauf hinzudeuten, dass er in Aktion treten würde. „Meine Partnerin?"

„Im ‚Comanche' von Atlantic City", erwiderte sie ruhig.

„Ich brauche einen Manager für das Casino. Ich brauche keine Partnerin."

„Und ich brauche keinen Job. Oder ein Gehalt, um genau zu sein", konterte sie. „Ich habe das Glück, finanziell unabhängig zu sein, aber Untätigkeit liegt mir nicht. Der Job auf der ‚Celebration' war für mich ein Experiment. Ich brauche kein weiteres. Ich suche nach etwas, bei dem ich mich etwas stärker engagieren kann."

„Du hast einmal gesagt, dass du nach einem Job in einem Casino suchen wolltest, wenn du das Schiff verlässt", wandte er ein.

„Nein." Lächelnd schüttelte sie den Kopf. „Da hast du mich missverstanden. Ich dachte eher daran, meinen eigenen Laden aufzumachen."

„Deinen eigenen Laden?" Er entspannte sich wieder. „Hast du eine Ahnung, was das alles mit sich bringt?"

Ihr Kopf fuhr hoch. „Ich glaube, die habe ich. Ich habe gerade ein Jahr meines Lebens damit verbracht, in einer Art schwimmendem Spielcasino zu arbeiten. Ich weiß, wie eine Küche geführt wird, um über fünfzehnhundert Leute zu verköstigen, wie für einen ausreichenden Vorrat an Bettwäsche gesorgt wird und wie man einen Weinkeller füllt. Ich weiß, wann ein Geber sich überfordert fühlt und abgelöst werden muss. Und wie ich einem Gast nahelegen muss, sich lieber ein anderes Spiel zu suchen. Auf dem Schiff konnte ich wenig mehr tun als lernen. Und ich lerne sehr schnell."

Justin registrierte die kühle Entschlossenheit in ihrer Stimme und den Augen. Vermutlich schafft sie es wirklich, beschloss er nach einem Moment. Sie hatte den Mut, die Energie und das Kapital. „Wenn ich all das in Betracht ziehe", begann er gedehnt, „warum sollte ich dich als Partnerin akzeptieren?"

Serena stand auf und ging an den Spiegel. „Siehst du die Geberin an Tisch fünf?" Sie klopfte gegen die Scheibe.

Neugierig stellte Justin sich neben sie. „Ja, warum?"

„Sie hat ausgezeichnete Hände – schnell, sicher. Offenbar hat sie einen für sich angenehmen Rhythmus gefunden, ohne dass es so aussieht, als würde sie die Spieler hetzen. Ein Nachmittag mitten in der Woche ist für sie die falsche Arbeitszeit. Geber wie sie brauchst du für die Stoßzeiten. Der Croupier am Craps-Tisch sieht tödlich gelangweilt aus. Entweder du gibst ihm eine Gehaltserhöhung, oder du feuerst ihn."

„Das musst du mir erklären."

Weil seine Stimme einen belustigten Unterton hatte, lächelte Serena. „Sag ihm, er soll etwas freundlicher sein. Wenn er es tut, gib ihm eine Erhöhung, wenn nicht, wirf ihn hinaus. Deine Leute im Casino müssen dieselbe Einstellung widerspiegeln wie der Rest des Hotelpersonals."

„Guter Punkt", gab er zu. „Und ein guter Grund, dich als Casinomanagerin zu wollen. Aber noch keiner für eine Partnerschaft."

Serena drehte der stillen Welt hinter der Scheibe den Rücken zu. „Also noch ein paar Gründe. Wenn du im Westen oder in Europa gebraucht wirst, wirst du wissen, dass du das hier jemandem anvertraust, der wirklich interessiert ist – nicht nur am Casino, sondern am gesamten Betrieb. Ich habe einige Nachforschungen angestellt", fügte sie hinzu. „Wenn ‚Blade Enterprises' so weiterwächst wie bisher, wirst du Verantwortung abgeben müssen. Es sei denn, du willst vierundzwanzig Stunden am Tag arbeiten und Geld verdienen, ohne deinen Erfolg genießen zu können. Das Geld, das ich investieren würde, verschafft dir genug flüssiges Kapital, um dein Gebot für das Casino in Malta zu erhöhen."

Justins Augenbraue zuckte hoch. „Du hast wirklich Nachforschungen angestellt", kommentierte er trocken.

„Wir Schotten gehen nie blind an Geschäfte heran.“ Sie lächelte zufrieden. „Der Punkt ist, ich habe keine Lust, für dich oder jemand anderen zu arbeiten. Für die Hälfte der Anteile führe ich das Casino und bügle, falls nötig, noch einige andere Schwächen aus.“

„Die Hälfte“, murmelte er mit zusammengekniffenen Augen.

„Gleichberechtigte Partner, Justin. Anders bekommst du mich nicht.“

Schlagartig kehrte Stille ein. Serena zwang sich, ruhig zu atmen. Er durfte nicht wissen, wie nervös sie war. Und auch nicht, wie leicht es wäre, ihren Stolz zu vergessen und sich in seine Arme zu werfen. Was bei ihrem letzten Treffen begonnen hatte, war während der Trennung vollendet worden. Sie hatte sich in ihn verliebt, obwohl er nicht bei ihr gewesen war, um sie in Versuchung zu führen. Aber das würde er erst erfahren, wenn sie dazu bereit war.

„Falls du noch etwas Zeit brauchst, um darüber nachzudenken …“, sagte sie nach einer Weile, „… ich bin flexibel.“ Sie ging zum Stuhl und griff nach ihrer Tasche. „Ich hatte ohnehin vor, mir einige andere Häuser anzusehen.“

Als Justins Finger sich um ihren Arm legten, drehte Serena sich langsam um. Er ahnte, dass sie nur bluffte, da war sie sicher.

„Wenn ich innerhalb eines Jahres beschließe, dass es nicht zufriedenstellend läuft, werde ich dich auskaufen.“

Sie musste ein triumphierendes Lachen unterdrücken. „Einverstanden“, erwiderte sie leise.

„Mein Anwalt wird einen Vertrag entwerfen. Bis dahin kannst du dich da drinnen umsehen.“ Er nickte zum Casino hinüber. „Dir dürfte etwa eine Woche bleiben, um es dir noch anders zu überlegen."

„Ich habe nicht vor, es mir anders zu überlegen, Justin. Wenn ich eine Entscheidung treffe, halte ich daran fest." Serena streckte ihm die Hand hin. „Also abgemacht?"

Justin starrte auf ihre Hand und legte seine darüber. Er hielt sie fest, als würden sie einen Pakt besiegeln, und hob sie dann an die Lippen. „Abgemacht, Serena", sagte er. „Obwohl wir es beide vielleicht noch bedauern werden."

„Ich gehe nach oben und ziehe mich um." Sie entzog ihm ihre Hand. „Heute Abend übernehme ich das Casino."

„Morgen ist früh genug." Justin ging vor ihr zur Tür. Sie griffen gleichzeitig nach dem Knauf, und seine Finger schlossen sich um ihre.

„Ich würde lieber keine Zeit verschwenden", erklärte sie. „Wenn du mich deinem Assistenten und einigen der Croupiers vorstellst, fange ich gleich an."

„Wie du willst."

„Gib mir eine Stunde zum Umziehen und Auspacken." Serena drehte den Knauf, um den Hautkontakt abzubrechen.

„Wir haben noch andere Dinge zu bereden, Serena."

Die Worte schienen über ihre Haut zu streichen. Voller Verlangen drehte sie sich zu ihm um. „Ja", sagte sie leise. „Aber es wäre mir lieber, wenn wir vorher alles Geschäftliche erledigen könnten, damit klar ist, dass das eine nichts mit dem anderen zu tun hat."

Justin ließ ihr Gesicht nicht aus den Augen und nahm den Kragen ihres Kostüms zwischen Daumen und Zeigefinger. „Ich bin mir nicht sicher, ob das eine wirklich nichts mit dem anderen zu tun hat", murmelte er. „Und ob wir beide uns da nicht etwas vormachen."

Der Puls an ihrem Hals begann sichtlich zu hämmern. Dennoch blieb ihre Stimme energisch. „Das werden wir früh genug herausfinden, nicht wahr?"

Lächelnd ließ Justin die Hand sinken. „Ja, das werden wir. Ich sehe dich in einer Stunde."

Es würde harte Arbeit werden, das wurde Serena schnell klar. Mindestens so hart wie auf der „Celebration". Aber diesmal, dachte sie und sah sich in dem überfüllten Casino um, arbeite ich für mich selbst. Sie unterschrieb einen Auszahlungsbeleg, den einer der Croupiers ihr brachte, und genoss es. Ein Teil des Lebens, das um sie herum pulsierte, gehörte ihr.

Es wird eine Weile dauern, bis man mich akzeptiert hat, dachte sie, als sie die neugierigen Blicke des Personals registrierte. Justin hatte sie als seine neue Partnerin vorgestellt, und Serena hatte fast gehört, wie sich in den Köpfen der anderen die Räder drehten. Sie würde einfach beweisen müssen, dass sie für die Position qualifiziert war, unabhängig davon, was zwischen ihr und Justin privat ablief. Regel Nummer eins war Zuversicht. Regel Nummer zwei war Hartnäckigkeit. Wenn man beide Regeln zusammen anwandte, ergab das nach Serenas Meinung eine unschlagbare Kombination – nicht viel anders als die Formel, die sie ihrem Vater gegenüber eingesetzt hatte.

Nero, ihr Assistent, war ein großer ruhiger Afroamerikaner, der die Nachricht von Serenas Beteiligung am Hotel mit einem Achselzucken entgegengenommen hatte. Sie erfuhr, dass er in Justins erstem Casino als Rausschmeißer gearbeitet hatte und seitdem in allen möglichen Jobs in Justins diversen Häusern. Ohne viele Worte führte er Serena durchs Casino, erklärte ihr das Nötigste und ließ sie allein. Er war ein Mann, der nicht so schnell zu beeindrucken war, das hatte sie sofort gemerkt.

Serena fing das Zeichen eines Gebers auf und durchquerte den Saal. Schon auf halbem Weg zum Tisch hörte sie eine laute, erregte Stimme. Sie brauchte nur einen Blick, um zu erkennen, dass der protestierende Gast offenbar wenig Glück hatte und sich darüber nicht gerade freute.

„Entschuldigen Sie mich." Sie lächelte den anderen Spielern am Tisch zu und stellte sich neben ihren Angestellten. „Gibt es ein Problem?"

„Das kann man wohl sagen, Sweetheart." Der Mann am Ende des Tischs beugte sich vor und packte ihr Handgelenk. „Wer sind Sie?"

Serena sah erst auf seine Hand, dann in sein Gesicht. „Ich bin die Eigentümerin."

Er lachte hämisch auf und leerte sein Glas. „Ich kenne den Eigentümer, Lady. Er sieht Ihnen absolut nicht ähnlich."

„Mein Partner", klärte Serena ihn mit einem eisigen Lächeln auf. Aus den Augenwinkeln heraus sah sie, wie Nero sich näherte, und schüttelte fast unmerklich den Kopf. „Kann ich Ihnen irgendwie helfen?"

„Ich habe an diesem Tisch eine ganze Menge verloren", sagte der wütende Gast. „Meine Freunde hier werden das bestätigen."

Die anderen Spieler sahen entweder gelangweilt oder verärgert drein. Alle ignorierten den Störenfried.

„Möchten Sie den Rest Ihrer Jetons einlösen?", fragte Serena höflich.

„Ich will eine Chance, etwas von meinem Geld zurückzugewinnen“, erwiderte er und stellte sein Glas ab. „Aber der Bursche hier will das Limit nicht erhöhen.“

Serena musterte das Pokergesicht des Gebers und registrierte die nur mit Mühe gebändigte Wut in den Augen. „Unsere Geber sind nicht autorisiert, das Limit am Tisch zu erhöhen, Mr. …“

„Carson, Mick Carson, und ich würde gern wissen, wieso ein Mann in diesem Laden nicht die Chance bekommt, seine Verluste wieder wettzumachen.“

„Wie ich bereits sagte“, erwiderte sie ruhig, „die Geber sind nicht autorisiert, das Limit zu erhöhen. Aber ich bin es. Welcher Betrag schwebt Ihnen vor, Mr. Carson?“

„Schon besser“, sagte er und winkte nach einem weiteren Drink. Serena sah zu der umherstreifenden Kellnerin hinüber und schüttelte leicht den Kopf. „Fünftausend.“ Er grinste. „Das müsste reichen. Ich unterschreibe dafür.“

„Einverstanden. Bringen Sie Mr. Carson seinen Beleg, Nero“, befahl sie ihrem Assistenten, von dem sie wusste, dass er in Hörweite war. „Noch ein Spiel, Mr. Carson. Und fünftausend.“ Serena warf ihm einen strengen Blick zu. „Und wenn Sie verlieren, ist für heute Schluss.“

„Okay, Honey.“ Er griff erneut nach ihrem Handgelenk und strich mit dem Daumen über den Ärmel des rubinroten Kleids. „Und wenn ich gewinne, wie wär’s dann mit einem Drink irgendwo?“

„Überfordern Sie Ihr Glück nicht, Mr. Carson“, warnte sie ihn lächelnd.

Schmunzelnd nahm er das Klemmbrett, das Nero ihm reichte, und kritzelte seinen Namen auf das Formular. „Man kann's doch mal versuchen, Honey. Oh nein", fügte er hinzu, als Serena zur Seite ging. „Sie geben."

Wortlos nahm Serena den Platz des Angestellten ein. Erst jetzt sah sie, dass Justin sie aus diskreter Entfernung beobachtete. Verdammt! Ihr Blick traf sich mit seinem, und sie fragte sich, ob die Verärgerung ihr Urteilsvermögen getrübt hatte. Doch dann sagte sie sich, dass es fünftausend wert wäre, einen Typ wie Carson auf friedliche Weise loszuwerden.

„Einsätze?", fragte sie und sah zu den anderen Spielern hinüber, während sie Carson seine Jetons hinzählte. In stummem Einverständnis verzichteten die anderen darauf, sich am Spiel zu beteiligen.

„Nur Sie und ich", sagte Carson und schob seine Jetons über den Tisch. „Auf geht's."

Schweigend gab Serena ihm eine Sieben und eine Zwei. Ein Blick nach unten zeigte ihr, dass sie selbst eine Zwölf hatte und als Nächstes eine Neun kommen würde.

„Hit", sagte Carson und griff nach seinem leeren Glas. Sie drehte eine Dame um. „Reicht mir", meinte er und lächelte ihr kalt zu.

„Neunzehn bei Ihnen." Serena drehte ihre Karte um. „Zwölf … fünfzehn", fuhr sie fort, als sie eine Drei aufdeckte. Ohne innezuhalten legte sie eine Fünf auf den Tisch. „Zwanzig." Carson fluchte. „Beehren Sie uns bald wieder, Mr. Carson", sagte sie mit eisiger Stimme und wartete darauf, dass er aufstand.

Er starrte sie wütend an, während sie seine Jetons einsammelte. Dann sprang er auf und marschierte wortlos aus dem Casino.

„Bitte entschuldigen Sie die kleine Unterbrechung.“ Serena lächelte in die Runde, bevor sie dem Geber zunickte.

„Das haben Sie richtig gut gemacht, Miss MacGregor“, murmelte Nero, als sie an ihm vorbeiging.

Serena blieb stehen und drehte sich um. „Danke, Nero. Und nennen Sie mich Rena.“ Sein ernstes Gesicht leuchtete auf. Sie bekam es noch mit, bevor sie zu Justin ging. „Du warst kurz davor, mich einliefern zu lassen, was?“, fragte sie ihn leise.

Justin sah zu ihr hinunter und wickelte sich das Ende einer Locke um den Finger. „Weißt du, ich wollte dich aus einer Reihe von Gründen hier haben. Das eben war einer davon.“

Sie lachte erfreut. „Wenn ich nun verloren hätte?“

Justin zuckte mit den Schultern. „Dann hättest du eben verloren. Trotzdem hättest du eine ziemlich kritische Situation mit minimalem Aufsehen entschärft. Und mit Stil“, murmelte er, den Blick auf ihr Gesicht gerichtet. „Ich bewundere deinen Stil, Serena MacGregor.“

„Eigenartig.“ Schon während die Veränderung in ihr ablief, spürte sie sie – die Wärme, die Weichheit. Das Wollen. „Ich habe immer deinen bewundert.“

„Du bist müde.“ Justins Daumen strich unter ihrem Auge entlang, wo sich der Hauch eines Schattens bildete.

„Etwas“, gab sie zu. „Wie spät ist es?“

„Ungefähr vier.“

„Kein Wunder. Das Problem in diesen Läden ist, dass man nicht mehr weiß, wann Tag und wann Nacht ist.“

„Du hast heute schon mehr geleistet, als du musst“, sagte er und führte sie durch den Saal. „Was du jetzt brauchst, ist ein gutes Frühstück.“

„Mmm.“

„Ich nehme an, das heißt, du bist hungrig.“

„Ich hab’s gar nicht gemerkt, aber jetzt, wo du es erwähnst, glaube ich, ich verhungere.“ Serena warf einen Blick über die Schulter, als er sie durch die Tür zu seinen Büros schob. „Geht es zum Restaurant nicht in die andere Richtung?“

„Wir werden oben in meiner Suite frühstücken.“

„Oh, Augenblick.“ Lachend blieb sie stehen. „Ich glaube, das Restaurant wäre viel vernünftiger.“

Justin musterte sie einen Moment und griff in die Tasche.

„Justin …“

„Kopf, meine Suite, Zahl, das Restaurant.“

Skeptisch streckte sie die Hand aus. „Lass mich die Münze sehen.“ Sie nahm sie ihm ab und inspizierte beide Seiten. „Okay, ich bin zu hungrig, um mich zu streiten. Wirf sie schon.“

Mit einem kurzen Daumenschnippen tat er es. Serena wartete, bis die Münze auf seinem Handrücken lag, sah hin und stieß einen Seufzer aus.

„Wir nehmen den Fahrstuhl“, sagte Justin.

8. Kapitel

„Trotzdem werde ich dich eines Tages noch besiegen“, sagte Serena gähnend, als Justin den Knopf fürs Penthouse drückte. „Und wenn ich das tue, wird es dich mehr als ein Frühstück kosten.“ Sie ließ den Blick über die Rauchglaswände wandern. „Weißt du, vorhin in deinem Büro habe ich den Fahrstuhl kaum bemerkt.“

„Er ist meine Fluchtroute“, erwiderte er, und als sie ihn fragend ansah, lächelte er. „Wir alle brauchen gelegentlich eine.“

„Ich nehme an, von dir habe ich es nicht erwartet.“ Sie musste an den Einwegspiegel denken und seufzte. „Gehen sie dir manchmal auf die Nerven, Justin, all die Leute, von denen du nur durch eine dünne Wand getrennt bist?“

„Früher nicht, aber in letzter Zeit schon“, gab er zu. „Vermutlich hast du dich auf dem Schiff ähnlich gefühlt. Deshalb bist du bestimmt auch an Deck gegangen, wenn alle anderen schliefen.“

Sie hob die Schultern. „Na ja, wenn ich hier leben will, werde ich mich wohl an das Drumherum gewöhnen müssen.“ Als die Tür beiseiteglitt, ging Serena hindurch. „Justin, wie schön du es hier hast.“

In seinen Privaträumen waren die Farben kräftiger, indigoblaue Akzente auf den Kissen einer niedrigen Couch, Chartreuse-Grün im Schirm einer Glasleuchte. Als Gegengewicht gab es Kreidezeichnungen in Pastelltönen und einen alten Spiegel mit Facettenschliff und vergoldetem Rahmen.

„Hier kann man sich entspannen", entschied Serena und griff nach der geschnitzten Figur eines Falken im Sturzflug. „Mit all den persönlichen Dingen wirkt es gar nicht wie eine Hotelsuite."

Es war seltsam, aber ihre Hände an etwas zu sehen, das ihm gehörte, verlieh den Räumen erstmals eine gewisse Intimität. Für Justin war die Suite immer nur eine bequeme Unterkunft gewesen, mehr nicht. Ein Ort, an dem er sich aufhielt, wenn er nicht arbeitete. Er hatte ähnliche Räume in anderen Hotels. Sie waren komfortabel, privat und, so wurde ihm erneut bewusst, sehr leer. Bis jetzt.

„Meine Suite ist natürlich auch sehr nett", fuhr Serena fort und berührte oder inspizierte, was immer ihr vor die Finger kam. „Aber ich werde mich wohler fühlen, wenn ich erst meine persönlichen Dinge um mich herum ausgebreitet habe. Ich glaube, ich bitte meine Mutter, mir meinen Schreibtisch und ein paar andere Stücke zu schicken." Als sie sich umdrehte, sah sie, dass Justin sie auf seine gewohnt stille Art beobachtete. Sie fühlte sich plötzlich nervös und stellte die kleine kobaltblaue Glasschüssel rasch wieder hin.

„Was für einen Ausblick hast du von hier?" Sie ging ans Fenster und machte gerade den ersten Schritt auf die flache Plattform davor, als sie bemerkte, dass der Glastisch bereits gedeckt war. Sie nahm die Glocke von einem der Teller und sah ein herzhaftes mexikanisches Omelett, Schinkenspeck und ein Weizen-Muffin. Sie lüftete den Deckel einer Silberkanne, und der Duft von frischem Kaffee füllte den Raum. Neben dem Tisch stand in einem eisgefüllten Kübel Champagner.

„Man stelle sich das mal vor“, murmelte Serena und nahm die einzelne Rose aus der Kristallvase. „Sieh dir an, was die gute Fee dagelassen hat, Justin. Erstaunlich!“

„Und dabei wird behauptet, Wunder gehörten der Vergangenheit an.“

„Willst du ein echtes Wunder hören?“, fragte sie und hielt die Rose an die Nase. „Es ist ein Wunder, dass ich dir diesen Kaffee nicht über den Kopf schütte.“

„Ich ziehe es vor, ihn innerlich zu nehmen“, murmelte er und ging zu ihr. „Gefällt dir deine Rose?“

„Dies ist das zweite Mal, dass du mir ein Essen arrangierst, ohne mich vorher zu fragen“, begann sie.

„Das letzte Mal warst du auch hungrig“, erinnerte er sie.

„Das ist nicht der Punkt.“

„Was denn?“

Serena holte verärgert Luft und wurde vom Aroma des warmen Essens überwältigt. „Vor einer Minute wusste ich es noch“, flüsterte sie. „Wie hast du es geschafft, das alles herzubekommen? Frisch und warm, meine ich.“

„Ich habe den Zimmerservice angerufen, bevor ich ins Casino ging, um nachzusehen, ob du gerettet werden musst.“ Er drapierte ein Tuch um die Flasche und zog den Korken heraus.

„Sehr schlau.“ Serena ergab sich dem Hunger und nahm Platz. „Champagner zum Frühstück?“

„Dies ist die beste Zeit dafür.“ Justin füllte zwei Gläser, bevor er sich zu ihr setzte.

„Falls ich beschließe, deine Arroganz zu übersehen“, sagte Serena und schnitt in ihr Omelett, „finde ich das hier wirklich sehr nett von dir – wenn auch etwas hinterhältig.“

„Gern geschehen", murmelte er und hob sein Glas.

Nach dem ersten Bissen schloss Serena in stummer Anerkennung die Augen. „Und mit einem leeren Bauch ist es einfach, Arroganz zu übersehen. Justin, dies ist das beste Omelett, das je gemacht wurde."

„Ich werde dein Lob an den Chefkoch weitergeben."

„Mmm. Morgen werde ich mir die Küche und den Nachtclub ansehen müssen", sagte sie nach dem nächsten Bissen. „Ich habe gesehen, dass du Chuck Rosen für eine Woche hierhast. Da dürfte kein Platz leer bleiben."

„Ich habe mit ihm einen zweijährigen Exklusivvertrag." Justin brach ein Muffin in zwei Hälften. „Er garantiert mir in allen Hotels ausverkaufte Säle."

„Das war eine sinnvolle Investition", meinte Serena. „Weißt du …" Sie hob ihr Glas und musterte ihn über den Rand hinweg. „Du bist genau das, wofür ich dich damals gehalten habe, als du zum ersten Mal an meinen Tisch kamst. Und trotzdem bist du ganz anders, als ich dachte."

Justin nippte an seinem Champagner, bevor er ihren Blick erwiderte. „Für was hast du mich denn gehalten?"

„Für einen professionellen Glücksspieler. Und das stimmte ja auch. Aber …" Serena verstummte und trank erneut. Justin hat recht, dachte sie. Noch nie hatte Champagner ihr besser geschmeckt. „Ich habe dich nicht für einen Mann gehalten, der eine Kette von derartigen Hotels aufbaut und führt."

„Nein?" Amüsiert spielte er mit seinem Essen und beobachtete sie dabei. „Für was dann?"

„Ich glaube, für eine Art Nomaden. Was angesichts deiner Herkunft ja auch teilweise stimmt. Aber ich konnte mir dich nicht als Mann vorstellen, der sich der Verantwortung stellen will, die solche Hotels mit sich bringen. Du bist eine interessante Mischung, Justin, aus Rücksichtslosigkeit und Verantwortungsgefühl. Aus hart und …“, sie griff nach der Rose, „… süß.“

„Das hat mir noch niemand vorgeworfen“, murmelte Justin und füllte ihr Glas wieder auf.

„Was?“

„Süß zu sein.“

„Na ja, es gehört nicht gerade zu deinen dominierenden Eigenschaften“, gab sie zu. „Deshalb bringt es mich vermutlich auch immer durcheinander, wenn es durchkommt.“

„Es bereitet mir Vergnügen, dich durcheinanderzubringen.“ Sein Finger strich über ihren Handrücken. „Ich habe in mir eine gewisse … Schwäche für Verletzlichkeit entdeckt.“

Entschlossen nahm sie einen weiteren Schluck. „Ich bin normalerweise überhaupt nicht verletzlich.“

„Nein“, stimmte er zu. „Vielleicht ist es deshalb umso reizvoller, dir deine gewohnte Selbstsicherheit zu nehmen. Dein Puls wird schneller, wenn ich dich hier berühre“, flüsterte er und strich mit einem Finger über die Unterseite ihres Handgelenks.

Ein wenig unsicher stellte Serena ihr Glas ab. „Ich sollte jetzt gehen.“

Aber er stand mit ihr auf, und jetzt waren seine Finger mit ihren verschränkt. Sein Blick war, als er sich mit ihrem traf, sehr ruhig und sehr zuversichtlich. „Ich habe mir heute Nachmittag etwas versprochen, Serena“, erklärte er leise. „Dass ich mit dir schlafen werde, noch bevor diese Nacht vorüber ist.“ Justin machte einen Schritt auf sie zu und nahm ihre andere Hand. „Bis die Sonne aufgeht, bleibt uns noch eine Stunde.“

Es war das, was sie wollte. Ihr Körper schmerzte vor Verlangen. Und doch wäre sie zurückgewichen, wenn seine Hände ihre nicht in so festem Griff gehalten hätten. „Justin, ich will nicht bestreiten, dass ich dich auch will, aber ich finde, wir sollten uns noch etwas Zeit lassen."

„Vernünftig", stimmte er zu und zog sie in die Arme. „Die Zeit ist abgelaufen." Er unterbrach ihr protestierendes Lachen mit den Lippen.

Es gab kein Essen, das diesen Hunger hätte stillen können. Sein Mund wurde hart und alles verschlingend, noch bevor Serena reagieren oder sich befreien konnte. Als er ihren Körper an seinen presste, wusste sie instinktiv, dass er diesmal keinen Widerstand dulden würde. Sie schmeckte seine Lippen und schmeckte die Hast. Sie fühlte die festen Konturen seines Körpers und fühlte Verlangen.

Als seine Zunge nach ihrer tastete, war es keine Verführung, kein behutsames Testen, sondern das verzweifelte Verlangen nach Intimität. Jetzt, schien er ihr zu sagen. Es gibt kein Zurück mehr. Was vor Wochen mit einem langen kühlen Blickkontakt begonnen hatte, würde nun seinen Höhepunkt erreichen. Es wird passieren, dachte Serena benommen, weil keiner von uns eine andere Antwort darauf will.

Während sich in ihr die Leidenschaft immer drängender auszubreiten begann, spürte Serena eine leise Freude. Sie liebte. Und Liebe, das ging ihr jetzt auf, war das ultimative Abenteuer. Sie nahm sein Gesicht zwischen die Hände, löste die Lippen behutsam von seinen und sah ihm in die Augen, in die das Verlangen nach ihr eine ungewohnte Wärme gezaubert hatte.

Sie brauchte einen Moment, nur einen Moment, um einen

klaren Kopf zu bekommen, um das, was sie sagen wollte, ohne die Hitze der Leidenschaft sagen zu können. Zärtlich strich sie mit den Fingerspitzen über seine Wangenknochen. Sein Herz hämmerte an ihren Brüsten, während ihres sich zu beruhigen begann. Ein Lächeln glitt über die Lippen, die noch warm von seinen waren.

„Dies hier“, erklärte sie ihm leise, „ist das, was ich will, wofür ich mich entscheide.“

Justin sagte nichts, sondern starrte sie nur an. Die schlichten Worte waren noch verführerischer als ihr Sommerduft, als der heiß pulsierende Geschmack ihres Munds. Diese Worte schwächten ihn, legten Verletzlichkeiten bloß, an die er nie gedacht hatte. Plötzlich durchströmte ihn weit mehr als nur Leidenschaft. Er tastete nach ihrer Hand, hob sie an den Mund, presste die Lippen auf die Handfläche.

„Seit Wochen denke ich nur noch an dich“, sagte er. „Will nur noch dich.“ Er strich mit der Hand an ihrem Haar entlang, bevor er hineingriff und die Hand zur Faust ballte. Wann hatte er je ein so großes Verlangen gespürt? „Komm ins Bett, Serena, ich halte es ohne dich nicht mehr aus.“

Ihr Blick war ruhig, als sie ihm ihre Hand reichte. Wortlos gingen sie ins Schlafzimmer. Der Raum lag im Schatten, nur der milde Schimmer des Lichts, das das Ende der Nacht verkündete, lag darin. Und es war still, so still, dass Serena hören konnte, wie ihr Atem schneller ging. Als sie merkte, dass Justin sich von ihr löste, blieb sie entschlossen stehen, obwohl die Nervosität ihre Haut prickeln ließ.

Er wird nicht sanft sein, dachte sie, als sie sich an den Druck seiner Lippen und Hände erinnerte. Als Liebhaber würde er zugleich erregend und erschreckend sein. Sie hörte ein raues Kratzen und sah, wie ein Streichholz aufflammte und er es an den Docht einer Kerze hielt. Schatten tanzten an den Wänden.

Ihr Blick richtete sich wie von einem Magneten angezogen auf ihn. Im gelben Licht der flackernden Kerze besaß sein Gesicht eine gefährliche Schönheit. Er schien jetzt mehr zu seinen indianischen Vorfahren zu gehören als in die Welt, die sie verstand. Und in diesem Moment wurde ihr klar, warum die entführte Frau ihren Entführer erst bekämpft hatte und dann freiwillig bei ihm geblieben war.

„Ich will dich sehen", flüsterte Justin und zog sie in den Kerzenschein. Überrascht nahm er das Zittern wahr, das sie durchlief. Nur Momente zuvor hatte sie noch so stark, so selbstsicher gewirkt. „Du zitterst."

„Ich weiß." Sie holte tief Luft und atmete rasch wieder aus. „Es ist kindisch."

„Nein." Er spürte einen Anflug von Macht. Serena MacGregor war keine Frau, die wegen eines Mannes zitterte. Aber seinetwegen erbebte ihr Körper, während ihre Augen aufleuchteten. Justin nahm ihr Haar in die Hand und zog ihren Kopf nach hinten. Im wechselnden Licht glitzerten seine Augen vor wilder, fast ungezügelter Begierde. „Nein", wiederholte er, bevor er ihren Mund an seinen drückte.

Sie schien mit ihm zu verschmelzen. Justin fühlte, wie sie in seinen Armen ganz weich, vollkommen geschmeidig wurde. Für den Moment würde er die Kapitulation akzeptieren, doch bald würde er mehr wollen, viel mehr. Sein Mund lag noch auf ihrem, als er sie auszuziehen begann. Ohne an das empfindliche Material zu denken, zerrte er an ihrer Kleidung und liebkoste die Haut, die er Stück für Stück freilegte.

Serena erschauerte und tastete nach seinen Hemdknöpfen, als ihr Kleid nach unten glitt und sich um ihre Füße legte.

Er hatte gewusst, dass sie etwas Weiches und Zartes darunter trug. Mit einer Fingerspitze streifte er die dünnen Träger ihres Hemdchens von den Schultern. Aber er zog es ihr nicht aus – noch nicht. Er wollte die Seide zwischen sich und ihr spüren. Er verstreute heiße Küsse auf ihrem Gesicht, während sie versuchte ihn auszuziehen. Ihre Finger glitten über seine Haut und entrangen ihm ein Stöhnen, das er dämpfte, indem er den Mund an ihren Hals presste.

Und dann lag sie unter ihm auf dem Bett, mit nicht mehr als einem Hauch von Stoff zwischen ihnen. Er fühlte eine Verrücktheit, ein quälendes Verlangen, sie sofort zu nehmen, und unterdrückte es. Ihre Brust war klein und fest in seiner Hand und drückte gegen die Seide, als er einen wilden Kuss nach dem anderen auf ihre Lippen regnen ließ. Keuchend schmiegte sie sich an ihn, und er nahm ihr erregtes Aufstöhnen in sich auf, während ihre hastigen Bewegungen seine Leidenschaft noch wachsen ließen. Dann glitt er an ihr hinab, um ihre in Seide gehüllte Knospe zwischen die Lippen zu nehmen.

Serena bog sich ihm entgegen. Hundert unerwartete Empfindungen ließen ihren Körper erbeben. Sie war gefangen in einer Welt aus Seide und Feuer. Bei jeder ihrer Bewegungen liebkoste die Tagesdecke ihre bloßen Beine und den Rücken, und das Rascheln war wie ein Versprechen. Ihre Haut war wie versengt, wo immer er sie berührt hatte, als hätte er die winzige goldene Flamme der Kerze in den Fingerspitzen. Mit der Zunge befeuchtete er die Seide über der sich ihm entgegenreckenden Brustspitze, und sie spürte, wie das Feuer in sie eindrang. Er flüsterte ihren Namen, und sie hörte es wie eine Stimme aus großer Ferne.

Als hätte er die Geduld verloren, zog er ihr das Hemd bis zur Taille hinunter, um ungehindert an ihre nackte Haut zu gelangen. Sie presste ihn noch fester an sich, und ihre Hände waren jetzt nicht weniger fordernd als seine. Obwohl ihr Mund danach verlangte, ihn zu schmecken, kostete ihr Körper es aus, als seine Lippen hungrig über ihre Haut glitten. Jetzt gab es für sie nur das sinnliche Vergnügen, das Erlebnis nicht nachlassender Leidenschaft. Verschwunden waren die Hemmungen und Regeln, an ihre Stelle trat die Hemmungslosigkeit, die sie bisher nur in ihren Träumen erahnt hatte.

Erst jetzt wurde ihr bewusst, dass es vieles gab, was sie nicht wusste, was sie nie gefühlt hatte. Mit jeder Sekunde kam eine neue Entdeckung. Als sein Mund nur Millimeter über dem Rand der Seide verharrte, spürte sie eine so tiefe Begierde, wie sie sie noch nie erlebt hatte. Ihre Fantasie befreite sich aus den Fesseln der Vernunft, und sie brauchte sich nur auszumalen, wie sie ihn in sich spürte, und schon wurde das Verlangen geradezu schmerzhaft. Wie im Rausch klammerte sie sich an seine Schultern.

„Nimm mich“, verlangte sie keuchend. „Justin, nimm mich jetzt.“

Aber er trieb sie in noch größere Höhen, als hätte er ihr Flehen nicht gehört. Er streifte die Seide nach unten, liebkoste die freigelegte Haut mit den Lippen, den flachen Bauch, die weiche Rundung der Hüfte, die straffen Muskeln an der Innenseite des zitternden Oberschenkels.

Serena wand sich, schrie auf, wurde in den reißenden Strom der Leidenschaft geworfen. Er war unerbittlich, als Liebhaber so erschreckend, wie sie befürchtet hatte, und so erregend, wie sie es sich erträumt hatte.

Sie war alles, was er wollte, willig und vollkommen außer Kontrolle. Wie verzweifelt in ihrem Verlangen hielt sie sich an ihm fest und grub die langen, eleganten Fingernägel in seine Haut. Er konnte ihr Stöhnen hören, die unverständlichen Worte, die sich ihrer Kehle entrangen, und trieb sie weiter. Ihre Haut war feucht, ihre Hüften bogen sich ihm entgegen, bis sie ihm ganz gehörte. Und irgendwie wusste er in diesem Moment, dass noch niemand sie so genommen hatte. Er kämpfte darum, diese Macht über sie noch eine Weile zu behalten. Serena packte seine Hüften und raubte ihm den letzten Rest an Beherrschung.

Im ersten Lichtstrahl des Tages war ihr Gesicht wie Porzellan. Ihre Augen waren geschlossen, die Lippen leicht geöffnet, um den zittrigen Atem hindurchzulassen. Halb verrückt vor Verlangen schwor er sich, dass kein anderer Mann sie so sehen würde, wie er sie in diesem Moment sah.

„Sieh mich an", verlangte Justin mit vor Leidenschaft rauer Stimme. „Sieh mich an, Serena."

Sie öffnete die Augen, ihr Blick war verschwommen und dunkel.

„Du bist meine Frau", flüsterte er, und als er es bewies, hätte er fast die Kontrolle über sich verloren. „Jetzt gibt es für dich kein Zurück mehr."

„Für dich auch nicht." Ihr Blick schien nichts mehr wahrzunehmen, als sie sich zusammen zu bewegen begannen.

Justin versuchte zu begreifen, was sie gesagt hatte, aber sie bewegte sich schneller. Er vergrub sein Gesicht in ihrem Haar und taumelte dem Wahnsinn entgegen.

Der Tagesanbruch strömte in einer Flut aus goldenem und roséfarbenem Licht durch das breite Fenster. Justins Kopf lag noch an ihrem Hals, als Serena beobachtete, wie die Strahlen über seinen Rücken wanderten. Sie fand, dass es so aussah, wie sie sich fühlte. Hell und lebendig und frisch. Gab es eine schönere Art, die Sonne aufgehen zu sehen, als Körper an Körper mit dem Geliebten? Schlaf … danach hatte sie nicht das geringste Verlangen. Sie wusste, sie hätte noch stundenlang so daliegen können, im Licht der heller werdenden Sonne, mit dem leisen Geräusch seines Atems im Ohr. Sie seufzte zufrieden und strich mit beiden Händen über seinen Rücken.

Die Berührung ließ Justin den Kopf heben. Sein Gesicht war ihrem ganz nah, als er sie ansah und sein Blick alles in sich aufsog, bis es für ihn nur noch ihr von der Liebe weiches und gerötetes Gesicht gab. Ohne ein Wort senkte er den Mund auf ihren und küsste sie mit jener schmetterlingshaften Leichtigkeit, die er so selten einsetzte. Behutsam, fast ehrfürchtig ließ er die Lippen über ihre Augenlider, ihre Schläfen, ihre Wangen gleiten, bis Serena unerwartete Tränen in sich aufsteigen fühlte. Unter seinem fühlte ihr Körper sich entspannt und frei an.

„Ich dachte, ich wüsste, wie es sein würde“, flüsterte er und legte die Lippen an ihre. „Ich hätte ahnen müssen, dass mit dir nichts so ist, wie ich es erwarte.“ Er hob den Kopf und strich mit der Fingerspitze unter ihrem Auge entlang. „Du solltest schlafen.“

Lächelnd schob sie ihm das Haar aus der Stirn. „Ich glaube nicht, dass ich je wieder schlafen werde. Ich weiß, dass ich nie wieder einen Sonnenaufgang verpassen will.“

Er küsste sie noch einmal, glitt von ihr und zog sie dicht an seine Seite. „Ich will dich bei mir haben, Serena."

Zufrieden schmiegte sie sich an ihn. „Ich bin bei dir."

„Ich will, dass du mit mir lebst", ergänzte er und hob ihr Kinn an, um ihr in die Augen sehen zu können. „Hier. Zu wissen, dass du ein paar Türen weiter bist, reicht mir nicht." Er verstummte, und sein Daumen tastete sich über ihre Lippen. „Man wird unten reden, Fragen stellen."

Serena legte den Kopf an seine Schulter und strich über seine Brust. „Das Gerede wird nicht aufhören, wenn man deinen Namen erst mit Daniel MacGregors Tochter in Verbindung bringt."

„Nein." Sie hörte den veränderten Tonfall und wusste, dass seine Augen unergründlich sein würden, wenn sie jetzt hineinsah. „Die Presse würde die Beziehung interessant finden. Angesichts meiner Herkunft und meines Rufs – im Gegensatz zu deinem."

„Justin …" Sie ließ einen Finger bis zu seinem Bauch gleiten und wieder zurück. „Bittest du mich darum, mit dir zu leben, oder warnst du mich davor?"

Er schwieg, während Serenas Hand Kreise auf seiner Brust zog. „Beides", sagte er schließlich.

„Ich verstehe. Nun ja …" Sie drehte den Kopf, um an seinem Hals knabbern zu können. „Ich schätze, ich sollte darüber nachdenken." Ihre Hand legte sich wieder auf seinen Bauch, und sie fühlte, wie sein Körper mit einem Zittern reagierte. „Und die Vor- und Nachteile abwägen", fuhr sie fort und verstreute Küsse an seinem Kinn. „Ich nehme nicht an, du könntest die Vorteile noch einmal mit mir durchgehen?" Lächelnd presste sie die Lippen auf seine. „Nur, um mein Gedächtnis aufzufrischen."

„Wenn es dir hilft, eine intelligente Entscheidung zu treffen“, sagte er und ließ die Hand über ihre Hüfte gleiten.

„Mmm-hmm.“ Sie fand die äußerst empfindliche Stelle unter seinem Ohr. „Wusstest du, dass ich in meinem letzten Jahr im College die Beste des Debattier-Teams war?“

„Nein.“ Seine Augen schlossen sich, als das berauschende Gefühl, verführt zu werden, Besitz von ihm ergriff.

„Gib mir ein Thema“, sagte sie, und ihre Fingerspitzen wanderten über seine Rippen nach unten, „und die Zeit für … Nachforschungen“, fügte sie mit einem zärtlichen Biss in seinen Hals hinzu. „Dann könnte ich die Argumente beider Seiten vertreten. Wie ich es sehe …“ Sie seufzte vor Vergnügen, als ihre Lippen sich auf den zuckenden Puls an seinem Halsansatz legten. „Mit dir zu leben würde eine Menge Unbequemlichkeiten mit sich bringen.“ Seine Hand verließ ihre Hüfte, glitt zwischen ihre Schenkel. Serena entzog sich ihm, indem sie weiter nach unten rutschte.

„Serena …“

„Nein, ich bin dran“, erinnerte sie ihn und licß dic Zunge über seine Brust streichen. „Ich würde auf meine Privatsphäre verzichten müssen. Und auf eine Menge Schlaf“, sagte sie und genoss es, wie sein Atem bei ihren kühnen Erkundungen schneller wurde. „Ich würde es riskieren, zum Gegenstand von Spekulationen zu werden. Nicht nur bei meinen neuen Angestellten, sondern auch bei der Presse.“

Als seine Muskeln sich unter ihren Händen und ihren suchenden Lippen strafften und bewegten, verlor sie die Konzentration. Wie die Marmorstatue des Häuptlings, dachte sie und spürte die Hitze, die sich in ihr ausbreitete. „Mit dir könnte ich unmöglich zusammenleben“, schloss sie, während die Schönheit seines nackten Körpers sie staunen ließ. „Du bist anstrengend, provozierend, und weil ich dich so unglaublich attraktiv finde, hätte ich keinen Moment Ruhe mehr."

Sie schmiegte sich an ihn, gönnte ihrem Körper das Vergnügen, sich an seinem zu reiben. Ihr Lächeln wurde verführerisch, als sie sah, dass sein Blick auf ihrem Gesicht ruhte. „Nenne mir einen einzigen überzeugenden Grund, warum ich trotz all dieser Einwände mit dir zusammenleben sollte."

Sein Atem ging schneller, aber er konnte nichts dagegen tun. Die Hand in ihrem Haar war nicht gerade sanft, aber auch dagegen konnte er nichts tun. „Ich will dich."

Serena senkte die Lippen, bis sie nur einen Fingerbreit von seinen entfernt waren. „Beweise es mir", verlangte sie.

Noch während ihr Mund die geringe Entfernung zu seinem überwand, rollte Justin sich unsanft auf sie. Er kam so schnell und heftig zu ihr, dass sie aufschrie. Der Aufschrei ging rasch in ein Stöhnen über, als er ihr zeigte, wie sehr er sie wollte. Voller Gier nahm er sie in Besitz, doch der Hunger schien sich nicht stillen zu lassen. Ihre Arme und Beine schlangen sich um ihn, und er war unfähig, zu atmen oder sich zu befreien. Und es war ihr Name, der ihm immer wieder durch den Kopf ging.

Serena. Der Name hallte so laut in ihm, dass sein Körper zu vibrieren schien, und er wiederholte ihn so oft, bis er zu explodieren drohte. Dann zerstob das Wort in winzige Fragmente. Er wusste, dass er diesen Namen nie wieder loswerden würde.

Benommen schlief er ein, mit ihr verschmolzen, körperlich wie geistig.

Das Telefon weckte Justin kaum vier Stunden später. Neben ihm bewegte Serena sich. Sie seufzte und murmelte etwas Wütendes. Ohne den Arm von ihren Schultern zu nehmen, griff er nach dem Hörer.

„Ja?“ Er sah nach unten. Serena hatte die Augen geöffnet und starrte ihn an. Er strich mit den Lippen über ihr Haar. „Wann?“ Sie sah, wie er erstarrte, und stützte sich auf einen Ellbogen. „Haben Sie evakuiert? Nein, ich kümmere mich darum … Ich bin in ein paar Minuten unten.“

„Was ist?“

Justin war schon aus dem Bett und eilte zum Schrank. „Bombendrohung in Vegas.“ Er griff sich, was ihm als Erstes zwischen die Finger kam – Jeans und ein Kaschmirpullover.

„Oh Gott!“ Serena setzte sich auf, suchte nach ihrer Wäsche. „Wann?“

„Der Anrufer sagte, die Bombe würde um drei Uhr dreiundfünfzig Ortszeit detonieren, es sei denn, wir zahlen eine Viertelmillion in bar. Da bleibt uns verdammt wenig Zeit“, murmelte er und zog die Jeans an. „Sie evakuieren noch.“

„Du wirst doch nicht bezahlen.“ Mit Wut in den Augen streifte Serena sich das Hemd über.

Justin musterte sie schweigend, dann lächelte er – kalt und schneidend. „Ich werde nicht bezahlen.“

Als er ins Nebenzimmer eilte, folgte sie ihm. „Ich komme nach, sobald ich angezogen bin.“

„Es gibt für dich nichts zu tun.“

Die Fahrstuhltür hatte sich bereits geöffnet, als sie nach seinem Arm griff. „Ich werde bei dir sein.“

Einen Moment lang entspannte seine Miene sich. „Dann beeile dich.“ Er küsste sie und betrat die Kabine.

Weniger als zehn Minuten später eilte Serena durch den Empfangsbereich und in Justins Büro. Er sah hoch, als sie hereinkam, nickte aber nur und sprach weiter ruhig in den Hörer. Kate stand neben dem Schreibtisch, die Hände verschränkt, das sonst so gefasste Gesicht voller Sorge.

„Miss MacGregor", sagte sie, ohne den Blick von Justin zu nehmen.

„Könnten Sie mir kurz sagen, was passiert ist, bitte?"

„Irgendein Spinner behauptet, er hätte irgendwo im Hotel in Vegas eine Bombe versteckt. Angeblich kann er sie per Funk zünden und will sie in …", Kate sah auf die Uhr, „… einer Stunde und fünfzehn Minuten hochgehen lassen. Sie evakuieren gerade, und die Sprengstoffexperten der Polizei durchkämmen das Gebäude, aber …"

„Aber?", drängte Serena.

„Haben Sie eine Ahnung, wie groß das Hotel ist?", fragte Kate mit bebender Stimme. „Wie klein und tödlich eine Bombe sein kann?"

Wortlos ging Serena zur Bar am anderen Ende des Zimmers und goss Brandy in einen Schwenker. Sie kehrte zu Kate zurück und drückte ihn ihr in die Hand. „Trinken Sie", befahl sie.

Kate hob den Schwenker und leerte ihn. „Danke." Sie presste die Lippen zusammen und sah Serena wieder an. „Tut mir leid. Mein Mann hat in Vietnam einen Arm verloren – eine Bombenfalle. Das hier …" Sie stieß den Atem aus. „Das hier bringt alles wieder zurück."

„Kommen Sie, setzen Sie sich", sagte Serena und schob Kate behutsam auf die Couch. „Wir können nichts tun, nur warten."

„Justin wird nicht zahlen."

„Nein." Serena warf ihr einen überraschten Blick zu. „Finden Sie, er sollte?"

Kate fuhr sich mit der Hand durchs Haar. „Ich bin in solchen Dingen nicht objektiv, aber …" Sie sah Serena an. „Er hat so viel zu verlieren."

„Er verliert mehr, wenn er zahlt." Serena drehte sich um und stellte sich hinter Justin. Sie berührte ihn nur ein Mal, ganz kurz, mit der Hand an der Schulter. Vor Kates Augen griff er nach oben und nahm Serenas Finger zwischen seine. Die Geste sagte mehr als tausend Worte.

Er liebt sie, dachte Kate verblüfft. Nie hätte sie gedacht, dass Justin Blade sich und seine Gefühle einer Frau ausliefern würde. Sie musterte sein Gesicht und fragte sich, ob er es überhaupt wusste.

„In den Lagerräumen im Keller ist eine Sprengladung hochgegangen." Justin ließ den Hörer kurz auf die Schulter sinken.

„Oh Gott, ist jemand verletzt?"

Er sah Serena an, und seine Augen verrieten nicht, was in ihm vorging. „Nein. Auch der Schaden hält sich in Grenzen. Er hat die Polizei angerufen und gesagt, damit wolle er zeigen, dass er nicht blufft. Er will, dass das Geld um drei Uhr fünfzehn Vegas-Zeit übergeben wird."

Serena ließ die Hand auf seinen Arm gleiten. „Was denkst du, Justin?"

„Ich denke, dass er vielleicht hinter mehr her ist als nur einer Viertelmillion. Als er im Hotel anrief, hat er mich verlangt."

Serenas Besorgnis wuchs. „Viele Leute wissen, dass dir das

‚Comanche' gehört. Oder es ist jemand, der mal für dich gearbeitet hat, oder jemand, der einen deiner Angestellten kennt."

Er hielt den Hörer wieder ans Ohr. „Wir werden abwarten müssen", sagte er zu ihr, und Serena hörte aus den ruhigen Worten etwas Neues heraus. Etwas Drohendes, etwas, das nach Gewalt und Rache klang. „Wie viele Leute sind noch drin?", fragte er in die Muschel. „Nein, ich will sofort informiert werden, sobald alle draußen sind."

„Ich hole Kaffee", sagte Serena.

„Nein." Kate schüttelte den Kopf und stand auf. „Das übernehme ich. Bleiben Sie bei ihm."

Serena sah auf die goldene Uhr auf seinem Schreibtisch. Zehn Uhr fünfundvierzig. Sie befeuchtete sich die Lippen, umklammerte die Rückenlehne seines Sessels und wartete.

Auch Justins Blick wanderte zur Uhr. Weniger als eine Stunde, dachte er. Und er war hilflos. Wie konnte er erklären, dass das Hotel für ihn mehr war als Beton und Steine? Es war sein erster Besitz, sein erstes Zuhause, nachdem seine Eltern gestorben waren. Es symbolisierte seine Unabhängigkeit, seinen Erfolg, sein Erbe. Jetzt konnte er nur untätig zusehen und abwarten, bis es in die Luft gejagt wurde.

War das der Grund für das Gefühl, dass die Drohung ihm selbst galt? Justin rieb sich den Nacken. Ja, die Erklärung machte Sinn. Aber sein Instinkt sagte ihm, dass mehr dahintersteckte.

„Vielleicht ist es doch ein Bluff." Serenas Stimme klang ruhig und stark. Justin streckte die Hand aus und wartete, bis sie um den Sessel kam und ihre hineinlegte.

„Das glaube ich nicht."

Sie nahm seine Hand zwischen ihre. „Es wäre falsch zu zahlen. Du tust das Richtige, Justin."

„Ich kann nicht anders." Er konzentrierte sich wieder auf die Stimme am anderen Ende. „Gut. Gäste und Personal sind draußen", informierte er Serena.

Sie setzte sich auf die Armlehne. Gemeinsam starrten sie auf die Uhr.

Kate kehrte mit dem Kaffee zurück, aber keiner trank ihn. Während die Minuten vergingen, spürte Serena die Anspannung, die Justin verströmte. Er saß schweigend da, den Hörer in der Hand. Sie versuchte sich vorzustellen, wie schwierig es war, ein Hotel von der Größe des „Comanche" in Las Vegas nach einer Bombe abzusuchen. Hunderte von Zimmern, dachte sie, Tausende von Ecken und Schränken. Hilflos fragte sie sich, ob das Geräusch der Explosion wohl übers Telefon zu hören sein würde. Und wie oft Justins Schicksal von den Launen der Glücksgöttin abgehangen hatte. Diesmal, dachte sie und legte ihm die Hand wieder auf die Schulter, sind wir ihr beide ausgeliefert.

Weil ihr Blick auf seiner Hand ruhte, bekam Serena es sofort mit, als die Finger zuckten und dann erstarrten.

„Ja."

Serena biss sich auf die Lippe, während Justin der Stimme aus Las Vegas zuhörte.

„Ich verstehe. Nein, nicht, dass ich wüsste. Ja, ich bin so bald wie möglich dort. Danke." Er legte den Hörer auf und sah Serena an. „Sie haben die Bombe gefunden."

„Gott sei Dank." Sie legte die Stirn an seine.

„Nach dem, was ich gerade gehört habe, hätte sie das Casino und das halbe Erdgeschoss in Schutt und Asche gelegt.

Kate, buchen Sie mir einen Platz in der nächsten Maschine nach Vegas."

„Justin." Serena erhob sich von der Armlehne und stellte fest, dass ihre Knie weich waren. „Haben sie schon eine Ahnung, wer es ist?"

„Nein." Erst jetzt bemerkte er den Kaffeebecher auf dem Schreibtisch. Er leerte ihn halb. „Ich muss hin, das Hotel wieder in den Normalzustand versetzen und mit der Polizei reden. In ein paar Tagen bin ich zurück." Er stand auf und griff nach ihren Schultern. „Wie es aussieht, muss meine neue Partnerin schon jetzt ihre Feuertaufe bestehen."

„Ich schaffe es." Sie stellte sich auf die Zehenspitzen und küsste ihn. „Und ich werde gut auf unser Hotel aufpassen."

„Da bin ich sicher", sagte er, bevor er sie an sich zog. „Es gefällt mir nicht, dich gerade jetzt alleinzulassen."

„Ich werde hier sein, wenn du zurückkommst." Sie nahm sein Gesicht zwischen die Hände. „Keine Sorge. Komm einfach nur bald zurück."

Er senkte den Mund auf ihren. „Schlaf dich aus", schlug er vor.

„Oh nein, dies ist mein erster voller Tag im neuen Job." Sein Gesicht war ausdruckslos, aber sie spürte die Anspannung in ihm. Serena verzichtete auf die endlosen Fragen, die sie ihm stellen wollte. Stattdessen lächelte sie und löste sich von ihm. „Ich habe einiges zu erledigen. Ich will eine Tour durchs Hotel machen, die Küche inspizieren, die Unterlagen in meinem Büro durchgehen, einige Sachen in unsere Suite bringen lassen."

Das „Unsere" traf ihn mit aller Wucht, machte ihn fast ein wenig benommen. „Tu das als Erstes", sagte er und griff wieder nach ihren Händen. „Ich will wissen, dass du in meinem Bett liegst, Serena. Ich …“

„Ihre Maschine geht in fünfundvierzig Minuten, Justin“, unterbrach Kate ihn von der Bürotür her. „Sie werden sich beeilen müssen, wenn Sie sie noch bekommen wollen.“

„Okay. Lassen Sie einen Wagen vorfahren.“

„Justin.“ Leise lachend versuchte Serena ihm ihre Hände zu entziehen. „Du brichst mir die Finger.“ Etwas in seinem Blick, halb stürmisch, halb misstrauisch, ließ ihr das Lächeln vergehen. „Was ist denn?“

Hatte er ihr sagen wollen, dass er sie liebte? Ein Anflug von Panik stieg in ihm auf. Hätte er die Worte fast ausgesprochen, ohne dass ihm bewusst war, was er da eigentlich sagte? „Wenn ich zurück bin“, sagte er nur.

„Okay.“ Und weil sie die Anspannung aus seiner Miene vertreiben wollte, lächelte sie wieder. Dann schlang sie die Arme um seinen Hals und küsste ihn. „Und fühle dich ohne mich bitte elend.“

„Ich werde mein Bestes tun. Kate hat meine Nummer, falls du mich brauchst.“

„Justin, Ihr Wagen wartet.“

„Ja, ich komme.“ Er gab Serena einen letzten, stürmischen Kuss. „Denke an mich“, befahl er, bevor er davoneilte.

Sie atmete tief durch und setzte sich in seinen noch warmen Sessel. „Habe ich eine andere Wahl?“, fragte sie sich laut.

9. Kapitel

Während der nächsten Tage vertiefte Serena sich in den Betrieb des „Comanche“. Es ist immerhin, so überlegte sie, meine erste große Investition, die Vater nicht für mich ausgewählt hat. Und eine, der sie sofort auf den Grund gehen wollte. Sie störte sich nicht an den fragenden Blicken und dem Gemurmel hinter vorgehaltenen Händen, während sie das Hotel inspizierte und die Unterlagen durchging. Sie hatte das erwartet. Sie verbrachte die Tage damit, das Gebäude vom Keller bis zum Dach kennenzulernen, und die Abende im Casino oder in ihrem Büro. Die Nächte verbrachte sie allein in Justins Suite.

In dieser Zeit fand sie zweierlei heraus. Das „Comanche“ war perfekt organisiert und beherbergte Gäste, die Geld zum Ausgeben hatten. Es bot ihnen das Beste – für einen gewissen Preis. Und zweitens war Justins Abwesenheit ein Glück im Unglück.

Sie war so beschäftigt, dass sie kaum dazu kam, ihn zu vermissen. Erst spätabends, wenn sie allein war, wurde Serena richtig bewusst, wie sehr sie ihn schon brauchte. Ein Wort, eine Berührung, seine Nähe. Aber nur ohne ihn hatte sie die Chance, sowohl sich als auch dem Personal zu beweisen, dass sie das Hotel leiten konnte. Serena nutzte diese Chance.

Ihr Hintergrund half ihr dabei. Sie war es gewöhnt, in guten Hotels zu verkehren, und wusste, was ein anspruchsvoller Gast zwischen dem Einchecken und dem Auschecken erwartete. Das Jahr auf der „Celebration“ hatte sie die andere Seite des Hotelbetriebs kennenlernen lassen. Sie kannte die Probleme des Personals – von Erschöpfung über Langeweile bis hin zum Schwund in der Wäschekammer. Am ersten Tag hatte sie Nero und Kate für sich eingenommen. Am zweiten den Chefkoch, den Nachtmanager und die Hausdame. Und jeden davon verbuchte sie für sich als großen Sieg.

Am eleganten Pecan-Schreibtisch in ihrem Büro ging Serena die Einteilung ihrer Croupiers für diese Woche durch. Direkt vor ihr war der Einwegspiegel geöffnet, und das gesamte Casino bot sich ihr dar. Irgendwie genoss sie das Gefühl, zugleich davon isoliert zu sein und doch am Geschehen hinter der Scheibe teilnehmen zu können.

Nach den Maßstäben des Casinos hatte der Arbeitstag gerade erst begonnen, und sie hatte vor, sich noch zwei Stunden am Schreibtisch aufzuhalten. Wenn man sie irgendwo brauchte, würde man sie rufen. Danach würde sie sich im Hotel umsehen. Wenn sie bis zur Erschöpfung arbeitete, geriet sie nicht in Versuchung, zum Hörer zu greifen und Justins Nummer in Vegas zu wählen.

Er war ein Mann, der Raum brauchte, der keine Versprechungen machte und auch keine erwartete. Das durfte sie nicht vergessen, wenn sie bei ihm etwas erreichen wollte. Serena rieb sich den Nacken und starrte auf den Plan vor ihr. Wenn sie noch einen zusätzlichen Croupier als Springer einstellten, wäre alles etwas einfacher. Sie könnten die Einteilung flexibler handhaben und …

„Ja, herein.“ Serena sah nicht hoch, sondern ging weiter die Liste durch. Mit einem Springer würden sich die Schichten anders organisieren lassen. Dann landeten plötzlich Veilchen auf dem Papier vor ihr.

„Ich dachte mir, damit errege ich vielleicht deine Aufmerksamkeit.“

Serenas Herz schlug schneller, und sie sah hoch. „Justin!“ Sie sprang auf und warf sich in seine Arme.

Als sein Mund sich auf ihren senkte, ging ihm auf, dass er noch nie eine so spontane, ungehemmte Freude auf ihrem Gesicht gesehen hatte. Freude darüber, dass er da war. Die Müdigkeit vom langen Flug, die Anspannung der vergangenen Tage verschwanden schlagartig. „Was hat eine Frau bloß an sich“, fragte er sie, „dass man sie so gern in den Armen hält?“

Lächelnd legte sie den Kopf nach hinten und musterte ihn. „Du siehst müde aus“, sagte sie besorgt. Ihre Finger strichen über die Falten, die der Stress an seinen Mundwinkeln hinterlassen hatte. „Ich habe dich noch nie müde gesehen. War es sehr schlimm?“

„Ich habe schon angenehmere Zeiten verbracht.“ Er zog sie wieder an sich, wollte sie fühlen, ihren Duft in sich aufnehmen. Er beschloss, ihr erst später von der Nachricht zu erzählen, die er erhalten hatte. Ein weiterer Drohbrief, ohne Details oder Begründung, nur das Versprechen, dass die Sache noch nicht ausgestanden war. „Ich habe getan, was du von mir verlangt hast“, sagte er und strich mit der Hand über die glatte Haut, die der tiefe Rückenausschnitt ihres Kleides freilegte.

„Mmm. Was?“

„Ich habe mich ohne dich elend gefühlt.“

Anders als er erwartet hatte, lachte sie nicht, sondern legte die Arme noch fester um seinen Nacken. Sie unterdrückte die

Tränen und presste die Lippen gegen seinen Hals. „Du hast nicht angerufen. Ich habe gewartet“, flüsterte sie. Entsetzt über ihre Offenheit, stieß Serena sich von ihm ab und schluckte die Tränen hinunter.

„Nein, ich habe es nicht so gemeint, wie es sich anhörte. Ich weiß, dass du beschäftigt warst.“ Sie hob die Hände und ließ sie hilflos wieder sinken. „Und … und ich war es auch. Es gab eine Million Dinge …“ Sie drehte sich um und tastete nach den Papieren auf dem Schreibtisch. „Wir sind beide erwachsen. Und unabhängig. Uns gegenseitig anzuketten wäre das Letzte, was wir brauchen.“

„Du redest zu viel, wenn du nervös bist“, stellte er fest.

Serena wirbelte herum und funkelte ihn wütend an. „Hör auf, dich über mich lustig zu machen.“

„Eigenartig, dass ich diesen mörderischen Blick vermisst habe“, sagte er und ging zu ihr. Er nahm ihr Gesicht zwischen die Hände und sah ihr in die Augen. Serena spürte, wie ihre Verärgerung sich legte und nichts als eine erregende Mattheit zurückblieb. „Serena“, sagte er seufzend, als sein Mund sich auf ihren legte.

Der zärtliche Kuss wurde schnell hungrig. Sie spürte das Verlangen, das er verströmte. Ihre Lippen lösten sich nur voneinander, um Neues zu wagen und noch mehr Vergnügen aneinander zu finden. Die Sehnsucht, die sich in einer ganzen Woche aufgestaut hatte, entlud sich mit einer solchen Intensität, dass sie beide nur noch aus glühenden Lippen und gierig tastenden Händen zu bestehen schienen. Justin presste sie an sich. Keine Frau, dachte er wie benommen, hat mich je so leiden lassen.

„Ich will dich, Serena. Ich will dich so sehr, dass ich an nichts und niemand anderes denken kann.“

Sie rieb ihre Wange an seiner, doch die Bewegung hinter der Scheibe störte sie plötzlich. „Es ist kindisch", gab sie zu, „aber ich fühle mich so … beobachtet." Sie wollte lachen, doch der Blick aus seinen Augen ließ ihr Herz noch heftiger klopfen. „Warum schließt du die Scheibe nicht", flüsterte sie, „und liebst mich?" Als es klopfte, stöhnte sie enttäuscht auf.

Justin schob sie von sich und legte ihr die Hände auf die Schultern. „Fast hätte ich es vergessen. Ich habe dir ein Geschenk mitgebracht."

„Sag ihnen, sie sollen wieder gehen", schlug Serena vor. „Und gib mir das Geschenk später." Sie griff nach seinen Händen. „Sehr viel später."

Erneut klopfte es. „Komm schon, Justin, du hattest deine zehn Minuten."

„Caine?" Justin sah, wie Verblüffung und Freude sich auf Serenas Gesicht ablösten. „Caine."

Justin küsste sie auf die Nase und nahm die Hände von ihren Schultern. „Warum lässt du sie nicht herein?"

Serena eilte zur Tür und riss sie auf. „Caine! Alan!" Mit einem Freudenschrei umarmte sie sie beide. „Was tut ihr hier?", fragte sie und gab jedem von ihnen einen Kuss. „Bricht ohne euch denn nicht alles zusammen?"

„Selbst Staatsdiener brauchen hin und wieder ein paar freie Tage", erwiderte Caine und hielt Serena von sich ab, um sie lächelnd zu betrachten.

Er hat sich kaum verändert, dachte sie. Obwohl beide Brüder die Größe ihres Vaters geerbt hatten, war Caine schlank und langgliedrig. Fast dünn, stellte Serena mit schwesterlicher Objektivität fest. Aber er hatte ein faszinierendes Gesicht, markant, voller Kanten, mit einem eindrucksvollen Grinsen, das er zu seinem Vorteil einsetzte, und Augen, die fast so blau waren wie ihre eigenen. Das Haar fiel ihm in lockeren Wellen ums Gesicht, blond mit einem Hauch von Rot. Serena begriff, warum man ihm nachsagte, dass er als Mann im Umgang mit Frauen ebenso erfolgreich war wie als Jurist mit Richtern und Geschworenen.

„Hmm. Hat sich gar nicht so schlecht entwickelt, unsere Schwester, was, Alan?"

Mit hochgezogener Augenbraue wandte Serena sich ihrem ältesten Bruder zu. „Nein", erwiderte er und schenkte ihr das ernste Lächeln, das so gut zu seiner nachdenklichen Miene passte. Er sieht mehr wie Heathcliff, der Held aus „Sturmhöhe", aus, dachte sie, nicht wie ein US-Senator. „Aber ein bisschen mager ist sie noch." Er nahm ihr Kinn zwischen die Finger und drehte ihr Gesicht hin und her. „Hübsches Mädchen", erklärte er mit dem perfekt imitierten Brummen ihres Vaters.

„Vielleicht hättest du Arlene Judson doch heiraten sollen", sagte sie in süßlichem Ton. Dann legte sie einen Arm um jeden ihrer Brüder. „Ich freue mich ja so, euch zu sehen."

Justin saß auf einer Schreibtischecke und beobachtete sie. Zwischen den beiden hochgewachsenen Männern sah sie sehr klein aus. Aber zum ersten Mal bemerkte er die Ähnlichkeit zwischen ihr und Caine – die Form des Munds, die Nase, die Augen. Alan war die größere, rauere Version von Anna, aber allen dreien hatte Daniel seinen Stempel aufgedrückt. Jetzt, wo er die drei zusammen sah, fragte Justin sich, warum er Serena nicht gleich erkannt hatte.

Vielleicht lag es daran, dass sie jetzt als Familie vor ihm standen. Und Serena als Schwester. Er dachte an Diana und verspürte einen Anflug von Bedauern. Aber er hatte alles getan, was er konnte. Trotzdem würde er nie erfahren, wie es war, eine so grundlegende, lebenslange Beziehung zu einem Menschen zu haben. Ebenso wenig wie es gelingen würde, in Serenas Herzen den Platz einzunehmen, der ihrer Familie gehörte.

„Wie lange bleibt ihr?“, fragte Serena, als sie die beiden ins Büro zog.

„Nur übers Wochenende“, erwiderte Alan, während Caine sich rasch, aber gründlich in ihrem Büro umsah.

„Also hast du dir doch einen Partner genommen“, sagte er zu Justin. „Nachdem du Dad so oft abgewiesen hattest, waren wir etwas überrascht.“

„Ich war überzeugender“, sagte Serena einfach.

Caine warf Justin einen Blick zu, der nur deshalb keine Fragen stellte, weil er die Antworten bereits kannte. Nur eine Warnung lag darin, subtil, aber eindeutig.

„Ihr habt mir immer noch nicht gesagt, wieso ihr hier seid.“ Serena ging zu Justin, während Caine sich auf einen Stuhl fallen ließ und Alan zur Scheibe ging, um ins Casino zu schauen.

„Wir haben von der Bombendrohung in Vegas gehört“, antwortete Alan. „Ich habe Justin angerufen. Er meinte, du würdest dich über einen Besuch freuen. Und …“ Er sah seinen Bruder an und grinste. „Caine und ich dachten, wenn wir kommen, taucht Dad nicht so oft auf.“

„Als ich ihn das letzte Mal gesprochen habe“, sagte Caine, „hat er etwas davon gesagt, dass ihm ein paar Wochen am Meer guttun würden.“

Serena gab einen Laut von sich, der irgendwo in der Mitte

zwischen Lachen und Stöhnen lag. „Ich nehme an, ihr habt von seinem letzten kleinen Komplott gehört."

„Offenbar hat es ganz gut funktioniert", stellte Alan fest, als er sah, wie Justins Hand sich in Serenas Nacken legte.

„Ich war versucht, mehr zu zerbrechen als nur ein paar Zigarren", murmelte sie und starrte auf den Summer, der auf ihrem Schreibtisch ertönte. „Tisch sechs. Nein", fügte sie hinzu und berührte Justins Schulter, als er aufstehen wollte. „Ich kümmere mich schon darum. Warum geht ihr drei nicht nach oben? Ich komme nach, sobald ich hier unten alles in Ordnung gebracht habe."

„Wäre es sittenwidrig, in einem Casino zu spielen, das zur Hälfte meiner Schwester gehört?", fragte Caine sich laut.

„Nicht, wenn du so miserabel spielst wie immer", erwiderte Serena beim Hinausgehen.

Caine streckte die langen Beine aus. „Nur weil ich mich beim Pokern immer habe schlagen lassen."

„Du hast sie gewinnen lassen? Dass ich nicht lache", sagte Alan. „Sie hat dich jedes Mal massakriert. Du hast am Telefon nicht viel erzählt, Justin", fuhr er fort und kehrte der Scheibe den Rücken zu. „Kannst du über das reden, was in Vegas passiert ist?"

Achselzuckend holte Justin ein Zigarillo aus der Tasche. „Es war eine selbst gemachte Bombe, sehr kompakt. Sie befand sich unter einem der Keno-Tische. Das FBI überprüft ehemalige Angestellte, Stammkunden, die viel Geld verloren haben, und Erpresser, die mit ähnlichen Methoden gearbeitet haben. Ich bezweifle allerdings, dass es etwas bringt. Es hat einige Drohanrufe gegeben, aber die konnten sie nicht zurückverfolgen, und ich habe die Stimme nicht erkannt. Wir haben nicht sehr viele Spuren."

Er steckte sich das Zigarillo an und ließ seinen Blick über Alans Schulter dorthin wandern, wo Serena mit einem Gast stand. „Es ist unmöglich, jeden aufzuspüren, der in einem meiner Casinos Geld verloren hat. Wenn das überhaupt das Motiv für den Bombenanschlag war."

„Du glaubst nicht daran?", fragte Caine. Sein Blick folgte dem von Justin.

„Nur eine Vermutung", murmelte Justin und stand auf. „Vor zwei Tagen kam eine weitere Drohung, nichts Konkretes, aber genug, um mich wissen zu lassen, dass er noch etwas anderes versuchen will."

„Kein Wo, Wann oder Wie?", warf Caine ein.

„Nein." Justin lächelte grimmig. „Natürlich könnte ich meine Hotels schließen und abwarten." Er zog heftig am Zigarillo. „Aber das werde ich bestimmt nicht tun." Nur mit Mühe bekam er die ohnmächtige Wut unter Kontrolle. Er wurde beschattet. Er wusste es so sicher, als hätte er den Schatten hinter sich gesehen. „Ich will, dass Serena nach Hause fährt und dort bleibt, bis diese Sache ausgestanden ist. Ihr beide müsstet es schaffen, sie dazu zu bringen."

Caines Antwort bestand aus einem kurzen Lachen. Alan warf Justin einen ruhigen Blick zu. „Sie würde es tun", sagte er, „wenn du sie begleiten würdest."

„Verdammt, Alan, ich werde mir kein bequemes Loch suchen und mich verstecken, während jemand mit meinem Leben spielt."

„Aber Serena?", konterte er.

„Sie hat eine halbe Beteiligung an einem meiner fünf Hotels“, erwiderte Justin gepresst. „Falls diesem hier etwas passiert, deckt die Versicherung ihre Verluste ab.“ Sein Blick wanderte wieder zur Sichtscheibe. „Für mich steht mehr als eine Investition auf dem Spiel.“

„Du bist ein Narr, wenn du denkst, bei Rena wäre es nicht mehr“, murmelte Alan.

Justin wirbelte zu ihm herum und ließ dem angestauten Zorn freien Lauf. „Ich sage dir, ich habe in dieser Sache ein schlechtes Gefühl. Jemand ist hinter mir her, und Serena ist in meiner Nähe in Gefahr. Ich will sie in Sicherheit wissen, wo ihr nichts passieren kann. Um Gottes willen, sie ist eure Schwester!“

„Und was ist sie für dich?“, fragte Caine leise.

Wütend sah Justin ihn an. Hundert Flüche zitterten auf seinen Lippen. Er blickte direkt in die dunklen Augen, die Serenas so ähnlich waren. „Alles“, sagte er, bevor er wieder ins Casino sah. „Verdammt, sie ist alles für mich.“

„So, das wäre geklärt“, sagte Serena, als sie wieder ins Büro gerauscht kam. „Ich habe gerade …“ Sie verstummte, da die Spannung im Raum wie eine Wand vor ihr aufragte. Langsam sah sie von einem Mann zum anderen, dann ging sie an ihren Brüdern vorbei zu Justin. „Was ist denn?“

„Nichts.“ Justin zwang sich zur Ruhe, drückte das Zigarillo aus und nahm ihre Hand. „Hast du schon zu Abend gegessen?“

„Nein, aber …“

Absichtlich sah er an ihr vorbei, zu Alan und Caine hinüber. „Wir lassen etwas nach oben bringen. Es sei denn, ihr zieht den Speisesaal vor.“

„Ich glaube, ich werde mal mein Glück probieren." Caine stand auf. „Alan wird mich davon abhalten, ein Monatseinkommen zu verspielen. Hast du Tipps für mich, Rena?"

„Bleib bei den Vierteldollarautomaten", sagte sie und verzog den Mund.

„Wie wenig Vertrauen du in mich hast", murmelte er und zog zärtlich an ihrem Ohr. „Wir sehen uns morgen."

„Spät", fügte Alan hinzu und öffnete die Tür. „Vor drei Uhr bekomme ich ihn bestimmt nicht aus dem Casino."

Serena wartete, bis die Tür sich hinter ihnen schloss. „Justin, was geht hier vor?"

„Ich bin müde", sagte er und griff nach ihrem Arm. „Lass uns nach oben gehen."

„Justin, ich bin kein Dummkopf." Rasch führte er sie in sein Büro und in den Fahrstuhl. „Als ich hereinkam, war mir, als würde gleich etwas explodieren. Bist du böse auf Alan und Caine?"

„Nein. Es ist nichts, was dich betrifft."

Die kalte Antwort ließ sie trotzig erstarren. „Justin, ich will mich nicht in deine Privatangelegenheiten einmischen, aber da es offenbar meine Brüder betrifft, finde ich, dass ich ein Recht auf eine Erklärung habe."

Er erkannte den Schmerz und den Zorn. Er wollte beide vertreiben, Serena in die Arme nehmen und ihre Fragen auf eine Weise verhindern, die seine eigene Anspannung abbauen würde. Doch als die Fahrstuhltür aufging, zwang Justin sich, sachlich zu denken. Er konnte ihren Schmerz und ihren Zorn für sich ausnutzen.

„Es hat nichts mit dir zu tun", wiederholte er wie beiläufig. „Warum bestellst du nicht etwas beim Zimmerservice? Ich brauche eine Dusche.“ Ohne ihre Antwort abzuwarten, ging er ins Bad.

Serena war zu verblüfft, um zu reagieren, und starrte ihm einfach nach. Was hatte sich seit ihrer stürmischen Begrüßung geändert? Warum behandelte er sie jetzt wie eine Fremde? Oder noch schlimmer, wie eine bequeme Geliebte, die ein Mann je nach Stimmung nehmen oder wegschieben konnte? Sie versuchte zornig zu werden, fand aber nur Trauer. Sie hatte das Risiko gekannt, das sie eingegangen war. Wie es aussah, hatte sie das Spiel verloren.

Nein. Sie ballte die Fäuste und schüttelte den Kopf. Nein, so einfach war sie nicht abzuschieben. Sollte er duschen und essen, und dann würde sie ihm genau erklären, was sie erwartete. Und zwar ruhig, fügte sie auf dem Weg zum Telefon hinzu. Verärgert wählte sie die Nummer des Zimmerservice.

„Hier ist Miss MacGregor. Ich möchte ein Steak und einen Salat.“

„Natürlich, Miss MacGregor. Wie möchten Sie Ihr Steak?“

„Verbrannt“, murmelte sie.

„Wie bitte?“

Nur mit Mühe bekam sie sich in den Griff. „Es ist für Mr. Blade“, erklärte sie. „Sie wissen sicher, wie er es möchte.“

„Natürlich, Miss MacGregor. Ich werde sein Abendessen sofort hinaufschicken.“

„Danke.“ Für Justin Blade springen sie alle, dachte sie grimmig und legte auf. Dann ging sie zur Bar und machte sich einen starken Drink.

Als Justin aus dem Schlafzimmer kam, saß Serena auf der Couch. Der Kellner servierte gerade die Mahlzeit auf dem Tisch. Justin trug nur einen Bademantel, der sich am Hals öffnete, als er die Hände in die Taschen steckte. „Isst du nichts?“, fragte er und deutete zu dem einzelnen Gedeck hinüber.

„Nein.“ Sie nippte an ihrem Drink. „Iss ruhig.“ Sie holte einen Geldschein aus dem Portemonnaie und reichte ihn dem Kellner. „Danke.“

„Danke, Miss MacGregor. Guten Appetit, Mr. Blade.“

Als die Tür sich schloss, nahm Justin am Tisch Platz. „Ich dachte, du hast noch nicht gegessen.“

„Ich bin nicht hungrig“, erwiderte sie nur.

Achselzuckend machte Justin sich über den Salat her und schmeckte überhaupt nichts. „Offenbar hat es keine großen Probleme gegeben, während ich fort war.“

„Nichts, womit ich nicht fertig geworden wäre. Obwohl ich ein paar Änderungsvorschläge habe, finde ich, dass im Hotel und im Casino alles recht reibungslos läuft.“

„Du hast dein Geld gut investiert.“

„So könnte man es sehen.“ Serena legte einen Arm auf die Lehne. Die Pailletten ihrer Jacke glänzten im milden Licht.

Justin sah sie an und hätte nichts lieber getan, als ihr die Jacke auszuziehen, und die dünne schwarze Seide, die sie darunter trug. Um sich wieder in ihr zu verlieren, in der weichen weißen Haut, in den Massen goldenen Haars. Er rammte seine Gabel in das Stück Fleisch.

„Das Hotel scheint in diesem Jahr die Flaute überwunden zu haben“, sagte er gespielt unbeschwert. „Ich finde es unnötig, dass wir beide uns vierundzwanzig Stunden darum kümmern.“ Er bekam keinen Bissen mehr hinunter und goss sich Kaffee ein. „Vielleicht solltest du überlegen, ob du nicht nach Hause fährst.“

Ihr Glas stoppte auf halbem Weg zu den Lippen. „Nach Hause?“, wiederholte sie tonlos.

„Im Moment wirst du hier nicht gebraucht“, fuhr er fort. „Eigentlich wäre es praktischer, wenn du nach Hause fahren würdest. Oder wohin du möchtest. Dann kommst du zurück und löst mich ab, wenn ich fortmuss.“

„Ich verstehe.“ Ohne hinzusehen stellte sie das Glas ab und stand auf. „Ich habe nicht vor, mich zum stillen Partner degradieren zu lassen, Justin.“ Ihre Stimme war kräftig und klar, aber selbst von der anderen Seite des Raums konnte er ihre Augen schimmern sehen. „Und auch nicht zum Übergepäck. Es wäre sehr einfach, zu unserer ursprünglichen Abmachung zurückzukehren und den Fehler einer einzigen Nacht zu vergessen.“ Weil sie merkte, dass ihre Hand zu zittern begann, griff sie nach ihrem Glas und leerte es. „Ich werde meine Sachen packen und wieder in meine eigene Suite ziehen.“

„Verdammt, Serena, ich will, dass du nach Hause fährst.“ Als er sah, wie sie gegen die Tränen kämpfte, zog sich in ihm etwas zusammen. Justin stieß sich vom Tisch ab und ging zu ihr. „Ich will dich hier nicht haben.“

Er hörte, wie sie den Atem anhielt, aber ihr verschwommener Blick wurde dadurch klar. Er fand die Augen mit dem verletzten Ausdruck tausendmal schlimmer.

„Du brauchst nicht grausam zu sein, Justin“, flüsterte sie. „Du hast dich deutlich ausgedrückt. Ich verschwinde aus deinen Räumen, aber mir gehört die Hälfte des Hotels, und ich werde bleiben.“

„Ich habe den Vertrag noch nicht unterschrieben“, erinnerte er sie.

Schweigend starrte sie ihn an. „Du willst mich unbedingt loswerden", murmelte sie. „Mein Fehler." Serena betrachtete das leere Glas in ihrer Hand. „Wenn ich klug gewesen wäre, hätte ich erst mit dir geschlafen, nachdem alles unterschrieben war."

Erregt entriss er ihr das Glas und schleuderte es durchs Zimmer. Es zerbarst an der Wand. „Nein!" Er zog sie an sich, vergrub das Gesicht in ihrem Haar und fluchte leise. „So kann ich es nicht. Ich will nicht, dass du das denkst."

Serena wehrte sich nicht, stand nur steif da. „Bitte lass mich gehen."

„Serena, hör mir zu. Hör mir zu", wiederholte er, bevor er ihr die Hände auf die Schultern legte und sie ansah. „Bevor ich Vegas verließ, kam ein Brief. Er war an mich persönlich adressiert. Wer immer diese Bombe gelegt hat, er will mich wissen lassen, dass er mit mir noch nicht fertig ist. Er wird wieder zuschlagen – irgendwann, irgendwo. Hier geht es um mehr als Geld, das fühle ich. Es ist persönlich, verstehst du? Du bist bei mir nicht in Sicherheit."

Sie starrte ihn an, während die Worte durch ihren Schmerz schnitten. „Du hast das alles zu mir gesagt, weil du glaubst, dass ich in Gefahr bin, wenn ich bleibe?"

„Ich will dich in Sicherheit wissen."

Serena streifte seine Hände von ihren Schultern. „Du bist kein bisschen besser als mein Vater", fuhr sie ihn an. „Ihr arrangiert mein Leben mit euren kleinen Komplotten und Manövern. Hast du eine Ahnung, was du mir angetan hast?" Erneut stiegen die Tränen in ihr auf, und sie unterdrückte sie. „Wie sehr du mich verletzt hast? Hast du je daran gedacht, mir ganz einfach die Wahrheit zu sagen?"

„Die habe ich dir gesagt", gab er zurück und kämpfte gegen das Gefühl von Schuld und Verlangen. „Wirst du jetzt fahren?"

„Nein."

„Serena, um Gottes willen ..."

„Du erwartest, dass ich meine Sachen packe und davonlaufe?", unterbrach sie ihn und schob ihn wütend von sich. „Dass ich mich verstecke, weil jemand vielleicht eine Bombe ins Hotel legt, irgendwann? Verdammt, Justin, für mich steht hier ebenso viel auf dem Spiel wie für dich."

„Das Hotel ist komplett versichert. Falls etwas passiert, wirst du deine Investition nicht verlieren."

Seufzend schloss sie die Augen. „Du Dummkopf."

„Serena, sei vernünftig."

Als ihre Augen sich öffneten, war wieder Zorn in ihnen. „Du bist vernünftig, nehme ich an."

„Es ist mir verdammt egal, ob ich vernünftig bin oder nicht!", gab er zurück. „Ich will dich irgendwo haben, wo niemand dir etwas tun kann. Wo ich weiß, dass du in Sicherheit bist."

„Wissen kannst du gar nichts!"

„Ich weiß, dass ich dich liebe!" Er packte ihre Schultern und schüttelte sie. „Ich weiß, dass du mir mehr bedeutest als alles andere in meinem Leben, und ich werde keinerlei Risiko eingehen."

„Wie kannst du dann von mir verlangen, dass ich fortgehe?", schrie sie. „Menschen, die einander lieben, gehören zusammen."

Sie starrten sich an, als jedem von ihnen bewusst wurde, was er gerade gesagt hatte. Justins Griff wurde sanfter, dann sanken seine Hände herab. „Tu es für mich, Serena."

„Alles andere", antwortete sie. „Das nicht."

Er drehte sich um und ging ans Fenster. Draußen versank die Sonne im Meer. Aufblitzendes Feuer, goldene Funken – wie die Frau hinter ihm. „Ich habe noch nie jemanden geliebt", murmelte Justin. „Meine Eltern, meine Schwester vielleicht, aber die gehören schon lange nicht mehr zu meinem Leben. Ich habe es ohne sie geschafft. Ich glaube nicht, dass ich es ohne dich schaffen könnte. Schon der Gedanke, dass dir etwas passieren kann, macht mir Angst."

„Justin." Sie ging zu ihm, schlang die Arme um ihn und legte die Wange an seinen Rücken. „Du weißt, dass es keine Garantien gibt, nur Chancen."

„Ich habe mein Leben lang auf Chancen gesetzt. Bei dir nicht."

„Ich treffe noch immer meine eigenen Entscheidungen", erinnerte sie ihn. „Daran kannst du nichts ändern, Justin. Ich kann es nicht zulassen. Sag es mir noch einmal", verlangte sie, bevor er antworten konnte. „Aber schrei mich diesmal nicht an. Ich bin für Romantik so anfällig wie jeder andere Mensch."

Justin drehte sich um und strich mit der Fingerspitze über ihre Lippen. „Ich dachte immer, ‚Ich liebe dich' klingt so abgegriffen – bis jetzt." Seine Lippen traten an die Stelle der Fingerspitze, ebenso zärtlich. „Ich liebe dich, Serena."

Sie seufzte, als sie spürte, wie er ihr die Jacke von den Schultern streifte. „Justin", flüsterte sie, während er sie auf die Arme hob.

„Hm?"

„Lass uns meinem Vater nichts davon sagen. Ich hasse es, wenn er triumphiert."

Lachend legte er sie aufs Bett.

Er würde sie ganz zärtlich lieben. Das nahm er sich vor, als er an den Schmerz in ihren Augen dachte. Sie war ihm wertvoll, lebenswichtig, ein permanenter Teil seiner Gedanken. Sie war weich und warm, als sie ihn an sich zog. Er wollte sie zärtlich lieben, aber sie brachte ihn um den Verstand.

Ihre Hände schoben bereits seinen Bademantel beiseite, strichen über die Haut. Ihre Lippen rasten schon über sein Gesicht, knabberten an seinen – herausfordernd, quälend, fordernd. Justin streifte das Kleid an ihrem Körper hinab, lauschte dem leisen, heiseren Lachen, das ihn verrückt machte. Vielleicht tat er ihr weh, aber seine Hände waren außer Kontrolle. Sie wollten berühren, besitzen. Doch sie wand sich nur unter ihm, voller Verlangen, hemmungslos, bis ihm das Blut in den Ohren rauschte. Er murmelte etwas in der Sprache seiner Vorfahren – Drohungen, Versprechungen, Worte von Liebe und Krieg, die er nicht mehr voneinander trennen konnte.

Serena hörte sie, die Worte, die wie eine erotische Brise über ihre Haut strichen. Jetzt hatte er nichts mehr von dem weltgewandten Spieler an sich, jetzt war er nur noch wild und ungezähmt. Und er gehört mir, dachte sie, als seine Hände sie eroberten. Sie nahm seinen Duft wahr, einen Duft, der durch kein Parfum verfälscht wurde, und vergrub das Gesicht an seiner Schulter, um ihn ganz in sich aufzunehmen. Doch sein Hunger gönnte ihr keine Pause. Heiß und offen senkte sein Mund sich auf ihren und verlangte nicht Kapitulation, sondern Kampf.

Begehre mich, schien er zu sagen. Brauche mich. Sie antwortete mit einer Flut von Leidenschaft, die sie beide mitriss und ihnen den Atem raubte. Sie hatte gedacht, er hätte ihr in der ersten Nacht alles gezeigt, was es zu wissen, zu genießen gab. Wie konnte es so viel mehr geben? Und wie konnte es dennoch das Versprechen geben, dass noch lange nicht alle Geheimnisse aufgedeckt waren? Er schien einen endlosen Vorrat an Energie und Verlangen zu besitzen. Wie von der ersten Minute an, so forderte er sie auch jetzt heraus, es ihm gleichzutun.

Er berührte sie, und in ihr fanden hundert winzige, aber heftige Explosionen statt. Während ihr Körper erbebte, verblasste alles, was sie sich als junges Mädchen unter der Liebe vorgestellt hatte. Es wurde bedeutungslos, denn allein das hier war es, wofür sie geschaffen war: der Sturm und die Wildheit.

Mit noch immer geschlossenen Augen streckte Serena sich genießerisch. „Ich fühle mich wundervoll!“ Selbst in ihren eigenen Ohren klang ihre Stimme wie das Schnurren einer zufriedenen Katze.

„Und ich finde dich so“, sagte Justin und strich mit der Hand an ihr entlang.

Lachend setzte sie sich auf und hob beide Arme über den Kopf. Im Halbdunkel sah er, wie das Haar auf ihren nackten Rücken fiel. „Nein, wirklich … wenn ich nur nicht solchen Hunger hätte.“

„Du hast gesagt, du seist nicht hungrig“, erinnerte er sie, bevor er den Arm um ihre Taille legte und sie wieder aufs Bett zog.

„War ich auch nicht.“ Sie rollte sich auf ihn. „Aber jetzt bin ich es.“ Sie verstreute Küsse auf seinem Gesicht und knabberte an seiner Lippe. „Ausgehungert.“

„Du kannst den Rest von meinem Steak haben."

„Das ist kalt", beschwerte sie sich. Leise lachend presste sie den Mund an seinen Hals. „Fällt dir nichts anderes ein?"

Er streichelte ihr Haar und legte ihren Kopf an seine Schulter. „Soll ich den Zimmerservice anrufen?"

Sie seufzte. „Noch nicht. Ich liebe dich, Justin."

Er schloss die Augen und legte den Arm fester um sie. „Ich habe mich schon gefragt, wann du mir das endlich sagen würdest."

„Habe ich es noch nicht erwähnt?" Lächelnd stützte Serena sich auf seine Brust. „Wie wär's damit? Ich liebe dich", begann sie und unterstrich jedes Wort mit einem Kuss. „Ich himmle dich an. Ich bin von dir fasziniert. Ich bin verrückt nach dir."

„Das könnte für den Anfang reichen." Er hob ihre Hand an die Lippen und küsste die Finger. „Serena …"

„Nein." Rasch legte sie ihm die Hand auf den Mund. „Nicht schon wieder. Ich gehe nirgendwohin, und ich will mich nicht mit dir streiten, Justin. Nicht jetzt, nicht heute Abend." Sie legte die Wange an seine. „Es kommt mir vor, als hätte ich mein gesamtes Leben auf das hier gewartet. Alles, was vorher war, erscheint mir wie ein Vorspiel. Es klingt verrückt, aber ich glaube, als ich dich das erste Mal sah, wusste ich, dass alles sich verändern wird." Lachend löste sie sich von ihm. „Und ich habe mich immer für viel zu realistisch gehalten, um an Liebe auf den ersten Blick zu glauben."

„Dein Realismus hat die Dinge beträchtlich verlangsamt", erwiderte er.

„Im Gegenteil", sagte sie mit einem überlegenen Lächeln. „Er hat sie herrlich beschleunigt. Ich hatte mir vorgenommen, deine Geschäftspartnerin zu werden, damit wir die gleiche Ausgangsposition hatten. Und danach wollte ich dich davon überzeugen, dass du ohne mich nicht leben kannst."

„Und hast du es?"

Sie lächelte stolz. „Es hat funktioniert."

„Vielleicht bist du mir etwas zu frech, Serena." Er zog zärtlich an ihrem Haar und stand auf.

„Wohin willst du?"

„Ich will dir etwas Wind aus den Segeln nehmen." Justin zog eine Schublade auf und holte eine kleine Schachtel heraus. „Das habe ich in St. Thomas für dich besorgt."

„Ein Geschenk?" Sie kniete sich aufs Bett und streckte die Hand aus. „Ich lebe für Geschenke."

„Gierige kleine Hexe", sagte er und ließ die Schachtel auf ihre Hand fallen.

Ihr Schmunzeln erstarb, als sie sie öffnete. Zwei winzige Windrädchen aus Amethysten und Diamanten funkelten ihr entgegen und fingen selbst im matten Licht des Morgengrauens Feuer. Serena erinnerte sich daran, wie sie im von der Sonne beschienenen Schaufenster des Juweliers ausgesehen hatten. Zaghaft tastete sie mit der Fingerspitze nach ihnen, als wäre die Hitze, die sie verströmten, real und nicht nur eine Illusion.

„Justin, sie sind wunderschön", flüsterte sie und sah ihn an. „Aber warum?"

„Weil sie dir stehen und du sie dir nicht selbst gönnen wolltest. Und …" Seine Hand legte sich auf ihre Wange. „Ich hatte bereits beschlossen, dass ich dich nicht mehr aus meinem Leben lasse. Wenn du nicht gekommen wärst, hätte ich dich geholt."

„Und wenn ich nicht freiwillig mitgekommen wäre?“, fragte sie lächelnd.

„Ich habe dich gewarnt. Es ist eine alte Tradition in meiner Familie.“ Er schob ihr das Haar hinter die Ohren. „Leg sie an. Ich habe mich die ganze Zeit gefragt, wie sie an dir wohl aussehen.“

Serena nahm sie aus der Schachtel und befestigte sie an den Ohren. „Ich will sie auch sehen.“ Justin hielt sie mit einem Blick zurück.

Ihre Haut war hell und makellos. Mit nicht mehr als dem Funkeln der Juwelen bekleidet, sah sie aus wie eine exotische Fantasie. Das in seinen Augen aufflackernde Verlangen rief ihr eigenes wach. Ihre Lippen öffneten sich, und sie streckte die Arme nach ihm aus.

10. Kapitel

Serena streckte sich genießerisch und überlegte, ob sie aufstehen sollte. Wenn Justin nicht schon nach unten gegangen wäre, hätte die Vorstellung, den Morgen im Bett zu verbringen, weit mehr Reiz besessen. Sie lag inmitten der zerknüllten Laken – auf der Stelle, die sie miteinander geteilt hatten, aneinandergeschmiegt, die gesamte Nacht hindurch.

Er ist noch immer besorgt, dachte sie. Obwohl er ihr zum Abschied nicht mehr als einige Koseworte ins Ohr geflüstert hatte, hatte Serena die nur mit Mühe unter Kontrolle gehaltene Anspannung in ihm gespürt. Solange Justin davon überzeugt war, dass die in Vegas gelegte Bombe gegen ihn persönlich gerichtet und nicht mehr als ein Vorspiel gewesen war, würde sie ihn nicht beruhigen können. Sie konnte nur bei ihm bleiben und ihm beweisen, dass sie nicht in Gefahr schwebte.

Männer, dachte Serena mit einem milden Lächeln. Egal, wie liberal sie waren, sie akzeptierten einfach nicht, dass Frauen selbst auf sich aufpassen konnten. In Massachusetts herumzusitzen, während der Mann, den sie liebte, in New Jersey blieb, war das Letzte, was sie tun würde. Es wäre auch vollkommen unlogisch, sagte Serena sich und stand auf. Sie glaubte an das, was sie Justin am Abend zuvor ins Gesicht geschrien hatte: Menschen, die einander liebten, gehörten zusammen.

Justin würde vermutlich erst dann wieder ruhig werden, wenn die Polizei den Bombenleger gefasst hatte, und das konnte noch Monate dauern – wenn er überhaupt jemals geschnappt wurde. Vielleicht hatte er schon aufgegeben. Oder er wartete, Tage, Wochen, Monate, bis er erneut zuschlug.

Sie holte einen Morgenmantel aus dem Schrank. Der Drohbrief war wahrscheinlich aus reiner Frustration abgeschickt worden, nachdem der Erpressungsversuch fehlgeschlagen war. Das machte jedenfalls mehr Sinn als die Theorie eines persönlichen Rachefeldzugs gegen Justin.

Er ist einfach nicht objektiv, entschied Serena und knotete den Morgenmantel zu. Die Hotels waren so sehr Teil von ihm, dass er sie nicht von außen betrachten konnte – als Gebäude, die eine Menge Geld wert waren. Der Mann hatte seine Karte ausgespielt und verloren. Er musste wissen, dass die Behörden nach ihm suchten und dass Justin seine eigenen Sicherheitsmaßnahmen verschärfen würde. Nur Feiglinge legen Bomben, überlegte sie. Ein Feigling riskierte es nicht, geschnappt zu werden. Irgendwann würde Justin die Logik schon begreifen.

Als es an der Tür klopfte, sah Serena automatisch auf die Uhr neben dem Bett. Es war zu früh für das Zimmermädchen. Sie ging ins Wohnzimmer. Wer konnte das …? Ihre Hand erstarrte am Türknauf, als ihr Justins Worte durch den Kopf gingen: „Jemand ist hinter mir her. Du bist in Gefahr."

Beunruhigt sah Serena durch den Türspion. Na also, dachte sie, als ihre Nervosität sich schlagartig legte. Mach dich nicht lächerlich. Sie öffnete die Tür und lächelte ihren Bruder an.

„Du musst dein Geld ja ziemlich schnell verspielt haben, wenn du jetzt schon auf bist", begrüßte sie ihn.

Caine starrte sie kurz an, bevor er die Suite betrat. „So früh ist es gar nicht mehr“, wandte er ein und sah sich suchend um. „Ich bin hier, um mit Justin zu reden.“

„Du hast ihn knapp verfehlt.“ Serena schloss die Tür und warf ihr vom Schlaf zerzaustes Haar nach hinten. „Er ist vor etwa fünfzehn Minuten in sein Büro gegangen. Wo ist Alan?“

Caines Zuneigung zu Justin kämpfte mit der Tatsache, dass Serena seine Schwester war. Meine kleine Schwester, verdammt, dachte er. Und jetzt stand sie in Justins Privatsuite, mit nichts an als dem kurzen Morgenmantel aus Seide, den er ihr letzte Weihnachten geschenkt hatte. „Der frühstückt“, sagte Caine und ging im Zimmer umher.

„Na, du warst morgens stets als Erster auf“, erinnerte Serena sich. „Ich fand das immer eine entsetzliche Angewohnheit von dir. Möchtest du Kaffee? Der gehört zu den wenigen Grundnahrungsmitteln, die in der Küche vorhanden sind.“

„Ja. Gern.“ Caine hatte den Schock, dass seine Schwester eben nicht nur seine Schwester war, noch immer nicht verdaut. Kopfschüttelnd folgte er ihr.

Die Küche war geräumig und edel eingerichtet. Fußboden und Wände waren weiß, die Schränke glänzend schwarz. Serena schaltete die Kaffeemaschine ein und zeigte mit der freien Hand auf den Frühstückstresen. „Setz dich doch.“

„Du scheinst dich hier ja auszukennen“, hörte Caine sich sagen.

Sie warf ihm einen belustigten Blick zu, der ihn wütend machte. „Ich wohne hier.“

Caine glitt auf einen der Hocker. „Justin arbeitet schnell, was?“

„Für einen liberalen Staatsanwalt war das eine ziemlich

chauvinistische Bemerkung“, meinte Serena und füllte Kaffeepulver in den Filter. „Man könnte auch sagen, ich arbeite schnell.“

„Du hast ihn erst vor einem Monat kennengelernt.“

„Caine.“ Serena drehte sich um und legte den Kopf auf die Seite. „Erinnerst du dich an Luke Dennison?“

„An wen?“

„Er war unser Kleinstadt-Casanova, als ich fünfzehn war“, erinnerte sie ihn. „Du hast ihn dir auf dem Kinoparkplatz geschnappt und ihm gesagt, dass du ihm sämtliche Knochen brichst, wenn er mich anfasst.“

Sie sah, wie Caine sich grinsend daran erinnerte. „Hat er doch nicht, oder?“

„Nein.“ Sie ging zu ihm und packte seine Ohren. „Ich bin keine fünfzehn mehr, Caine, und Justin ist nicht Luke Dennison.“

Er beugte sich vor, griff nach ihren Ohren und zog sie behutsam zu sich heran. „Ich liebe dich“, sagte er und küsste sie brüderlich.

„Dann freue dich für mich. Justin ist alles, was ich will.“

Caine ließ sie los und richtete sich auf. „Genau das hat er von dir auch gesagt.“

Er registrierte, wie ihre Augen vor Freude aufleuchteten. „Wann?“, fragte sie.

„Gestern. Als er Alan und mich bat, dir klarzumachen, dass du nach Hause fahren musst.“ Caine hob eine Hand, als aus ihrer Freude Verärgerung wurde. „Bring mich nicht um, Rena. Wir haben uns beide geweigert.“

Serena stieß den angehaltenen Atem aus. „Justin ist überzeugt, dass es dem Bombenleger um mehr als Erpressung geht. Deshalb hat er sich in den Kopf gesetzt, dass ich hier nicht in Sicherheit bin." Frustriert hob sie die Hände. „Er will die ganze Sache einfach nicht logisch und praktisch sehen."

„Er liebt dich."

Der Sturm um sie herum legte sich schlagartig. „Ich weiß. Umso mehr Grund habe ich, bei ihm zu bleiben. Sag mir ...", sie lehnte sich mit dem Rücken an den Tresen, „... was würdest du tun?"

„Wenn ich Justin wäre, würde ich alles tun, damit du abreist. Wenn ich du wäre", fuhr er fort, bevor sie schreien konnte, „würde ich hart bleiben."

„Es gibt nichts Schlimmeres als einen analytischen Juristenverstand", murmelte Serena, während der Kaffee durchzulaufen begann. „Na schön. Warum erzählst du mir nicht, wie es dir selbst so ergangen ist? Irgendwelche faszinierenden neuen Frauen – oder lässt die Arbeit dir keine Zeit?"

„Ich schaffe es schon, mir etwas freie Zeit für die Erholung zu reservieren", meinte er und handelte sich von Serena ein Schnauben ein. „Ich habe beschlossen, wieder als selbstständiger Anwalt zu arbeiten."

Sie war gerade dabei, zwei Becher herauszuholen, und drehte sich überrascht um. „Kommt das nicht etwas plötzlich?"

„Eigentlich nicht." Er nahm einen Becher schwarzen Kaffee entgegen. „Ich überlege schon eine ganze Zeit. Alan ist der Politiker. Er hat die Geduld dafür." Achselzuckend nippte Caine an dem heißen Gebräu. „Mir fehlt der Gerichtssaal. Die Bürokratie lässt mir nicht genug Zeit dafür."

„Ich habe immer gern zugesehen, wenn du eine Verhandlung hattest", erinnerte Serena sich. Sie setzte sich ihm gegenüber an den Tresen. „Dein Stil hatte etwas Tödliches, wie ein Wolf, der ein Lagerfeuer umkreist und langsam die Geduld verliert."

Caine lachte. „Da ist sie wieder, die blühende Fantasie der MacGregors."

„Wer verunglimpft hier den Namen der Familie?", fragte Alan vom Durchgang her.

Serena drehte sich mit einem warmen Lächeln zu ihm um. Ihr Blick änderte sich ein wenig, als sie den Mann neben ihrem Bruder erblickte.

„Alan hat sich beschwert, dass man ihn allein gelassen hat", sagte Justin. „Gibt es noch Kaffee?"

„Ich habe ihn gerade gemacht." Sie streckte ihm die Hand hin, als er hereinkam. Justin nahm sie und küsste die Finger, bevor er zu der Kaffeemaschine ging.

„Alan?"

Er sah seine Schwester an. „Ja, bitte?"

„Caine hat mir noch nicht erzählt, wie viel er gestern Abend verloren hat", begann Serena, als Alan sich an den Tresen stellte.

„Oh, so viel Pech hatte er gar nicht." Er warf seinem Bruder einen vielsagenden Blick zu, den Caine ohne jede Regung erwiderte.

Serena zog eine Braue hoch. „Ich hoffe, du hast dein Glück nicht bei einer meiner Geberinnen probiert."

„Bei der kleinen Blonden", berichtete Alan mit strahlendem Grinsen. „Die mit den großen braunen Augen."

„Caine!" Serena sah ihn halb verblüfft, halb entsetzt an. „Sie ist gerade mal einundzwanzig."

„Ich weiß gar nicht, wovon er redet." Caine nippte ruhig an seinem Kaffee. „Alan hat die ganze Zeit versucht, einer

Rothaarigen in einem offenherzigen Kleid mit seinen Ansichten zur Außenpolitik zu imponieren."

„Na ja." Serena sah Justin an, der frischen Kaffee geholt hatte. „Mir scheint, weder das Personal noch die Gäste sind vor diesen beiden sicher."

„Du kannst sie heute Abend bei der Dinner-Show im Auge behalten." Justin reichte Alan einen Becher, bevor er im Kühlschrank nach Sahne suchte.

„Ich hätte euch warnen sollen", sagte Serena zu ihren Brüdern und legte ihre Hand in Justins. „Er hat die Angewohnheit, Dinge zu arrangieren, ohne jemanden zu fragen. Aber was mich betrifft", fügte sie lächelnd hinzu, „ich würde gern zur Dinner-Show gehen. Lena Maxwell hat heute ihren ersten Auftritt." Sie starrte auf ihre Fingernägel. „Ich nehme an, wir könnten Justin dazu überreden, euch mit ihr bekannt zu machen. Falls ihr überhaupt mitkommen wollt."

„Wann beginnt die Show?", fragten Alan und Caine wie aus einem Mund.

Lachend stand Serena auf. „Jämmerlich. Lass eine sexy Brünette vor ihren Nasen baumeln, und schon folgen sie dir überallhin. Ich muss jetzt duschen und mich anziehen." Sie stellte sich auf die Zehenspitzen, um Justin einen Kuss zu geben. „Ich bin in einer halben Stunde unten."

Als sie hinausging, hörte sie Caines Frage: „Wo genau probt Lena Maxwell heute Nachmittag, Justin?"

Unter der Dusche musste Serena lachen. Wenn Caine es sich in den Kopf setzte, Lena Maxwell aufzuspüren, brauchte er Justin nicht, um mit ihr ein privates Gespräch zu führen. Caine MacGregor mangelte es keineswegs an Charme.

Sie dachte daran, wie er reagiert hatte, als er sie in Justins

Suite vorfand. Eigentlich musste sie ihm eher dankbar sein. Er spielte nur den brüderlichen Beschützer. Und auch der lange, ruhige Blick, den Alan ihr zugeworfen hatte, war ihr nicht entgangen. Vermutlich würden ihre Brüder, sobald sie allein waren, ausgiebig über ihre Beziehung zu Justin diskutieren. Sie würden noch ein paar skeptische Bemerkungen machen, dann jedoch ihre Entscheidung voll und ganz akzeptieren. So war es zwischen den Geschwistern immer gewesen.

Das Wasser strömte Serena heiß über den Körper. Einen Moment lang tat Justin ihr leid. Er hatte die Geborgenheit, die Eingebundenheit in eine Familie nie gekannt. Vielleicht würde er es sich von ihr zeigen lassen. Vielleicht würden sie eines Tages Kinder haben.

Serena steckte den Kopf in den Wasserstrahl. Sie dachte einmal wieder zu weit voraus. Viel zu weit. Er liebte sie, aber das hieß nicht, dass er heiraten und Kinder mit ihr haben wollte. Er war so lange allein gewesen, und ihre Liebe war so neu. Kinder würden ein Zuhause bedeuten, und er hatte sich nie für eins entschieden. Er hatte einen Lebensstil ohne Beständigkeit gewählt. Und der Nomade in ihm war ein Teil dessen, was ihn für sie attraktiv machte. Es war dumm, von Veränderungen zu träumen, wenn sie erst seit kurzer Zeit unter einem Dach lebten.

Und doch hatte er zweimal von seiner Schwester gesprochen, und jedes Mal hatte Serena einen Anflug von Bedauern bei ihm gespürt. Justin hatte seiner Familie nicht den Rücken gekehrt, sondern war von den Umständen gezwungen worden, ohne sie auszukommen. Falls er eines Tages eine haben wollte, würde sie für ihn da sein. Das nahm Serena sich fest vor.

Sie stieg aus der Duschkabine und schlang sich ein Handtuch ums Haar. Sie begann zu summen, als sie sich mit der duftenden Lotion einrieb. Währenddessen überlegte sie, was sie sich für den heutigen Tag alles vorgenommen hatte, und beschloss, alles zu erledigen, bevor sie sich für die Dinner-Show umzog. Aber das würde sie kaum schaffen, wenn sie noch länger im Badezimmer herumstand. Hastig schlüpfte sie in den Morgenmantel. Auf dem Weg ins Schlafzimmer nahm sie das Handtuch wieder ab.

Als die Tür zum Wohnzimmer aufging, stockte ihr der Atem. „Justin!" Sie fuhr sich mit der Hand durchs feuchte Haar. „Du hast mich erschreckt. Ich dachte, du wärst schon fort."

Er steckte die Hände in die Taschen und musterte sie von Kopf bis Fuß. „Nein."

Wie kommt es, dass er zwar schon jeden Teil meines Körpers berührt hat, mich aber mit diesem Blick vollkommen hilflos machen kann? dachte sie. „Wo sind Alan und Caine?"

„Nach unten gegangen. Wo sie vermutlich gerade um Lena konkurrieren."

„Schade, dass ich das verpasse", entfuhr es ihr.

„Was tust du gerade?"

„Ich ziehe mich an", erwiderte sie lachend. „Wonach sieht es denn aus?"

„Scheint mir reine Zeitverschwendung zu sein, denn ich werde dir alles wieder ausziehen, was du jetzt anziehst."

Sie warf ihm einen koketten Blick über die Schulter zu. „Ich könnte mir vorstellen, dass Kate es seltsam findet, wenn ich nur im Morgenmantel in mein Büro komme."

Er setzte sein kühles Lächeln auf. „Du kommst gar nicht erst aus diesem Zimmer heraus."

„Justin, sei nicht kindisch." Serena öffnete den Schrank

und begann ihre Sachen durchzugehen. „Ich habe vor dem Abendessen noch ein Dutzend Dinge zu erledigen, und …" Das letzte Wort blieb ihr im Hals stecken, als er sie packte und aufs Bett warf.

Dann sah er nickend zu ihr hinunter. „Ich mag es, wie du in einem zerwühlten Bett aussiehst."

„Ach wirklich?" Serena stemmte sich hoch, bis sie vor ihm kniete. „Ich würde gern wissen, wie du auf die Idee kommst, du könntest mich einfach so herumwerfen." Als sie die Hände auf die Hüften stützte, glitt ihr der Morgenmantel von einer Schulter. „Es ist zwar nicht das erste Mal", erinnerte sie sich an das Bad im Ozean, „aber wenn du glaubst, du könntest daraus eine Gewohnheit machen …"

„Ich weiß, niemand kommandiert eine MacGregor herum", murmelte er und schob einen Finger in den Kragen des Morgenmantels.

„Richtig." Sie stieß seine Hand fort und schaffte es dabei, den Mantel noch weiter auseinanderfallen zu lassen. „Also denk einfach daran, wenn dich das nächste Mal der wilde Drang packt, mich herumzuschubsen."

„Das werde ich. Entschuldigung." Lächelnd hielt er ihr die Hand hin. Serena war zwar misstrauisch, ergriff sie aber dennoch und wollte vom Bett klettern. In der nächsten Sekunde lag sie auf dem Rücken, unter ihm.

„Justin!" Sie unterdrückte ein Lachen und versuchte, ihn von sich zu schieben. „Hörst du jetzt endlich auf? Ich muss mich anziehen."

„Nein, du musst dich ausziehen. Lass mich dir helfen." Mit einer Handbewegung schlug er den Morgenmantel ganz auseinander.

„Stopp!“ Belustigt, frustriert und erregt wehrte sie ihn ab. „Justin, ich meine es ernst! Das Zimmermädchen kann jede Minute hereinkommen.“

„Die kommt erst heute Abend.“ Er fand eine Stelle, unten an den Rippen, und hörte voller Freude, wie sie aufstöhnte. „Ich habe extra angerufen.“

„Du …“ Sein Geständnis gab ihr die Energie zu einem neuen Befreiungsversuch. „Du hast es schon wieder getan!“ Fast hätte sie die Arme frei bekommen, doch dann presste er sie auf die Matratze. „Auf die Idee, dass ich Pläne habe, bist du gar nicht gekommen, was? Dass ich den Nachmittag vielleicht nicht mit dir im Bett verbringen will?“

„Ich dachte mir, meine Chancen stehen so gut, dass ich einfach versuche, dich dazu zu überreden“, konterte er.

„Oh!“ Sie trat nach ihm, bis er ihre Beine zwischen seine klemmte.

„Okay, wir ringen erst. Wer zuerst drei Runden gewinnt, ist Sieger.“

„Das ist nicht komisch“, sagte sie und schluckte ein Kichern hinunter. „Ich meine es wirklich ernst.“

„Tödlich ernst.“ Er rollte sich herum, bis sie auf ihm lag. „Die erste Runde geht an dich.“ Bevor sie Atem holen konnte, war sie wieder unter ihm. „Und zwei an mich.“

„Sicher.“ Serena pustete sich das feuchte Haar aus den Augen. „Ein echt fairer Kampf, wenn ich halb nackt bin und du vollständig angezogen bist.“

„Du hast recht.“ Er bedeckte ihr Gesicht mit Küssen. „Warum änderst du das nicht? Meine Hände haben zu tun.“

Unwillkürlich stöhnte sie auf, als er sie über ihren Körper gleiten ließ. „Foul“, sagte sie atemlos. „Justin …“

„Aufhören?“, fragte er halbherzig, den Blick durchdringend auf ihr Gesicht gerichtet, während seine Fingerspitzen die Überzeugungsarbeit leisteten.

„Nein.“ Sie wühlte in seinem Haar und zog seinen Kopf dichter, bis ihre Lippen sich fanden.

Es war immer gleich, immer einzigartig. Jedes Mal, wenn sein Mund ihren berührte, spürte sie den bis ins Mark dringenden Hitzeschock. Und doch war der Reiz jedes Mal so frisch, als hätte sie ihn noch nie erlebt. Serena vergaß, dass sie ihn ausziehen sollte, und lag einfach nur da und genoss die erste Woge des Vergnügens.

Justin spürte ihre Kapitulation, eine Kapitulation, von der er wusste, dass sie nur das Vorspiel zu atemloser Erregung und hektischem Verlangen war. Er genoss das berauschende Gefühl, sie total zu beherrschen. Jetzt gehörte sie ihm, eine starke, vitale Frau, die ihm für einige herrliche Momente vollkommen ausgeliefert war. Das Wissen machte ihn sanft, und er liebkoste sie zärtlicher, als er es je für möglich gehalten hatte. Liegt es an der Liebe? fragte er sich und ließ die langen schlanken Finger über ihre Haut gleiten.

Seine Lippen berührten ihre und dämpften den leisen Laut des Vergnügens, der sich ihr entrang. Ihre Augen waren noch nicht ganz geschlossen, und ihre Blicke begegneten sich. Als er den Umriss ihres Munds mit der Zunge nachzog, zuckten ihre Lider. Seine Lippen rieben sich an ihren, kosteten den Geschmack aus. Dann registrierte er, dass seine Hände sich nicht mehr bewegten. Seine gesamte Existenz schien sich auf die Begegnung von Mund und Mund zu konzentrieren. Aus der Macht, die er verspürt hatte, wurde Verletzlichkeit, keine geringere Kapitulation als die, die

Serena ihn hatte merken lassen. Er fühlte sich plötzlich schwach. Und furchtlos.

„Ich liebe dich", flüsterte er gegen ihren Mund. „Ich wusste gar nicht, wie sehr." Der Kuss war intensiv und langsam und erregender als alles, was er bisher erlebt hatte.

Dann suchte ihre Zunge nach seiner, sie glitt zwischen seinen Lippen hindurch, um alles zu erschmecken und zu ertasten. Als ein Beben seinen Körper durchlief, wusste er, dass ihre Kapitulation vorüber war.

Serena schob die weiche Wolle seines Pullovers am Oberkörper hinauf und über die Schulter, sodass sie gezwungen waren, sich voneinander zu lösen, wenn auch nur kurz. Ihre Hände hasteten über seine Haut, berührten, rieben, forderten. Er konnte sie vor seinem geistigen Auge sehen, weich und weiß vor seiner dunkleren Haut, mit glänzenden Nägeln, die sich in der Erregung in ihn bohrten.

Er drehte den Kopf, um zärtlich in ihre Schulter zu beißen, und wurde von ihrem Duft überwältigt. Ein Duft, der ihn an schwüle Sommernächte und wilde Liebe im hohen Gras denken ließ. Er ließ Küsse bis zur Innenseite ihres Ellbogens hinabregnen, wo ihr heftiger Puls den Duft nur noch intensivierte. Als er den Mund auf die helle Haut presste, bog ihr Körper sich ihm entgegen, angetrieben von der Leidenschaft.

Serena rollte sich herum, bis sie Seite an Seite lagen, und schlang die Arme um ihn. Sie fühlte weder die zerknüllten Laken unter ihnen noch die kühle Seide des Morgenmantels, der ihr zwischen die Beine gerutscht war. Alles, was sie fühlte, war sein fester, heißer Körper und die feucht-prickelnde Spur, die sein Mund auf ihr hinterließ.

Als er an ihr hinabglitt, bot sie ihm all die geheimen Stellen dar, die er für sie beide entdeckt hatte. Niemand sonst würde in ihr je diesen gewaltigen, unwiderstehlichen Hunger auslösen. Mit einem plötzlichen Energieausbruch schob sie sich über ihn. Ihr Mund wurde noch gieriger, ihre Hände wurden noch schneller und geschickter. Er stöhnte, griff in ihr nasses Haar. Der Laut ließ sie sich nur noch rascher bewegen. Er ist wunderschön, so wunderschön, mehr konnte sie nicht denken, als sie ihn berührte und schmeckte und wieder berührte.

Ein dünner Schweißfilm glänzte auf seiner Haut. Serena konnte das Salz schmecken, als sie die harte Brust, die von der gezackten Narbe gezeichneten Rippen und die schmalen Hüften erkundete.

Dann packte seine Hand sie, und sie wurde nach oben gezogen, bis sein Mund sich auf ihren legen konnte. Sie schmeckte ihn und fühlte sich wie berauscht. Ihr Körper schien ohne ihr Wissen zu handeln und glitt abwärts, bis sie spürte, wie er ganz zu ihr kam. Das Gefühl ließ sie erbeben, sie schrie auf und bog sich nach hinten. Aber Justin richtete sich mit ihr auf, dic Hände noch in ihrem Haar, den Mund noch mit ihrem verbunden. Sie konnte nicht atmen, doch noch während sie nach Luft rang, fand ihr Körper seinen eigenen ungestümen Rhythmus.

Ihre Arme hielten ihn gefangen, seine sie. Der wechselseitige Griff wurde noch fester, als sie gemeinsam die Momente der Ekstase erlebten, und dann fielen sie wie ein einziger Körper aufs Bett zurück.

„Ich scheine nie genug von dir bekommen zu können“, brachte Justin flüsternd heraus. „Nie genug.“

„Das darfst du auch nicht.“ Serena ließ den Kopf auf die Schulter fallen. „Du darfst nie genug bekommen.“

Ruhig lagen sie da, bis der Atem gleichmäßiger wurde und das Zittern sich legte. Ihre Handfläche lag auf seinem Herzen, und sie fühlte, wie das Klopfen langsamer und kräftiger wurde.

„Es gibt nur dich", sagte Justin, als er die Wucht der Liebe in sich spürte. „Es gibt in meinem Leben nur dich."

Serena hob den Kopf und sah ihn an. „Liebe, die nicht Verrücktheit ist, ist keine Liebe." Lächelnd strich sie über seine Wangenknochen. „Das habe ich bisher nie verstanden. Jetzt tue ich es. Ich weiß, dass ich nie wieder normal sein will."

Er legte sich ihren Finger an die Lippen. „Also wählt die intelligente Serena MacGregor den Wahnsinn."

Sie rümpfte die Nase und verschränkte die Arme auf seiner Brust. „Meine Intelligenz spielt hierbei keine Rolle."

„Sie fasziniert mich", erwiderte Justin. „Und sie ist ein Teil von dir, den ich noch nicht richtig erforscht habe. Wie intelligent bist du eigentlich?"

Sie zog eine Augenbraue hoch. „Das", sagte sie spitz, „ist eine abstrakte Frage."

„Aha, du willst ihr also ausweichen." Lächelnd strich er das Haar von ihren Schultern. „Wie viele akademische Grade hast du?"

„Deine erste Frage hat mit der zweiten nichts zu tun. Wie intelligent bist du?"

„Intelligent genug, um es zu merken, wenn meine Fragen mit Gegenfragen beantwortet werden", sagte er sanft. „Kein brennendes Verlangen, wie deine Brüder in die Politik oder die Justiz zu gehen?"

„Nein."

„Nero findet, du hast Klasse."

„Ein echter Menschenkenner. Warum hast du ihn nicht zum Manager gemacht?", fragte sie.

„Er war nicht interessiert. Aber ich schicke ihn im nächsten Jahr nach Malta."

„Bis dahin hast du das Casino dort gekauft?"

„Sehr bald schon." Nachdenklich musterte er sie. „Ich werde einen Partner brauchen."

Ihre Augen leuchteten auf. „Wirklich? Dann sollte ich mein Gebot wohl gleich abgeben."

Seine Hand legte sich um ihren Nacken. „Je früher, desto besser."

Als das Telefon läutete, stieß er eine Verwünschung aus. „Blade." Er hörte Kates zitternde Stimme und bemühte sich, ruhig zu bleiben. Serena sollte nichts merken. „Gut, Kate. Ich bin gleich unten." Er legte auf und küsste Serena auf den Kopf. „Ich werde unten gebraucht. Bleib ruhig hier. Du hattest seit über einer Woche keinen freien Tag mehr." Hastig zog er sich an. „Ich bin bald zurück. Bestelle uns doch einfach den Lunch."

Serena schob die Gedanken an den Papierkram auf ihrem Schreibtisch beiseite. „Na gut, eine Stunde."

Kate wartete auf Justin, als er aus dem Fahrstuhl kam, und reichte ihm einen schlichten weißen Umschlag. „Steve hat ihn an der Rezeption gefunden. Er ist wie der in Vegas, nicht wahr?"

„Ja", erwiderte Justin tonlos, bevor er einen Brieföffner vom Schreibtisch nahm und den Umschlag aufschlitzte. Er zog die Nachricht heraus und entfaltete sie.

Es ist noch nicht vorbei. Sie haben einen Preis zu zahlen.

„Verständigen Sie die Sicherheitsleute", sagte er zu Kate. „Und die Polizei."

11. Kapitel

Serena starrte entsetzt auf ihr Haar, das zu einer zerzausten Masse getrocknet war. Hastig griff sie nach der Bürste. Sie beugte sich vor, biss die Zähne zusammen und begann den Kampf mit den verknoteten Strähnen.

„Autsch! Augenblick“, rief sie, als es leise an der Tür klopfte. Ohne das Bürsten einzustellen, ging sie hinüber. Justin würde Augen machen, wenn er sie so sah. Warum kam er auch so früh zurück?

„Darf ich Ihre Zimmer sauber machen?“ Ein schlanker Junge von etwa zwanzig lächelte sie schüchtern an. „Ich kann auch später …“

„Nein, nein, kommen Sie herein.“ Serena öffnete die Tür weit genug, dass er seinen Wagen hereinrollen konnte. „Sie sind neu hier, nicht?“

„Ja, Ma’am, dies ist mein erster Tag.“

Deshalb ist er so nervös, dachte sie. Sie zeigte mit der Bürste zum Durchgang. „Warum fangen Sie nicht einfach in der Küche …“

Irgendetwas legte sich ihr über Mund und Nase. Serena war zu überrascht, um Angst zu empfinden. Sie griff nach der Hand und holte Luft, um zu schreien. Dabei inhalierte sie etwas ekelhaft Süßliches. Um sie herum begann sich alles zu drehen. Sie erkannte den Duft und kämpfte noch hektischer gegen die weißen Nebelschwaden an, die vor ihren Augen trieben.

Oh Gott, nein. Ihre Arme fielen nach unten, die Bürste entglitt ihren schlaffen Fingern. Justin …

„Der Umschlag wurde an der Rezeption gefunden", berichtete Justin Lieutenant Renicki. „Niemand hat gesehen, wer ihn dort deponiert hat. Es war Auscheck-Zeit, und das Personal war beschäftigt."

„Nun, dumm ist er nicht." Der Lieutenant ließ den schlichten Bogen in einen Plastikbeutel gleiten. „Ich muss die Sache natürlich dem FBI übergeben, aber vorläufig werde ich Ihnen ein paar Leute in Zivil hierlassen." Renicki sah zu, wie Justin sich mit absolut ruhigen Händen ein Zigarillo ansteckte. „Haben Sie Feinde, Mr. Blade?"

Justin lächelte. „Sieht so aus."

„Jemanden, von dem Sie mir erzählen möchten?"

„Nein."

„Ist dies die erste Drohung, die Sie seit Ihrer Rückkehr aus Nevada erhalten haben?"

„Ja."

Lieutenant Renicki unterdrückte ein Seufzen. Bei Menschen wie Blade kam er sich vor wie ein Zahnarzt, der an einem besonders hartnäckigen Zahn zog. „Kürzlich jemanden gefeuert oder angeheuert?"

Justin drückte auf einen Knopf. „Kate, fragen Sie in der Personalabteilung nach, wen wir in den letzten zwei Monaten eingestellt oder entlassen haben. Dann besorgen Sie mir einen Ausdruck von den anderen Hotels."

„Tolle Sache, diese Computer", meinte der Lieutenant anschließend. „Ich werde Ihre Sicherheitsmaßnahmen überprüfen. Wenn er eine Bombe legen will, muss er erst einmal ins Hotel."

„Kein Problem", erinnerte Justin ihn. „Er braucht sich nur an der Rezeption einzutragen."

„Stimmt." Renicki sah dem davondriftenden Tabakqualm nach. „Sie könnten schließen."

„Nein."

„Habe ich mir gedacht." Der Polizist stand auf. „Ich melde mich wieder bei Ihnen, wenn ich das Empfangspersonal befragt habe."

„Danke, Lieutenant." Justin wartete, bis die Tür sich geschlossen hatte, und drückte das Zigarillo so heftig aus, dass es zerbrach. Serena würde nach Hyannis Port zurückkehren, und wenn er sie persönlich fesseln und in ein Flugzeug setzen musste.

Er drückte erneut auf den Knopf der Sprechanlage. „Kate, ich gehe nach oben. Stellen Sie alle Anrufe dorthin durch."

Als Justin kurz darauf das Wohnzimmer der Suite betrat, erwartete er, Serena schon beim Lunch vorzufinden. Dass der Tisch leer war, überraschte ihn nur wenig. Schließlich war er länger als die versprochene Stunde fortgeblieben. Er rief ihren Namen und ging zum Badezimmer.

Der leiseste Hauch ihres Dufts hing in der Luft. Justins Unruhe wuchs. Sei kein Idiot, sagte er sich. Es gibt tausend Gründe, warum sie die Suite verlassen haben kann. Vielleicht besorgt sie sich gerade in der Boutique ein neues Kleid.

Justin bückte sich nach der kleinen Bürste mit dem emaillierten Griff und starrte sie an. Dann griff er nach dem Telefonhörer. „Rufen Sie Serena MacGregor aus."

Mit der Bürste in der Hand wartete er. Ihre paillettenbesetzte Jacke hing über der Couch. Sie hatte sie gestern Abend aufgesammelt. Warum ließ sie die Bürste auf dem Boden liegen?

„Miss MacGregor meldet sich nicht, Sir."

Er packte den Griff der Bürste so fest, dass er abzubrechen drohte. „Rufen Sie Alan oder Caine MacGregor aus."

„Caine MacGregor."

„Hier ist Justin. Ist Serena bei dir?"

„Nein, Alan und ich waren …"

„Habt ihr sie gesehen?", unterbrach Justin ihn.

„Seit heute Morgen nicht mehr." Zum ersten Mal seit zehn Jahren hörte Caine in Justins Stimme einen Anflug von Panik. Ein eisiges Gefühl lief ihm den Rücken hinunter. „Warum?"

Justins Kehle war wie zugeschnürt. „Sie ist fort."

Caine merkte, wie der Hörer in seiner Hand feucht wurde. „Wo bist du?"

„Oben."

„Wir kommen hoch."

Minuten später ließ Justin Serenas Brüder ein. „Hast du nachgefragt, ob sie ihren Wagen genommen hat?", fragte Caine sofort.

„Nein." Fluchend griff Justin nach dem Hörer.

„Ihr Wagen ist noch da", verkündete er kurz darauf.

„Vielleicht macht sie einen Spaziergang am Strand", meinte Alan.

„Wir waren vor einer halben Stunde zum Lunch verabredet", sagte Justin tonlos. „Das hier habe ich an der Tür gefunden."

Alan nahm die Bürste. Er hatte Serena das antike Stück zum sechzehnten Geburtstag geschenkt, und sie hing sehr daran.

„Habt ihr euch gestritten?"

Justin wirbelte herum.

„Justin", sagte Caine rasch. „Rena ist äußerst temperamentvoll. Vielleicht ist sie wortlos aus dem Hotel gestürmt, um sich am Strand etwas abzukühlen."

„Nein, wir haben uns nicht gestritten", erwiderte Justin gepresst. „Ich bekam einen Anruf von unten. An der Rezeption lag ein Umschlag für mich. Ein weiterer Drohbrief."

In diesem Moment läutete das Telefon, als wollte es ein Ausrufezeichen ans Ende seiner Worte setzen. Justin riss den Hörer hoch. „Serena", begann er.

„Suchen Sie schon nach ihr?" Die Stimme war gedämpft und geschlechtslos. „Ich habe Ihre Squaw, Blade." Mit leisem Klicken wurde die Verbindung unterbrochen.

Volle zehn Sekunden stand Justin reglos da. Er hatte einen Kupfergeschmack im Mund und wusste, dass es die Angst war. „Er hat sie", hörte er jemanden sagen. Dann ging ihm auf, dass es seine eigene Stimme war. In blinder Wut riss er das Telefon aus der Wand und schleuderte es durchs Zimmer. „Der Hundesohn hat sie!"

„Gehen wir es gemeinsam noch einmal durch", sagte Lieutenant Renicki.

Justin sah von Caine, der aus dem Fenster starrte, zu Alan, der im Sessel saß und die Bürste in seinen Händen betrachtete, und schließlich zum Lieutenant hinüber. „Serena und ich waren hier oben zum Lunch verabredet. Ich habe mich verspätet. Als ich kam, war sie fort. Ich fand die Bürste auf dem Boden und ließ Serena ausrufen. Als sie sich nicht meldete, ließ ich ihre Brüder ausrufen. Vor fünfzehn Minuten kam dann der Anruf."

„Was hat der Kidnapper genau gesagt?"

„Er sagte, er habe meine Squaw."

Caine wirbelte herum. „Verdammt, das hier bringt uns nicht weiter! Warum suchen Sie nicht nach ihr?"

Lieutenant Renicki musterte ihn aus müden Augen. „Genau das tun wir, Mr. MacGregor."

„Er wird wieder anrufen", sagte Alan leise. „Er weiß bestimmt, dass Justin und wir jede Summe aufbringen können, um Rena zurückzubekommen." Sein Blick wanderte vom Lieutenant zu Justin. „Falls Geld sein Motiv ist."

„Davon müssen wir vorläufig ausgehen, Senator", erwiderte Renicki. „Wir werden Ihr Telefon abhören müssen, Mr. Blade."

„Tun Sie alles, was erforderlich ist."

„Wo ist der Brandy?", fragte Caine.

„Wie?"

„Du brauchst einen Drink."

Justin schüttelte den Kopf.

„Ich werde mir jedenfalls einen genehmigen, bevor ich Mom und Dad anrufe", meinte Caine.

Die beiden Apparate in der Suite läuteten. Ohne auf Lieutenant Renickis Ja oder Nein zu warten, ging Justin in die Küche. „Blade." Verzweifelt schloss er die Augen und streckte die Hand mit dem Hörer aus. „Für Sie", sagte er zum Lieutenant.

„Meine Männer haben in der Garage den Rollwagen eines Zimmermädchens gefunden", berichtete Renicki kurz darauf. „Darin lag ein mit Äther getränkter Lappen. Offenbar hat er sie so ungesehen aus dem Hotel bekommen." Caines Finger schlossen sich so fest um das Glas, dass sie weiß hervortraten. In Alans Augen trat ohnmächtige Wut. Nur an Justin nahm der Lieutenant keinerlei Veränderung wahr.

„Wir haben Ihre Beschreibung von Miss MacGregor, Mr. Blade, aber ein Foto wäre hilfreich."

Justin erstarrte, als der Schmerz sich vom Bauch bis in den Hals hinein ausbreitete. „Ich habe keins."

„Aber ich." Alan griff nach seiner Brieftasche.

„Wenn er anruft, halten Sie ihn möglichst lange in der Leitung, Mr. Blade", fuhr Renicki fort. „Und verlangen Sie, mit Miss MacGregor zu sprechen, bevor Sie sich auf etwas einlassen."

„Und wenn er sich weigert?"

„Dann weigern Sie sich zu verhandeln."

Justin setzte sich. Sonst wäre er auf und ab gegangen und hätte schnell die Kontrolle über sich verloren. „Nein."

„Justin", mischte Alan sich ein. „Der Lieutenant hat recht. Wir müssen sicher sein, dass er Rena wirklich in seiner Gewalt hat und sie unverletzt ist."

Sie haben einen Preis zu zahlen. Die Worte gingen Justin nicht aus dem Kopf. Nicht Serena, dachte er verzweifelt. Gott, nicht Serena. „Wenn ich mit ihr gesprochen habe", begann er, „werde ich seine Bedingungen erfüllen. Ich werde nicht verhandeln. Und ich werde nicht auf Zeit spielen."

„Es ist Ihr Geld, Mr. Blade." Lieutenant Renicki lächelte matt. „Hören Sie genau hin, wenn er wieder anruft. Vielleicht erkennen Sie etwas wieder. Eine Formulierung, die Art, wie er ein bestimmtes Wort ausspricht."

Es klopfte. Der Lieutenant ging an die Tür und sprach leise mit einem seiner Leute. Caine hielt Justin einen Brandy hin. Justin schüttelte zum zweiten Mal den Kopf.

„Sie kriegen ihn", sagte Caine.

Langsam hob Justin den Blick. „Und wenn sie ihn haben", sagte er ruhig, „werde ich ihn umbringen."

Serena fühlte sich wund und zerschlagen, als sie stöhnend erwachte. Hatte sie verschlafen? Sie musste ins Casino und … nein, Justin. Er wollte zum Lunch nach oben kommen, und sie hatte noch nicht einmal den Zimmerservice angerufen.

Sie musste aufstehen, aber ihre Augen ließen sich nicht öffnen. Und ihr war übel. Krank, dachte sie benommen. Aber sie war nie krank. Die Tür, dachte sie. Jemand an der Tür. Erneut stieg die Übelkeit auf und mit ihr die Angst. Serena nahm alle Kraft zusammen und schlug die Augen auf.

Der Raum war klein und düster. Vor einem der Fenster hing ein Rollo. Ein billiger Schrank stand an der Wand. Ein verstaubter Spiegel. Ein Schaukelstuhl mit gerader Lehne. Keine Lampe, nur eine von der Decke baumelnde Glühbirne. Da sie nicht brannte und von außen etwas Licht hereindrang, wusste Serena, dass es Tag war. Aber sie hatte keine Ahnung, welcher Tag es war.

Irgendwann hatte jemand die Wände gelb gestrichen, doch inzwischen wirkten sie eher wie die vergilbten Seiten eines sehr alten Buchs. Serena lag mitten auf einem Doppelbett, und als sie den rechten Arm zu bewegen versuchte, stellte sie fest, dass sie mit Handschellen an den Bettpfosten gefesselt war. In diesem Moment überlagerte die Angst die Benommenheit.

Der Junge mit dem Rollwagen. Äther. Oh Gott, wie hatte sie nur so dumm sein können? Justin hatte sie gewarnt … Justin, dachte sie und biss sich auf die Lippe. Suchte er nach ihr? Hatte er die Polizei alarmiert? Vielleicht dachte er, sie hätte das Hotel verlassen, um etwas zu erledigen.

Ich muss hier raus, sagte Serena sich und kroch nach hinten, um an den Handschellen zu zerren. Der Junge musste etwas mit der Bombe in Vegas zu tun haben. Unglaublich. Er hatte so harmlos ausgesehen. Als sie Schritte hörte, wartete sie reglos.

Perfekt geplant, dachte Terry, als er den Hörer auflegte. Die Frau aus Blades Suite zu entführen war riskant gewesen, aber es hatte sich gelohnt. Besser als die Bombe, entschied er. Er hatte ihnen zu viel Zeit gelassen, und sie hatten die Bombe gefunden, weil er niemandem hatte wehtun wollen. Nur Blade. Aber das hier, das war perfekt.

Sie war wirklich wunderschön. Blade würde bezahlen, um sie zurückzubekommen. Doch bevor er zahlte, würde er leiden. Dafür würde Terry sorgen. Er war schlau. Noch während Justin in Vegas war, hatte er sich auf den Weg nach Atlantic City gemacht. Serena war ihm im Casino aufgefallen – und er hatte erfahren, dass sie Justins Partner war. Einige beiläufige Fragen, und schon hatte er gewusst, dass sie für ihn weit mehr als das war. Danach hatte Terry seinen Plan geschmiedet.

Zuerst hatte er Angst gehabt. Eine Frau aus einem Hotel zu holen war sehr viel schwieriger, als eine Bombe hineinzubekommen. Aber niemand achtete auf die Leute in den schlichten weißen Uniformen des Zimmerpersonals. Nach kurzer Zeit wusste er, dass es von den Büros aus einen privaten Zugang zu den Wohnquartieren gab. Vermutlich ein Fahrstuhl mit direkter Verbindung. So war es bei den Reichen üblich.

Die Uniform zu stehlen war einfach. Niemandem fiel ein harmlos aussehender junger Mann auf. Er beobachtete, wie der Mann vom Empfang den Umschlag in Blades Büro brachte, und wartete. Er gab Justin volle zehn Minuten, um nach unten zu gehen. In einem Vorratsraum im dritten Stockwerk zog er sich um, dann schnappte er sich einfach einen der Rollwagen vom Korridor.

Als die Frau ihm die Tür öffnete, hätte er fast die Nerven verloren. Aber er dachte einfach an Blade. Der Rest war leicht. Er brauchte keine fünf Minuten, um ihren leblosen Körper im Rollwagen zu verstauen und in die Tiefgarage zu schaffen. Mit Serena auf dem Rücksitz, versteckt unter einer Wolldecke, fuhr er davon. Aber jetzt war sie schon so lange bewusstlos. Vielleicht hatte er zu viel Äther genommen, oder ... Dann hörte er sie stöhnen. Terry stand auf, um ihr eine Tasse Tee zu machen.

Als er die Tür öffnete, saß sie ans Kopfteil gelehnt und starrte ihn an. Aber sie sah nicht so verängstigt aus, wie er erwartet hatte. Ob sie unter Schock stand?

„Wenn Sie schreien", sagte er, „muss ich Sie knebeln. Das würde ich ungern tun."

Serena sah die Tasse in seiner Hand. Die Tasse zitterte. Ein nervöser Kidnapper war gefährlicher als ein ruhiger. „Ich werde nicht schreien."

„Ich habe Ihnen Tee gebracht." Er kam ein wenig näher. „Vielleicht ist Ihnen etwas übel."

Vielleicht war es besser, wenn sie sich ängstlicher gab, als sie war. Innerlich zwang sie sich zur Ruhe. Sie musste wissen, wo er die Schlüssel für die Handschellen hatte.

„Bitte ..." Sie ließ die Stimme zittern. „Darf ich das Badezimmer benutzen?"

„Okay. Ich werde Ihnen nicht wehtun", sagte er, bevor er den Tee abstellte und einen Schlüssel aus der Tasche seiner Jeans holte. Er steckte ihn ins Schloss. „Wenn Sie schreien oder wegzulaufen versuchen, muss ich Sie daran hindern." Er löste die Handschelle von ihrem Handgelenk. „Haben Sie verstanden?"

Serena nickte. Er war kräftiger, als er aussah.

Schweigend führte er sie in das kleine Badezimmer. „Ich warte vor der Tür", warnte er. „Wenn Sie vernünftig sind, wird Ihnen nichts passieren."

Im Bad suchte sie sofort nach einer Fluchtmöglichkeit, aber es gab nicht einmal ein Fenster. Keine Waffe. Nichts. Nur eine Handtuchstange, die sich nicht lockern ließ. Sie musste einen anderen Weg finden. Sie würde einen anderen Weg finden.

Serena ließ kaltes Wasser ins Waschbecken laufen und bespritzte sich das Gesicht. Sie durfte den Mann nicht unterschätzen. Er war gefährlich, weil er ebenso verängstigt war wie sie. Also musste sie sich noch ängstlicher geben. Sie würde sich zusammenkauern und weinen. Er durfte nicht merken, dass sie bei der erstbesten Gelegenheit fliehen wollte. Aber zunächst musste sie herausbekommen, was er vorhatte.

Sie öffnete die Tür und ließ sich an den Handgelenken packen. „Bitte, was wollen Sie tun?"

„Ich werde Ihnen nicht wehtun", wiederholte Terry und zerrte sie zum Bett. „Er wird bezahlen."

„Wer?"

Sie sah die Wut in seinen Augen, als er die Handschelle wieder zuschnappen ließ. „Blade."

„Mein Vater ist reicher", begann sie hastig. „Er …"

„Blade wird zahlen", unterbrach er sie scharf.

„Haben Sie … haben Sie die Bombe in Vegas gelegt?"

Terry reichte ihr den Tee. „Ja."

Sein Blick war so hasserfüllt, dass sich ihr der Magen umdrehte. „Warum?", fragte sie leise.

„Er hat meinen Vater getötet", erwiderte Terry und verließ den Raum.

Als das Telefon läutete, zuckten alle zusammen. Justin eilte an den Apparat. „Halten Sie ihn so lange wie möglich hin", befahl einer der Detectives. „Und Sie müssen mit ihr reden, bevor Sie verhandeln."

Wortlos griff Justin nach dem Hörer. Das Tonband lief unhörbar mit. „Blade."

„Wollen Sie Ihre Squaw zurück, Blade?"

Eine junge Stimme. Verängstigt. Dieselbe Stimme, die er auf den Polizeibändern in Las Vegas gehört hatte. „Wie viel?"

„Zwei Millionen, in bar. Kleine Scheine. Ich lasse Sie wissen, wann und wo."

„Lassen Sie mich mit Serena reden."

„Vergessen Sie's."

„Woher weiß ich, dass Sie sie wirklich haben?", fragte Justin. „Woher weiß ich, dass sie …", er musste die Worte herauszwingen, „… noch am Leben ist?"

„Ich denke darüber nach."

Die Verbindung wurde unterbrochen.

Serena kauerte sich unter der Decke zusammen. Ihr war kalt, aber die Kälte hatte nichts mit der Temperatur zu tun. „Er hat meinen Vater getötet." Konnte es der Sohn des Mannes sein, der Justin vor all den Jahren angegriffen hatte? Der Hass musste sich in ihm aufgestaut haben, seit er ein kleiner Junge war. Serena fröstelte und zog sich die Decke fester um die Schultern.

Sie schloss die Augen und konzentrierte sich. Es war fast still, kein Verkehrslärm. Leises Rauschen. War das der Ozean? Oder der Wind? Wie weit außerhalb der Stadt waren sie? Würde man sie hören, wenn sie die Tasse durchs Fenster warf und schrie? Noch während sie ihre Chancen abwog, kehrte Terry zurück.

„Ich habe Ihnen ein Sandwich mitgemacht."

Er wirkte noch nervöser als zuvor. Sie musste ihn zum Reden bringen. „Bitte lassen Sie mich nicht allein." Sie packte seinen freien Arm und sah ihn flehentlich an.

„Sie werden sich besser fühlen, wenn Sie gegessen haben", murmelte er und hielt ihr das Sandwich unter die Nase. „Sie brauchen keine Angst zu haben. Ich tue Ihnen nichts, wenn Sie keine Tricks versuchen."

„Ich habe Sie gesehen", sagte sie und ging das Risiko bewusst ein. „Wie können Sie mich gehen lassen?"

„Ich habe Pläne." Rastlos ging er auf und ab. Er ist nicht groß, dachte sie, ich könnte es schaffen. „Wenn ich denen sage, wo Sie sind, bin ich längst weg. Mit zwei Millionen Dollar werde ich mir ein bequemes Versteck suchen können."

„Zwei Millionen", flüsterte sie entsetzt.

„Keine Sorge, er wird bezahlen." Terry lachte.

„Sie sagten, er hätte Ihren Vater getötet."

„Er hat ihn ermordet."

„Aber er wurde freigesprochen", protestierte sie.

„Alles nur Politik, hat meine Mutter mir erzählt. Sie haben ihn freigelassen, weil er ein armer Indianerjunge war. Sein Anwalt hat die Zeugen bestochen."

Seine Mutter musste ihn jahrelang zur Rache getrieben haben. Mit ein paar Worten von ihr war das nicht zu ändern. Hatte seine Mutter ihm auch von Justins Narbe erzählt? Oder davon, dass sein Vater betrunken gewesen und von seinem eigenen Messer getötet worden war? „Es tut mir leid", sagte sie matt.

„Jetzt bezahlt er dafür."

„Bitte, wie ist Ihr Name?", fragte sie.

„Terry."

Serena setzte sich auf. „Terry, Justin hat bestimmt die Polizei informiert. Man sucht sicher schon nach mir."

„Man wird Sie nicht finden. Ich habe diese Wohnung schon vor sechs Monaten gemietet, als Blade das Hotel eröffnet hat. Das alte Ehepaar, dem sie gehört, ist in Florida. Die beiden haben mich nicht gesehen, nur den Scheck, den ich ihnen geschickt habe."

„Terry …"

„Hören Sie, Ihnen wird nichts passieren. Zehn Stunden nach der Geldübergabe werde ich Blade wissen lassen, wo Sie sind." Er stürmte aus dem Raum, bevor sie noch mehr sagen konnte.

„Was ist das überhaupt für ein Laden, in dem ein Mann meine Tochter in einen Korb legen und mit ihr verschwinden kann?", fuhr Daniel MacGregor die kleine Gruppe in der Suite an.

„Daniel." Anna saß neben Justin auf der Couch. Ihre sanfte Ermahnung half nicht. Daniel ging fluchend ans Fenster. Sie legte ihre Hand auf Justins. „Justin …"

Kopfschüttelnd stand er auf und ging zum ersten Mal in

den sechs Stunden der Angst ins Schlafzimmer. Ihr Morgenmantel lag noch dort, wo sie ihn hingelegt hatte. Er brauchte ihn nur aufzuheben, um ihren Duft in sich aufzunehmen. Das Etui mit den Ohrclips, die er ihr geschenkt hatte, stand offen auf der Kommode. Er wusste noch, wie die Steine am Abend zuvor gefunkelt hatten – als Serena nackt auf seinem Bett kniete und die Arme nach ihm ausgestreckt hatte.

Angst und Zorn wüteten in ihm, bis seine Haut nasskalt war. Nur der Regen war zu hören. Wenige Stunden zuvor hatte Serena diesen Raum noch mit ihrem Lachen und ihrer Leidenschaft erfüllt. Dann hatte er sie verlassen. Er hatte ihr nicht gesagt, dass er sie liebte, oder ihr einen Abschiedskuss gegeben.

Hinter ihm öffnete sich die Tür. „Was ich gesagt habe, tut mir leid, Justin“, meinte Daniel leise.

„Daniel, ich liebe sie“, erwiderte er nur.

„Ja, das sehe ich.“

„Was immer er verlangt, ich werde es tun.“

Daniel nickte und streckte die Hand aus. „Komm, die Familie sollte gemeinsam warten.“

12. Kapitel

Es war dunkel, als Serena fühlte, wie sie wach gerüttelt wurde.

„Sie werden telefonieren“, erklärte Terry ihr und schaltete die Deckenbeleuchtung ein.

Sie hielt sich schützend den Arm vor die Augen.

„Er dürfte jetzt genug geschwitzt haben“, fuhr ihr Entführer fort und schloss den mitgebrachten Apparat an. „Sagen Sie ihm, Sie sind in Ordnung, mehr nicht.“ Er begann zu wählen. „Wenn er sich meldet, sagen Sie ihm, Sie sind unverletzt und bleiben das auch, wenn er bezahlt. Verstanden?“

Nickend nahm Serena den Hörer entgegen.

Justin meldete sich beim ersten Läuten. „Blade.“

Sie schloss die Augen. „Justin.“

„Serena! Bist du in Ordnung? Hat er dir etwas getan?“

„Ich bin in Ordnung, Justin. Keine Narben.“

„Wo bist du?“, begann er, doch Terry hielt ihr den Mund zu und entriss ihr den Hörer.

„Wenn Sie sie zurückwollen, bringen Sie das Geld zusammen. Zwei Millionen, kleine Scheine, unmarkiert. Ich sage Ihnen, wo Sie es deponieren sollen. Und kommen Sie allein, Blade, wenn Sie nicht wollen, dass ihr etwas passiert.“

Terry legte auf und ließ Serena los. Schluchzend vergrub sie das Gesicht im Kissen.

„Sie ist in Ordnung." Betont sorgfältig legte Justin den Hörer auf die Gabel. „Sie ist in Ordnung."

„Gott sei Dank." Anna nahm seine Hände. „Was jetzt?"

„Ich besorge das Geld und deponiere es, wo immer er will."

„Wir markieren die Scheine." Lieutenant Renicki stemmte sich aus dem Sessel. „Einer meiner Männer wird Sie bei der Übergabe observieren."

„Nein."

„Hören Sie, Mr. Blade", begann er geduldig. „Es gibt keine Garantie, dass er Miss MacGregor gehen lässt, wenn er das Geld hat. Wahrscheinlich wird er eher …"

„Nein", wiederholte Justin. „Keine Beschattung, Lieutenant."

„Na gut. Wir bauen einen Sender in die Tasche."

„Und wenn er ihn findet?", konterte Justin. „Nein. Ich will kein Risiko eingehen."

„Mrs. MacGregor." Renicki sah Anna an. „Wir wollen Ihre Tochter gesund zurück, wie Sie. Lassen Sie uns Ihnen helfen."

„Markieren Sie das Geld", sagte Caine. „Und holen Sie ihn sich, sobald Rena in Sicherheit ist. Bei Gott, ich würde ihn gern selbst anklagen", fügte er erregt hinzu.

„Dann hoffen Sie, dass er nur wegen Entführung und Erpressung, nicht wegen Mordes vor Gericht kommt", gab der Lieutenant zurück. „Hören Sie, Blade. Sie mögen uns Cops nicht, vielleicht wegen Ihrer alten Sache. Aber es wäre vernünftiger, mit der Polizei zusammenzuarbeiten als mit dem Entführer."

Nein, dachte Justin, ich traue der Polizei wirklich nicht. Er erinnerte sich an die endlosen Verhöre, während seine Wunde zu einer Narbe verheilt war. Vielleicht beging er einen Fehler. Vielleicht sollte er …

Narben. Keine Narben!

„Oh Gott“, flüsterte er. „Oh mein Gott!“

„Was ist?“ Annas Finger gruben sich in seinen Arm.

Er sah sie an. „Ein Geist“, murmelte er und schüttelte die Panik ab, bevor er sich Renicki zuwandte. „Serena hat versucht, mir etwas mitzuteilen. Sie sagte: ‚Keine Narben‘. Der Mann, den ich in Nevada getötet habe, hat mir ein Messer in den Leib gerammt. Serena kennt die Geschichte.“

Der Lieutenant eilte bereits ans Telefon. „Erinnern Sie sich an seinen Namen?“

Wie hätte er den je vergessen können? „Charles Terrance Ford“, erwiderte er. „Er hatte Frau und Sohn. Sie hat den Jungen jeden Tag mit in den Gerichtssaal gebracht.“ Er hatte jetzt fast blaue Augen. Blasse, verwirrte Augen. Übelkeit stieg in ihm auf.

„Diesmal trinkst du“, befahl Caine und drückte ihm einen Brandy in die Hand.

Justin starrte auf den Schwenker und schüttelte den Kopf. „Kaffee“, murmelte er und ging in die Küche. Caine folgte ihm und schob ihm einen Becher zu.

„Ich wusste es.“ Justin starrte auf den schwarzen Kaffee. „Ich wusste, dass jemand hinter mir her ist. Ich wusste, dass Serena in Gefahr ist, und habe sie nicht weggeschickt.“

Caine setzte sich auf einen Hocker. „Ich kenne und liebe Rena ihr ganzes Leben lang. Niemand, absolut niemand zwingt sie zu etwas.“

„Ich hätte sie nur zu begleiten brauchen.“ Justin trank, ohne zu schmecken.

„Und er wäre euch gefolgt."

Justin knallte den Becher auf den Tresen. „Ich bekomme sie zurück, Caine", sagte er mit eisiger Ruhe. „Nichts wird mich davon abhalten."

„Sein Name ist Terry Ford", verkündete Lieutenant Renicki und steuerte die Kaffeemaschine an. „Hat vor fünf Tagen einen Flug von Vegas gebucht, nach Atlantic City. Wir bekommen eine Beschreibung. Wir überprüfen sämtliche Hotels, Motels, Strandpensionen, möblierte Wohnungen. Aber ich bezweifle, dass er unter seinem Namen abgestiegen ist." Er tat Zucker in den Kaffee. „Seine Mutter hat vor drei Jahren wieder geheiratet. Wir suchen sie." Der Lieutenant nahm Caine gegenüber Platz. „Mr. Blade, wie bekommen Sie das Lösegeld zusammen?"

„Das Geld wird morgen früh um acht in meinem Büro sein."

Renickis buschige Brauen hoben und senkten sich wieder. „Keine Probleme?"

„Nein."

„Okay, sagen Sie ihm, neun Uhr. Das gibt uns etwas Zeit."

Um sechs Uhr am nächsten Morgen läutete das Telefon. Anna und Daniel schreckten aus dem Halbschlaf auf der Couch hoch. Alan zuckte im Sessel zusammen. Caine holte sich gerade einen Kaffee und blieb im Durchgang stehen. Justins Hand schoss vor. Seit Stunden starrte er den Apparat an.

„Blade."

„Haben Sie das Geld?"

„Es wird um neun Uhr hier sein."

„Zwei Blocks vom Hotel ist rechts eine Tankstelle. Seien Sie um neun Uhr fünfzehn in der Telefonzelle. Ich rufe Sie an."

Als Terry auflegte, war er so nervös, dass er fast den kleinen Tisch umgestoßen hätte. Mit den Handballen rieb er sich die geröteten Augen. Warum erregte diese Frau bloß sein Mitleid? Schließlich lebte sie mit einem Mörder zusammen. Seine Mutter würde sie als Schlampe bezeichnen, aber selbst in Pullover und Jeans verströmte diese Serena Klasse. Und gestern Abend ... Seufzend starrte er auf die Schlafzimmertür. Sie hatte so hilflos ausgesehen.

Es tat ihm leid, ihr das antun zu müssen. Aber es ging nicht anders. Bald würde er das Geld haben, und jeden Dollar davon würde er für die Rache an Justin Blade ausgeben.

Als die Tür aufging, hob Serena den Kopf. Sie setzte eine zutiefst verängstigte Miene auf und klammerte sich an ihre innere Kraft. „Bitte, mein Arm tut weh. Ich muss ihn in der Nacht verdreht haben."

„Tut mir leid." Unentschieden stand er in der Mitte des Raums. „Ich mache Ihnen Frühstück."

„Bitte", sagte sie, bevor er gehen konnte. „Mir tut vom Liegen alles weh. Könnte ich mich irgendwohin setzen?" Als er zögerte, schluchzte sie auf. „Sie sind doch viel kräftiger als ich."

„Ich nehme Sie mit in die Küche. Wenn Sie etwas versuchen, muss ich Sie wieder herbringen und knebeln."

„Bitte lassen Sie mich nur eine Weile aufstehen."

Terry schloss die Handschellen auf, packte ihren Arm und zog sie durchs Haus. Sämtliche Jalousien waren geschlossen. Wo war sie? Wo konnte sie hin, wenn sie flüchtete? Hatte er einen Wagen? Bestimmt. Wenn sie an die Schlüssel kam ...

„Setzen Sie sich", befahl er und schob sie auf einen wackligen Stuhl am Küchentisch. Dann bückte er sich und fesselte ihr Fußgelenk mit den Handschellen ans Tischbein. „Ich hole Ihnen Kaffee."

„Danke." Ihr Blick wanderte durch den Raum, auf der Suche nach einer Waffe.

„Heute Abend sind Sie hier weg", sagte Terry, während er den Kaffee eingoss, ohne sie aus den Augen zu lassen. „Er besorgt schon das Geld. Vermutlich hätte ich das Doppelte fordern können."

„Sie werden damit nicht glücklich werden."

„Er wird unglücklich sein", konterte Terry. „Das zählt."

„Terry, warum verschwenden Sie Ihr Leben? Sie müssen doch intelligent sein, sonst hätten Sie dies alles nicht planen können. Warum setzen Sie diese Intelligenz nicht sinnvoller ein? Wenn Sie mich gehen lassen, könnte ich Ihnen helfen. Meine Mutter ..."

„Ich will Ihre Hilfe nicht", presste er hervor. „Ich will Blade. Ich will, dass er vor mir kriecht."

„Justin wird nicht kriechen", entgegnete sie müde.

„Lady, ich habe ihn am Telefon gehört. Für Sie würde er in die Hölle und zurück kriechen."

„Terry ..."

„Halten Sie den Mund!", schrie er. „Meine Mutter hat als Kellnerin in einem schäbigen Schnellrestaurant geschuftet, während Blade immer reicher wurde, anstatt in einer Zelle zu verrotten. Ich habe ein Recht auf das Geld." Serena senkte den Blick. „Haben Sie Hunger?"

Sie wollte Nein sagen, doch dann würde er sie wieder ins Schlafzimmer schließen. Also nickte sie nur und überlegte angestrengt. Sie musste es riskieren. Wenn er ihr das nächste Mal die Handschellen abnahm, würde sie kämpfen. Mit etwas Glück würde sie ihn überraschen und es ins Freie schaffen. Vielleicht würde ihr jemand helfen.

Als sie wieder hochsah, hatte Terry eine schwere gusseiserne Pfanne in der Hand. Ohne groß nachzudenken, stöhnte Serena auf und glitt zu Boden.

„He!" Er ließ die Pfanne fallen und versuchte sie an den Schultern anzuheben. „Was ist? Sind Sie krank?"

„Ich fühle mich so schwach", flüsterte sie, als ihre Finger sich um den Griff der Pfanne schlossen. Sie ließ ihren Körper schlaff werden, bis sein Gesicht über ihres gebeugt war. Dann schlug sie mit aller Kraft zu. Die Pfanne traf ihn an der Schläfe, und er sackte zusammen.

Erst lag Serena reglos da, dann unterdrückte sie die Angst, ihn getötet zu haben, und wand sich unter ihm hervor. Sie tastete nach seinem Puls. „Gott sei Dank", murmelte sie, als sie ihn fand. Hastig richtete sie sich auf und wühlte in seiner Tasche nach dem Schlüssel.

Sie löste die Handschelle, stopfte sie in die Gesäßtasche und stand auf. Dann zerrte sie Terry an den Schultern durch die Küche. Als sie das Schlafzimmer erreichte, war sie schweißnass. Sie würde es nicht schaffen, ihn aufs Bett zu legen, also ließ sie ihn, wo er war, und fesselte ihn mit den Handschellen an den Bettpfosten.

Auf dem Weg zum Telefon ließ die Schwäche Serena taumeln. Sie durfte jetzt nicht ohnmächtig werden. Hastig nahm sie ab und wählte.

Als das Telefon läutete, zuckte Anna zurück und ließ den Arm sinken, den sie tröstend um Justin gelegt hatte.

Justin riss den Hörer von der Gabel. „Blade."

„Justin."

„Serena!" Er hörte, wie Anna den Atem anhielt. „Bist du in Ordnung?"

„Ja, ja, ich bin in Ordnung. Justin …"

„Bist du sicher? Wieso lässt er dich telefonieren?"

Sie zwang sich zur Geduld. „Er hat keine andere Wahl. Er ist bewusstlos an den Bettpfosten gefesselt."

Caine packte seinen Arm, aber Justin schüttelte ihn ab. „Was hast du gesagt?"

„Ich sagte, ich habe ihn bewusstlos geschlagen und an den Bettpfosten gefesselt."

Die Erleichterung war so gewaltig, dass er lachen musste. „Und ich mache mir Sorgen um dich", sagte Justin und ließ sich aufs Sofa fallen. Er starrte in vier zutiefst besorgt blickende Augenpaare. „Sie hat ihn bewusstlos geschlagen und an den Bettpfosten gefesselt."

„Eine echte MacGregor!", schrie Daniel begeistert und riss Anna in seine Arme. „Womit hat sie ihn geschlagen?"

„Ist das mein Vater?", wollte Serena wissen.

„Ja. Er fragt, womit du ihn geschlagen hast."

„Mit einer gusseisernen Pfanne." Sie merkte, dass ihre Beine zitterten, und setzte sich auf den Fußboden.

„Mit einer Pfanne", gab Justin weiter.

Daniel küsste Anna, legte den Kopf an ihre Schulter und weinte.

„Justin, könntest du mich abholen?", bat Serena. „Ich habe eine grauenhafte Nacht hinter mir."

„Wo bist du?"

„Ich weiß es nicht." Sie legte die Stirn auf die Knie und unterdrückte die Tränen, die ihr plötzlich zu kommen drohten. „Warte. Ich ziehe die Jalousien hoch und sehe nach. Rede einfach weiter."

„Deine Familie ist hier", sagte er. „Deine Mutter plant das Abendessen. Was möchtest du?"

„Einen Cheeseburger." Sie öffnete die erste Jalousie. „Einen Cheeseburger und literweise Champagner. Ich glaube, ich bin östlich der Stadt, in der Nähe des Strands. Ich sehe einige Holzhäuser. Ich war noch nie hier." Sie biss sich auf die Lippe. „Ich weiß einfach nicht, wo ich bin."

„Gib mir die Telefonnummer, Serena." Hastig schrieb er sie auf, als sie sie ablas. „Ich bin bald bei dir. Halte durch."

„Das werde ich." Das Tageslicht tat ihr irgendwie gut. „Beeil dich. Sag allen, sie sollen sich keine Sorgen machen."

„Serena, ich liebe dich."

Erneut wurden ihr die Augen feucht. „Komm her und zeig's mir", sagte sie, bevor sie auflegte.

Justin reichte Lieutenant Renicki den Zettel. „Finden Sie heraus, wo sie ist."

Der Lieutenant las die Nummer und wählte. „Mit einer Pfanne, was?" Er lachte anerkennend. „Nicht schlecht."

„Eine MacGregor", erklärte Daniel stolz und putzte sich die Nase.

„Ein kleines Strandhaus östlich der Stadt", verkündete Lieutenant Renicki wenige Minuten später und eilte zur Tür. „Kommen Sie mit?", fragte er Justin.

„Wir kommen alle mit."

Serena stand fröstelnd in der offenen Tür. Dann sah sie die

Wagenkolonne. Wie eine Prozession, dachte sie und hätte am liebsten geweint. Nein, sie wollte Justin nicht mit tränenfeuchtem Gesicht gegenübertreten. Sie straffte die Schultern.

Er hielt vor den beiden Streifenwagen, sprang hinaus und eilte zu ihr. „Serena." Er zog sie an sich, hob sie hoch. Sie vergrub das Gesicht an seinem Hals. „Bist du in Ordnung?", fragte er, doch bevor sie antworten konnte, lagen seine Lippen auf ihren.

Er zittert ja, dachte sie und presste ihn an sich. Sie legte alles an Wärme und Liebe in den Kuss. „Dir ist kalt", murmelte er. „Hier, nimm meine Jacke." Als er sie auszuziehen begann, nahm Serena sein Gesicht zwischen die Hände.

„Oh Justin", flüsterte sie und streichelte seine Sorgenfalten fort.

„Komm schon, lass mich sie ansehen." Daniel legte ihr die Hände auf die Schultern. „Du hast ihn also mit einer Bratpfanne k. o. geschlagen, kleines Mädchen?"

Sie sah seine rot geränderten Augen und küsste ihn. „Sie war gerade zur Hand. Sag bloß, du hast dir Sorgen um mich gemacht?"

„Natürlich nicht. Meine Tochter kann auf sich aufpassen. Aber deine Mutter hat sich Sorgen gemacht."

Lieutenant Renicki beobachtete, wie Serena von einem Familienmitglied zum anderen wanderte. Er nahm sich vor, Justin im Auge zu behalten, wenn Terry Ford herausgebracht wurde. „Wir brauchen Ihre Aussage, Miss MacGregor", sagte er und stellte sich unauffällig neben Justin.

„Nicht jetzt", sagte Justin.

Der Lieutenant nickte nur. „Vielleicht können Sie später aufs Revier kommen." Er spürte, wie Justin sich verkrampfte, und sah zur Tür. Zwei Uniformierte führten Terry ins Freie. „Ruhig, Mr. Blade", murmelte er. „Ihre Lady hat für heute genug durchgemacht."

Terrys Kopf fuhr hoch. Justin erinnerte sich an die Augen. Er hatte sie jeden Tag im Gerichtssaal gesehen. Er kann nicht älter als drei gewesen sein, dachte Justin. Ein Baby. Serenas Hand tastete nach seiner, als Terry über die Schulter zu ihnen zurücksah.

„Er tut mir leid", flüsterte sie. „So leid."

Justin nahm sie in die Arme. „Mir auch."

„Kommt schon, bringen wir das Mädchen nach Hause", sagte Daniel.

„Justin fährt sie." Anna nahm Daniels Arm und führte ihn zum zweiten Streifenwagen. „Der Rest von uns plant das Abendessen."

„Sie hatte nicht einmal Schuhe an den Füßen", klagte Daniel, als er in den Wagen geschoben wurde.

„Ich spendiere dir eine Zigarre, wenn du die beiden jetzt allein lässt", sagte Caine beim Einsteigen.

„Ich fahre dich nach Hause." Justin knöpfte ihr seine Jacke bis zum Hals zu.

„Lass uns an den Strand gehen." Sie legte den Arm um seine Taille. „Ich muss mich bewegen."

„Du bist barfuß."

„Genau richtig für den Strand. Du hast nicht geschlafen", sagte sie, als sie den Sand erreichten.

„Stimmt." Justin zögerte. „Ich habe ihm etwas Lebenswichtiges geraubt. Und er mir." Er blieb stehen, zog sie an sich und starrte aufs Meer hinaus. „Mich wundert, dass er eine so kleine Summe verlangt hat."

„Klein?“ Sie zog eine Augenbraue hoch. „Für die meisten sind zwei Millionen eine ganze Menge.“

„Für etwas Unbezahlbares?“ Er nahm ihr Gesicht zwischen die Hände und küsste sie. „Serena.“ Seine Lippen wanderten über ihr Gesicht und kehrten immer wieder zu ihrem Mund zurück. „Ich war nicht sicher, ob ich dich je wieder so halten würde. Ich musste immerzu daran denken, was er dir antun könnte – und ich ihm, wenn ich ihn habe.“

„Er hätte mir nicht wehgetan. Deshalb konnte ich ihm auch so leicht entkommen.“

„Nein, es war alles meine …“

„Hör auf, Justin“, unterbrach sie ihn scharf. „Du bist nicht schuld, und ich werde mir nicht anhören, wie du dir Vorwürfe machst. Was heute passiert ist, fing schon vor langer Zeit an. Jetzt ist es vorbei.“

„Irgendwie habe ich es vermisst, von dir angefaucht zu werden“, murmelte er.

„Masochist. Weißt du …“, sie schmiegte sich an ihn, „… ich hatte etwas Zeit, um über unsere Beziehung nachzudenken.“

„So?“

„Ja, ich finde, wir sollten unsere Grundregeln ändern.“

Erstaunt sah er sie an. „Ich wusste gar nicht, dass wir welche hatten.“

„Ich habe nachgedacht.“ Sie ging ans Wasser, stellte fest, dass es eisig war, und wich zurück.

„Und?“ Er nahm ihre Schultern und drehte sie zu sich um.

„Und ich finde, die momentane Situation ist nicht sehr praktisch.“

„In welcher Hinsicht?“

„Ich finde, wir sollten heiraten“, sagte sie ganz sachlich.

„Heiraten?“ Justin starrte sie an. Sie stand barfuß im kalten Sand, in einer viel zu großen Jacke, das Haar im Wind, und erklärte ihm, dass sie heiraten sollten. Noch vor einer Stunde hatte sie einen Kidnapper mit einer Pfanne k. o. geschlagen. So hatte er es sich nicht vorgestellt. Er hatte sich ausgemalt, sie selbst zu fragen, im Bett, warm und erfrischt von der Liebe. „Heiraten?“, wiederholte er.

„Ja, wie ich höre, macht man das noch. Ich bin jetzt bereit, vernünftig zu sein.“

„Das bist du.“ Er nickte und fragte sich, was sie vorhatte.

„Da es mein Vorschlag ist, regeln wir es auf deine Weise.“ Sie wühlte in der Tasche und holte eine Münze heraus.

Lachend griff Justin danach. „Serena, wirklich …“

„Oh nein, es ist meine Münze, und ich werfe sie. Kopf, wir heiraten. Zahl, wir heiraten nicht.“ Bevor er etwas sagen konnte, segelte die Münze durch die Luft. Sie fing sie auf, legte sie sich auf den Handrücken und hielt sie ihm hin. „Kopf.“

Er betrachtete die Münze. Dann steckte er die Hände in die Taschen und sah Serena in die Augen. „Sieht aus, als hätte ich verloren.“

„Sieht so aus.“ Sie ließ die Münze zurück in die Tasche gleiten.

„Wie wär’s mit drei Versuchen?“

Ihre Augen blitzten auf. „Vergiss es“, sagte sie und ging weiter. Sie schrie auf, als Justin sie auf die Arme hob. „Du willst schummeln“, begann sie, bevor er sie mit einem Kuss zum Schweigen brachte.

„Ich schummle nie", versprach er und knabberte an ihrer Lippe, während er sie zum Wagen trug. „Lass mich einen Blick auf die Münze werfen."

Sie schlang die Arme um seinen Nacken, und ihre Augen lachten in seine. „Nur über meine Leiche."

– ENDE –

Nora Roberts

Die Frauen der Calhouns: Catherine

Roman

Aus dem Amerikanischen von
M. R. Heinze

mtb

Prolog

Bar Harbor, Maine
2. Juni 1912

Ich sah ihn auf den Klippen oberhalb der Frenchman Bay. Er war groß und dunkelhaarig und jung. Selbst als ich in großer Entfernung vorbeiging, Klein-Ethans Hand in der meinen, konnte ich die trotzige Haltung seiner Schultern erkennen.

Er hielt den Pinsel, als wäre er ein Säbel, und seine Palette wie einen Schild. In der Tat erschien es mir, als würde er mit seiner Leinwand eher ein Duell ausfechten, als darauf zu malen. So tief war seine Konzentration, so schnell und wild waren die Bewegungen seines Handgelenks, dass man hätte denken können, sein Leben würde von dem abhängen, was er da erschuf.

Vielleicht glaubte er das sogar.

Ich fand es seltsam, sogar amüsant. Meine Vorstellung von Künstlern war stets eine von sanften Seelen gewesen, die Dinge sehen können, die uns gewöhnlichen Sterblichen verborgen bleiben, und die in ihrem Bemühen leiden, diese Dinge für uns sichtbar zu machen.

Und doch wusste ich, sogar bevor er sich umdrehte und mich ansah, dass ich kein sanftes Gesicht zu sehen bekommen würde. Er schien selbst das Werk eines Künstlers zu sein. Ein Bildhauer hatte ein Stück eines Eichenstamms bearbeitet und daraus eine hohe Stirn geschnitzt, dazu düster dreinblickende Augen, eine lange gerade Nase und einen vollen, sinnlichen Mund. Selbst seine schwungvoll fallenden Haare mochten aus Ebenholz gehauen worden sein.

Wie er mich anstarrte.

Selbst jetzt noch kann ich fühlen, wie mir die Hitze ins Gesicht stieg und meine Handflächen plötzlich feucht wurden.

Der Wind, süß und feucht von der See, fuhr in seine Haare und zerrte an seinem lose fallenden Hemd, das mit Farbe bespritzt und befleckt war.

Mit den Felsen und dem Himmel in seinem Rücken sah er sehr stolz aus, sehr zornig, als würde ihm dieses hoch aufragende Stück Land gehören – oder sogar die gesamte Insel –, und als wäre ich hier ein Eindringling.

Er stand da, schweigend, scheinbar eine Ewigkeit, und seine Augen blickten so eindringlich und irgendwie so wild, dass meine Zunge am Gaumen zu kleben schien.

Dann begann Klein-Ethan zu plappern und an meiner Hand zu ziehen. Der zornige Blick in den Augen des Malers wurde sanfter. Er lächelte. Ich weiß, dass ein Herz in solchen Momenten nicht stehen bleibt. Und doch …

Ich ertappte mich dabei, wie ich stammelte und mich für die Störung entschuldigte, und ich hob Ethan auf meine Arme, bevor mein kluger und neugieriger kleiner Junge zu den Felsen laufen konnte.

Er sagte: „Warten Sie!"

Dann griff er nach einem Skizzenblock und einem Stift und begann zu zeichnen, während ich reglos dastand und aus Gründen bebte, die ich nicht begreifen kann. Ethan hielt ganz still und lächelte. Irgendwie war er von dem Mann genauso fasziniert wie ich.

Ich fühlte die Sonne auf meinem Rücken und den Wind in meinem Gesicht, und ich konnte das Wasser und wilde Rosen riechen.

„Ihr Haar sollte offen fallen", sagte er, legte seinen Stift beiseite und kam auf mich zu. „Ich habe Sonnenuntergänge gemalt, die weniger dramatisch aussahen." Er streckte eine Hand aus und berührte Ethans hellrotes Haar. „Sie teilen diese Farbe mit Ihrem jüngeren Bruder."

„Mit meinem Sohn." Warum klang meine Stimme so atemlos? „Er ist mein Sohn. Ich bin Mrs. Fergus Calhoun", sagte ich, während seine Blicke mein Gesicht zu verschlingen schienen.

„Ah! The Towers." Er blickte an mir vorbei zu der Stelle, an der man die Spitzen und Türmchen unseres Sommerhauses auf der noch höheren Klippe sehen konnte. „Ich habe bereits Ihr Haus bewundert, Mrs. Calhoun."

Bevor ich antworten konnte, streckte Ethan lachend die Arme aus, und der Mann hob ihn auf. Ich konnte ihn nur anstarren, wie er dastand, seinen Rücken dem Wind zugewandt, und mein Kind mühelos festhielt.

„Ein hübscher Junge."

„Und ein energiegeladener Junge. Ich dachte, ich nehme ihn auf einen Spaziergang mit, um seiner Nanny eine Ruhepause zu verschaffen. Mit meinen beiden anderen Kindern zusammengenommen hat sie weniger Mühe als mit Klein-Ethan."

„Sie haben noch mehr Kinder?"

„Ja. Ein Mädchen, ein Jahr älter als Ethan, und ein Baby,

noch nicht ganz ein Jahr. Wir sind erst gestern für die Sommersaison eingetroffen. Wohnen Sie auf der Insel?"

„Vorübergehend. Würden Sie für mich Modell stehen, Mrs. Calhoun?"

Ich errötete, doch unter der Verlegenheit verbarg sich eine tiefe und träumerische Freude. Allerdings war ich mir bewusst, wie unschicklich es war, und ich kannte Fergus' Temperament. Also lehnte ich ab, höflich, wie ich hoffte. Er bestand nicht darauf, und ich schäme mich, eingestehen zu müssen, dass ich eine tiefe Enttäuschung verspürte. Als er mir Ethan zurückgab, richteten seine Augen sich auf die meinen – ein dunkles Schiefergrau, das mehr zu sehen schien als mein Gesicht. Vielleicht sogar mehr, als irgendjemand jemals zuvor an mir entdeckt hatte.

Er wünschte mir noch einen guten Tag, und ich wandte mich ab, um mit meinem Kind nach The Towers zurückzugehen, zurück zu meinem Heim und meinen Pflichten.

Ich wusste so sicher, als hätte ich mich umgedreht, dass er mich beobachtete, bis mich die Klippe endgültig verbarg.

Mein Herz hämmerte.

1. Kapitel

Bar Harbor, 1991

Trenton St. James III. war in schlechter Stimmung. Er war einer der Männer, die erwarteten, dass sich Türen öffneten, wenn sie klopften, dass sich jemand am Telefon meldete, wenn sie anriefen.

Was er nicht erwartete und nur höchst ungern ertrug, war eine Autopanne auf einer schmalen, zweispurigen Landstraße, zehn Meilen vor seinem Ziel.

Zumindest hatte es ihm sein Autotelefon ermöglicht, den nächsten Mechaniker aufzuspüren. Allerdings war er alles andere als begeistert darüber, dass er nach Bar Harbor in der Fahrerkabine des Abschleppwagens gelangte, während harter Rock aus den Lautsprechern dröhnte und sein Retter zwischen Bissen von einem gewaltigen Schinkensandwich falsch mitsang.

„Hank! Nennen Sie mich einfach Hank. Alles klar?" Der Fahrer nahm einen langen Schluck aus einer Limonadenflasche. „C. C. bringt Ihnen das in null Komma nichts in Ordnung. Sie finden nirgendwo in dem verdammten Maine bessere Mechaniker. Da können Sie fragen, wen Sie wollen."

Trent entschied, dass er sich unter den gegebenen Umständen auf das Wort von Nennen-Sie-mich-einfach-Hank verlassen musste. Um Zeit zu sparen, ließ er sich von dem

Fahrer im Dorf absetzen. Um sich die Mühe zu ersparen, ließ er sich den Weg zu der Werkstatt beschreiben und bekam zusätzlich eine ölverschmierte Geschäftskarte, die Trent mit spitzen Fingern an den Ecken hielt, während er sie betrachtete.

Wie in jeder Situation, in der Trent sich befand, beschloss er auch diesmal, die Lage zu seinen Gunsten auszunutzen.

Während sein Wagen versorgt wurde, erledigte er ein halbes Dutzend Anrufe mit seinem Büro daheim in Boston, wobei er einem Schwarm von Sekretärinnen, Assistenten und Vizepräsidenten eine Höllenangst einjagte.

Es versetzte ihn in eine bessere geistige Verfassung.

Das Mittagessen nahm er auf der Terrasse eines kleinen Restaurants ein, wobei er mehr Aufmerksamkeit seinen Arbeitsunterlagen widmete als dem ausgezeichneten Hummersalat oder der balsamischen Frühlingsbrise. Immer wieder blickte er auf seine Uhr, trank zu viel Kaffee und betrachtete ungeduldig den Verkehr, der auf der Straße in beiden Richtungen dahinströmte.

Zwei der Kellnerinnen, die in der Mittagsschicht ihren Dienst verrichteten, diskutierten eine ganze Weile über ihn. Es war noch früh im April, mehrere Wochen vor dem Höhepunkt der Saison, weshalb das Restaurant nicht gerade von Gästen überquoll.

Sie waren sich einig, dass dieser Gast mit den braunen Augen ein Schmuckstück war, vom Scheitel seiner dunkelblonden Haare bis zu den Spitzen seiner auf Hochglanz polierten italienischen Schuhe. Sie waren sich auch einig, dass er ein Geschäftsmann war, und zwar ein sehr wichtiger, gemessen an seinem ledernen Aktenkoffer und an seinem todschicken grauen Anzug mit Krawatte. Noch dazu hatte er Manschettenknöpfe. Goldene!

Die beiden fanden, während sie Besteck für die nächste Schicht in Servietten wickelten, dass er jung für das war, was er erreicht hatte. Nicht älter als dreißig.

Ausnehmend attraktiv, lautete ihr einstimmiges Votum, während sie abwechselnd Kaffee in seine Tasse nachschenkten, um ihn aus der Nähe genauer betrachten zu können. Markante, klare Gesichtszüge, darin waren sie sich einig, mit einer gewissen geschliffenen Ausstrahlung, die einen Hauch glatter hätte wirken können, wären da nicht seine Augen gewesen.

Sie waren dunkel und düster und ungeduldig, und sie brachten die beiden Kellnerinnen zu der Überlegung, ob ihn vielleicht eine Frau versetzt hatte. Obwohl sie sich nicht vorstellen konnten, dass irgendein weibliches Wesen, das noch seinen Verstand beisammenhatte, dies tun würde.

Trent schenkte den beiden Kellnerinnen nicht mehr Aufmerksamkeit, als er das mit allen Leuten machte, die einen Dienst gegen Bezahlung ausführten, das enttäuschte die beiden. Das fürstliche Trinkgeld allerdings, das er zurückließ, entschädigte sie jedoch. Es hätte Trent überrascht, dass das Trinkgeld den Kellnerinnen noch mehr bedeutet hätte, wäre es mit einem Lächeln übergeben worden.

Er schloss seinen Aktenkoffer, sperrte die Schlösser ab und bereitete sich auf einen schnellen, energischen Fußmarsch zu dem Mechaniker am Ende der Stadt vor. Er war kein kühler Mann, und er hätte sich selbst niemals als hochmütig eingestuft. Als ein St. James war er jedoch mit Dienern aufgewachsen, die still und tüchtig die Aufgabe in Angriff genommen hatten, ihm sein Leben einfacher zu gestalten.

Trent bezahlte gut, sogar großzügig. Wenn er keine offene Anerkennung und kein persönliches Interesse zeigte, so lag das einfach daran, dass es ihm überhaupt nicht in den Sinn kam, dass dies von ihm erwartet werden könnte.

Im Moment befassten sich seine Gedanken mit dem Vertrag, den er bis zum Wochenende abzuschließen hoffte. Hotels waren sein Geschäft, wobei der Schwerpunkt auf Luxus- und Urlaubshotels lag.

Im Sommer des letzten Jahres hatte Trents Vater einen ganz bestimmten Besitz entdeckt, während er und seine vierte Frau einen Jachtausflug in die Frenchman Bay machten. Trenton St. James II entwickelte, was Frauen anging, zwar ständig ziemlich verkehrte Instinkte, doch auf geschäftlichem Gebiet trafen seine Vorhersagen stets ins Schwarze.

Er hatte sofort mit Verhandlungen begonnen, um das gewaltige Steinhaus zu kaufen, das die Frenchman Bay überragte. Sein Appetit war durch das Zögern der Eigentümer noch angeheizt worden, die nicht verkaufen wollten. Das Gebäude war eher ein „weißer Elefant" als ein Privathaus.

Wie nicht anders zu erwarten, hatte der ältere Trenton die Dinge in seinem Sinne beeinflusst, und der Handel ging seinem Abschluss entgegen.

Dann hatte Trent das ganze Geschäft plötzlich auf seinem Schoß wiedergefunden, weil sein Vater erneut in eine komplizierte Scheidung verwickelt war.

Ehefrau Nummer vier hat beinahe achtzehn Monate ausgehalten, überlegte Trent. Immerhin zwei Monate länger als Ehefrau Nummer drei. Trent akzeptierte schicksalsergeben, dass bestimmt schon Nummer fünf um die nächste Ecke herum wartete. Der alte Herr war nach Heiraten genauso süchtig wie nach Immobilien. Trent war fest entschlossen, den Handel mit *The Towers* abzuschließen, noch bevor die Tinte auf diesem letzten Scheidungsdokument trocken war. Sobald er seinen Wagen wieder aus der Werkstatt bekam, wollte er da hinauffahren und sich die Liegenschaft ansehen.

Wegen der Jahreszeit waren viele Geschäfte geschlossen, als Trent durch die Stadt ging, aber er konnte die Möglichkeiten erkennen. Er wusste, dass während der Saison die Straßen von Bar Harbor voll waren von Touristen mit Kreditkarten und Reiseschecks, die sie jederzeit bereithielten. Er hatte die Statistiken in seinem Aktenkoffer.

Mit einer soliden Planung, so hatte er sich ausgerechnet, konnte *The Towers* sich innerhalb von fünfzehn Monaten eine dicke Scheibe von diesem Touristengeschäft abschneiden.

Er brauchte nichts anderes zu tun, als vier sentimentale Frauen und ihre Tante dazu zu überreden, das Geld einzustecken und zu verschwinden.

Er sah noch einmal auf seine Uhr, als er um die Ecke der Straße bog, die zu der Mechanikerwerkstatt führte. Trent hatte Hank präzise zwei Stunden eingeräumt, um die Panne des BMW zu beheben, ganz gleich, worum es sich handelte. Das, so war er überzeugt, reichte.

Natürlich hätte er von Boston aus das Firmenflugzeug nehmen können. Das wäre wesentlich praktischer gewesen, und was sollte Trent schon sein, wenn nicht ein praktisch denkender Mann. Doch er hatte fahren wollen.

Er hatte es sogar gebraucht, räumte er ein, diese paar Stunden Ruhe und Einsamkeit.

Das Geschäft blühte und gedieh, aber sein Privatleben ging zum Teufel.

Wer hätte schon damit gerechnet, dass Marla ihm plötzlich ein Ultimatum an die Stirn knallen könnte? Heirat oder gar nichts.

Es verblüffte ihn noch immer. Sie hatte vom Beginn ihrer Beziehung an gewusst, dass Heirat nicht infrage kam. Er hatte nicht die Absicht, eine Fahrt auf jener Achterbahn zu riskieren, die sein Vater im Leben mit Vorliebe zu benutzen schien.

Nicht dass er Marla nicht gemocht hatte. Sie war hübsch und wohlerzogen, intelligent und erfolgreich auf dem Gebiet des Modedesigns. Bei Marla lag nie ein Haar falsch, und Trent schätzte diese Art von Gewissenhaftigkeit bei einer Frau. Genau wie er ihre praktische Haltung bezüglich ihrer Beziehung geschätzt hatte.

Sie hatte versichert, keine Ehe und keine Kinder und keine Schwüre von unsterblicher Liebe zu wollen. Trent betrachtete es als persönlichen Betrug, dass sie plötzlich den Grundton geändert und alles gefordert hatte.

Er war nicht fähig gewesen, ihr zu geben, was sie verlangte.

Erst vor zwei Wochen hatten sie sich voneinander getrennt, steif und förmlich wie Fremde. Jetzt war Marla schon mit einem Golfprofi verlobt.

Das tat weh.

Doch gerade weil es wehtat, überzeugte es Trent davon, dass er die ganze Zeit Recht gehabt hatte. Frauen waren für ihn unstabile, flatterhafte Wesen, und Ehe war eine unblutige Form von Selbstmord.

Marla hatte ihn nicht einmal geliebt. Gott sei Dank. Sie

hatte lediglich „eine feste Bindung und Stabilität“ gewollt, wie sie sich ausgedrückt hatte.

Trent hatte es im Gefühl – und es bot ihm Befriedigung –, dass sie bald herausfinden würde, dass die Ehe am ungeeignetsten war, um beides oder auch nur eines davon zu finden.

Weil er wusste, dass es unproduktiv war, sich mit Fehlern aufzuhalten, erlaubte er den Gedanken an Marla, aus seinem Bewusstsein zu verschwinden. Und er beschloss, erst einmal Urlaub von den Frauen zu machen.

Trent blieb vor dem weißen Ziegelhaus mit den unterschiedlichsten Wagen auf dem Parkplatz stehen.

Auf dem Schild über den offenen Garagentoren stand „C. C.s AUTOMOVATION“. Unter dem Namen, den Trent großspurig fand, wurden ein Vierundzwanzig-Stunden-Abschleppdienst angeboten sowie sämtliche Autoreparaturen und Inspektionen, sowohl für ausländische als auch für inländische Modelle, und dazu ein kostenloser Schätzdienst.

Durch die offenen Tore hörte er Rockmusik. Trent stieß einen Seufzer aus, während er hineinging.

Die Motorhaube an seinem BMW war hochgeklappt, und unter dem Wagen lugten schmutzige Stiefel hervor. Der Mechaniker tippte die Spitzen seiner Stiefel im Takt der dröhnenden Musik zusammen.

Stirnrunzelnd schaute Trent sich innerhalb der Werkstatt um. Es roch nach Schmieröl und Flieder – eine lächerliche Kombination.

Die Werkstatt war unordentlich und bestand aus einem verdreckten Durcheinander von Werkzeugen und Autoteilen. Etwas, das aussah, als wäre es einmal eine Stoßstange gewesen, lehnte neben einer Kaffeemaschine, die ihren Inhalt – was immer er auch sein mochte – zu einem schwarzen Schlamm einkochte.

An der Wand hing ein Schild mit der Aufschrift:

SCHECKS WERDEN NICHT EINGELÖST,
NICHT EINMAL FÜR SIE!

Daneben waren mehrere andere Dienste, die von der Werkstatt angeboten wurden, nebst Preisen aufgeführt. Trent hielt die Preise für akzeptabel, aber er hatte keinen direkten Vergleich.

Zwei Münzautomaten standen an der Wand. Der eine bot Getränke an, der andere Snacks. Eine leere Kaffeedose enthielt Kleingeld, zu dem die Kunden beitragen oder an dem sie sich bedienen konnten, ganz wie sie wollten. Ein interessantes Konzept, fand Trent.

„Entschuldigen Sie“, sagte er.

Die Stiefel tippten weiter.

„Entschuldigen Sie!“, wiederholte er lauter.

Die Musik beschleunigte ihr Tempo, und die Stiefel folgten. Trent stieß gegen den einen mit seinem Schuh.

„Was?“ Die Antwort unter dem Wagen hervor klang gedämpft und verärgert.

„Ich möchte mich nur nach meinem Wagen erkundigen.“

„Stellen Sie sich in der Reihe hinten an!“ Dem Klirren von Werkzeug folgte ein gemurmelter Fluch.

Trents Augenbrauen hoben sich und zogen sich dann in einer Art und Weise zusammen, die seine Untergebenen zum Zittern brachte. „Offenbar bin ich bereits der Erste in der Reihe.“

„Im Moment sind Sie noch hinter der Ölwanne von diesem Idioten. Der Himmel bewahre mich vor reichen Yuppies, die einen Wagen wie diesen kaufen und dann nicht den Unterschied zwischen einem Vergaser und einem Bügeleisen kennen. Warten Sie einen Moment, Kumpel, oder reden Sie mit Hank! Er ist irgendwo da draußen."

Trent war noch immer ein paar Sätze weiter hinten bei „Idiot". „Wo ist der Besitzer?"

„Beschäftigt. Hank!" Die Stimme des Mechanikers steigerte sich zu einem Brüllen. „Verdammt, Hank! Wohin ist er denn verschwunden, zum Teufel noch mal?"

„Das kann ich Ihnen nicht sagen." Trent marschierte zu dem Radio und schaltete die Musik aus. „Wäre es zu viel verlangt, Sie zu bitten, von da unten hervorzukommen und mir etwas über den Zustand meines Wagens mitzuteilen?"

„Ja." Während sie unter dem BMW lag, betrachtete C. C. die italienischen Schuhe und mochte sie nicht. „Ich habe im Moment die Hände voll. Sie können hier herunterkommen und mir eine von Ihren Händen leihen, wenn Sie es so eilig haben. Oder fahren Sie doch zu McDermit in Northeast Harbor."

„Ich kann kaum fahren, wenn Sie unter meinem Wagen liegen." Obwohl die Idee einen gewissen Reiz an sich hatte.

„Das ist Ihrer?" C. C. schniefte und zog Schrauben an. Der hatte einen hochgestochenen Bostoner Akzent, der zu den hochgestochenen Schuhen passte. „Wann haben Sie das Ding hier zum letzten Mal einstellen lassen, Zündkerzen und Öl gewechselt?"

„Ich kümmere mich nicht ..."

„Ganz sicher kümmern Sie sich nicht." Eine energische Befriedigung lag in dieser heiseren Stimme, bei der Trent die Zähne zusammenbiss. „Wissen Sie, Sie kaufen nicht nur einen Wagen, sondern Sie erwerben auch eine Verantwortung. Viele Leute sacken an Jahresgehalt nicht so viel ein, wie eine solche Karre neu kostet. Bei vernünftiger Fürsorge und Unterhaltung könnte dieses Baby noch für Ihre Enkelkinder laufen. Autos sind nicht irgendwelche bequemen Gegenstände, mit denen man umspringen kann, wie man will, wissen Sie. Die Leute machen sie nur dazu, weil sie zu faul oder zu dumm sind, um sich um die grundsätzlichsten Dinge zu kümmern. Sie hätten schon vor sechs Monaten einen Ölwechsel gebraucht, Mister."

Trents Finger trommelten gegen die Seite seines Aktenkoffers. „Junger Mann, Sie werden dafür bezahlt, meinen Wagen zu versorgen, und nicht, um mir einen Vortrag über meine Verantwortung dem Wagen gegenüber zu halten." In einer Gewohnheit, die ihm so selbstverständlich war wie Atmen, blickte er auf seine Uhr. „Also, ich will wissen, wann mein Wagen fertig ist, weil ich etliche Termine habe."

„Den Vortrag gibt's gratis." Mit einem Stoß ließ C. C. das Rollbrett unter dem Wagen hervorgleiten. „Und ich bin nicht Ihr junger Mann."

Das war allerdings offensichtlich.

Obwohl das Gesicht ölverschmiert und das dunkle Haar jungenhaft kurz war, stellte sich der in einem schmutzigen Overall steckende Körper eindeutig als weiblich heraus.

Jeder kurvige Zentimeter.

Trent gingen nicht oft die Worte aus, aber nun stand er einfach da und starrte, während C. C. von dem Rollbrett aufstand, sich vor ihm aufbaute und mit einem Schraubenschlüssel gegen ihre Handfläche klopfte.

Unter der schwarzen Schmiere in ihrem Gesicht erkannte Trent, dass sie eine sehr weiße Haut als Gegensatz zu ihren schwarzen Haaren hatte. Unter ihrem Pony waren ihre dunkelgrünen Augen schmal zusammengezogen.

Ihre vollen, ungeschminkten Lippen hätte man unter anderen Umständen als einen sehr sexy wirkenden Schmollmund bezeichnen können. Sie war groß für eine Frau und wie eine Göttin gebaut.

Und Trent stellte fest, dass sie es war, die nach Motoröl und Flieder roch.

„Haben Sie ein Problem?", fragte sie ihn.

C. C. war sich wohl bewusst, dass sein Blick von dem Kragen ihres Overalls zu den Manschetten hinuntergewandert war und auch wieder zurück. Sie war daran gewöhnt. Aber sie brauchte es nicht zu mögen.

Die Stimme bekam eine völlig andere Wirkung, wenn ein Mann erkannte, dass dieser dunkle, heisere Klang zu einer Frau gehörte.

„Sie sind der Mechaniker."

„Nein, ich bin der Innendekorateur."

Trent sah sich in der Garage mit ihrem ölbefleckten Boden und den überladenen Arbeitsbänken um. Er konnte nicht widerstehen zu bemerken: „Sie haben eine sehr interessante Arbeit."

Während sie den Atem zwischen den Zähnen ausstieß, warf sie den Schraubenschlüssel auf eine Werkbank. „Ihr Öl- und Ihr Luftfilter mussten gewechselt werden. Die Zündung war falsch eingestellt, und der Vergaser musste nachreguliert werden. Sie brauchen noch einen Ölwechsel, und der Kühler sollte durchgespült werden."

„Wird er laufen?"

„Ja, er wird laufen." C.C. zog einen Lappen aus ihrer Tasche und wischte sich die Hände ab. Sie schätzte diesen Mann als den Typ ein, der mehr Sorgfalt auf seine Krawatten verwendete als auf seinen Wagen. Mit einem Achselzucken stopfte sie den Lappen wieder in ihre Tasche. Das war nicht ihre Angelegenheit. „Kommen Sie mit ins Büro, dann können wir die Sache abschließen."

Sie führte ihn durch die Tür in der Hinterwand der Werkstatt in einen schmalen Korridor, von dem ein Büro mit Glaswänden abging. Das Büro war vollgestellt mit einem überquellenden Schreibtisch, dicken Ersatzteilkatalogen, einem halb vollen Kaugummiautomaten und zwei breiten Drehstühlen.

C.C. setzte sich hinter den Schreibtisch und legte mit der unheimlichen Sicherheit von Leuten, die ihren Schreibtisch mit Papieren zu überhäufen pflegen, eine Hand zielsicher auf ihre Rechnungen.

„Bar oder Kreditkarte?", fragte sie ihn.

„Kreditkarte." Geistesabwesend zog er seine Brieftasche hervor.

Er war kein Sexist. Trent versicherte sich, dass er keiner war. Er hatte peinlichst genau dafür gesorgt, dass Frauen in seiner Firma die gleiche Bezahlung und die gleichen Aufstiegsmöglichkeiten erhielten wie die männlichen Angestellten. Es fiel ihm auch nie ein, sich den Kopf darüber zu zerbrechen, ob Mitarbeiter männlich oder weiblich waren, solange sie tüchtig, loyal und zuverlässig waren.

Doch je länger er die Frau betrachtete, die vor ihm saß und eifrig das Formular ausfüllte, desto sicherer war er, dass sie weder seiner noch irgendjemandes Vorstellung von einem Automechaniker entsprach.

„Wie lange arbeiten Sie schon hier?“ Es überraschte ihn, sich das fragen zu hören. Persönliche Fragen waren nicht sein Stil.

„Mit einigen Unterbrechungen, seit ich zwölf war.“ Die dunkelgrünen Augen waren auf ihn gerichtet. „Keine Sorge, ich weiß, was ich mache. Auf jede Arbeit, die in meiner Werkstatt ausgeführt wird, gibt es Garantie.“

„Ihre Werkstatt?“

„Meine Werkstatt.“

Sie förderte eine Rechenmaschine zutage und begann, die Endsumme mit langen, elegant geformten Fingern, die noch immer sehr ölig waren, auszurechnen.

Der Mann ärgerte sie. Vielleicht liegt es an seinen Schuhen, dachte sie. Oder an seiner Krawatte. Eine braune Krawatte hatte etwas Arrogantes an sich.

„Darauf beläuft sich der Schaden.“ C. C. drehte die Rechnung herum und ging die Liste Punkt für Punkt durch.

Trent kümmerte sich überhaupt nicht darum, was völlig untypisch für ihn war. Er war ein Mann, der jedes Wort auf jedem Papier las, das über seinen Schreibtisch wanderte. Aber er schaute sie nur an und war fasziniert.

„Irgendwelche Fragen?“ Sie sah hoch, und ihr Blick traf sich mit seinem. Sie hörte förmlich das Klicken, mit dem ihre Augen gegenseitig einrasteten.

„Sie sind C. C.?“

„Richtig.“ Sie musste sich räuspern.

Das ist albern, sagte sie sich. Er hatte ganz gewöhnliche Augen. Vielleicht ein bisschen dunkler, ein bisschen intensiver, als ihr zuerst aufgefallen war, aber trotzdem ganz gewöhnlich. Es gab keinen wie auch immer gearteten Grund, aus dem sie nicht von ihm wegsehen konnte.

Dennoch starrte sie ihn weiterhin an. Hätte sie sich in einer schwärmerischen Stimmung befunden – worin sie sich nicht befand, wie sie sich selbst versicherte –, hätte sie behauptet, dass die Luft schwerer wurde.

„Sie haben Öl an Ihrer Wange", sagte er ruhig und lächelte sie an.

Der Wandel war erstaunlich.

Von einem hochnäsigen, verärgerten Mann verwandelte er sich in einen warmherzigen und zugänglichen. Sein Mund wurde weicher, als er lächelte. Die Ungeduld schwand aus seinen Augen. Humor funkelte in ihnen, ein leichter, einladender und unwiderstehlicher Humor.

C. C. ertappte sich dabei, dass sie zurücklächelte.

„Das hängt mit der Umgebung hier zusammen." Vielleicht war ich gerade einen Hauch zu schroff, dachte sie und bemühte sich, den Fehler auszugleichen. „Sie sind aus Boston, richtig?"

„Ja. Woher wissen Sie das?"

Ihr Mund lächelte weiter, während sie die Schultern zuckte. „Bei Ihrem Kennzeichen aus Massachusetts und Ihrem Akzent war das nicht schwer zu erraten. Wir haben viele Leute aus Boston hier auf der Insel. Machen Sie bei uns einen längeren Urlaub?"

„Geschäfte." Trent versuchte, sich an das letzte Mal zu erinnern, dass er sich einen Urlaub gegönnt hatte, und konnte es nicht mehr genau festlegen. Zwei Jahre? fragte er sich. Oder drei?

C.C. zog ein Klemmbrett unter einem Stapel Kataloge hervor und überflog den Terminkalender für den nächsten Tag. „Wenn Sie eine Weile in der Gegend bleiben, könnten wir morgen diesen Ölwechsel einschieben."

„Ich werde es mir merken. Wohnen Sie auf der Insel?"

„Ja, schon mein ganzes Leben." Der Stuhl knarrte, als sie ihre langen Beine zum Indianersitz anzog. „Waren Sie schon einmal in Bar Harbor?"

„Als Junge verbrachte ich ein paar Wochenenden hier mit meiner Mutter." Das ist schon ein ganzes Leben her, dachte er. „Vielleicht könnten Sie mir ein paar Restaurants und interessante Orte empfehlen. Möglicherweise kann ich etwas freie Zeit einschieben."

„Sie sollten den Park nicht verpassen." C.C. fischte einen Notizzettel hervor und begann zu schreiben. „Sie können eigentlich gar nicht schiefliegen, wenn es um Meeresfrüchte geht, und es ist noch zeitig genug in der Saison, dass Sie keine Probleme mit Menschenmengen und Warteschlangen haben sollten." Sie hielt ihm das Blatt entgegen, das er faltete und in seine Brusttasche steckte.

„Danke. Wenn Sie heute Abend freihaben, könnten Sie mir vielleicht helfen, hier am Ort Meeresfrüchte zu kosten. Dabei könnten wir über meinen Vergaser sprechen."

Verwirrt und geschmeichelt griff sie nach der Kreditkarte, die er ihr entgegenstreckte. Sie wollte schon seiner Einladung zustimmen, als sie den Namen las, der auf der Karte eingeprägt war.

„Trenton St. James III."

„Trent“, bemerkte er leichthin und lächelte wieder.

Das passt, dachte C.C., oh, und wie das passt. Toller Wagen, toller Anzug, tolle Manieren. Ich hätte es sofort merken müssen. Ich hätte es förmlich riechen müssen. Innerlich siedend drückte sie die Karte auf das Formular. „Hier unterschreiben!“

Trent zog einen schlanken goldenen Federhalter aus der Tasche hervor und unterschrieb, während sie aufstand und steifbeinig zu dem Schlüsselbrett ging, um seine Autoschlüssel zu holen.

Er sah zu ihr hin, als sie ihm gerade die Schlüssel zuwarf. Sie nach ihm warf, wäre genauer gewesen. Er konnte sie eben noch abfangen, bevor sie sein Gesicht trafen. Er ließ sie leicht in seiner Hand klingeln, während C. C. dastand, die Hände in die Hüften gestützt, das Gesicht dunkel vor Wut.

„Ein einfaches Nein hätte doch auch gereicht, finden Sie nicht?“

„Männer wie Sie verstehen kein einfaches Nein.“ C.C. wandte sich der Glaswand zu und wirbelte dann wieder zurück. „Hätte ich gewusst, wer Sie sind, hätte ich Löcher in Ihren verdammten Auspuff gebohrt.“

Langsam schob Trent die Schlüssel in seine Tasche. Sein Temperament war allgemein bekannt. Es konnte hitzig sein, das wäre leichter zu ertragen gewesen. Es konnte aber auch eisig sein.

Während er dastand, breitete sich das Eis in ihm aus, ließ seine Augen förmlich gefrieren, machte seinen Mund schmal und überzog seine Stimme. „Würden Sie mir vielleicht Ihr Verhalten erklären?“

Sie kam auf ihn zu, bis sie Zehe an Zehe und Auge in Auge

standen. „Ich bin Catherine Colleen Calhoun. Und ich will, dass Sie Ihre gierigen Hände von meinem Haus lassen!"

Trent sagte einen Moment gar nichts, während er seine Gedanken neu ordnete.

Catherine Calhoun, eine der vier Schwestern, denen *The Towers* gehörte, und zwar eine, die offenbar sehr starke Empfindungen bezüglich des Verkaufs hegte. Da er sich um alle vier Schwestern herummanövrieren musste, konnte er gleich hier beginnen.

„Es ist mir ein Vergnügen, Miss Calhoun."

„Mir nicht." Sie riss seine Kopie der Kreditkartenquittung ab. „Schwingen Sie Ihr Hinterteil wieder in Ihren miesen BMW, und hauen Sie nach Boston ab!"

„Eine faszinierende Ausdrucksweise." Während er sie unverwandt betrachtete, faltete Trent das Blatt zusammen und schob es in die Tasche. „Sie sind allerdings nicht die einzige Partei, die in dieser Angelegenheit gehört wird."

„Sie werden mein Haus nicht in eines Ihrer polierten Hotels für gelangweilte Debütantinnen und falsche italienische Grafen verwandeln."

Darüber hätte er um ein Haar gelächelt. „Sie haben schon in einem der St.-James-Hotels gewohnt?"

„Das brauche ich nicht. Ich weiß schon, wie die sind. Marmoreingangshallen, Glasaufzüge, achtzehn Fuß hohe Lüster und Springbrunnen, die überall herumsprudeln."

„Haben Sie etwas gegen Springbrunnen?"

„Ich will keinen in meinem Wohnzimmer. Warum marschieren Sie nicht los und nehmen ein paar Witwen und Waisenkindern ihr Zuhause weg und lassen uns dafür in Ruhe?"

„Unglücklicherweise stehen in dieser Woche keine Witwen und Waisen auf meinem Terminkalender." Er hob eine Hand, als sie zu fauchen begann. „Miss Calhoun, ich bin hierher auf Bitten einer Ihrer Verwandten gekommen. Wie immer Ihre persönlichen Gefühle auch aussehen mögen, es gibt noch drei andere Eigentümerinnen von *The Towers*. Ich habe nicht die Absicht, abzureisen, bevor ich mit ihnen gesprochen habe."

„Sie können sprechen, bis Ihre Lungen platzen, aber ... Was für eine Verwandte?"

„Mrs. Cordelia Calhoun McPike."

C. C.s Gesichtsfarbe veränderte sich ein wenig, aber sie wich nicht, noch wankte sie. „Ich glaube Ihnen nicht."

Trent setzte seinen Aktenkoffer auf den Papierhaufen auf ihrem Schreibtisch und stellte die Kombination ein. Aus einem seiner säuberlich gehefteten Ordner zog er einen auf schwerem elfenbeinfarbenen Papier geschriebenen Brief.

C. C.s Herz setzte einen Moment aus. Sie riss ihm den Brief aus der Hand und las ihn.

Lieber Mr. St. James,

die Calhoun-Frauen haben Ihr Angebot bezüglich The Towers in Betracht gezogen. Da dies eine vielschichtige Situation ist, finden wir, dass es im Interesse aller wäre, die Bedingungen von Angesicht zu Angesicht zu diskutieren, anstatt brieflich miteinander zu verkehren.

Als Repräsentanten Ihrer Firma möchte ich Sie für ein paar Tage nach The Towers einladen. (C. C. gab ein ersticktes Stöhnen von sich.) *Ich glaube, dass diese per-*

sönliche Beziehung von gegenseitigem Nutzen sein wird. Sicherlich werden Sie mir zustimmen, dass eine etwas zwanglosere Besichtigung des Objekts Ihres Interesses ein Vorteil ist.

Bitte setzen Sie sich mit mir in The Towers in Verbindung, wenn Sie diesem Arrangement gewogen sind.

Allerherzlichst, Ihre
Cordelia Calhoun McPike

C. C. las den Brief zähneknirschend zwei Mal durch. Sie hätte ihn zusammengeknüllt, hätte Trent ihn nicht gerettet und in seinen Aktenordner zurückgeschoben.

„Ich nehme an, Sie wurden über dieses Arrangement nicht in Kenntnis gesetzt?"

„In Kenntnis gesetzt? Verdammt richtig, dass ich nicht in Kenntnis gesetzt wurde. Diese listige alte … Oh, Tante Coco, ich bringe dich um!"

„Ich nehme an, Mrs. McPike und Tante Coco sind ein und dieselbe Person."

„An manchen Tagen ist das schwer zu sagen." C. C. wandte sich wieder ihm zu. „Aber so oder so, beide sind jetzt schon so gut wie tot."

„Ich möchte der familiären Bluttat ausweichen, wenn Sie nichts dagegen haben."

C. C. steckte ihre Hände in die Taschen ihres Overalls und starrte ihn wütend an. „Wenn Sie in *The Towers* bleiben wollen, werden Sie bis zum Hals drinstecken."

Er nickte lächelnd. „Dann nehme ich das Risiko auf mich."

2. Kapitel

Tante Coco war eifrig damit beschäftigt, Treibhausrosen in jenen zwei übrig gebliebenen Dresdner Vasen zu arrangieren, die erst noch verkauft werden sollten. Sie summte einen aktuellen Rockhit während der Arbeit, wobei sie gelegentlich ein rasches „Bummbumm-bumm!“, oder „Ta-ti-da!“, hinzufügte.

Wie die anderen Calhoun-Frauen war sie groß, und ihre Gestalt, die im letzten Jahrzehnt nur ein wenig an Fülle zugenommen hatte, betrachtete sie am liebsten als majestätisch.

Sie hatte sich für den Anlass sorgfältig gekleidet und frisiert. Ihre kurzen, flauschigen Haare waren diese Woche rot gefärbt und gefielen ihr ungemein.

Eitelkeit war nach Cocos Einschätzung weder eine Sünde, noch ein Charakterfehler, sondern die geheiligte Pflicht einer Frau.

Ihr Gesicht, das Gott sei Dank noch von der Schönheitsoperation vor sechs Jahren bestens erhalten war, war peinlichst genau geschminkt. Ihre besten Perlen baumelten an ihren Ohren und schmiegten sich um ihren Hals.

Mit einem raschen Blick in den Spiegel in der Eingangshalle entschied Coco, dass der schwarze Hosenanzug sowohl dramatisch als auch schlank wirkte. Die hochhackigen Pumps ohne Fersenteil klapperten beeindruckend auf dem Fußboden aus Kastanienholz und brachten sie nahezu auf eine Größe von einsachtzig.

Sie war eine imposante und – ja – eine majestätische Gestalt, als sie von Raum zu Raum hastete und jedes Detail überprüfte und zurechtrückte. Ihre Mädchen mochten unter Umständen ein ganz klein wenig böse auf sie sein, weil sie einen Gast eingeladen hatte, ohne es zu erwähnen. Doch sie konnte sich jederzeit auf Zerstreutheit herausreden.

Was sie tat, wann immer es ihr passte.

Coco war die jüngere Schwester von Judson Calhoun, der Deliah Brady geheiratet und vier Mädchen in die Welt gesetzt hatte. Judson und Deliah, die Coco aufrichtig geliebt hatte, waren vor fünfzehn Jahren ums Leben gekommen, als ihr Privatflugzeug über dem Atlantik abstürzte.

Seit damals hatte sie ihr Bestes getan, um Vater und Mutter und Freundin für ihre hübschen kleinen Waisenkinder zu sein. Selbst seit fast zwanzig Jahren Witwe, war Coco eine sagenhafte Frau mit einem scharfen Verstand und einem Herz so weich wie Marshmallow-Creme.

Sie war fest entschlossen, das Allerbeste für ihre Mädchen zu bekommen, ob sie es wollten oder nicht. In Trenton St. James' Interesse an *The Towers* sah sie eine Möglichkeit.

Es interessierte sie nicht im Geringsten, ob er diese weitläufige Festung von einem Haus kaufte. Obwohl Gott allein wusste, wie lange sie es überhaupt noch halten konnten angesichts der Steuern und Rechnungen für Reparaturen und Heizung. Was sie anging, konnte Trenton St. James III. das Haus kaufen oder auch nicht. Aber sie hatte einen Plan.

Er sollte sich Hals über Bankkonto in eines der Mädchen verlieben. Sie wusste noch nicht, in welches. Sie hatte es mit ihrer Kristallkugel versucht, jedoch keinen Namen darin lesen können.

Aber sie wusste es. Sie hatte es von dem Moment an gewusst, als der erste Brief gekommen war. Der Junge sollte einen ihrer kleinen Lieblinge in ein Leben voll Liebe und Luxus entführen.

Sie wollte verdammt sein, wenn keines der Mädchen das eine ohne das andere bekam.

Mit einem Seufzer richtete sie die elegante Kerze in ihrem Lalique-Halter. Sie hatte den Mädchen Liebe geben können, aber der Luxus …

Wären Judson und Deliah am Leben geblieben, wäre alles anders gelaufen. Ganz sicher hätte Judson sich aus den finanziellen Schwierigkeiten herausgezogen, an denen er litt. Bei seiner Klugheit und Deliahs Schwung wäre das nur eine vorübergehende Angelegenheit gewesen.

Doch sie waren nicht am Leben geblieben, und Geld war zu einem wachsenden Problem geworden. Wie sie es hasste, das Erbe der Mädchen Stück für Stück verkaufen zu müssen, um das allmählich einstürzende Dach über ihren Köpfen zu retten, jenes Dach, das sie alle so liebten.

Trenton St. James III. sollte das alles ändern, indem er sich ganz wahnsinnig in eines ihrer süßen Babys verliebte.

Vielleicht ist es Suzanna, dachte Coco, während sie die Kissen auf dem Sofa aufschüttelte. Die arme liebe Kleine, deren Herz von dem wertlosen Schurken gebrochen worden war, den sie geheiratet hatte.

Cocos Lippen wurden schmal. Wenn sie sich vorstellte, dass er sie alle dermaßen zum Narren gehalten hatte, sogar sie selbst. Er hatte ihrem Baby erst das Leben zur Hölle gemacht und sich dann von ihr scheiden lassen, um dieses Busenwunder zu heiraten.

Coco stieß angewidert den Atem aus und schoss einen Blick zu den Sprüngen in der Zimmerdecke. Sie musste sich davon überzeugen, dass Trenton als Vater für Suzannas zwei Kinder passte. Falls nicht …

Da war immer noch Lilah, ihr zauberhafter Freigeist. Ihre Lilah brauchte jemanden, der ihren lebhaften Verstand und ihre exzentrische Art zu schätzen wusste. Jemanden, der sie versorgte und gesetzt machte. Nur ein wenig. Coco wollte niemanden tolerieren, der versuchte, die mystische Neigung ihres kleinen Mädchens zu unterdrücken.

Vielleicht würde es Amanda sein. Coco zerrte an einem Vorhang, bis er ein Mäuseloch verdeckte. Also, das wäre ein Paar. Der erfolgreiche Geschäftsmann und die erfolgreiche Geschäftsfrau, die gemeinsam alles am Laufen hielten. Aber er musste auch eine sanftere Seite haben, eine, die erkannte, dass Mandy zärtlich geliebt und nicht nur respektiert werden musste. Auch wenn sie selbst das nicht erkannte.

Mit einem zufriedenen Seufzer wechselte Coco von dem Salon ins Wohnzimmer, vom Wohnzimmer in die Bibliothek, von der Bibliothek ins Arbeitszimmer.

Dann war da noch C. C. Kopfschüttelnd rückte Coco ein Gemälde so zurecht, dass es fast die Stockflecken auf der alten Seidentapete verbarg. Dieses Kind hatte die Sturheit der Calhouns gleich haufenweise geerbt. Man stelle sich vor, ein hübsches Mädchen, das sein Leben verschwendete, indem es an Motoren und Benzinpumpen herumspielte. Ein Schmierölaffe. Gott bewahre!

Es war mehr als zweifelhaft, dass ein Mann wie Trenton St. James III. sich für eine Frau interessieren könnte, die ihre ganze Zeit unter einem Auto zubrachte.

Andererseits war C. C. mit ihren dreiundzwanzig Jahren ohnehin das Baby in der Familie. Coco fand, dass sie genug Zeit hatte, für ihr kleines Mädchen den perfekten Gatten zu finden.

Die Bühne ist vorbereitet, fand sie. Und bald wird Mr. St. James im ersten Akt auftreten.

Die Eingangstür krachte zu. Coco zuckte zusammen, wusste sie doch, dass bei diesen Vibrationen Bilder an den Wänden verrutschten und Geschirr auf den Tischen tanzte.

Sie suchte sich ihren Weg durch die zahlreichen Räume und rückte überall unterwegs etwas zurecht.

„Tante Coco!"

Coco hob automatisch ihre rechte Hand und klopfte sich gegen die Brust. Sie erkannte nicht nur C. C.s Stimme, sondern auch die Wut darin. Was könnte denn geschehen sein, dass sich das Mädchen so aufregt? fragte sie sich, während sie ihr schönstes mitfühlendes Lächeln aufsetzte.

„Komme schon, Liebste! Ich habe dich erst in ein paar Stunden zu Hause erwartet. Das ist ja eine so angenehme …"

Ihre Stimme erstarb, als sie ihre Nichte vor sich sah, kampfbereit in einer zerrissenen Jeans und einem T-Shirt, Ölspuren im Gesicht und an den Händen, die sie zu Fäusten geballt und in ihre Hüften gestemmt hatte.

Und dann sah sie den Mann hinter ihr – den Mann, in dem Coco ihren zukünftigen Schwiegerneffen erkannte.

„… angenehme Überraschung", beendete Coco ihren Satz und setzte rasch wieder ihr Lächeln auf. „Mr. St. James, wie zauberhaft!" Mit ausgestrecktem Arm ging sie auf ihn zu. „Ich bin Mrs. McPike."

„Angenehm."

„Ich freue mich, Sie endlich kennenzulernen, und hoffe, Sie hatten eine gute Anreise."

„Eine interessante, alles in allem."

„Das ist noch besser als gut." Sie tätschelte seine Hand, ehe sie sie losließ. Sein ruhiger Blick und seine wohlklingende Stimme gefielen ihr auf Anhieb. „Bitte, treten Sie näher. Ich finde, man sollte alles stets gleich so beginnen, wie man es weiterzuführen gedenkt. Deshalb sollten Sie sich hier sofort wie zu Hause fühlen. Ich mache uns allen etwas Tee."

„Tante Coco", warf C. C. mit leiser Stimme ein.

„Ja, Liebling, möchtest du lieber etwas anderes haben als Tee?"

„Ich möchte eine Erklärung haben, und ich will sie auf der Stelle!" Cocos Herz hämmerte ein wenig, aber sie schenkte ihrer Nichte ein offenes, leicht neugieriges Lächeln. „Eine Erklärung? Wofür denn?"

„Zum Teufel, ich möchte wissen, was er hier macht!"

„Catherine, also wirklich!" Coco schnalzte missbilligend mit der Zunge. „Deine Manieren! Einer deiner wenigen Fehler. Kommen Sie, Mr. St. James. Oder darf ich Sie Trenton nennen? Sie müssen ein wenig mitgenommen sein nach der Fahrt. Warum gehen wir nicht alle in den Salon und setzen uns?" Sie schob ihn weiter, während sie sprach. „Wundervolles Wetter für eine Autofahrt, finden Sie nicht?"

„Halt!" C. C. bewegte sich blitzschnell und pflanzte sich vor den beiden auf. „Halt! Du wirst ihn nicht in den Salon verfrachten mit Tee und Geplauder. Ich will wissen, warum du ihn hierher eingeladen hast."

„C. C." Coco stieß einen leidvollen Seufzer aus. „Geschäfte sind angenehmer und erfolgreicher für alle Beteiligten, wenn man sie in persona führt und in einer entspannten Atmosphäre. Würden Sie mir darin nicht zustimmen, Trenton?"

„Ja." Es überraschte ihn, dass er ein Grinsen unterdrücken musste. „Darin würde ich Ihnen zustimmen."

„Na bitte!"

„Keinen Schritt weiter!" C. C. breitete die Arme aus. „Wir haben einem Verkauf noch nicht zugestimmt."

„Natürlich nicht", sagte Coco geduldig. „Deshalb ist Trenton doch hier. So können wir alle Chancen und Möglichkeiten durchdiskutieren. Du solltest nach oben gehen und dich gründlich waschen, C. C., bevor es Tee gibt. Du hast Maschinenfett im Gesicht, oder was immer das ist."

C. C. rieb sich mit der Hand über die Flecken. „Warum ist mir nicht gesagt worden, dass er kommt?"

Coco blinzelte und versuchte, ihren Augen einen leicht verschwommenen Ausdruck zu verleihen. „Gesagt? Aber natürlich ist es dir gesagt worden. Ich hätte doch nie einen Gast eingeladen, ohne euch alle vorher zu verständigen."

Mit rebellischer Miene hielt C. C. ihren Posten. „Du hast mir nichts gesagt."

„Also, C. C., ich …" Coco schürzte die Lippen. Sie wusste – da sie es vor dem Spiegel geübt hatte –, dass sie dadurch verwirrt wirkte. „Habe ich nicht? Bist du sicher? Ich hätte geschworen, ich hätte es dir und den Mädchen in der Sekunde erzählt, als ich Mr. St. James' Zusage erhalten habe."

„Nein", stieß C. C. hervor.

„Ach, du meine Güte!" Coco hob ihre Hände an ihre Wangen. „Ach, wie schrecklich! Nein, wirklich! Ich muss mich bei dir entschuldigen. Was für ein schauderhaftes Durcheinander. Und alles meine Schuld. C.C., kannst du mir verzeihen? Immerhin ist es doch dein Haus und das deiner Schwestern. Ich würde niemals deiner gutmütigen Natur und deiner Gastfreundschaft vorgreifen, indem ich …"

Noch bevor Cocos Stimme erneut verstummte, hatten schon die Schuldgefühle ihre Wirkung getan. „Es ist dein Haus genau wie das unsere, Tante Coco. Du weißt das. Es ist ja nicht so, als müsstest du um Erlaubnis bitten, jemanden einladen zu können. Ich finde nur, wir hätten eigentlich …"

„Nein, nein, das ist unentschuldbar!" Coco hatte oft genug geblinzelt, dass ihre Augen nun hübsch feucht schimmerten. „Wirklich, das ist es. Ich weiß gar nicht, was ich sagen soll. Ich fühle mich schrecklich wegen dieser ganzen Angelegenheit. Ich wollte doch nur helfen, verstehst du, aber ich habe wohl …"

„Es gibt nichts, worüber du dir Sorgen machen müsstest." C.C. griff nach der Hand ihrer Tante. „Absolut nichts. Es war anfangs nur ein wenig verwirrend. Hör mal, ich mache den Tee, und du kannst mit ihm in den Salon gehen."

„Das ist nett von dir, Liebes."

C.C. murmelte etwas Unverständliches, während sie durch den Korridor ging.

„Gratuliere", sagte Trent leise und warf Coco einen amüsierten Blick zu. „Das war eine der glattesten Kehrtwendungen, die ich jemals miterlebt habe." Coco strahlte und hakte sich bei ihm unter. „Danke. Gehen wir doch in den Salon. Dort können wir ein nettes Schwätzchen halten." Sie steuerte ihn zu einem Ohrensessel am Kamin, da sie wusste, dass die Sprungfedern des Sofas nur noch in ihrer Erinnerung existierten. „Ich muss mich für C. C. entschuldigen. Sie hat ein sehr aufbrausendes Wesen, aber ein wundervolles Herz."

Trent neigte seinen Kopf. „Ich verlasse mich in dieser Hinsicht auf Ihr Wort", sagte er dann.

„Nun, Sie sind hier, und nur darauf kommt es an." Mit sich selbst zufrieden, setzte Coco sich ihm gegenüber. „Ich weiß, dass Sie *The Towers* und seine Geschichte faszinierend finden werden."

Er lächelte und fand bereits jetzt die Bewohner des Hauses faszinierend.

„Mein Großvater." Sie deutete auf das Porträt eines finster dreinblickenden Mannes mit dünnen Lippen über dem verzierten Kaminsims aus Kirschholz. „Er ließ dieses Haus im Jahre 1904 erbauen."

Trent blickte zu den missbilligenden Augen und den finster zusammengezogenen Brauen hoch. „Er sieht beeindruckend aus", bemerkte er höflich.

Coco stieß ein fröhliches Lachen aus. „O ja, in der Tat. Und unbarmherzig durch und durch, wie man mir gesagt hat. Ich erinnere mich an Fergus Calhoun nur noch als tatterigen alten Mann, der sich sogar mit seinem Schatten stritt. 1945 brachten sie ihn endgültig in eine Anstalt, nachdem er versucht hatte, den Butler zu erschießen. Nur, weil der einen schlechten Portwein serviert hatte. Er war ziemlich verrückt – Großvater", erklärte sie. „Nicht der Butler."

„Ich verstehe."

„Er lebte noch zwölf Jahre im Heim, wurde weit über achtzig. Die Calhouns haben entweder ein langes Leben oder sterben tragisch jung.“ Sie schlug ihre langen, kräftigen Beine übereinander. „Ich habe Ihren Vater gekannt.“

„Meinen Vater?“, wiederholte Trent erstaunt.

„Ja, allerdings. Nicht besonders gut. Wir besuchten in unserer Jugend ein paar Mal dieselben Partys. Ich erinnere mich daran, dass ich einmal mit ihm auf einem Ball in Newport tanzte. Er war umwerfend attraktiv und äußerst charmant. Ich war ihm restlos verfallen.“ Sie lächelte. „Sie sehen ihm sehr ähnlich.“

„Er muss mit seinen Gedanken ganz woanders gewesen sein, wenn er zuließ, dass Sie ihm durch die Finger schlüpften.“

Pures feminines Entzücken leuchtete in ihren Augen. „Sie haben absolut recht“, sagte sie lachend. „Wie geht es Trenton denn heute?“

„Ich bin überzeugt, hätte er die Verbindung zu damals hergestellt, wäre dieses Geschäft nicht mir übertragen worden.“

Coco hob eine Augenbraue. Als eine Frau, die nahezu fanatisch die Gesellschafts- und Klatschseiten verfolgte, war sie sich wohl der gegenwärtigen hässlichen Scheidung von St. James senior bewusst. „Die letzte Ehe hat nicht gehalten?“

Es war wohl kaum ein Geheimnis, versetzte Trent aber dennoch in Unbehagen. „Nein. Soll ich ihn von Ihnen grüßen, wenn ich ihn spreche?“

„Bitte, tun Sie das.“ Ein wunder Punkt, stellte sie fest und ging leicht darüber hinweg. „Wie sind Sie denn auf C.C. gestoßen?“

Durch Schicksal, dachte er und hätte es beinahe ausgesprochen. „Ich benötigte ihre Dienste – oder besser: mein Wagen benötigte sie. Ich habe nicht sofort die Verbindung zwischen C. C.s Automovations und Catherine Calhoun hergestellt."

„Wer könnte Ihnen daraus schon einen Vorwurf machen?", meinte Coco und wedelte mit der Hand. „Ich hoffe, sie war nicht zu – äh – aggressiv."

„Ich bin noch am Leben und kann darüber sprechen. Offensichtlich ist Ihre Nichte nicht gewillt, das Haus zu verkaufen."

„Das stimmt." C. C. rollte einen Servierwagen herein, steuerte ihn wie ein Gokart durch den Raum und bremste ihn klirrend und klappernd zwischen den beiden Sesseln. „Und es ist schon mehr nötig als ein aalglatter Manipulierer aus Boston, um mich zu überreden."

„Catherine, es gibt keine Entschuldigung für Unhöflichkeit."

„Das ist schon in Ordnung." Trent lehnte sich zurück. „Ich gewöhne mich allmählich daran. Sind alle Ihre Nichten so aggressiv, Mrs. McPike?"

„Nennen Sie mich bitte Coco", sagte sie. „Es sind alles reizende Frauen." Als sie die Teekanne anhob, warf sie C. C. einen warnenden Blick zu. „Hast du keine Arbeit, Liebste?"

„Die kann warten", lautete die schnippische Antwort.

„Aber du hast nur Tassen für zwei gebracht."

„Ich will nichts." Sie ließ sich auf die Armlehne des Sofas fallen und verschränkte die Arme vor der Brust.

„Nun denn. Sahne oder Zitrone, Trenton?"

„Zitrone, bitte."

Eines ihrer langen, in Stiefeln steckenden Beine hin und her schwingend, beobachtete C. C. die beiden, wie sie Tee schlürften und harmlos plauderten. Sinnloses Geplapper, dachte sie giftig. Er war so richtig der Typ Mann, der von den Windeln an darauf trainiert worden war, in einem Salon zu sitzen und über nichts zu diskutieren.

Squash, Polo, vielleicht eine Runde Golf. Wahrscheinlich hatte er Hände wie ein Baby. Und unter seinem maßgeschneiderten Anzug war sein Körper garantiert weich und empfindlich.

Männer wie er arbeiteten nicht, schwitzten nicht, fühlten nicht. Er saß den ganzen Tag hinter seinem Schreibtisch, kaufte und verkaufte und verschwendete keinen einzigen Gedanken an die Leben der Menschen, die er berührte. Oder an die Träume und Hoffnungen, die er schuf oder zerstörte.

In ihre Träume und Hoffnungen sollte er jedenfalls nicht seine Finger stecken. Er sollte nicht diese viel geliebten und eingerissenen Verputzwände mit Gipsplatten und Farbe zukleben. Er sollte nicht den zugigen alten Ballsaal in einen Nightclub umwandeln. Er sollte nicht einen Zentimeter ihrer wurmstichigen Dielenbretter antasten.

Darauf wollte sie achten. Und auf ihn wollte sie um jeden Preis achten.

Das ist vielleicht eine Situation, dachte Trent. Er hielt mit Cocos Teegeplauder Schritt, während die Amazonenkönigin, wie er C.C. insgeheim nannte, auf einem durchhängenden Sofa saß, einen verkratzten Stiefel hin und her schwang und Blicke wie Dolche auf ihn abschoss.

Normalerweise hätte er sich höflich entschuldigt, wäre nach Boston zurückgefahren und hätte die ganze Sache Maklern übergeben, aber er hatte es schon lange nicht mehr mit einer echten Herausforderung zu tun gehabt. Dies hier, fand er, konnte genau das sein, was er brauchte, um wieder Tritt zu fassen.

Das Haus an sich war ein Wunderwerk – ein zerkrümelndes. Von außen sah es aus wie eine Kombination aus englischem Herrenhaus und Draculas Schloss. Türme und Türmchen aus düsterem grauen Stein ragten in den Himmel. Wasserspeier, von denen einer enthauptet worden war, grinsten bösartig, während sie sich an Steinbrüstungen klammerten.

Das alles schien auf einem ordentlichen zweigeschossigen Haus aus Granit mit hübschen Veranden und Terrassen zu hocken. Entlang der zum Meer gewandten Mauer war eine Pergola errichtet. Bei dem flüchtigen Blick, den Trent in den Garten geworfen hatte, war ihm ein römisches Badehaus eingefallen, aus Gründen, die er nicht erkennen konnte. Da der Garten uneben und auf unterschiedlichen Niveaus angelegt war, hatte man Granitmauern zum Terrassieren eingesetzt.

Es hätte hässlich sein sollen.

Trent dachte sogar, es hätte scheußlich sein sollen. Und doch war es das nicht. Es war auf verblüffende Weise entzückend.

Wie das Fensterglas in der Sonne funkelte, gleichsam wie das Wasser eines Sees. Wie Beete mit Frühlingsblumen angelegt waren, wie die Blumen im Wind nickten.

Efeu raschelte, während er sich geduldig über diese Granitmauern höher schob.

Nicht einmal für einen Mann mit einem nüchternen Verstand war es schwierig, sich die Tee- und Gartenpartys vorzustellen, die Frauen, die in Organdykleidern und Sonnenhüten über den Rasen schwebten, während Harfen und Geigen spielten.

Dann war da noch der Fernblick, der ihm sogar auf dem

kurzen Weg von seinem Wagen zur Eingangstür für einen Moment den Atem geraubt hatte.

Trent konnte verstehen, warum sein Vater dieses Anwesen haben wollte, und er war bereit, die Hunderttausende Dollar zu investieren, die eine Renovierung verschlingen würde …

„Noch etwas Tee, Trenton?“, fragte Coco.

„Nein, danke.“ Er schenkte ihr ein charmantes Lächeln. „Ob ich vielleicht einen Rundgang durch das Haus machen könnte? Was ich bisher gesehen habe, war wirklich faszinierend.“

C.C. gab ein Schnauben von sich, von dem Coco so tat, als hätte sie es nicht gehört. „Natürlich. Ich werde es Ihnen liebend gern zeigen.“ Sie erhob sich, und als sie Trent den Rücken zuwandte, wackelte sie mit ihren Augenbrauen in Richtung ihrer Nichte. „C.C., solltest du nicht in die Werkstatt zurückfahren?“

„Nein.“ Sie stand auf und lächelte in einem abrupten Wechsel ihrer Taktik. „Ich werde Mr. St. James herumführen, Tante Coco. Es ist fast schon die Zeit, dass die Kinder aus der Schule heimkommen.“

Coco blickte auf die Kaminuhr, die schon vor Wochen auf Viertel vor elf stehen geblieben war. „Oh, nun ja …“

„Mach dir keine Gedanken.“ C.C. ging zur Tür und winkte Trent mit einer befehlenden Geste zu. „Wenn ich bitten darf!“

C.C. ging vor Trent durch den Korridor und dann eine gewundene Treppe hinauf.

„Wir fangen oben an, einverstanden?“

Ohne zurückzublicken, hastete sie höher und höher und war überzeugt, dass Trent zu röcheln und zu keuchen beginnen würde, wenn sie die dritte Treppe nahmen.

Sie wurde enttäuscht.

Sie nahmen die letzte Rundung, die zum höchsten Turm führte. C.C. legte eine Hand auf den Türknauf und stemmte ihre Schulter gegen das dicke Eichenholz. Mit einem knarrenden Laut und einem harten Stoß öffnete sich die Tür.

„Der Spukturm“, erklärte sie geheimnisvoll und betrat den staubigen Dachboden.

Der kreisrunde Raum war leer, genauso wie die Mausefallen.

„Es spukt?“ Trent war gewillt, auf ihr Spiel einzugehen.

„Meine Urgroßmutter hatte hier oben ihre Zuflucht.“ Während sie sprach, trat C.C. zu dem Bogenfenster. „Man erzählt, sie hätte hier auf dem Sims gesessen und auf die See hinausgeblickt, während sie sich nach ihrem Liebhaber sehnte.“

„Was für eine Aussicht“, murmelte Trent überwältigt. Es war ein schwindelerregender Abgrund hinunter zu den Klippen und zu dem Wasser, das gegen die Steine brandete und wieder zurückfloss. „Sehr dramatisch.“

„Oh, hier ist alles von Drama erfüllt. Urgroßmutter konnte offenbar den Betrug nicht länger ertragen und stürzte sich aus diesem Fenster.“ C.C. lächelte geheimnisvoll. „Also, in stillen Nächten kann man sie hier auf und ab gehen und um ihren verlorenen Liebhaber weinen hören.“

„Das macht sich bestimmt gut in Prospekten.“

C.C. rammte ihre Hände in ihre Taschen. „Ich hätte nicht gedacht, dass Geister gut fürs Geschäft sind.“

„Man lernt eben nie aus“, bemerkte Trent ironisch. „Wollen wir weitergehen?“

Mit schmalen Lippen hastete C.C. aus dem Raum. Sie

setzte beide Hände ein, zog an dem Türknauf und stemmte ihre Fersen gegen den Boden, als sie versuchte, die Tür wieder zuzuziehen.

Als Trents Hand sich um ihre Hände schloss, zuckte sie zusammen, als hätte sie sich verbrannt.

Es fühlte sich auch so an.

„Ich schaffe das“, murmelte sie.

Ihre Augen weiteten sich, als sein Körper den ihren berührte. Er legte seinen Arm um sie, nahm ihre Hände unter den seinen gefangen.

C. C.s Herz hüpfte direkt in ihrer Kehle und sackte dann wieder zurück.

„Das sieht nach einer Aufgabe für zwei aus.“ Damit zog Trent ruckartig, worauf die Tür zuschlug und C. C. gegen ihn prallen ließ.

Sie standen einen Moment da wie zwei Liebende, die einen Sonnenuntergang betrachteten. Er ertappte sich dabei, dass er den Duft ihres Haars in sich aufnahm, während seine Hände sich weiterhin um die ihren schlossen. Es schoss ihm durch den Kopf, dass sie sehr schön seine Arme ausfüllte, erstaunlich sexy. Und dann tat sie auch schon einen Satz wie ein Kaninchen und prallte mit voller Wucht gegen die Mauer.

„Die Tür hat sich verbogen.“ Sie schluckte und hoffte, das Vibrieren in ihrer Stimme zu unterdrücken. „Hier ist alles verbogen oder zerbrochen oder dabei, sich in seine Bestandteile aufzulösen. Ich habe keine Ahnung, warum Sie jemals in Betracht gezogen haben, dieses Haus zu kaufen.“

Ihr Gesicht war blass, stellte Trent fest, wodurch ihre Augen noch viel tiefer wirkten. Das panikartige Unbehagen in ihnen schien von mehr als von einer verbogenen Turmtür zu stammen.

„Türen können repariert oder ersetzt werden.“ Neugierig trat er einen Schritt auf C. C. zu und merkte, wie sie sich gegen etwas wappnete, als erwartete sie einen Schlag. „Was ist denn mit Ihnen los?“

„Nichts.“ Sie wusste, wenn er sie noch einmal berührte, würde sie wie eine Rakete durch das hochgehen, was von dem Dach noch übrig war. „Nichts“, wiederholte sie. „Wenn Sie noch etwas anderes sehen wollen, gehen wir besser wieder nach unten.“

C. C. stieß langsam einen langen Atemzug aus, während sie ihm die runde Treppe nach unten folgte. Ihr Körper pulsierte noch immer sonderbar, als hätte sie mit der Hand einen blanken Draht berührt.

Nicht genug, um einen Schlag zu bekommen, dachte sie, aber gerade genug, um zu wissen, dass Strom in diesem Draht floss.

Sie befand, dass sie dadurch zwei Gründe erhielt, Trenton St. James so schnell wie nur möglich loszuwerden.

Sie führte ihn durch das oberste Stockwerk, durch den Flügel der Dienerschaft, die Vorratsräume, wobei sie darauf achtete, ihm jeden Sprung im Putz zu zeigen, ihm Trockenschimmel sowie Schäden durch Nagetiere vorzuführen.

Es freute sie, dass die Luft kalt war und leicht feucht und eindeutig muffig.

Es war sogar noch befriedigender zu sehen, dass sein Anzug mit Staub bedeckt war und seine Schuhe rapide ihren Glanz verloren.

Trent blickte in einen Raum, der mit Möbelskeletten und zerbrochenem Porzellan vollgestellt war. „Hat jemand alle diese Sachen durchgesehen?“

„Oh, wir werden uns bei Gelegenheit darum kümmern." C. C. beobachtete, wie eine fette Spinne vor dem trüben Licht davonlief. „Die meisten dieser Räume sind seit mehr als fünfzig Jahren nicht geöffnet worden – seit mein Urgroßvater den Verstand verlor."

„Fergus."

„Richtig. Die Familie benutzt nur die beiden untersten Etagen, und wir flicken alles, wie es gerade anfällt." Sie fuhr mit einem Finger über einen zwei Zentimeter breiten Riss in der Wand. „Man könnte sagen, was wir nicht wissen, macht uns nicht heiß. Und das Dach ist uns nicht auf den Kopf gefallen, bisher zumindest."

Trent drehte sich zu ihr um und betrachtete sie. „Haben Sie je daran gedacht, Ihren Schraubenschlüssel gegen eine Lizenz als Häusermaklerin einzutauschen?"

C. C. lächelte. „Hier gibt es noch mehr zu sehen."

Sie wollte ihm vor allem das Zimmer zeigen, in dem sie Plastikplanen verwendet hatte, um die zerbrochenen Fenster zu verschließen.

Er folgte ihr und wich vorsichtig einer Stelle aus, an der Bretter über ein Loch im Fußboden genagelt worden waren. Eine hohe Bogentür fing seinen Blick ein, und bevor C. C. ihn aufhalten konnte, hatte er schon eine Hand an dem Türknauf.

„Wohin geht es hier?"

„Oh, nirgendwohin", setzte sie an und fluchte, als er die Tür öffnete.

Frische Frühlingsluft wehte ihnen entgegen. Trent trat auf die schmale Steinterrasse hinaus und wandte sich den halbrunden Granitstufen zu.

„Ich weiß nicht, wie sicher sie sind."

Er warf einen Blick über die Schulter zurück. „Wesentlich sicherer als der Fußboden da drin."

Mit einer Verwünschung gab C. C. auf und kletterte hinter ihm her.

„Wunderbar", murmelte er, als er auf dem breiten Wandelgang zwischen den Türmchen stehen blieb. „Wirklich wunderbar."

Genau deshalb hatte C.C. nicht gewollt, dass er das hier sah. Die Hände in die Taschen geschoben, trat sie zurück, während er seine Handflächen auf die hüfthohe Steinmauer legte und den Blick schweifen ließ.

Er sah das tiefblaue Wasser der Bay mit den Booten, die leicht darüber hinwegglitten. Das Tal erstreckte sich neblig und geheimnisvoll wie ein Märchen. Eine Möwe, kaum mehr als ein weißer Punkt, hing über der Szenerie und schwang sich dann hinaus auf die offene See.

„Unglaublich."

Der Wind zerzauste sein Haar, während er dem Wandelgang folgte, eine Treppe hinunter, eine andere wieder hinauf. Von dort aus sah man den Atlantik, wild und windig und wunderbar. Das Donnern des unaufhörlichen Krieges des Meeres gegen die Felsen in der Tiefe drang bis zu ihnen herauf.

Er konnte sehen, dass Türen in verschiedenen Abständen in das Haus führten, aber im Moment interessierte er sich nicht für das Innere.

Jemand – vermutlich ein Familienmitglied – hatte Stühle, Tisch und Topfpflanzen hier herausgestellt. Trent blickte über das Dach der Pergola hinaus zu den steil abfallenden Felsen darunter.

„Das ist einmalig!“ Er wandte sich zu C.C. „Gewöhnt man sich eigentlich daran?“

Sie zuckte die Schultern. „Nein. Man wird bodenständig, der Gegend verbunden.“

„Verständlich. Es überrascht mich, dass eine von ihnen Zeit im Haus verbringt.“

Die Hände noch immer in ihren Taschen vergraben, gesellte C.C. sich zu ihm. „Es ist nicht nur die Aussicht, sondern auch die Tatsache, dass die eigene Familie hier gestanden hat. Mehrere Generationen. Genau wie das Haus hier gestanden hat, durch Zeiten und Wind und Feuer.“ Ihre Miene bekam etwas Sanftmütiges, als sie nach unten blickte. „Die Kinder sind zu Hause.“

Trent blickte hinunter und sah zwei kleine Gestalten über den Rasen auf die Pergola zujagen. Der Klang ihres Lachens wehte herüber.

„Alex und Jenny“, erklärte sie. „Die Kinder meiner Schwester Suzanna. Sie haben auch hier gestanden.“ C.C. wandte sich zu ihm. „Das bedeutet etwas.“

„Wie denkt denn eigentlich die Mutter der beiden über den Verkauf?“

C.C. blickte weg, während Sorge und Schuldgefühle und Frustration um die Kontrolle kämpften. „Ich bin sicher, Sie werden sie selbst fragen. Aber wenn Sie Druck auf sie ausüben …“ Ihr Kopf ruckte herum, dass ihre Haare flogen. „Wenn Sie in irgendeiner Weise Druck auf sie ausüben, werden Sie sich vor mir verantworten müssen. Ich werde nicht zulassen, dass sie jemals wieder manipuliert wird.“

„Ich habe nicht die Absicht, irgendjemanden zu manipulieren.“

Sie stieß ein bellendes, grimmiges Lachen aus. „Männer

wie Sie bauen eine Karriere auf Manipulation auf. Wenn Sie glauben, auf vier hilflose Frauen gestoßen zu sein, Mr. St. James, dann denken Sie lieber noch einmal darüber nach. Die Calhouns können für sich selbst sorgen, und sie sorgen auch für sich selbst."

„Zweifellos, besonders wenn Ihre Schwestern genauso feindselig sind wie Sie."

C. C. zog ihre Lider zusammen und ballte die Hände. Sie hätte sich am liebsten auf ihn gestürzt, um ihn umzubringen, doch in diesem Moment wurde sie gerufen.

Trent sah, wie eine Frau aus einer der Türen trat. Sie war so groß wie C. C., aber gertenschlank und mit einer zerbrechlichen Aura, die Trents Beschützerinstinkte weckte, bevor er sich dessen überhaupt bewusst wurde.

Ihr Haar war von einem hellen und leuchtenden Blond und fiel in Wellen auf ihre Schultern. Ihre Augen waren von dem tiefen Blau eines Mittsommertages und wirkten ruhig und heiter, bis er tiefer blickte und unter der Oberfläche das gebrochene Herz sah.

Trotz der anderen Farben gab es eine Ähnlichkeit in der Form des Gesichts und der Augen und des Mundes, die Trent davon überzeugte, dass er gleich eine von C. C.s Schwestern kennenlernen würde.

„Suzanna." C. C. schob sich zwischen ihre Schwester und Trent, als wollte sie sie abschirmen.

Suzanna lächelte, und sie wirkte gleichzeitig amüsiert und ungeduldig.

„Tante Coco hat mich gebeten, hier heraufzukommen." Sie legte eine Hand auf C. C.s Arm und beschwichtigte ihre Beschützerin. „Sie müssen Mr. St. James sein."

„Ja." Trent ergriff die dargebotene Hand und war überrascht, dass sie sich hart, schwielig und kräftig anfühlte.

„Ich bin Suzanna Calhoun Dumont. Sie bleiben ein paar Tage bei uns?"

„Ja. Ihre Tante war nämlich so freundlich, mich einzuladen."

„Sie war schlau genug", verbesserte Suzanna mit einem Lächeln, während sie einen Arm um ihre Schwester legte. „Ich nehme an, C. C. hat Sie auf einen Teilrundgang mitgenommen."

„Auf einen faszinierenden Rundgang."

„Ich werde Sie gern von hier an weiterführen." Ihre Finger drückten sich leicht, aber unmissverständlich in C. C.s Arm. „Tante Coco könnte unten etwas Hilfe brauchen."

„Er braucht jetzt nichts mehr zu sehen", konterte C. C., „du siehst müde aus."

„Überhaupt nicht. Aber ich werde müde sein, wenn Tante Coco mich durch das ganze Haus auf die Suche nach der Wedgwood-Platte für den Truthahn schickt."

„Na ja, gut." Sie warf Trent einen letzten stechenden Blick zu. „Wir beide sind noch nicht fertig miteinander."

„Noch lange nicht", erwiderte Trent und grinste im Stillen, als sie im Haus verschwand und die Tür zuknallte. „Ihre Schwester hat eine ziemlich nach außen gewandte Persönlichkeit."

„Sie ist ein Feuerfresser", sagte Suzanna. „Sind wir alle unter den richtigen Umständen. Der Fluch der Calhouns." Sie warf einen Blick zurück, als das Lachen ihrer Kinder zu hören war. „Dies ist keine leichte Entscheidung, Mr. St. James, so oder so. Und es ist für keine von uns eine geschäftsmäßige Entscheidung."

„Das habe ich bereits begriffen. Für mich muss es allerdings eine geschäftsmäßige Entscheidung sein.“

Sie wusste nur zu gut, dass für manche Männer das Geschäft an erster und an letzter Stelle kam. „Dann sollten wir es schrittweise angehen.“ Sie öffnete die Tür, die C.C. zugeschlagen hatte. „Soll ich Ihnen zeigen, wo Sie wohnen werden?“

3. Kapitel

„Also, wie ist er?“ Lilah Calhoun schlug ihre langen Beine übereinander, verankerte ihre Knöchel auf der einen Armlehne der Couch und legte ihren Kopf auf die andere. Das halbe Dutzend Armreife klingelte, als sie auf C. C. deutete. „Süße, ich habe dir gesagt, wenn du immer dein Gesicht so verziehst, erzeugt das nichts als Falten und schlechte Wellen deiner Seele.“

„Wenn du nicht willst, dass ich mein Gesicht verziehe, darfst du nicht nach ihm fragen.“

„Na schön, dann frage ich Suzanna.“ Lilah richtete ihre meergrünen Augen auf ihre ältere Schwester. „Lass hören.“

„Attraktiv, mit guten Manieren und intelligent.“

„Das ist auch ein Cockerspaniel“, warf Lilah ein und seufzte. „Und ich habe auf einen Pitbull-Terrier gehofft. Wie lange müssen wir ihn bei uns behalten?“

„Tante Coco hält sich ein wenig vage, was die Details angeht.“ Suzanna warf ihren beiden Schwestern einen amüsierten Blick zu. „Was bedeutet, dass sie gar nichts sagt.“

„Amanda kann vielleicht etwas aus ihr herausquetschen.“ Lilah wackelte mit ihren nackten Zehen und schloss die Augen. Sie war eine Frau, die davon überzeugt war, dass mit jedem etwas grundsätzlich nicht stimmte, der sich auf einer Couch ausstreckte und kein Schläfchen machte. „Suze, waren die Kinder heute schon hier drin?“

„Nur zehn- oder fünfzehn Mal. Warum?"

„Ich glaube, ich liege auf einem Feuerwehrwagen."

„Ich finde, wir sollten ihn loswerden." C. C. stand auf und begann ein Feuer zu machen, um ihre rastlosen Hände zu beschäftigen.

„Suzanna sagte, du hättest schon versucht, ihn von der Brüstung zu werfen."

„Nein", verbesserte Suzanna. „Ich sagte, ich habe sie aufgehalten, bevor ihr der Gedanke kam, ihn von der Brüstung zu werfen." Sie stand auf, um C. C. die Kaminstreichhölzer zu reichen, die diese vergessen hatte. „Und wenn wir alle uns auch sonderbar fühlen, ihn hier zu haben, obwohl wir so unentschlossen sind, so ist es nun einmal geschehen. Wir sollten ihm zumindest die Chance einräumen, seinen Spruch aufzusagen."

„Immer die Friedensstifterin", bemerkte Lilah bissig und bekam nicht mit, wie Suzanna kurz zusammenzuckte. „Nun, der Punkt ist vielleicht schon hinfällig geworden, nachdem er sich das Haus angesehen hat. Ich tippe darauf, dass er sich eine schlaue Ausrede einfallen lassen und zurück nach Boston zischen wird."

„Je schneller, desto besser", murmelte C. C. und sah zu, wie die Flammen an dem Holz von Apfelbäumen hochzulecken begannen.

„Ich bin weggeschickt worden", verkündete Amanda, als sie in den Raum eilte, wie sie ständig überallhin eilte. Sie fuhr sich mit einer Hand durch ihre langen honigbraunen Haare und setzte sich auf die Seitenlehne eines Sessels. „Sie spricht auch mit mir nicht." Amandas rastlose Hände zerrten an dem Saum ihres strengen Business-Kostüms. „Aber ich weiß, dass sie auf etwas aus ist – auf mehr als eine Liegenschaftstransaktion."

„Tante Coco ist immer auf etwas aus." Suzanna ging zu dem alten Belter-Schrank, um ihrer Schwester ein Glas Mineralwasser einzuschenken. „Sie ist am glücklichsten, wenn sie etwas ausheckt."

„Das mag schon stimmen. Danke", fügte sie hinzu und griff nach ihrem Glas. „Aber ich werde nervös, wenn ich nicht an ihrer Deckung vorbeikomme." Nachdenklich nahm sie einen Schluck und ließ ihren Blick über ihre Schwestern gleiten. „Sie benützt das Limoges-Porzellan."

„Das Limoges?" Lilah stemmte sich auf die Ellbogen hoch. „Das haben wir nicht mehr verwendet seit Suzannas Verlobungsparty." Und schon hätte sie sich auf die Zunge beißen können. „Tut mir leid."

„Sei nicht albern." Suzanna wischte die Entschuldigung beiseite. „Sie hat in den letzten zwei Jahren nur wenige Gäste gehabt. Ich bin überzeugt, das hat ihr gefehlt. Wahrscheinlich ist sie bloß so aufgedreht, weil sie Gesellschaft bekommen hat."

„Es ist keine Gesellschaft", warf C. C. ein. „Er ist nichts weiter als ein Ärgernis!"

„Mr. St. James!" Suzanna stand rasch auf und unterbrach damit ihre Schwester.

„Trent, bitte!" Er lächelte ihr zu. Sein Lächeln für C. C. fiel etwas trockener aus.

Das war schon ein Gruppenbild, fand er, und er hatte es etwa eine Minute lang genossen, bevor Suzanna ihn an der Tür gesehen hatte.

Die Calhoun-Frauen ergaben zusammen und getrennt ein Bild, das jeder Mann, der noch atmete, schätzen musste.

Groß, schlank und mit langen Beinen, so saßen, standen oder lagen sie im Raum herum.

Suzanna stand mit dem Rücken zum Fenster, sodass das letzte Licht des Frühlingsabends einen hellen Schimmer in ihrem Haar erzeugte. Sie wirkte seiner Meinung nach entspannt, abgesehen von dieser Spur von Traurigkeit in ihren Augen.

Die Schwester auf dem Sofa war eindeutig entspannt und beinahe schon eingeschlafen. Sie trug einen langen, fließenden Rock, der bis zu ihren bloßen Füßen reichte, und betrachtete ihn aus träumerisch-amüsierten Augen, während sie die dichten Locken ihrer taillenlangen roten Haare zurückstrich.

Wieder eine andere Schwester saß auf der Armlehne eines Sessels, als würde sie aufspringen und aktiv werden beim Klang einer Glocke, die nur sie hören konnte.

Schlank, glatt und professionell, dachte Trent auf den ersten Blick. Ihre Augen wirkten weder träumerisch noch traurig, sondern einfach kalkulierend.

Dann war da C. C. Sie hatte auf der Steineinfassung des Kamins gesessen, das Kinn in die Hände gestützt, vor sich hin brütend wie ein modernes Aschenputtel. Aber sie war schnell aufgestanden, abwehrbereit, wie Trent feststellte, und sie stand gerade wie ein Schürhaken, während das Feuer hinter ihr flackerte. Dies war keine Frau, die geduldig dasaß, damit ihr ein Prinz einen gläsernen Schuh anpasste.

Er tippte drauf, dass sie dem Prinzen bedenkenlos gegen das Schienbein treten würde oder dahin, wo es noch mehr wehtun würde, falls er etwas versuchte.

„Ladys“, sagte er, doch seine Blicke ruhten auf C. C., ohne

dass er sich dessen bewusst wurde. Er konnte ein leichtes Nicken in ihre Richtung nicht unterdrücken. „Catherine."

„Ich stelle Sie vor", sagte Suzanna. „Trenton St. James – meine Schwestern Amanda und Lilah. Ich könnte Ihnen einen Drink machen, während Sie …"

Der Rest des Angebots ging in Kriegsgeschrei und hineinpolternden Füßen unter. Wie Zwillingswirbelwinde fegten Alex und Jenny in den Raum. Es war Trents Pech, dass er zufällig in der Feuerlinie stand. Sie prallten gegen ihn wie zwei Geschosse und ließen ihn gegen die Couch taumeln und auf Lilah fallen.

Sie lachte nur und sagte, es würde sie freuen, ihn kennenzulernen.

„Es tut mir so leid." Suzanna packte beide Kinder am Kragen und warf Trent einen mitfühlenden Blick zu. „Alles in Ordnung mit Ihnen?"

„Ja." Er löste sich und richtete sich auf.

„Das sind meine Kinder, Unheil und Katastrophe." Sie legte einen festen mütterlichen Arm um jedes Kind. „Entschuldigt euch!"

„Tut mir leid", sagten sie beide.

Alex, ein paar Zentimeter größer als seine Schwester, blickte zu ihm unter einem Schopf dunkler Haare auf.

„Wir haben Sie nicht gesehen."

„Haben wir nicht", stimmte Jenny zu und lächelte gewinnend.

Suzanna beschloss, ihnen später eine Predigt darüber zu halten, dass man nicht fremde Männer umrennt, und bugsierte die beiden zur Tür. „Fragt Tante Coco, ob das Dinner schon fertig ist. Marschiert!", fügte sie energisch, aber ohne jegliche Hoffnung hinzu.

Bevor irgendjemand den Faden der Unterhaltung wieder aufnehmen konnte, erklang ein lauter, hallender Ton.

„O Gott", sagte Amanda in ihr Glas. „Sie hat den Gong wieder hervorgeholt."

„Das bedeutet Dinner." Wenn es etwas gab, wofür Lilah sich schnell bewegte, war es Essen. Sie stand auf, hakte sich bei Trent unter und strahlte ihn an. „Ich zeige Ihnen den Weg. Sagen Sie, Trent, wie lauten Ihre Ansichten über Astralprojektion?"

„Äh ..." Er warf einen Blick über seine Schulter zurück und sah C. C. grinsen.

Tante Coco hatte sich selbst übertroffen.

Das blanke Porzellan leuchtete. Was noch von dem georgianischen Silber übrig war – es war ein Hochzeitsgeschenk für Bianca und Fergus Calhoun gewesen –, glitzerte. Unter dem fantastischen Licht des Waterford-Lüsters schimmerte der Lammbraten.

Bevor eine ihrer Nichten eine Bemerkung machen konnte, stürzte Coco sich in höfliche Konversation.

„Wir dinieren in formellem Stil, Trenton. Das ist so viel gemütlicher. Ich hoffe, Ihr Zimmer gefällt Ihnen."

„Sehr schön, danke."

Sein Raum war groß wie ein Stall, zugig und in der Decke mit einem Loch von der Größe einer Männerfaust ausgestattet. Aber das Bett war breit und weich wie eine Wolke. Und erst die Aussicht vom Fenster ...

„Ich kann einige Inseln von meinem Zimmer aus sehen."

„Die Porcupine Islands", warf Lilah ein und reichte ihm ein Silberkörbchen mit Gebäck.

Coco beobachtete alle wie ein Adler. Sie wollte Funken fliegen und Flammen züngeln sehen.

Lilah flirtete mit ihm, aber deshalb durfte sie sich keine Hoffnungen machen. Lilah flirtete mit Männern im Allgemeinen, und sie schenkte Trent nicht mehr Aufmerksamkeit als dem Jungen, der im Supermarkt ihre Einkäufe einpackte.

Nein, da gab es keinen einzigen Funken. Auf beiden Seiten nicht.

Damit scheidet eine aus, dachte sie philosophisch, und drei bleiben noch übrig.

„Trenton, wussten Sie, dass Amanda ebenfalls im Hotelgeschäft ist? Wir sind alle so stolz auf unsere Mandy." Sie blickte über den Rosenholztisch zu ihrer Nichte. „Sie ist eine sagenhafte Geschäftsfrau."

„Ich bin die stellvertretende Managerin im BayWatch Hotel, unten im Dorf." Amandas Lächeln war sowohl kühl als auch freundlich, das gleiche Lächeln, das sie einem eiligen Touristen beim Verlassen des Hotels geschenkt hätte. „Es kann sich mit keinem Ihrer Hotels messen, aber wir machen uns recht gut während der Saison. Ich habe gehört, Sie bauen einen unterirdischen Shopping-Komplex an das St. James Atlanta an, stimmt das?"

Coco blickte mit ernster Miene auf ihren Wein, als die beiden über Hotels fachsimpelten. Da gab es weder einen Funken, noch ein schwaches Glühen.

Als Trent Amanda das Minzgelee reichte und ihre Hände sich kurz berührten, gab es keine atemlose Pause, kein Aufeinandertreffen der Blicke. Amanda hatte sich schon kichernd zu Klein-Jenny gewandt und begonnen, verschüttete Milch aufzuwischen.

Ah, da! dachte Coco triumphierend. Trent hatte Alex zugelächelt, als der Junge klagte, dass Rosenkohl widerlich war. Also hatte er eine Schwäche für Kinder.

„Du brauchst ihn nicht zu essen“, sagte Suzanna ihrem misstrauisch dreinblickenden Sohn, während er in seinen klein geschnittenen Kartoffeln herumstocherte, um sich davon zu überzeugen, dass nichts Grünes zwischen ihnen verborgen war. „Ich habe auch immer gefunden, dass sie wie Schrumpfköpfe aussehen.“

„Das tun sie auch irgendwie.“ Die Vorstellung gefiel ihm, wie seine Mutter vorausgesehen hatte. Er spießte einen Rosenkohl auf, steckte ihn in den Mund und grinste. „Ich bin ein Kannibale. Uga bugga.“

„Reizender Junge“, bemerkte Coco leise. „Suzanna hat als Mutter so wundervolle Arbeit geleistet. Sie scheint mit Kindern genauso einen grünen Daumen zu haben wie mit Blumen. Die gesamte Gartenanlage ist das Werk unserer Suzanna.“

„Uga bugga“, sagte Alex erneut, als er noch einen imaginären Kopf in seinen Mund steckte.

„Da, für dich, du kleines Scheusal.“ C. C. rollte ihr Gemüse auf seinen Teller. „Da hast du eine ganze Schar Missionare.“

„Ich will auch Missionare“, bettelte Jenny und strahlte, als Trent ihr die Schüssel reichte.

Coco legte eine Hand an ihre Brust. Wer hätte das gedacht? Ihre Catherine. Das Baby unter ihren Babys. Während um sie herum die Dinnerunterhaltung ablief, lehnte Coco sich mit einem lautlosen Seufzer zurück.

Sie konnte sich nicht irren. Also, als Trent ihr kleines Mädchen ansah – und sie ihn –, hatte es nicht nur einfach Funken gegeben, es hatte geknistert und gezischt.

C. C. machte ein finsteres Gesicht, das stimmte schon, aber es war ein so leidenschaftliches finsteres Gesicht. Und Trent hatte schief gegrinst, aber es war ein so persönliches schiefes Grinsen gewesen. Eindeutig intim, befand Coco.

Wie sie dasaß und zusah, wie Alex seine kleinen abgeschlagenen Köpfe verschlang, während Lilah und Amanda über die Möglichkeit vom Leben auf anderen Planeten diskutierten, konnte Coco förmlich die liebevollen Gedanken hören, die C. C. und Trent einander zusandten.

Arroganter, eingebildeter Kretin.

Unhöfliches, übellauniges Miststück.

Wer, zum Teufel, glaubt er denn, das er ist? Hockt hier am Tisch, als würde er schon ihm gehören.

Ein Jammer, dass ihre Persönlichkeit nicht mit ihrem Aussehen mithalten kann.

Coco lächelte den beiden freundlich zu, während der „Hochzeitsmarsch" durch ihren Kopf schwebte. Wie ein General, der seine Strategie entwirft, wartete sie bis nach Kaffee und Dessert, um ihre nächste Attacke zu reiten.

„C. C., warum zeigst du Trent nicht den Garten? Er ist doch in dieser Jahreszeit so schön."

„Was?" Sie blickte von ihrem freundschaftlichen Streit mit Alex um den letzten Bissen von ihrer Schwarzwälder Kirschtorte auf.

„Den Garten", wiederholte Coco. „Es geht doch nichts über etwas frische Luft nach einem Mahl. Und die Blumen sind im Mondschein exquisit."

„Soll doch Suzanna ihn führen."

„Tut mir leid." Suzanna hob bereits die müde Jenny auf ihre Arme. „Ich muss die zwei waschen und ins Bett bringen."

„Ich sehe nicht ein, warum ..." C. C. brach bei dem pikierten Blick ihrer Tante ab. „Ach ja, schon gut." Sie stand auf. „Dann kommen Sie eben", sagte sie zu Trent und ging schon voraus.

„Es war ein wunderbares Essen, Coco, danke."

„War mir ein Vergnügen." Sie strahlte und malte sich geflüsterte Worte und sanfte, geheime Küsse aus. „Genießen Sie den Garten."

Trent ging durch die Terrassentür hinaus und fand C. C., wie sie dastand und mit ihrer Stiefelspitze auf die Steinplatten klopfte.

Es wird Zeit, dachte er, dass jemand dieser Grünäugigen eine Lektion erteilte.

„Ich verstehe überhaupt nichts von Blumen", erklärte sie ihm.

„Oder von der einfachsten Höflichkeit."

Ihr Kinn reckte sich vor. „Jetzt hören Sie mal zu, Kumpel!"

„Nein, Sie hören zu, Kumpel." Seine Hand schnellte vor und packte ihren Arm. „Gehen wir. Die Kinder könnten noch in Hörweite sein, und ich glaube nicht, dass sie schon so weit sind, dass sie etwas von unserem Gespräch hören sollten."

Trent war kräftiger, als sie gedacht hatte. Er zog sie mit sich, ohne sich um die Flüche zu kümmern, die sie ihm zuzischte. Sie waren bereits von der Terrasse herunter auf einem der verschlungenen Pfade, der sich an der Seite des Hauses hinzog. Narzissen und Hyazinthen säumten den Weg.

Er blieb unter einem Bogen von Glyzinien stehen, die erst in etwa einem Monat blühen würden. C. C. war sich nicht sicher, ob das Dröhnen in ihrem Schädel von der See stammte oder von ihrem aufbrausenden Temperament.

„Machen Sie das nie wieder." Sie hob eine Hand und rieb dort, wo seine Finger Druckstellen hinterlassen hatten, die Haut. „Vielleicht können Sie in Boston die Leute herumstoßen, aber nicht hier. Merken Sie sich das. Das klappt weder mit mir noch mit meinen Angehörigen", zischte sie.

Er schwieg einen Moment in der Hoffnung, sein Temperament in den Griff zu bekommen. Die Hoffnung erfüllte sich nicht. „Würden Sie mich kennen oder wissen, was ich tue, wüssten Sie, dass ich für gewöhnlich die Leute nicht herumstoße."

„Ich weiß genau, was Sie tun", behauptete C. C.

„Witwen und Waisen ihr Zuhause wegnehmen? Werden Sie erwachsen, C. C."

Sie biss die Zähne zusammen. „Sie können sich den Garten allein ansehen. Ich gehe wieder hinein."

Er versperrte ihr einfach den Weg.

Im Mondschein leuchteten ihre Augen wie die einer Katze. Als sie ihre Hände hob, um ihn beiseitezuschieben, klammerte er seine Finger um ihre Handgelenke. In dem nachfolgenden kurzen Tauziehen stellte er fest – völlig unerheblich, wie er sich selbst versicherte –, dass ihre Haut die Farbe von frischer Sahne hatte und ganz glatt war.

„Wir sind noch nicht fertig." Seine Stimme enthielt eine Schärfe, die nicht länger von Höflichkeit verdeckt wurde. „Sie müssen lernen, dass wenn Sie absichtlich unhöflich und beleidigend sind, ein Preis dafür fällig wird."

„Sie wollen eine Entschuldigung?" C. C. spuckte es ihm förmlich entgegen. „Na schön. Es tut mir leid, dass ich Ihnen nichts zu sagen habe, das nicht unhöflich und beleidigend wäre."

Er lächelte und überraschte damit sie beide. „Sie sind vielleicht eine, Catherine Colleen Calhoun. Ich kann einfach nicht begreifen, warum ich überhaupt versuche, mit Ihnen vernünftig umzugehen", bemerkte er.

„Vernünftig?" Diesmal spuckte sie das Wort nicht, sondern grollte es. „Sie nennen es vernünftig, wenn Sie mich herumzerren und misshandeln ..."

„Wenn Sie das misshandeln nennen, haben Sie ein sehr beschütztes Leben geführt."

Ihr Teint wechselte von sahneweiß zu hellrosa. „Mein Leben geht Sie nichts an", entgegnete sie schnippisch.

„Gott sei Dank."

Ihre Finger krümmten sich und ballten sich dann zu Fäusten. Sie hasste und verabscheute die Tatsache, dass ihr Puls unter seinem Griff mit doppeltem Tempo hämmerte. „Lassen Sie mich sofort los!"

„Nur, wenn Sie versprechen, dass Sie nicht weglaufen." Er malte sich aus, wie er hinter ihr herjagte, und die Vorstellung war gleichermaßen peinlich und ansprechend.

„Ich laufe vor niemandem weg."

„Gesprochen wie eine wahre Amazone", murmelte er und gab sie frei.

Nur dank eines blitzschnellen Reflexes duckte er sich unter dem Faustschlag, der auf seine Nase zielte.

„Ich hätte damit rechnen müssen. Haben Sie schon jemals eine intelligente Konversation in Betracht gezogen?"

„Ich habe Ihnen nichts zu sagen." C.C. war beschämt, weil sie nach ihm geschlagen hatte, und wütend, weil sie ihn verfehlt hatte. „Wenn Sie sich unterhalten wollen, dann schmeißen Sie sich doch noch etwas mehr an Tante Coco heran." Prustend die Luft ausstoßend, ließ sie sich auf eine kleine Steinbank unter der Laube sinken. „Noch besser, fahren Sie zurück nach Boston, und peitschen Sie einen Ihrer Untergebenen aus."

„Das kann ich jederzeit machen." Er schüttelte den Kopf und setzte sich neben sie, davon überzeugt, dass er unter Umständen sein Leben riskierte.

Azaleen und Geranien rings um sie herum standen unmittelbar vor dem Erblühen. Es sollte ein friedvoller Ort sein, dachte er. Doch während er dasaß und den zarten Duft der frühesten aller Frühlingsblumen wahrnahm, vermischt mit dem Geruch der See, und lauschte, wie irgendein Nachtvogel seinen Gefährten rief, fand er, dass noch kein Konferenzsaal jemals so mit Spannung und Feindseligkeit erfüllt gewesen war.

„Ich frage mich bloß, wieso Sie eine so hohe Meinung von mir bekommen haben." Und warum das eine Rolle spielt, fügte er in Gedanken hinzu.

„Sie kommen hierher …"

„Auf eine Einladung hin."

„Nicht auf meine." C.C. warf ihren Kopf zurück. „Sie kommen in Ihrem großen Wagen und Ihrem würdevollen Anzug daher und sind bereit, mir mein Zuhause einfach unter den Füßen wegzuziehen."

„Ich kam hierher", verbesserte er, „um einen Besitz mit eigenen Augen zu besichtigen. Niemand, ich am allerwenigsten, kann Sie dazu zwingen zu verkaufen."

Er irrt sich, dachte sie niedergeschlagen. Es gab Leute, die sie zwingen konnten. Die Leute, die Steuern eintrieben und das Geld für Strom und Wasser und die Hypothek, die sie hatten aufnehmen müssen. All ihre Frustration und ihre Angst vor Geldeintreibungsinstituten richteten sich auf den Mann neben ihr.

„Ich kenne Ihren Typ“, murmelte sie. „Reich geboren und über gewöhnlichen Menschen stehend. Ihr einziges Ziel im Leben ist es, noch mehr Geld zu machen, ganz gleich, wer davon betroffen oder niedergetrampelt wird. Sie genießen große Partys und Sommerhäuser und Geliebte mit Namen wie Fawn.“

Klugerweise unterdrückte er ein Lachen. „Ich habe nie eine Frau namens Fawn kennengelernt.“

„Ach, was spielt das denn für eine Rolle?“ Sie stand auf und ging auf dem Weg hin und her. „Kiki, Vanessa, Ava – alles das Gleiche.“

„Wenn Sie es sagen.“

Trent musste zugeben, dass sie großartig aussah, wie sie da auf und ab wanderte und das Mondlicht sie in eine weiße Glorie einhüllte.

Die Anziehung ärgerte ihn mehr als nur ein wenig, doch er blieb sitzen. Es geht um ein Geschäft, das ich abschließen will, rief er sich ins Gedächtnis zurück. Und C. C. Calhoun ist der größte Stolperstein.

Also wollte er geduldig und schlau sein und den Punkt finden, an dem er einhaken konnte. „Woher wissen Sie denn so viel über meinen Typ?“

„Meine Schwester war mit einem wie Ihnen verheiratet. Das reicht mir.“

„Baxter Dumont."

„Sie kennen ihn?" C. C. schüttelte den Kopf und rammte ihre Hände in die Hosentaschen. „Dumme Frage. Wahrscheinlich spielen Sie mit ihm jeden Mittwoch Golf."

„Nein. Wir sind nur sehr flüchtig miteinander bekannt. Ich kenne allerdings ihn und seine Familie. Mir ist außerdem bekannt, dass er und Ihre Schwester sich vor etwa einem Jahr scheiden ließen."

„Er machte ihr das Leben zur Hölle, löschte ihr Selbstwertgefühl aus und ließ dann sie und die Kinder für ein französisches Cremetörtchen fallen. Und weil er ein großer Anwalt aus einer großen Familie ist, ist ihr nichts geblieben als ein mieser Unterhaltsscheck für die Kinder, der noch dazu jeden Monat zu spät eintrifft."

„Es tut mir leid, was mit Ihrer Schwester passiert ist." Trent erhob sich ebenfalls. Seine Stimme klang nicht mehr scharf, sondern schicksalsergeben. „Die Ehe ist oft die unangenehmste von allen Geschäftstransaktionen. Doch Baxter Dumonts Verhalten bedeutet nicht, dass jedes Mitglied einer jeden prominenten Bostoner Familie unsittlich oder amoralisch ist."

„Von da, wo ich stehe, sehen sie alle gleich aus."

„Dann sollten Sie vielleicht Ihren Standort wechseln. Aber das machen Sie natürlich nicht, weil Sie zu dickköpfig und zu voreingenommen sind."

„Nur, weil ich klug genug bin, um Sie zu durchschauen."

„Sie wissen gar nichts über mich, und es ist sonnenklar, dass Sie gegen mich eine unheimliche Abneigung entwickelt haben, noch bevor Sie überhaupt meinen Namen kannten."

„Ich mochte Ihre Schuhe nicht", behauptete C. C. spontan.

Er sah sie erstaunt an. „Wie bitte?“

„Sie haben mich gehört.“ C. C. verschränkte die Arme und merkte, dass ihr diese Plänkelei Spaß zu machen begann. „Ich mochte Ihre Schuhe nicht.“ Sie schoss einen Blick auf die besagten Schuhe hinunter. „Ich mag sie noch immer nicht.“

„Das erklärt natürlich alles“, meinte Trent mit gespieltem Ernst.

„Ich mochte auch Ihre Krawatte nicht.“ Sie stach mit einem Finger danach und bemerkte nicht das kurze Aufflammen in seinen Augen. „Oder Ihren tollen goldenen Stift.“ Sie tippte mit der Faust leicht gegen seine Brusttasche.

Er betrachtete ihre an den Knien durchgewetzten Jeans, ihr T-Shirt und die abgeschabten Stiefel. „Dies kommt aus dem Mund einer offensichtlichen Modeexpertin“, stichelte er.

„Sie sind derjenige hier, Mr. St. James III., der fehl am Platz ist.“ Er trat einen Schritt näher. C. C. lächelte herausfordernd.

„Und ich vermute, dass Sie sich wie ein Mann anziehen, weil Sie noch nicht darauf gekommen sind, wie sich eine Frau verhält.“

Das war zwar absoluter Quatsch, aber die Spitze stachelte ihr Temperament an. „Nur weil ich es verstehe, für mich selbst einzutreten, anstatt schmachtend Ihnen zu Füßen zu sinken, bin ich nicht weniger eine Frau.“

„So nennen Sie das?“ Er umfasste ihre Unterarme. „Für sich selbst eintreten?“

„Genau richtig. Ich …“ Sie brach ab, als er sie näher zu sich heranzog.

Ihre Körper stießen zusammen. Trent beobachtete, wie der Zorn in ihren Augen sich in Verwirrung verwandelte.

„Was soll denn das werden?“

„Ich teste Ihre Theorie." Er betrachtete ihren Mund. Ihre Lippen waren voll, ein wenig geöffnet, sehr verlockend. Warum war ihm das nicht schon früher aufgefallen? Dieser große Mund war unglaublich verlockend, obwohl er ständig Beleidigungen ausstieß.

„Wagen Sie es nicht." Sie wollte es wie einen Befehl aussprechen, doch ihre Stimme vibrierte.

Seine Augen richteten sich wieder auf die ihren. „Angst?"

Das war genau die richtige Frage, die sie ihren Rücken durchdrücken ließ. „Natürlich nicht. Es ist nur so, dass ich mich lieber von einem räudigen Stinktier küssen lassen würde."

Sie wollte sich zurückziehen und fand sich im nächsten Moment gegen ihn gepresst, Augen auf gleicher Höhe, Mund an Mund. Warmer Atem vermischte sich mit warmem Atem.

Trent hatte nicht vorgehabt, sie zu küssen, bis sie ihm diese letzte Beleidigung ins Gesicht geschleudert hatte.

„Sie wissen nie, wann Sie aufhören müssen, Catherine. Das ist ein Fehler, der Sie in Schwierigkeiten bringen wird, und jetzt geht es gleich los mit den Schwierigkeiten."

C. C. hatte nicht erwartet, dass sein Mund so heiß, so fest, so gierig sein würde.

Sie hatte erwartet, der Kuss würde gelangweilt und geschmacksarm sein, leicht zu widerstehen, leicht zu vergessen.

Doch sie hatte sich getäuscht. Gefährlich getäuscht.

Ihn zu küssen war, als wäre sie in geschmolzenes Silber geglitten. Selbst als sie schon nach Luft rang, verstärkte er noch den Kuss und stieß mit seiner Zunge tief zu, lockend, reizend, ihre Zunge herausfordernd.

Sie wollte ihren Kopf schütteln, konnte jedoch nur den

Winkel verändern, in dem ihre Lippen sich aufeinanderpressten. Ihre Hände, die sie abwehrend gegen seine Schultern gedrückt hatte, legten sich besitzergreifend um seinen Nacken.

Trent hatte ihr eine Lektion erteilen wollen, doch er lernte, dass manche Frauen – diese Frau – stark und sanft sein konnten, frustrierend und köstlich, alles gleichzeitig. Während die Wellen tief unter ihnen gegen die Felsen donnerten, fühlte er, wie er von dem Unerwarteten getroffen wurde. Und von dem Unerwünschten.

Er dachte merkwürdigerweise, den Sternenschein auf ihrer Haut sehen und den Mondstaub auf ihren Lippen fühlen zu können. Das leise vibrierende Stöhnen, das an seine Ohren drang, stammte von ihm selbst.

Er hob seinen Kopf und schüttelte ihn, als wollte er den Nebel vertreiben, der sich über sein Gehirn gesenkt hatte. Er konnte ihre Augen sehen, die in seine Augen blickten – dunkel, benommen.

„Ich bitte um Verzeihung." Von seiner Tat verwirrt, ließ er sie so rasch los, dass sie zurücktaumelte und ihre Hände von ihm abrutschten. „Das war absolut unverzeihlich, was ich da getan habe."

C. C. sagte nichts, konnte nichts sagen. Gefühle, zu viele Gefühle verschlossen ihre Kehle. Stattdessen machte sie mit ihren Händen eine hilflose Geste, bei der er sich wie eine niedrige Form von Leben vorkam.

„Catherine, glauben Sie mir, es gehört nicht zu meinen Gewohnheiten …" Er musste sich räuspern. Seine Kehle war trocken. Himmel, Trent verspürte den Drang, es noch einmal zu tun. Er wollte den Atem von ihren Lippen küssen, wie sie so vor ihm stand und verloren und hilflos wirkte. Und schön. „Es tut mir schrecklich leid. Es wird nicht wieder geschehen."

„Ich möchte, dass Sie mich allein lassen." Nie in ihrem Leben hatte sie etwas stärker berührt. Oder zerstört. Er hatte eine Tür zu einer geheimen Welt geöffnet und sie ihr dann wieder vor der Nase zugeschlagen.

„In Ordnung."

Trent fiel es schwer, nicht eine Hand auszustrecken und ihr Haar zu berühren. Er ging zum Haus zurück.

Als er sich umsah, stand sie noch immer da, wie er sie zurückgelassen hatte, und starrte in die Dunkelheit, während das Mondlicht sie übergoss.

Sein Name war Christian. Ich habe mich dabei ertappt, wie ich immer und immer wieder an den Klippen entlangging in der Hoffnung, ein paar Worte mit ihm wechseln zu können. Ich rede mir ein, dass es an meiner Begeisterung für Kunst liegt, nicht an der für den Künstler. Es könnte wahr sein. Es muss wahr sein.

Ich bin eine verheiratete Frau und eine Mutter von drei Kindern. Und obwohl Fergus nicht der romantische Ehemann aus meinen Mädchenträumen ist, sorgt er doch gut für uns und ist manchmal sogar freundlich. Vielleicht gibt es in mir einen Teil, einen kleinen widerstrebenden Teil, der sich wünscht, ich hätte mich nicht dem Drängen meiner Eltern gebeugt, eine gute angemessene Ehe einzugehen. Doch das ist albern, denn ich habe diesen Schritt bereits vor vier Jahren getan.

Es ist nicht loyal, Fergus mit einem Mann zu vergleichen, den ich kaum kenne. Doch hier, in meinem privaten Tage-

buch, möge mir diese Schwäche erlaubt sein. Während Fergus nur an das nächste Geschäft und den nächsten Dollar denkt, spricht Christian von Träumen und Bildern und Poesie.

Wie sehr mein Herz sich doch nach ein wenig Poesie gesehnt hat. Während Fergus mir in seiner kühlen und achtlosen Großzügigkeit am Tag von Ethans Geburt die Smaragde schenkte, überreichte Christian mir einmal eine wild wachsende Blume. Ich habe sie aufbewahrt und presse sie hier zwischen diesen Seiten. Wie viel schöner würde ich mich fühlen, könnte ich diese Blume anstelle dieser kalten und schweren Edelsteine tragen.

Wir haben über nichts Vertrauliches gesprochen, über nichts, das man als unziemlich ansehen könnte. Dennoch weiß ich, dass es unziemlich ist. Wie er mich ansieht, wie er lächelt und spricht, ist herrlich unziemlich.

Wie ich an diesen hellen Sommernachmittagen nach ihm suche, während meine Babys schlafen, ist nicht das Verhalten einer anständigen Ehefrau. Wie mein Herz in meiner Brust trommelt, wenn ich ihn sehe, ist absolute Untreue.

Heute saß ich auf einem Felsen und beobachtete, wie er seinen Pinsel schwang und diese rosa und grauen Felsen und dieses tiefblaue Wasser auf der Leinwand zum Leben erweckte. Ein Boot glitt dahin, so frei, so für sich abgeschieden. Für einen Moment stellte ich mir uns beide darauf vor, die Gesichter gegen den Wind gedreht. Ich verstehe nicht, wieso ich diese Gedanken hege, doch sie ließen mich nicht los, während ich ihn nach seinem Namen fragte.

„Christian“, erwiderte er. „Christian Bradford. Und Sie sind Bianca.“ Wie er meinen Namen aussprach, als wäre er noch nie zuvor ausgesprochen worden. Ich werde es niemals

vergessen. Ich spielte mit dem Wildgras, das sich einen Weg zwischen den Felsen durch Spalten und Risse gebahnt hatte.

Mit niedergeschlagenen Augen fragte ich ihn, wieso ihm seine Frau nie bei der Arbeit zusah.

„Ich habe keine Frau“, erklärte er mir. „Und die Kunst ist meine einzige Geliebte.“

Es war falsch, dass mein Herz bei seinen Worten so frohlockte. Es war falsch, dass ich lächelte, und dennoch tat ich es. Und er lächelte zurück. Hätte das Schicksal es anders gewollt, hätten sich Zeit und Ort irgendwie verändern lassen, hätte ich ihn lieben können.

Ich glaube, ich hätte gar keine andere Wahl gehabt, als ihn zu lieben.

Als wüssten wir das beide, begannen wir, von unwichtigen Dingen zu sprechen. Doch als ich mich erhob, weil ich wusste, dass für diesen Tag meine Zeit hier abgelaufen war, bückte er sich, pflückte ein Zweiglein goldene Erika und schob es in mein Haar. Einen Moment verharrten seine Finger nahe meiner Wange, und seine Augen waren auf die meinen gerichtet. Dann trat er zurück und wünschte mir einen schönen Tag.

Jetzt sitze ich hier und habe die Lampe heruntergeschraubt, während ich schreibe und höre, wie Fergus nebenan seinem Diener Anweisungen mit seiner dröhnenden Stimme erteilt. Er wird heute Nacht nicht zu mir kommen, und ich bin dafür dankbar.

Ich habe ihm drei Kinder geschenkt, zwei Söhne und eine Tochter. Indem ich ihn mit einem Erben versorgte, habe ich meine Pflicht getan, und er verspürt nicht oft den Wunsch, in mein Bett zu kommen.

Ich soll, genau wie die Kinder, nur dafür da sein, gut gekleidet zu sein und gute Manieren zu haben und bei den richtigen Gelegenheiten seinen Gästen präsentiert zu werden – wie ein guter Rotwein.

Es bleibt nicht viel zu wünschen übrig, nehme ich an. Es ist ein gutes Leben, eines, mit dem ich wohl zufrieden sein sollte. Vielleicht war ich auch zufrieden bis zu jenem Tag, an dem ich das erste Mal an den Klippen entlangging.

Heute Nacht werde ich also allein in meinem Bett schlafen und von einem Mann träumen, der nicht mein Ehemann ist.

4. Kapitel

Wenn man nicht schlafen kann, ist es das Beste, man steht auf. Das sagte sich C. C., als sie am Küchentisch saß, den Sonnenaufgang verfolgte und ihre zweite Tasse Kaffee Schluck für Schluck trank.

Sie hatte viel im Kopf, das war alles. Rechnungen, den altersschwachen Oldsmobile, der am Morgen als erster Punkt auf ihrem Terminplan stand, Rechnungen, einen bevorstehenden Termin beim Zahnarzt. Noch mehr Rechnungen.

Trenton St. James stand weit unten auf ihrer Liste von Dingen, über die sie sich den Kopf zerbrechen musste. Irgendwo unterhalb eines möglichen Lochs im Zahn und gerade noch oberhalb eines schadhaften Auspuffs.

Ganz sicher verlor sie seinetwegen keinen Schlaf. Und ein Kuss, dieser lächerliche – Zwischenfall war der beste Ausdruck, um ihn zu beschreiben –, war nicht einen einzigen Gedanken wert.

Dennoch hatte sie an kaum etwas anderes während der langen, schlaflosen Nacht gedacht.

Ich führe mich auf, schimpfte C. C. sich selbst aus, als wäre ich noch nie zuvor geküsst worden. Aber natürlich war sie geküsst worden, angefangen bei Denny Dinsmore, der ihr nach dem Valentinstanz in der achten Klasse ihren ersten schlabberigen Zungenkuss gegeben hatte.

Natürlich war kein Vergleich zwischen Dennys fummelndem, wenn auch ernst gemeintem Versuch und der sagenhaften Erfahrung von Trents Kuss.

Was nur beweist, befand C. C., während sie finster in ihren Kaffee stierte, dass Trent einen Großteil seines Lebens mit seinen Lippen auf einem Frauenmund verbracht hat. Auf vielen Frauenmündern.

Es war eine Hinterhältigkeit gewesen, fand sie nun. Besonders mitten in einem sich sehr befriedigend entwickelnden Streit. Männer wie Trent verstanden es nicht, fair zu kämpfen, mit Witz und Worten und guter, ehrlicher Wut. Man brachte ihnen bei, zu dominieren, wie auch immer es funktioniert.

Nun, es hat funktioniert, dachte C. C. und fuhr sich mit einer Fingerspitze über die Lippen. Zum Teufel mit ihm und dem Pferd, auf dem er dahergeritten kam. Es hatte wie ein Zauber funktioniert, denn für einen zittrigen Moment hatte sie etwas Schönes und Wunderbares gefühlt, mehr als den erregenden Druck seines Mundes auf ihren Lippen, mehr als seine besitzergreifenden Hände.

Es war in ihr gewesen, unter der Panik und dem Genuss, unter den wirbelnden Empfindungen – ein Leuchten, warm und golden, wie eine Lampe im Fenster in einer sturmgepeitschten Nacht.

Dann hatte er diese Lampe mit einer raschen, achtlosen Bewegung wieder ausgeschaltet und sie erneut in die Dunkelheit gestoßen.

Für das allein könnte ich ihn hassen, dachte C. C. niedergeschlagen. Sie hätte es auch getan, hätte sie nicht schon Grund genug gehabt, um ihn so zu hassen.

„Hey, Kleines!“ Lilah fegte zur Tür herein, ordentlich in

ihrer Khakiuniform der Naturparkwächterin. Die Fülle ihres Haars hatte sie säuberlich zu einem Zopf auf ihrem Rücken zusammengefasst. An jedem ihrer Ohren schwangen drei braune Kristallkugeln. „Du bist zeitig auf."

„Ich?" C. C. vergaß ihre eigene Stimmung lange genug, um zu starren. „Bist du meine Schwester oder eine geschickte Hochstaplerin?"

„Das musst du beurteilen."

„Du musst eine Hochstaplerin sein. Lilah Maeve Calhoun steht nie vor acht Uhr auf, was genau zwanzig Minuten vor dem Zeitpunkt ist, zu dem sie aus dem Haus jagen muss, um fünf Minuten zu spät zur Arbeit zu kommen."

„Mein Gott, ich hasse es, so berechenbar zu sein. Mein Horoskop", erklärte Lilah, während sie den Kühlschrank durchforstete, „es sagt, dass ich heute zeitig aufstehen und den Sonnenaufgang betrachten soll."

„Und wie war er?", fragte C. C., als ihre Schwester eine Dose Cola und ein gewaltiges Stück Schwarzwälder Kirschtorte an den Tisch brachte.

„Ziemlich spektakulär, wie Sonnenaufgänge nun mal sind." Lilah schaufelte Torte in ihren Mund. „Was für eine Entschuldigung hast du?"

„Ich konnte nicht schlafen."

„Hat das irgendwas mit dem Fremden am Ende des Korridors zu tun?"

C. C. rümpfte die Nase und stibitzte eine Kirsche von Lilahs Teller. „Kerle wie der kratzen mich nicht."

„Kerle wie der wurden geschaffen, um Frauen zu kratzen, und dem Himmel sei Dank dafür. Also …" Lilah streckte ihre Beine aus, um ihre Füße auf einen leeren Stuhl zu legen.

Der Wasserhahn in der Küche leckte wieder, doch sie mochte das Geräusch. „Wie lautet die Story?“

„Ich habe nicht gesagt, dass es eine Story gibt.“

„Das brauchst du auch nicht zu sagen, das steht dir ins Gesicht geschrieben.“

„Ich mag es einfach nicht, dass er hier ist, das ist alles.“ C. C. stand auf und brachte ihre Tasse zur Spüle. „Das ist so, als würden wir bereits aus unserem Haus vertrieben werden. Ich weiß, dass wir darüber sprechen zu verkaufen, aber das war alles noch so vage und in weiter, weiter Zukunft.“ Sie wandte sich wieder ihrer Schwester zu. „Lilah, was sollen wir bloß machen?“

„Ich weiß es nicht.“ Lilahs Augen schienen sich zu verdunkeln. Das war eines der wenigen Dinge, von denen sie nicht verhindern konnte, dass sie ihr Sorgen bereiteten. Heim und Familie, das waren ihre Schwächen. „Ich schätze, wir sollten noch mehr von den Kristallsachen verkaufen, und dann ist da immer noch das Silber“, sagte sie.

„Es würde Tante Coco das Herz brechen, wenn wir das Silber verkaufen.“

„Ich weiß, aber wir werden wohl Stück für Stück abstoßen müssen oder den großen entscheidenden Schritt tun.“ Sie legte noch mehr Torte auf ihren Teller. „So ungern ich es auch sage, aber wir werden sehr angestrengt nachdenken müssen und sehr praktisch und sehr ernsthaft.“

„Aber, Lilah, ein Hotel …“

Lilah zuckte die Schultern. „Damit habe ich keine tief greifenden moralischen Probleme. Das Haus ist von dem verrückten alten Fergus gebaut worden, um darin Heerscharen von Gästen zu bewirten, während alle Arten von Leuten herumjagten und Essen servierten und Tischtücher glatt zogen. Ich finde, ein Hotel entspricht durchaus dem ursprünglichen Zweck." Sie stieß einen langen Seufzer aus, als sie C. C.s Miene sah. „Du weißt, dass ich dieses Haus genauso liebe wie du."

„Ich weiß."

Lilah fügte nicht hinzu, dass es ihr das Herz brechen würde, das Haus verkaufen zu müssen, dass sie jedoch darauf vorbereitet war, das zu tun, was für die Familie das Beste war.

„Wir geben dem sagenhaften Mr. St. James noch zwei Tage, dann halten wir einen Familienrat ab." Sie schenkte C. C. ein aufmunterndes Lächeln. „Wir vier zusammen können nichts falsch machen."

„Hoffentlich hast du recht."

„Süße, ich habe immer recht. Das ist das kleine Kreuz, das ich mit mir herumschleppen muss." Sie nahm einen Schluck von dem kalorienträchtigen Softdrink. „Also, warum erzählst du mir jetzt nicht, was dich die ganze Nacht wach gehalten hat?"

„Das habe ich gerade getan."

„Nein." Den Kopf schief gelegt, winkte sie mit ihrer Gabel C. C. zu. „Vergiss nicht, Lilah weiß und sieht alles, und was sie nicht weiß oder sieht, findet sie heraus. Und darum spuck es aus!"

„Tante Coco hat mich gedrängt, ihn in den Garten zu führen."

„Ja." Lilah lächelte. „Sie ist ein schlauer Teufel. Ich habe mir gleich gedacht, dass sie eine Romanze einfädeln wollte. Mondenschein, Blumen, das ferne Schlagen der Wellen an den Felsen – hat es gewirkt?"

„Wir hatten einen Streit."

Lilah nickte, signalisierte mit ihrer Hand, dass C. C. weitersprechen sollte, und trank. „Das ist schon mal ein guter Anfang. Streit über das Haus?“

„Darüber …“ C. C. begann, trockene Blätter von einem verwelkten Philodendron zu pflücken. „Und über andere Dinge.“

„Was zum Beispiel?“

„Die Namen von Geliebten“, murmelte C. C. „Prominente Bostoner Familien, seine Schuhe.“

„Ein vielseitiger und abwechslungsreicher Streit. Das sind mir die liebsten. Und dann?“

C. C. steckte die Hände in ihre Taschen. „Er hat mich geküsst.“

„Ah, die Geschichte verdichtet sich.“ Lilah besaß Cocos Liebe für Klatsch, beugte sich vor und stützte ihr Kinn auf die Hände. „Und, wie war es? Er hat einen sagenhaften Mund, ist mir sofort aufgefallen.“

„Küss ihn doch selbst.“

Nachdem sie einen Moment darüber nachgedacht hatte, schüttelte Lilah den Kopf, nicht ohne ein gewisses Bedauern. „Nein. Sagenhafter Mund oder nicht, er ist nicht mein Typ. Außerdem bist du schon mit seinen Lippen in den Clinch gegangen. War er gut?“

„Ja“, antwortete C. C. leise. „Ich schätze, so könnte man es nennen.“

„Wo wäre er auf einer Skala von eins bis zehn?“

Das Lachen entrang sich C. C., bevor sie sich dessen überhaupt bewusst wurde. „Zu dem Zeitpunkt des Kusses habe ich nicht direkt an so ein Bewertungssystem gedacht.“

„Es wird besser und besser.“ Lilah leckte ihre Gabel sauber. „Also, er hat dich geküsst, und es war ziemlich gut. Was kam dann?“

Der Humor verschwand, als C. C. einen langen Atemzug ausstieß. „Er hat sich entschuldigt."

Lilah starrte sie an und legte dann langsam und sehr behutsam ihre Gabel aus der Hand. „Er hat was?"

„Er hat sich entschuldigt, sehr ordentlich. Für sein unverzeihliches Benehmen. Und er hat versprochen, dass es nie wieder passieren würde. Der Kretin!" C. C. zerkrümelte die trockenen Blätter in der Hand. „Was für eine Art von Mann glaubt, dass eine Frau eine Entschuldigung hören will, nachdem er sie geküsst hat, dass ihr die Knochen geschmolzen sind?"

Lilah schüttelte den Kopf. „Nun, wie ich sehe, gibt es drei Möglichkeiten zur Auswahl. Entweder ist er wirklich ein Kretin, oder er wurde darauf dressiert, überhöflich zu sein, oder er konnte nicht vernünftig denken."

„Ich stimme für den Kretin."

„Hm. Ich muss darüber nachdenken." Sie trommelte mit ihren kirschroten Fingerspitzen auf den Tisch. „Vielleicht sollte ich sein persönliches Horoskop erstellen."

„In welchem Zeichen auch immer sein Mond steht, ich stimme trotzdem für den Kretin." C. C. kam an den Tisch und küsste Lilah auf die Wange. „Danke. Ich muss los."

„C. C." Sie wartete, bis ihre Schwester sich noch einmal umdrehte. „Er hat nette Augen. Wenn er lächelt, hat er sehr nette Augen."

Trent lächelte nicht, als es ihm später an diesem Nachmittag endlich gelang, mit seinem Wagen aus *The Towers* zu entkommen.

Coco hatte darauf bestanden, ihn durch die Keller zu führen, ohne auch nur einen einzigen feuchten Zentimeter auszulassen, und hatte ihn dann zwei Stunden lang mit Fotoalben nicht aus ihren Klauen gelassen.

Es war amüsant gewesen, Babyfotos von C. C. anzusehen und mittels Schnappschüssen ihr Heranwachsen vom Kleinkind zur Frau zu verfolgen. Sie war unglaublich niedlich gewesen mit Zöpfchen und Zahnlücke.

Doch während der zweiten Stunde hatten bei ihm die Alarmklingeln geschrillt.

Coco hatte begonnen, ihn alles andere als behutsam nach seinen Ansichten über Ehe, Kinder und Beziehungen auszuquetschen. Erst da hatte er begriffen, dass hinter Cocos sanften, verschleierten Augen ein scharfes, kalkulierendes Gehirn tickte.

Sie wollte nicht das Haus verkaufen, sondern eine ihrer Nichten versteigern.

Und offensichtlich stand C. C. an vorderster Stelle, und er war als Höchstbietender auserkoren.

Nun ja, den Calhoun-Frauen stand ein rüdes Erwachen bevor. Das war Trents fester Vorsatz. Sie mussten sich irgendwo anders auf dem Heiratsmarkt nach einem passenden Kandidaten umsehen, und er war fein heraus.

Und die Familie St. James würde das Haus bekommen. Das versprach Trent sich selbst. Verdammt noch mal, sie würden es bekommen, und zwar ohne einen daran befestigten Brautschleier.

In kontrollierter Wut fuhr er die steil abfallende, kurvenreiche Straße hinunter. Als Trent den Klang seiner eigenen Stimme hörte, wie er leise mit sich selbst sprach, entschied er, eine lange, beruhigende Fahrt zu unternehmen. Vielleicht in den Acadia National Park, wo Lilah arbeitete. Teile und erobere, dachte er. Er wollte jede einzelne der Frauen an ihrem Arbeitsplatz aufsuchen und ihre Abwehr erschüttern.

Lilah wirkt zugänglich, fand er. Jede Einzelne von ihnen würde zugänglicher als C. C. sein. Amanda macht einen sensiblen Eindruck. Und ich bin sicher, dass Suzanna eine vernünftige Frau ist.

Was war bloß schiefgelaufen mit Schwester Nummer vier?

Doch Trent ertappte sich dabei, wie er ins Dorf fuhr, vorbei an Suzannas neu eröffneter Gärtnerei, vorbei an dem Bay Watch Hotel.

Als er vor C. C.s Werkstatt anhielt, redete er sich ein, dass er das von Anfang an geplant hatte.

Er wollte bei ihr anfangen, dem spitzesten Dorn in seiner Fußsohle. Und wenn er mit ihr fertig war, brauchte sie sich keine Illusionen mehr zu machen, ihn mit einer Ehe einfangen zu können.

Hank kletterte gerade in den Abschleppwagen, als Trent aus dem BMW stieg. „Chef ist drinnen. Ich habe uns im Besucherzentrum eine hübsche verbeulte Stoßstange aufgerissen."

„Gratuliere."

„Alles klar. Wir haben hier schon ein wenig Arbeit gebraucht. Jetzt, wo die Saison kommt, platzt das Geschäft wieder aus allen Nähten."

Hank knallte die Tür zu, beugte sich mit dem Kopf aus dem Fenster und schien zu einem Schwätzchen bereit zu sein.

Aus irgendeinem Grund fand Trent, dass er den Jungen richtig wahrnahm. Er war jung, wahrscheinlich um die zwanzig, mit einem runden, offenen Gesicht und einem Schopf strohblonder Haare, die nach allen Richtungen abstanden.

„Arbeiten Sie schon lange für C. C.?"

„Seit sie die Werkstatt vom alten Pete gekauft hat. Das werden – äh – drei Jahre sein. Drei Jahre, fast. Sie hat mich erst eingestellt, nachdem ich die High School absolviert habe. Komisch, nicht?"

„Ist sie das?"

„Wenn die sich was in den Kopf gesetzt hat, kriegt man das nicht wieder raus." Er deutete hinüber zu der Werkstatt. „Sie ist heute ganz schön gereizt."

„Ist das ungewöhnlich?"

Hank lachte leise und schaltete das Radio auf volle Lautstärke. „Könnte nicht behaupten, sie wäre ein Hund, der nur bellt und nicht beißt, weil ich sie schon ein- oder zweimal beißen gesehen habe. Bis bald!"

„Ja, sicher."

Als Trent in die Werkstatt kam, hing C.C. bis zur Taille unter der Motorhaube eines Wagens neuester Bauart. Sie hatte wieder das Radio eingeschaltet, aber diesmal bewegten sich mehr ihre Hüften als ihre Stiefel im Takt.

„Entschuldigen Sie", begann Trent. Dann erinnerte er sich daran, dass sie das schon einmal durchgespielt hatten. Er ging näher und tippte ihr kräftig auf die Schulter.

„Wenn du jetzt nicht …" Sie drehte den Kopf nur so weit, bis sie seine Krawatte sah. Sie war diesmal nicht braun, sondern marineblau. Dennoch war C.C. sicher, wer der Eigentümer war. „Was wollen Sie?"

„Ich glaube, es ging um einen Ölwechsel."

„Oh!" Sie widmete sich wieder der Aufgabe, Zündkontakte zu wechseln. „Na, dann stellen Sie ihn draußen ab und legen den Schlüssel auf die Werkbank, und ich kümmere mich darum. Müsste um sechs fertig sein."

„Machen Sie Ihre Geschäfte immer so nebenbei?“

„Ja.“

„Wenn Sie nichts dagegen haben, behalte ich meine Schlüssel bei mir, bis Sie weniger abgelenkt sind.“

„Wie Sie wollen.“

Zwei Minuten vergingen, in denen die greifbare Stille nur von der Wettervorhersage im Radio durchbrochen wurde, die Gewitter für diesen Abend ankündigte.

„Hören Sie, wenn Sie nur da herumstehen, warum tun Sie nichts Nützliches? Setzen Sie sich rein und lassen Sie ihn an.“

„Ihn anlassen?“

„Ja. Sie wissen schon, den Schlüssel herumdrehen und aufs Gas steigen.“ Sie hob den Kopf und blies sich die Strähnen aus dem Gesicht. „Glauben Sie, dass Sie das schaffen werden?“

„Wahrscheinlich.“

Es war nicht genau das, was ihm vorschwebte, aber Trent ging zum Fahrersitz. Er sah, dass vorn ein Kindersitz festgeschnallt war, und etwas Rosafarbenes und Klebriges war auf dem Teppich zertreten.

Er glitt in den Wagen und drehte den Zündschlüssel herum. Der Motor sprang an und schnurrte ganz hübsch, wie Trent fand.

C. C. dachte offenbar anders darüber, griff nach ihrer Einstelllampe und nahm Veränderungen vor.

„Er klingt gut“, behauptete Trent.

„Nein, da ist ein Aussetzer.“

„Wie können Sie irgendetwas hören, wenn das Radio dermaßen brüllt?“

„Wie können Sie es nicht hören? Besser“, murmelte sie. „Viel besser. Sehr viel besser.“

Neugierig stieg er aus und beugte sich über ihre Schulter. „Was machen Sie da?"

„Meine Arbeit." Ihre Schultern bewegten sich unwillig, als hätte sie etwas auf dem Rücken gejuckt. „Gehen Sie weg, ja?"

„Ich bringe nur normale Neugierde zum Ausdruck." Ohne nachzudenken, legte er eine Hand leicht auf ihre Schulter und beugte sich dann noch tiefer.

C.C. zuckte hoch, fühlte einen heftigen Schmerz und fluchte wie ein Bierkutscher.

„Lassen Sie mich sehen." Er packte ihre Hand.

„Es ist nichts. Geben Sie Ruhe, ja? Wären Sie mir nicht im Weg gewesen, wäre meine Hand nicht abgerutscht."

„Hören Sie mit dem Herumtanzen auf, und lassen Sie mich nachsehen." Er ergriff ihr Handgelenk und untersuchte ihre aufgeschürften Knöchel. Die Blutstropfen unter der Wagenschmiere verursachten ihm ein lächerliches, aber schlechtes Gewissen. „Sie müssen das desinfizieren und verbinden."

„Das ist nur ein Kratzer." Himmel, warum konnte er ihre Hand nicht loslassen? „Ich muss meine Arbeit erledigen und nicht an mir herumdoktern."

„Seien Sie nicht kindisch", sagte er sanft. „Wo ist der Erste-Hilfe-Kasten?"

„Der ist im Bad, aber ich kann mich selbst versorgen."

Er ignorierte ihren Einwand und hielt weiterhin ihr Handgelenk fest, als er um den Wagen herumging und den Motor abschaltete. „Wo ist das Bad?"

C. C. deutete mit einer ruckartigen Kopfbewegung zu dem Korridor, der Werkstatt und Büro verband. „Wenn sie nur Ihre Schlüssel ..."

„Sie sagten, es wäre meine Schuld gewesen, dass Sie sich die

Hand verletzt haben. Also übernehme ich die Verantwortung."

„Ich wünschte, Sie würden aufhören, mich herumzuzerren", murrte sie, während er sie zu dem Korridor schleppte.

„Dann halten Sie mit mir Schritt."

Er stieß die Tür zu einem weiß gekachelten Badezimmer von der Größe eines Besenschranks auf. Ohne sich um C. C.s Proteste zu kümmern, hielt er ihre Hand unter kaltes Wasser.

Die Abmessungen des Raums zwangen sie, Hüfte an Hüfte zu stehen. Sie versuchten beide ihr Bestes, das zu ignorieren, als er die Seife nahm und mit überraschender Sanftheit begann, ihre Hand zu säubern.

„Es ist nicht tief", sagte Trent und ärgerte sich darüber, dass seine Kehle trocken war.

„Ich habe Ihnen gleich gesagt, dass es nur ein harmloser Kratzer ist."

„Kratzer können sich entzünden."

„Ja, Herr Doktor", entgegnete C. C. schnippisch.

Er hatte schon eine Erwiderung auf den Lippen, als er hochblickte. Sie wirkte so niedlich mit Ölschmiere auf der Nase und dem Schmollmund einer Fünfjährigen. „Es tut mir leid", hörte er sich sagen, und die Gereiztheit schwand aus ihrer Miene.

„Es war nicht Ihre Schuld." Um sich mit etwas zu beschäftigen, öffnete sie den Spiegelschrank über dem Waschbecken und nahm den Erste-Hilfe-Kasten heraus. „Ich kann mich selbst darum kümmern, wirklich."

„Ich mache gern zu Ende, was ich angefangen habe." Er nahm ihr den Kasten aus der Hand und fand das Desinfektionsmittel. „Ich muss Sie darauf aufmerksam machen, dass das brennt."

„Ich weiß, dass es brennt." C. C. stieß ein kleines Zischen aus, als er die Wunden betupfte. Automatisch beugte sie sich vor, um auf die brennenden Stellen zu blasen, und er tat das Gleiche. Ihre Köpfe prallten kräftig zusammen. Während sie sich ihren Kopf mit der freien Hand rieb, stieß C. C. ein halbherziges Lachen aus. „Wir geben ein lausiges Team ab."

„Sieht so aus." Seine Augen auf die ihren gerichtet, blies Trent sanft auf ihre Knöchel.

Etwas flackerte in diesen hübschen grünen Augen, bemerkte er. Alarm, Überraschung, Freude – er war sich nicht sicher, aber er hätte die Hälfte seiner Aktien verwettet, dass C. C. Calhoun absolut keine Ahnung von dem romantischen Komplott ihrer Tante hatte.

Er zog ihre Hand an seine Lippen – nur ein Test, versicherte er sich – und stellte fest, dass sie offensichtlich verwirrt war. Die von ihm umfasste Hand wurde schlaff. Ihr Mund öffnete sich und blieb so, ohne dass ein Laut daraus hervorkam.

„Ein Kuss soll es besser machen", sagte er und ließ seine Lippen aus rein selbstsüchtigen Gründen noch einmal über ihre Hand gleiten.

„Ich glaube, es wäre besser, wenn ..." Himmel, war der Raum klein. Und er wurde ständig kleiner. „Danke", brachte sie hervor. „Jetzt ist wieder alles in Ordnung."

„Das muss noch verbunden werden."

„Nein, ich ... brauche nicht ..."

„Sie machen sich sonst wieder schmutzig." Er genoss es sehr, als er eine Rolle Verbandszeug nahm und begann, ihre Hand zu verbinden.

Weil sie dachte, dadurch etwas mehr Platz zu schaffen, drehte C. C. sich um. Als hätte er den Bewegungen eines Tanzes folgen müssen, drehte Trent sich ebenfalls. Nun standen sie nicht mehr Seite an Seite, sondern einander gegenüber. Er schob sich ein Stück vor – der Platz erlaubte nichts anderes –, und ihr Rücken berührte die Wand.

„Wehgetan?"

Sie schüttelte den Kopf. Sie hatte sich nicht wehgetan, befand C. C., sondern sie hatte den Verstand verloren. Eine Frau musste den Verstand verloren haben, wenn ihr Herz wie ein Vorschlaghammer pochte, nur weil ein Mann Verbandszeug um ihre aufgeschrammten Knöchel wickelte.

„C. C.", er befestigte den Verband fachmännisch, „darf ich Ihnen eine persönliche Frage stellen?"

„Ich …" Sie zuckte mit den Schultern und schluckte einige Male.

„Wie viel kostet ein Ölwechsel genau?"

Sie fing die Belustigung in seinen Augen auf, ließ sich davon bezaubern und lächelte zurück. „Siebenundvierzig fünfzig", antwortete sie.

„Oh." Sie waren einander so nahe wie am Vorabend, als sie sich gestritten hatten. Dies hier, fand Trent, war wesentlich angenehmer. „Werden Sie auch meinen Kühler durchspülen?"

„Aber sicher."

„Dann ist mir der gestrige Abend verziehen worden?"

Ihre Augenbrauen hoben sich. „Das habe ich nicht gesagt."

„Ich wünschte, Sie würden es sich noch einmal überlegen." Er hielt ihre Hand zwischen ihnen fest und schob sich noch ein Stück näher. „Sehen Sie, wenn ich ohnedies dafür verdammt werde, ist es umso schwerer, dem Wunsch zu widerstehen, noch einmal zu sündigen."

Verwirrt presste sie sich gegen die Wand. „Ich glaube, es tut Ihnen nicht im Geringsten leid, was Sie getan haben."

Er betrachtete sie einen Moment, ihre geweiteten Augen, ihren verlockenden Mund. „Ich fürchte, Sie haben recht."

Während C.C. zwischen Freude und Entsetzen zerrissen dastand, begann das Telefon zu läuten.

„Ich muss ans Telefon." Flink wie ein Windhund fegte sie an ihm vorbei aus dem Bad.

Trent folgte ihr langsam, von sich selbst überrascht. Er hegte nicht den geringsten Zweifel, dass sie ebenso wie er ein Opfer der Fantasien ihrer Tante war.

Eine andere Frau, ganz sicher aber eine, die Heirat im Kopf hatte, hätte gelächelt oder geschmollt. Hätte ihre Arme verführerisch um ihn gelegt oder ihn trotzig von sich geschoben. Eine andere Frau hätte nicht dagestanden, den Rücken gegen die Wand gepresst, als sähe sie sich einem Erschießungskommando gegenüber.

Eine andere Frau hätte ihn nicht mit großen Augen angesehen und dabei gestammelt.

Und hätte dabei nicht so dermaßen ansprechend ausgesehen.

C.C. riss in ihrem Büro den Hörer an sich, doch ihr Kopf war leer. Sie stand da und starrte zehn Sekunden lang durch die Glasscheibe, bis die Stimme aus dem Telefon sie zurückholte.

„Was? Oh, ja, ja, hier ist C.C. Tut mir leid. Bist du das, Finney?" Sie stieß den angehaltenen Atem aus, während sie zuhörte. „Hast du wieder die Scheinwerfer angelassen? Bist du sicher? In Ordnung, in Ordnung, es könnte der Anlasser sein.“ Sie fuhr sich zerstreut mit den Fingern durch die Haare und wollte sich auf den Schreibtisch setzen, als sie Trent bemerkte. Sie schnellte wie eine Sprungfeder wieder hoch. „Was? Tut mir leid, könntest du das wiederholen? Aha. Ich könnte doch auf meinem Heimweg bei dir vorbeikommen und es mir ansehen. Ungefähr um halb sieben.“ Sie lächelte. „Sicher. Ich habe immer etwas für Hummer übrig. Darauf kannst du wetten. Leb wohl!“

„Eine Mechanikerin, die Hausbesuche macht“, kommentierte Trent.

„Wir kümmern uns um unsere Leute.“ Entspann dich, befahl sie sich. Entspann dich auf der Stelle! „Außerdem fällt es einem leicht, wenn am anderen Ende der Leitung ein Angebot für ein Albert-Finney-Hummer-Dinner wartet.“

Er verspürte einen Stich, den zu ignorieren er peinlichst bemüht war. „Was macht die Hand?“

Sie wackelte mit den Fingern. „Es geht ihr gut. Hängen Sie doch Ihre Schlüssel an das Schlüsselbrett.“

Trent folgte der Aufforderung. „Ist Ihnen bewusst, dass Sie mich nie mit meinem Namen angesprochen haben?“

„Natürlich habe ich das.“

„Nein. Sie haben mir alle möglichen Namen an den Kopf geworfen, aber Sie haben nie meinen Namen ausgesprochen.“ Er machte eine wegwerfende Handbewegung, als wollte er den Gedanken verscheuchen. „Wie auch immer, ich muss mit Ihnen sprechen.“

„Hören Sie, wenn es um das Haus geht, ist das bestimmt nicht der richtige Zeitpunkt oder Ort dafür.“

„Darum geht es nicht.“

„Oh!“ C. C. sah ihn an und registrierte eine sich steigernde Erregung. Ihr Herz pochte wild. „Ich komme wirklich in Zeitdruck. Kann es nicht warten, bis Sie Ihren Wagen abholen?“

Er war es nicht gewohnt, auf irgendetwas zu warten. „Es wird nicht lange dauern. Ich finde, ich sollte Sie warnen. Ich glaube nämlich, dass Ihnen die Pläne Ihrer Tante genauso wenig bekannt sind wie mir.“

„Tante Coco? Was denn für Pläne?“

„Pläne vom Typ ‚weiße Spitze und Orangenblüten‘. Was sagen Sie dazu?“

Ihre Miene wechselte von verblüfft zu betäubt und dann zu misstrauisch. „Heirat? Das ist wirklich absurd. Tante Coco will nicht heiraten. Sie hat nicht einmal ernsthafte Verabredungen.“

„Ich habe nicht gemeint, dass sie die Kandidatin ist.“ Er ging auf C. C. zu und hielt seine Augen auf sie gerichtet. „Sie sind es!“

Ihr Lachen kam spontan und voll Vergnügen, als sie sich auf die Kante ihres Schreibtisches setzte. „Ich? Ich soll heiraten? Das ist wundervoll.“

„Ja, und genau das denkt Ihre Tante auch von mir.“

C. C.s Lachen versiegte. Mit den Händen stieß sie sich von dem Schreibtisch hoch. Als sie weitersprach, klang ihre Stimme sehr kühl, wobei Zorn unter der Oberfläche aufflackerte. „Was genau wollen Sie andeuten?“

„Dass Ihre Tante aus ihren ganz persönlichen Motiven heraus mich nicht nur eingeladen hat, damit ich mir das Haus ansehe, sondern auch ihre vier attraktiven Nichten begutachte.“

Ihr Gesicht wurde blass, wie das seines Wissens nach jedes Mal passierte, wenn sie verzweifelt wütend wurde. „Das ist eine Beleidigung."

„Das ist eine Tatsache", verbesserte Trent in seiner trockenen Manier.

„Raus hier!" Sie versetzte ihm einen harten Stoß Richtung Tür. „Raus! Nehmen Sie Ihre Schlüssel, Ihren Wagen und Ihre lächerlichen Anschuldigungen und verschwinden Sie!"

„Warten Sie und seien Sie einen Moment still!" Er packte sie an den Schultern. „Nur einen Moment, und wenn ich fertig bin und Sie mich noch immer für lächerlich halten, werde ich sofort gehen."

„Ich weiß, dass Sie lächerlich sind. Und eingebildet und arrogant. Wenn Sie auch nur eine Sekunde glauben, ich hätte irgendwelche Pläne, was Sie …"

„Nicht Sie", unterbrach er sie und schüttelte sie dabei leicht. „Aber Ihre wohlmeinende Tante. ‚Warum zeigst du Trent nicht den Garten, C. C.? Die Blumen sind im Mondschein exquisit.'"

„Sie war bloß höflich."

„Von wegen! Wissen Sie, wie ich meinen Vormittag verbracht habe?"

„Nichts könnte mich weniger interessieren."

„Ich habe mir Fotoalben angesehen." Trent erkannte, wie sich der Zorn in Verlegenheit verwandelte, und legte noch etwas zu. „Dutzende. Sie waren ein bewunderungswürdiges Kind, Catherine."

„O Gott!"

„Und sehr klug auch, laut Ihrer hingebungsvollen Tante. Die Klassenbeste im Buchstabieren."

Mit einem langen Seufzer setzte sie sich wieder auf den Schreibtisch.

„Keine einzige Kariesstelle in Ihren Zähnen."

„Das hat sie doch nicht wirklich getan", stieß C. C. hervor.

„Oh, das und noch mehr. Höchstes Lob für Ihre Kurse in Automechanik auf der High School. Das meiste von Ihrer Erbschaft haben Sie dafür angelegt, diese Werkstatt Ihrem Arbeitgeber abzukaufen. Ich habe erfahren, dass Sie eine sehr vernünftige Frau sind, die mit beiden Beinen im Leben steht. Und darüber hinaus stammen Sie aus einer exzellenten Linie von Vorfahren und besitzen die besten Anlagen und bestes Geblüt."

„Wie ein Holsteiner", murmelte sie, während ihr Blut zu kochen begann.

„Wenn Sie es so ausdrücken wollen. Natürlich würden Sie bei Ihrem Background, Ihrem Verstand und Ihrer Schönheit für den richtigen Mann die beste aller Ehefrauen abgeben."

Sie war nicht mehr blass, sondern errötete. „Nur weil Tante Coco stolz auf mich ist, dürfte sie kaum erwarten, dass Sie das Monogramm für unser Hochzeitssilber aussuchen."

„Nachdem sie damit fertig war, mir Ihre Tugenden aufzuzählen und mir Ihre Fotos – übrigens sehr hübsche – von Ihnen in Ihrem Kleid für den Abschlussball zu zeigen ..."

„Meine ..." C. C. schloss nur noch die Augen.

„... begann sie, mich nach meinen Ansichten über Ehe und Kinder auszufragen. Wobei sie ziemlich deutliche, unüberhörbare Hinweise fallen ließ, ein Mann in meiner Position würde eine stabile Beziehung zu einer stabilen Frau brauchen. Zu einer Frau wie Ihnen, zum Beispiel."

„Schon gut, schon gut! Es reicht!“ C.C. öffnete wieder ihre Augen. „Tante Coco setzt sich oft etwas in ihren Kopf, was für meine Schwestern und mich am besten wäre.“ C.C. stieß einen Zischlaut aus. „Wenn sie sich dabei mitreißen lässt und zu weit geht, geschieht das nur, weil sie uns liebt und sich für uns verantwortlich fühlt. Es tut mir leid, dass sie Ihnen Unannehmlichkeiten bereitet hat.“

„Ich habe Ihnen das nicht erzählt, um Sie in Verlegenheit zu stürzen oder eine Entschuldigung von Ihnen zu erhalten.“ Trent fühlte sich plötzlich befangen und schob seine Hände in die Taschen. „Ich hielt es für das Beste, wenn Sie wissen, in welche Richtung ihre Gedanken laufen, bevor – nun ja, bevor irgendetwas außer Kontrolle gerät.“

„Außer Kontrolle gerät?“, wiederholte C.C. und bedachte ihn mit einem stechenden Blick.

„Oder etwa missverstanden wird.“ Seltsam, dachte er. Für gewöhnlich war es so einfach, Grundregeln zu erstellen. Er konnte sich nicht daran erinnern, schon einmal so herumgestammelt zu haben. „Das heißt, nach gestern Abend … Mir ist klar geworden, dass Sie bis zu einem gewissen Grad sehr behütet gelebt haben.“

Die Finger von C.C.s unverletzter Hand begannen, auf ihrem Knie unter dem Overall zu trommeln.

Vielleicht sollte er noch einmal von vorn anfangen. „Ich glaube an Ehrlichkeit, C.C., sowohl in meinen geschäftlichen als auch in meinen privaten Beziehungen. Gestern Abend, zwischen Zornesausbruch und Mondschein … Wir … Ich finde, man könnte sagen, wir verloren für einen Moment die Kontrolle.“ Warum wirkte diese Beschreibung so blass und unangemessen für das, was geschehen war? „Ich möchte nicht, dass Ihr Mangel an Erfahrung und die Fantasien Ihrer Tante zu irgendwelchen Missverständnissen führen."

„Warten Sie! Mal sehen, ob ich das auf die Reihe kriege. Weil Sie mich gestern Abend geküsst haben, und weil meine Tante das Thema Heirat zusammen mit meinen Babyfotos heute Morgen aufs Tapet gebracht hat, machen Sie sich jetzt Sorgen, ich könnte mir ein paar verrückte Ideen in den Kopf setzen, dass ich die nächste Mrs. St. James werde?"

Verwirrt fuhr Trent sich mit den Fingern durch die Haare. „Mehr oder weniger. Ich hielt es für besser und sicherlich für fairer, wenn ich Ihnen sofort reinen Wein einschenke, damit Sie und ich die Angelegenheit vernünftig regeln können. Auf diese Weise würden Sie nicht …"

„… von Ihrer Herrlichkeit enttäuscht werden?", warf sie ein.

„Legen Sie mir keine Worte in den Mund."

„Wie könnte ich noch etwas hineinlegen, wo doch gar kein Platz mehr in Ihrem Mund ist bei dem ganzen Quatsch, der da herauskommt", fauchte sie ihn an.

„Verdammt!" Er hasste die Tatsache, dass sie recht hatte. „Ich versuche bloß, absolut ehrlich zu Ihnen zu sein, damit es kein Missverständnis gibt, wenn ich Ihnen sage, dass ich mich sehr zu Ihnen hingezogen fühle."

Sie hob bloß eine Augenbraue und war zu wütend, um zu erkennen, dass ihn seine eigenen Worte sprachlos gemacht hatten. „Jetzt soll ich mich ja wohl geschmeichelt fühlen, nehme ich an?"

„Sie sollen gar nichts. Ich versuche nur, die Fakten darzustellen."

„Ich werde Ihnen ein paar Fakten geben." C.C. tippte ihm

gegen die Brust. „Sie fühlen sich nicht zu mir hingezogen, sondern zu dem Image des perfekten und beneidenswerten Trenton St. James III. Die Fantasien meiner Tante, wie Sie es nennen, sind das Produkt eines wundervollen, liebenden Herzens. Etwas, was Sie garantiert nicht verstehen können. Und was mich betrifft, so könnte es mir nicht einfallen, fünf Minuten mit Ihnen zu verbringen, geschweige denn den Rest meines Lebens. Sie kriegen vielleicht am Schluss mein Haus in Ihre Finger, aber nicht mich, Teuerster." Sie kam auf Touren und fühlte sich wohl dabei. „Würden Sie auf Händen und Knien zu mir angekrochen kommen, mit einem Diamanten, der so groß wie meine Faust zwischen Ihren Zähnen ist, dann würde ich Ihnen ins Gesicht lachen. Das sind die Fakten. Ich bin sicher, Sie finden den Weg hinaus."

C.C. wirbelte herum und stürmte den Korridor entlang. Trent zuckte zusammen, als die Tür zuknallte.

„Na ja", murmelte er und drückte seine Finger gegen die Augen. „Das haben wir jedenfalls mit Sicherheit geklärt."

5. Kapitel

Unerträglich! Das war das perfekte Wort, um ihn zu beschreiben, fand C. C., und hielt sich gedanklich daran für den Rest des Tages fest.

Als sie heimkam, war das Haus bereits still und für die Nacht gerüstet. Leise und sanft hörte sie die verträumten Klänge des Klaviers aus dem Musikzimmer. Sie wandte sich von der Treppe ab und folgte den Tönen.

Es war natürlich Suzanna, die an dem zauberhaften alten Instrument saß. Sie war die Einzige, die den Unterricht durchgehalten und überhaupt irgendwelches Talent gezeigt hatte.

Amanda war zu ungeduldig, Lilah zu träge gewesen. Und C. C. … Sie blickte auf ihre Hände. Ihre Finger hatten sich mit Motoröl wohler gefühlt als auf den Tasten eines Klaviers.

Dennoch hörte sie gern zu. Nichts besänftigte oder bezauberte sie mehr als Musik.

Suzanna, tief in ihren Gefühlen versunken, seufzte ein wenig, als die letzten Töne verklangen.

„Das war schön." C. C. ging zu ihrer Schwester und drückte einen Kuss auf ihr Haar.

„Ich bin eingerostet."

„Nicht für meine Ohren."

Lächelnd tastete Suzanna nach hinten, um C. C.s Hand zu tätscheln, und fühlte den Verband. „Oh, was hast du gemacht?", wollte sie wissen.

„Nur die Knöchel aufgeschlagen."

„Hast du die Wunde gut gereinigt? Wann hast du die letzte Tetanusspritze bekommen?"

„Nun mal langsam, Mommy. Die Wunde ist supersauber, und ich habe vor sechs Monaten eine Tetanusspritze bekommen." C. C. setzte sich auf die Klavierbank und sah sich im Raum um. „Wo sind die anderen?"

„Die Kinder sind schon eingeschlafen – hoffe ich. Wackle mit deinen Fingern!" C. C. gehorchte seufzend.

Mit einem zufriedenen Nicken fuhr Suzanna fort: „Lilah ist zu einer Verabredung weg. Tante Coco ging schon vor Stunden nach oben, um ein Schaumbad zu nehmen und sich Gurkenscheiben auf die Augen zu legen."

„Was ist mit – ihm?"

„Liegt im Bett, schätze ich. Es ist fast Mitternacht."

„Tatsächlich?" Dann lächelte sie. „Du hast auf mich gewartet."

„Habe ich nicht." Suzanna sah sich ertappt und lachte. „Genau. Hast du Mr. Finneys Lastwagen in Ordnung gebracht?"

„Er hat wieder die Scheinwerfer brennen lassen." Sie gähnte gewaltig. „Ich glaube, er macht das absichtlich, damit ich zu ihm kommen und die Batterie aufladen kann." C. C. streckte ihre Arme zur Decke. „Wir hatten Hummer und Holundersekt."

„Wäre er nicht alt genug, um dein Großvater zu sein, würde ich sagen, dass er ein Auge auf dich geworfen hat."

„Das hat er. Und es beruht auf Gegenseitigkeit. Also, habe ich hier etwas verpasst?"

„Tante Coco will eine Séance abhalten."

„Nicht schon wieder!“

Suzanna ließ improvisierend ihre Finger leicht über die Tasten gleiten. „Morgen Abend, gleich nach dem Dinner. Sie behauptet, dass Urgroßmutter Bianca uns etwas mitteilen will – auch Trent.“

„Was hat er damit zu tun?“

Suzanna strich flüchtig über C. C.s Haare. „Wenn wir beschließen, ihm das Haus zu verkaufen, wird er sie mehr oder weniger erben.“

„Werden wir das tun, Suzanna?“

„Vielleicht werden wir es tun müssen.“

C. C. stand auf und spielte mit den Quasten der Stehlampe. „Mein Geschäft läuft recht gut. Ich könnte die Werkstatt beleihen lassen.“

„Nein.“

„Aber ...“

„Nein“, wiederholte Suzanna. „Du wirst nicht für die Vergangenheit deine Zukunft riskieren.“

„Es ist meine Zukunft.“

„Und es ist unsere Vergangenheit.“ Sie erhob sich ebenfalls. Wenn dieses Leuchten in Suzannas Augen trat, hütete auch C. C. sich davor, zu widersprechen. „Ich weiß, wie viel dir das Haus bedeutet, uns allen. Dass ich hierher zurückkehren konnte, nachdem Bax... nachdem es nicht geklappt hatte“, sagte Suzanna behutsam, „hat mir geholfen, meinen Verstand beisammenzuhalten. Jedes Mal, wenn Alex oder Jenny das Geländer herunterrutschen, erinnere ich mich daran, dass ich es ebenfalls gemacht habe. Ich sehe Mama hier am Klavier sitzen und höre Papa Geschichten vor dem Kamin erzählen.“

„Wie kannst du dann überhaupt an einen Verkauf denken?“

„Weil ich gelernt habe, mich den Realitäten zu stellen, wie unangenehm sie auch sein mögen.“ Sie legte eine Hand an C.C.s Wange. Nur fünf Jahre trennten sie. Manchmal kam es Suzanna so vor, als wären es fünfzig. „Von Zeit zu Zeit geschehen mit dir oder um dich herum Dinge, die du nicht beeinflussen kannst. Wenn das der Fall ist, sammelst du ein, was in deinem Leben wichtig ist, und machst weiter.“

„Aber das Haus ist wichtig.“

„Was glaubst du denn, wie lange wir es wirklich noch halten können?“

„Wir könnten die Lithografien verkaufen, das Limoges, ein paar andere Dinge“, schlug C. C. vor.

„Und das Unglück nur hinauszögern.“ Darüber wusste Suzanna viel zu gut Bescheid. „Wenn es Zeit ist aufzugeben, finde ich, sollten wir mit etwas Würde aufgeben.“

„Dann hast du dich also schon entschieden.“

„Nein.“ Suzanna seufzte und setzte sich wieder. „Jedes Mal, wenn ich glaube, einen Entschluss gefasst zu haben, ändere ich ihn wieder. Vor dem Abendessen sind die Kinder und ich an den Klippen entlanggegangen.“ Mit träumerischen Augen blickte sie durch das dunkle Fenster. „Wenn ich dort stehe und über die Bay hinausblicke, fühle ich etwas so Unglaubliches, dass es mir das Herz bricht. Ich weiß nicht, was richtig ist, C. C. Ich weiß nicht, was das Beste ist. Aber ich fürchte, ich weiß, was getan werden muss.“

„Es tut weh.“

„Ich weiß.“

C. C. setzte sich nun neben ihre Schwester und lehnte ihren Kopf an Suzannas Schulter. „Vielleicht geschieht noch ein Wunder."

Trent beobachtete sie von dem dunklen Korridor aus. Er wünschte sich, er hätte sie nicht gehört. Er wünschte sich, es würde ihm nichts ausmachen. Aber er hatte sie gehört, und aus Gründen, die er nicht weiter erforschen wollte, machte es ihm etwas aus.

Rasch ging er wieder die Treppe hinauf.

„Kinder." Coco war überzeugt, jeden Moment den letzten Rest ihres Verstandes zu verlieren. „Warum lest ihr nicht ein gutes Buch?"

„Ich will Krieg spielen." Alex ließ einen imaginären Säbel durch die Luft zischen. „Tod bis zum letzten Mann!"

Und das Kind ist erst sechs, dachte Coco. Was soll denn in zehn Jahren sein?

„Buntstifte", schlug sie hoffnungsvoll vor und verwünschte verregnete Samstagnachmittage. „Warum malt ihr zwei denn nicht schöne Bilder? Wir können sie dann am Kühlschrank befestigen, wie eine Gemäldeausstellung."

„Kinderkram", maulte Jenny, mit fünf schon eine Zynikerin. Sie legte ein imaginäres Lasergewehr an und feuerte. „Za-za-zapp! Ich habe dich gezappt, Alex, und total desingriert!"

„Desingetriert, du Dummkopf, und ich bin keins von beidem. Ich habe mein Kraftfeld aufgebaut."

„Oh nein!"

Sie beäugten einander mit jener gegenseitigen Abneigung, die nur Geschwister empfinden können, die an einem Samstag zusammen eingesperrt sind.

In stillschweigendem Übereinkommen gingen sie zum Kampf Mann gegen Mann über. Während sie miteinander auf dem verblassenden Aubusson-Teppich rangen, richtete Coco ihren Blick zur Zimmerdecke.

Wenigstens fand der Kampf in Alex' Zimmer statt, sodass nur wenig Schaden angerichtet werden konnte. Dennoch war sie in Versuchung, hinauszugehen, die Tür zu schließen und es den beiden zu überlassen, sich gegenseitig zu erledigen. Doch sie war schließlich verantwortlich.

„Ihr werdet euch wehtun", begann sie mit jener uralten Ansprache, die Erwachsene an Kinder richten. „Denk daran, Alex, wie Jenny dir letzte Woche die Nase blutig geschlagen hat."

„Das hat sie nicht." Männlicher Stolz gewann die Oberhand, während er versuchte, seine bewegliche Schwester auf die Matte zu zwingen.

„Hab ich schon, hab ich schon!", rief sie und hoffte, es wiederholen zu können. Mit ihren flinken kleinen Beinen nahm sie ihn in den Scherengriff.

„Ich bitte um Entschuldigung", sagte Trent von der Tür her. „Ich scheine zu stören."

„Überhaupt nicht." Coco zupfte an ihren Haaren. „Nur ein paar kindliche Launen. Kinder, sagt Hallo zu Mr. St. James."

„…lo", murmelte Alex, während er darum kämpfte, seine Schwester in den Schwitzkasten zu bekommen.

Trents Lächeln gab Coco eine Inspiration ein. „Trenton, dürfte ich Sie um einen Gefallen bitten?"

„Natürlich."

„Alle Mädchen arbeiten heute, wissen Sie, und ich muss nur schnell ein, zwei kleine Besorgungen machen. Würde es

Ihnen sehr viel ausmachen, die Kinder ein winziges Momentchen zu beaufsichtigen?“

„Sie beaufsichtigen?“

„Oh, sie machen überhaupt keine Schwierigkeiten.“ Coco strahlte zuerst ihn, dann ihre Großnichte und ihren Großneffen an. „Jenny, beiß nicht deinen Bruder. Calhouns kämpfen fair.“ Wenn sie nicht gerade schmutzig kämpfen, dachte sie. „Ich werde zurück sein, bevor Sie überhaupt merken, dass ich weg bin“, versprach sie und schob sich an Trent vorbei.

„Coco, ich bin nicht sicher, dass ich …“

„Oh, und vergessen Sie nicht die Séance heute Abend.“ Sie eilte die Treppe hinunter und überließ es ihm, für sich selbst einzustehen.

Jenny und Alex hörten zu ringen auf, um ihn eulenhaft anzustarren. Sie mochten einander mit Zähnen und Krallen bekämpfen, aber sie vereinigten sich ohne zu zögern, wenn es gegen eine auswärtige Macht ging.

„Wir mögen keine Babysitter“, erklärte Alex ihm mit einem bösartigen Unterton.

Trent wippte auf den Zehenspitzen. „Ich bin bereits sicher, dass es mir nicht gefällt, einer zu sein.“

Alex hatte seinen Arm mehr um die Schultern seiner Schwester gelegt als um ihren Hals. Ihr Arm schlang sich um seine Taille. „Uns gefällt das auch nicht. Absolut nicht.“

Trent nickte. Wenn er mit fünfzig Mitarbeitern fertig wurde, schaffte er ganz sicher zwei aufmüpfige Kinder. „Okay, Leute.“

„Als wir im letzten Sommer in Boston zu Besuch waren, hatten wir einen Babysitter.“ Jenny beäugte ihn voll Misstrauen. „Wir haben jedem das Leben zur Hölle gemacht.“

Trent kaschierte sein Lachen mit einem Hüsteln. „Was du nicht sagst."

„Unser Vater hat das gesagt", bekräftigte Alex. „Und er war froh, als er uns beide von hinten gesehen hat."

Die kindliche Ruchlosigkeit war nicht länger amüsant. Trent bemühte sich, das zornige Leuchten aus seinen Augen zu verbannen, und nickte bloß. Baxter Dumont war offensichtlich ein ganz besonderes Exemplar Mann. „Ich habe einmal meine Nanny in den Schrank eingesperrt und bin aus dem Fenster geklettert."

Alex und Jenny wechselten interessierte Blicke.

„Das ist recht gut", entschied Alex.

„Sie hat zwei Stunden lang geschrien", improvisierte Trent.

„Wir haben unserer Babysitterin eine Schlange ins Bett gelegt, und sie ist im Nachthemd aus dem Haus gelaufen." Jenny lächelte satt und wartete, ob er das übertrumpfen konnte.

„Gut gemacht." Was jetzt? fragte er sich. „Habt ihr irgendwelche Puppen?"

„Puppen sind ätzend", sagte Jenny aus Loyalität zu ihrem Bruder.

„Schlagt ihnen die Köpfe ab!", schrie Alex und brachte sie zum Kichern. Er sprang auf und schwang sein imaginäres Schwert. „Ich bin ein böser Pirat, und ihr seid meine Gefangenen."

„O nein, ich musste beim letzten Mal die Gefangene sein." Jenny sprang auf die Beine. „Ich bin jetzt mit dem bösen Piraten dran."

„Ich habe es zuerst gesagt."

Sie versetzte ihm einen kräftigen Stoß. „Schwindler, Schwindler, Schwindler!“

„Baby, Baby, Baby!“, schrie er und stieß sie wieder.

„Aufhören!“, rief Trent, bevor sie sich aufeinanderstürzen konnten. Der ungewohnte männliche Tonfall ließ sie auf der Stelle erstarren. „Ich bin hier der böse Pirat“, erklärte er ihnen, „und ich lasse euch beide über die Planke marschieren.“

Er genoss es. Ihre kindliche Fantasie mochte ein wenig blutig eingefärbt sein, aber sie spielten fair, wenn die Regeln erst einmal festgesetzt waren.

Es gab eine Menge Leute, die er auf gesellschaftlicher Ebene kannte, die verblüfft gewesen wären zu sehen, wie Trenton St. James III, auf dem Fußboden herumkroch oder eine Wasserpistole abfeuerte, aber er konnte sich daran erinnern, an regnerischen Tagen im Haus eingeschlossen gewesen zu sein.

Das Spiel ging von Piraten zu Freibeutern des Weltalls bis hin zum Indianerüberfall.

Am Ende einer besonders grausamen Schlacht lagen sie alle drei auf dem Fußboden ausgebreitet.

Alex spielte mit dem Gummitomahawk in der Hand so lange tot, bis er einschlief.

„Ich habe gewonnen“, sagte Jenny, dann rutschte ihr der Federkopfschmuck über die Augen, und sie kuschelte sich an Trents Seite. Auch sie schlief in der beneidenswerten Art von Kindern innerhalb von Sekunden ein.

So fand C. C. sie vor. Der Regen klopfte sanft an die Fenster. Im Bad am Ende des Korridors fiel ein Tropfen musikalisch in einen Eimer. Abgesehen davon war nur ruhiges, gleichmäßiges Atmen zu hören.

Alex lag auf dem Bauch, die Finger noch immer um seine Waffe gekrampft. Zusätzlich zu den Körpern war der Fußboden übersät mit Miniaturautos, Spielzeugfiguren und ein paar Plastikdinosauriern. Den Kampfopfern ausweichend, betrat C.C. den Raum.

Sie war sich nicht ganz klar darüber, was sie dabei empfand, Trent auf dem Fußboden schlafend mit ihrer Nichte und ihrem Neffen vorzufinden. Fest stand aber, dass sie es nicht geglaubt hätte, hätte sie es nicht selbst gesehen.

Krawatte und Schuhe waren verschwunden, seine Haare waren zerzaust, und an seinem Leinenhemd zog sich ein nasser Fleck hin.

Der Druck auf ihrem Herzen war behutsam und zart und sehr real. Also, er sieht irgendwie süß aus, fand sie, und rammte dann sofort ihre Hände in die Taschen.

Das war absurd. Ein Mann wie Trent war niemals süß.

Vielleicht haben die Kinder ihn bewusstlos geschlagen, dachte sie und beugte sich über ihn.

Er öffnete die Augen, starrte einen Moment zu ihr hoch und gab einen schläfrigen Laut von sich.

„Was machen Sie da?“, wisperte sie.

„Ich bin mir nicht so ganz sicher.“ Er hob seinen Kopf und sah sich um. Jenny schmiegte sich in seine Armbeuge, und auf der anderen Seite lag Alex ausgezählt auf dem Boden. „Aber ich glaube, ich bin der einzige Überlebende.“

„Wo ist Tante Coco?“

„Sie macht nur schnell ein paar Besorgungen. Ich werfe ein Auge auf die Kinder.“

Sie hob eine Braue. „O ja, das sehe ich.“

„Ich fürchte, es hat eine größere Schlacht stattgefunden, bei der viele Opfer zu beklagen waren."

C. C.s Lippen zuckten, als sie zu Alex' Bett ging und eine Decke holte. „Wer hat gewonnen?"

„Jenny hat den Sieg für sich beansprucht." Sanft zog er seinen Arm unter ihrem Kopf hervor. „Obwohl Alex damit nicht einverstanden sein wird."

„Zweifellos."

„Was sollen wir mit den beiden machen?"

„Ach, ich würde sagen, wir behalten sie."

Er lächelte sie an. „Nein, ich meine, sollen wir sie zu Bett bringen?"

„Nein." Geschickt schlug C. C. die Decke auseinander und breitete sie über die beiden, wo sie gerade lagen. „Denen geht es gut." Sie verspürte den lächerlichen Drang, einen Arm um seine Taille zu schlingen und ihren Kopf an seine Schulter zu lehnen. Sie zermalmte den Gedanken gnadenlos. „Es war nett von Ihnen, den Babysitter zu spielen."

„Ich habe es nicht direkt angeboten. Ich wurde dazu abkommandiert."

„Es war trotzdem nett von Ihnen."

Er holte sie an der Tür ein. „Ich könnte eine Tasse Kaffee gebrauchen."

C. C. zögerte nur einen Moment. „In Ordnung. Ich mache welchen. Sieht so aus, als hätten Sie ihn sich verdient." Sie warf einen Blick über ihre Schulter zurück, als sie die Treppe hinunterging. „Wie ist denn Ihr Hemd so nass geworden?"

„Oh!" Er fuhr sich mit der Hand darüber und wurde leicht verlegen. „Ein Volltreffer mit einem Todesstrahl, getarnt als rosa Wasserpistole. Also, wie war Ihr Tag?"

„Nicht annähernd so abenteuerlich wie Ihrer.“ Sie ging in die Küche und steuerte direkt den Herd an. „Ich habe nur einen Motor wieder zusammengebaut.“

Als der Kaffee durchlief, machte C. C. Feuer im Kamin in der Küche.

Sie hatte Regentropfen im Haar, bemerkte Trent. Er war kein lyrischer Mensch, aber er ertappte sich bei dem Gedanken, dass die Wassertropfen wie Diamanten wirkten, die über eine schimmernde Samtkappe rannen.

Er hatte immer Frauen mit langen Haaren bevorzugt, wie er sich ins Gedächtnis rief, feminin, sanft, wellig.

Und dennoch, der Stil passte zu C. C., enthüllte ihren schlanken Hals und bildete einen perfekten Rahmen für ihre herrlich weiße Haut.

„Worauf starren Sie?“

Er blinzelte und schüttelte den Kopf „Auf nichts. Tut mir leid, ich habe bloß nachgedacht. Es ist – äh … Ein Feuer in der Küche hat etwas Anheimelndes an sich.“

„Hm.“ Er sieht seltsam aus, fand sie. Vielleicht lag es am Fehlen der Krawatte. „Möchten Sie Milch in Ihren Kaffee?“

„Nein, schwarz.“

Ihr Arm streifte ihn, als sie zum Herd ging. Diesmal war Trent es, der zurückwich. „Hat Tante Coco gesagt, wohin sie gehen wollte?“

Vielleicht ist die Luft mit statischer Elektrizität aufgeladen, dachte er. Das würde den Schlag erklären, den er verspürt hatte, als sie ihn berührte. „Eigentlich nicht. Es spielt auch keine Rolle. Die Kinder haben Spaß gemacht.“

C. C. betrachtete sein Gesicht, als sie ihm eine Henkeltasse reichte. „Ich glaube, Sie meinen das ernst.“

„Das tue ich. Vielleicht war ich nicht lange genug mit Kindern zusammen, um genug von ihnen zu haben. Die zwei sind vielleicht ein Paar."

„Suzanna ist eine großartige Mutter." Behaglich lehnte C. C. sich gegen die Theke und nahm einen Schluck. „Sie hat mit mir geübt. Und, wie läuft Ihr Wagen?"

„Besser als seit Monaten." Er prostete ihr mit seiner Tasse zu. „Ich fürchte, ich habe gar nicht gemerkt, dass etwas nicht in Ordnung war, bis Sie daran gearbeitet hatten. Ich verstehe überhaupt nichts von Motoren."

„Das ist schon in Ordnung. Ich habe dafür keine Ahnung, wie man eine Firmenübernahme einfädelt."

„Tut mir leid, dass Sie nicht da waren, als ich meinen Wagen abholte. Hank sagte, Sie wären zum Dinner weggefahren. Ich vermute, Sie haben sich gut unterhalten. Sie sind erst spät heimgekommen."

„Ich unterhalte mich immer gut mit Finney." Sie drehte sich zur Seite, um ein Glas mit Plätzchen zu plündern, und bot Trent dann eines an, während er versuchte, das eifersüchtige Nagen zu ignorieren.

„Ein alter Freund?"

„So könnte man das nennen." C. C. holte tief Luft und schickte sich an, mit der Rede zu beginnen, die sie den ganzen Tag geübt hatte. „Ich möchte diese Geschichte klären, die Sie gestern angesprochen haben."

„Das ist nicht nötig. Ich habe schon richtig verstanden."

„Ich hätte alles erklären können, ohne so hart zu Ihnen zu sein."

Er legte seinen Kopf schief und betrachtete sie nachdenklich. „Hätten Sie das wirklich gekonnt?"

„Ich möchte es zumindest glauben." Entschlossen, reinen Tisch zu machen, stellte sie ihren Kaffee weg. „Ich war verlegen, und wenn ich verlegen bin, macht mich das wütend. Diese ganze Situation ist schwierig."

Er konnte noch immer sehr klar und deutlich hören, wie unglücklich ihre Stimme geklungen hatte, als sie letzte Nacht mit Suzanna sprach. „Ich glaube, ich fange an, das zu verstehen."

Ihre Augen richteten sich wieder auf ihn. Sie seufzte. „Nun ja, wie auch immer, ich kann nicht anders, als Ihnen übel zu nehmen, dass Sie *The Towers* kaufen wollen und wir es vielleicht zulassen müssen. Aber das hat nichts mit Tante Cocos Manövern zu tun. Als ich nicht mehr wütend war, wurde mir klar, dass Ihnen die Sache genauso peinlich war wie mir. Sie waren nur so verdammt höflich."

„Das ist eine schlechte Angewohnheit von mir."

„Wem sagen Sie das." C.C. winkte ihm mit einem halben Plätzchen zu. „Hätten Sie nicht den Kuss in die Diskussion geworfen ..."

„Mir ist klar, dass es sich dabei um eine Fehleinschätzung gehandelt hat. Aber da ich mich schon dafür entschuldigt hatte, dachte ich, wir könnten ihn vernünftig abhandeln."

„Ich wollte keine Entschuldigung", murmelte C.C. „Weder zu dem Zeitpunkt noch jetzt."

„Verstehe."

„Nein, tun Sie nicht. Ganz bestimmt nicht. Ich meinte, eine Entschuldigung war unnötig. Ich mag unerfahren sein, gemessen an Ihrem Standard, und ich mag nicht so weltgewandt sein wie die Frauen, an die Sie gewöhnt sind, aber ich bin nicht so dumm, dass ich wegen eines albernen Kusses anfange, Tagträumen nachzuhängen."

Sie wurde schon wieder wütend und war entschlossen, sich abzureagieren. Nach einem tiefen, reinigenden Atemzug versuchte sie es noch einmal.

„Ich möchte einfach den Kuss und unser gestriges Gespräch hinter uns lassen, total und vollständig. Sollte es dahin kommen, dass wir geschäftlich miteinander zu verhandeln haben, ist es auf jeden Fall klüger, wenn wir höflich miteinander umgehen können."

„Ich mag Sie so", warf Trent ein.

„Wie?"

„Wenn Sie mich nicht unter Beschuss nehmen."

Sie aß ihr Plätzchen auf und lächelte. „Gewöhnen Sie sich bloß nicht daran. Alle Calhouns haben ein scheußliches Temperament."

„Somit bin ich gewarnt. Waffenstillstand?"

„Ja, warum nicht? Noch ein Plätzchen?"

Er starrte sie wieder an, und ihre Augen weiteten sich, als er eine Hand ausstreckte und mit den Fingerspitzen über ihr Haar strich.

„Was machen Sie da?"

„Ihr Haar ist feucht." Trent streichelte es wieder fasziniert. „Es duftet wie nasse Blumen."

„Trent ..."

Er lächelte. „Ja?"

„Ich glaube nicht, dass das die beste Art ist, mit der Situation fertigzuwerden."

„Wahrscheinlich nicht." Doch seine Finger wanderten durch ihr Haar zu ihrem Nacken. Er merkte, dass sie erschauerte. „Ich kann Sie nicht ganz aus meinen Gedanken verbannen. Und ich verspüre immer wieder diesen unwider-

stehlichen Drang, Sie zu berühren. Warum nur?"
„Weil …", sie befeuchtete ihre Lippen, „ich Sie ärgere."
„Oh, das tun Sie, ohne Frage." Er drückte seine Finger gegen ihren Nacken und holte sie einen Zentimeter näher. „Aber nicht einfach so, wie Sie das meinen. Es ist überhaupt nicht einfach, obwohl es das sein sollte." Seine andere Hand strich über den Kragen ihres Arbeitshemds und legte sich unter ihr Kinn. „Andererseits, warum sollte ich jedes Mal, wenn ich in Ihre Nähe komme, dieses starke Verlangen verspüren, Sie zu berühren?"
„Ich weiß es nicht." Seine Finger glitten leicht wie eine Feder zu dem Puls hinunter, der an ihrem Hals pochte. „Ich wünschte, Sie würden mich nicht …"
„Was?"
„Berühren."
Er ließ seine Hand an ihrem Ärmel hinab zu ihrer verbundenen Hand gleiten und hob sie an seine Lippen. „Warum?"
„Weil Sie mich nervös machen."
Etwas flammte in seinen Augen auf und ließ sie fast schwarz erscheinen. „Sie wollen überhaupt nicht provozierend sein, nicht wahr?"
„Ich wüsste gar nicht, wie ich das anstellen sollte." C. C.s Augen schlossen sich, während sie wohlig stöhnte, als seine Lippen über ihre Wange strichen.
„Flieder", murmelte Trent und zog sie näher. Er hatte mal gedacht, was für gewöhnliche Blüten das doch waren. „Ich kann ihn fast an Ihnen schmecken, wild und süß."
Ihr Widerstand schmolz dahin, als sein Mund über ihre Lippen wanderte. So viel leichter, so viel sanfter als beim ers-

ten Mal. Es war nicht richtig, dass er das mit ihr anstellen konnte. Jener Teil ihres Verstandes, der noch immer vernünftig arbeitete, schrie es beinahe. Doch selbst das wurde von der Flut heißer Begierden erstickt.

„Catherine." Trent umrahmte ihr Gesicht mit seinen Händen, während er verführerisch an ihren Lippen knabberte. „Küss mich."

Sie wollte den Kopf schütteln, sich von ihm lösen und lässig davonschlendern, vielleicht sogar eiskalt aus dem Raum stürmen. Stattdessen sank sie in seine Arme, und ihr Mund hob sich ihm entgegen.

Seine Finger spannten sich an, bevor er es verhindern konnte, und glitten dann tiefer, um sie enger an sich zu ziehen.

Er konnte und wollte an nichts anderes denken, nicht an Folgen, an Regeln oder an einen Verhaltenskodex.

Zum ersten Mal, seit er sich erinnern konnte, wollte er nur fühlen. Diese heftigen und süßen Empfindungen, die sie in ihm hochsteigen ließ, waren mehr als genug für jeden Mann.

C.C. war stark, war es immer gewesen, aber nicht stark genug, um die Zeit daran zu hindern, stehen zu bleiben. Sie erkannte, dass es dieser Moment war, auf den sie ihr ganzes Leben gewartet hatte. Als ihre Hände an seinem Rücken höherglitten, hielt sie den Moment so vollständig fest wie Trent.

Das Feuer knisterte im Kamin. Der Regen trommelte. Der leichte, würzige Duft der Kräutersträußchen, die Lilah überall im Haus verteilt hatte, hing in der Luft. Seine Arme waren so stark und sicher und doch von einer Sanftheit, die sie nicht von ihm erwartet hatte.

Sie würde sich immer an alles erinnern, an jedes noch so kleine Detail, zusammen mit der sonderbaren Erregung, die von seinem Mund ausstrahlte, an den Klang ihres Namens, den er an ihren Lippen flüsterte.

Er schob sie von sich, diesmal langsam und heftiger getroffen, als er zugeben wollte. Während er sie betrachtete, fuhr sie sich mit der Zungenspitze über ihre Lippen, als wollte sie ein letztes Mal den Geschmack genießen.

Diese kleine, unbewusste Geste brachte ihn fast auf die Knie.

„Diesmal keine Entschuldigung", flüsterte er mit rauer Stimme.

„Nein."

Trent drückte noch einmal seine Lippen gegen die ihren. „Ich will dich. Ich will dich lieben."

„Ja." Es war eine köstliche Erleichterung, und C.C. lächelte beseligt. „Ja."

„Wann?" Er vergrub sein Gesicht in ihrem Haar. „Wo?"

„Ich weiß es nicht." Sie schloss die Augen vor Verzückung. „Ich kann nicht denken."

„Das ist gut." Er küsste sie auf die Schläfe, die Wange, den Mund. „Jetzt ist nicht der Zeitpunkt zum Denken."

„Es muss perfekt werden."

„Das wird es sein." Trent umfasste liebevoll ihr Gesicht. „Ich werde es dir beweisen."

Sie glaubte ihm – seinen Worten und dem, was sie in seinen Augen sah. „Ich kann es nicht glauben, dass du es sein wirst." Lachend schlang sie ihre Arme um ihn. „Ich kann nicht glauben, dass ich mein ganzes Leben lang darauf gewartet habe, mit einem Mann verbunden zu sein, und dass du es sein wirst."

Seine Hand stockte auf dem Weg zu ihren Haaren. „Dein ganzes Leben lang?"

Träumerisch vor Liebe, drückte sie ihn fester an sich. „Ich dachte, ich würde beim ersten Mal Angst haben, aber ich habe keine, nicht bei dir."

„Beim ersten Mal." Er schloss die Augen. Ihr erstes Mal. Wie hatte er so dumm sein können? Er hatte ihre Unerfahrenheit erkannt, aber nicht geglaubt, dass sie völlig unschuldig sein könnte. Und er hätte sie beinahe in ihrer eigenen Küche verführt!

„Ich habe Durst", klagte Alex an der Tür und brachte sie dazu, wie schuldige Kinder auseinanderzufahren. Alex betrachtete sie beide misstrauisch. „Warum macht ihr so was? Das ist widerlich." Er warf Trent einen schmerzlichen Blick von Mann zu Mann zu. „Ich kapiere nicht, warum einer herumrennt und Mädchen küsst."

„Das gewöhnt man sich an", erklärte Trent. „Ich gebe dir jetzt was zu trinken, und dann muss ich noch einen Moment mit deiner Tante sprechen – ungestört."

„Noch mehr Schmatzerei."

„Was denn für Schmatzerei?", wollte Amanda wissen, als sie in die Küche gefegt kam.

„Nichts." C. C. griff nach der Kaffeekanne.

„Himmel, hatte ich einen Tag", begann Amanda und schnappte sich ein Plätzchen.

Suzanna kam zwei Sekunden später herein, gefolgt von Lilah. Als sich die Küche mit weiblichem Lachen und Duft erfüllte, wusste Trent, dass er seine Chance verloren hatte.

Als C. C. ihn quer durch den Raum anlächelte, fürchtete er, dass er zugleich mit der Chance seinen Kopf verloren hatte.

6. Kapitel

Es war Trents erste Séance. Er hoffte, es würde auch seine letzte sein. Aber es gab einfach keine höfliche Art, seine Teilnahme abzusagen.

Als er meinte, dies wäre ein Abend nur für die Familie, lachte Coco bloß und tätschelte ihm die Wange.

„Mein Lieber, es käme uns gar nicht in den Sinn, Sie auszuschließen. Wer weiß, der ruhelose Geist könnte geneigt sein, durch Sie zu sprechen."

Diese Möglichkeit trug nur wenig zu seiner Aufmunterung bei.

Sobald die Kinder für die Nacht ins Bett gebracht worden waren, versammelte sich der Rest der Familie zusammen mit dem zögernden Trent um den Tisch im Speisezimmer.

Die Szenerie war vorbereitet.

Zwölf Kerzen flackerten auf der Anrichte. Billigkerzenhalter aus dem Supermarkt Seite an Seite mit Meissen und Baccarat. Ein weiteres Trio von schlanken weißen Kerzen leuchtete in der Mitte des Tisches.

Sogar die Natur schien sich des Geists der Sache angenommen zu haben, wenn man so wollte.

Der Regen hatte sich in einen nassen Schneeschauer verwandelt, der von einem heulenden Wind gepeitscht wurde. Als warme und kalte Luft aufeinanderprallten, zuckten Blitze und dröhnten Donnerschläge.

Es ist eine dunkle, stürmische Nacht, dachte Trent fatalistisch, als er seinen Platz einnahm.

Coco hatte nicht, wie er heimlich befürchtet hatte, einen Turban aufgesetzt und einen breiten Schal um die Schultern gelegt. Wie immer war sie akkurat hergerichtet. Um ihren Hals trug sie einen großen Amethyst, mit dem sie pausenlos spielte.

„Also, Kinder“, rief sie, „ergreift euch an den Händen und bildet einen Kreis!“

Der Wind fing sich an dem Fenster, als C. C. ihre Finger in Trents Hand legte. Coco ergriff seine andere Hand.

Direkt ihm gegenüber lächelte Amanda. Ihre Belustigung und ihr Mitgefühl waren offensichtlich, als sie die Hände ihrer Tante und von Suzanna ergriff.

„Keine Sorge, Trent“, sagte sie zu ihm. „Die Calhoun-Geister benehmen sich immer gut, wenn Besuch da ist.“

„Konzentration ist wichtig“, erklärte Lilah, als sie die Lücke zwischen ihrer ältesten und jüngsten Schwester schloss. „Eine Grundbedingung, wirklich. Sie brauchen nur Ihre Gedanken zu befreien, vor allem von jedem Zynismus.“ Sie blinzelte Trent zu. „Vom astrologischen Standpunkt her ist es eine hervorragende Nacht für eine Séance.“

C. C. drückte seine Hand rasch und beruhigend, als Coco das Kommando übernahm.

„Wir alle müssen unsere Gedanken klären und unsere Herzen öffnen.“ Sie sprach beschwichtigend eintönig. „Seit einiger Zeit fühle ich, dass meine Großmutter, die unglückliche Bianca, Kontakt zu mir aufnehmen wollte. Dies hier war ihr Sommerhaus in den letzten Jahren ihres jungen Lebens. Der Ort, an dem sie ihre freudigsten und tragischsten Zeiten verbrachte. Der Ort, an dem sie den Mann, den sie liebte, traf und verlor.“ Sie schloss ihre Augen und holte tief Luft. „Wir sind hier, Großmama, und warten auf dich. Wir wissen, dein Geist ist beunruhigt.“

„Hat ein Geist einen Geist?“, wollte Amanda wissen und handelte sich einen strafenden Blick von ihrer Tante ein. „Das ist nur eine vernünftige Frage.“

„Benimm dich“, murmelte Suzanna. „Weiter, Tante Coco!“

Sie saßen schweigend da. Nur Cocos monotone Stimme war durch das Knistern des Feuers und das Fauchen des Windes zu hören.

Trents Gedanken waren nicht frei. Sie waren davon erfüllt, wie C. C. sich in seine Arme geschmiegt hatte, mit den Erinnerungen daran, wie süß und bereitwillig sich ihr Mund für ihn geöffnet hatte. Wie sie ihn mit strahlenden Augen angesehen hatte, wie sie sich ganz ihren Gefühlen hingegeben hatte, die er ohne Bedacht in ihr geweckt hatte. Schuldgefühle erstickten ihn fast.

C. C. war nicht wie Marla oder all die anderen Frauen, denen er in den letzten Jahren kühl den Hof gemacht hatte. Sie war so ganz anders, unschuldig und offen und trotz eines starken Willens und einer manchmal scharfen Zunge leicht verwundbar. Er hatte das auf unentschuldbare Weise ausgenutzt.

Nicht, dass es ganz seine Schuld war, erinnerte er sich. Sie war immerhin eine schöne, begehrenswerte Frau. Und er war auch nur ein Mensch. Die Tatsache, dass er sie wollte, auf einer strikt körperlichen Ebene, war nur natürlich …

Trent sah C. C. an, als sie gerade den Kopf wandte und ihm zulächelte. Er musste den Drang unterdrücken, ihre Hand an seine Lippen zu heben und den Geschmack ihrer Haut in sich aufzunehmen.

Sie berührte etwas in ihm, verdammt noch mal. Etwas, von dem er wild entschlossen war, dass es nicht berührt werden sollte.

Wenn sie ihn anlächelte – und sogar, wenn sie ihn finster ansah –, brachte sie ihn dazu, mehr zu fühlen, mehr zu wollen, sich mehr zu wünschen. Mehr als jede andere Frau, die er jemals kennengelernt hatte, bewirkte sie das in ihm.

Es war lächerlich.

Sie waren in jeder Hinsicht meilenweit voneinander entfernt. Und dennoch, mit ihrer Hand so warm in der seinen, genau wie jetzt, fühlte er sich ihr näher, mehr mit ihr auf gleicher Wellenlänge, als jemals mit irgendjemandem sonst.

Er konnte sogar sehen, wie sie beide im Sommer auf einer sonnigen Veranda saßen und zusahen, wie Kinder im Gras spielten. Das Rauschen der See war so besänftigend wie ein Wiegenlied. Die Luft duftete nach den Rosen, die an dem Spalier hochkletterten. Und nach Flieder, der hier überall wild wuchs, wo es ihm gerade gefiel.

Er blinzelte und fürchtete schon, sein Herz wäre stehen geblieben. Das Bild war so klar und so erschreckend gewesen. Es ist nur die Atmosphäre, redete er sich ein. Die flackernden Kerzen, der Wind und die Blitze – das alles spielte seiner Fantasie einen Streich.

Trent war nicht der Mann, der auf einer Veranda mit einer Frau saß und Kindern zusah. Er hatte einen Job, musste eine Firma leiten.

Die Vorstellung, eine Beziehung zu einer übellaunigen Automechanikerin einzugehen, war schlichtweg absurd.

Kalte Luft streifte sein Gesicht. Als er sich steif aufrichtete, sah er, wie die Kerzenflammen sich dramatisch nach links neigten. Nur ein Zug, sagte er sich, als ihm die Kälte bis auf die Knochen vordrang. Überall in diesem Haus gab es Zug.

Er fühlte C.C.s Schauer. Als er sie anschaute, waren ihre Augen weit und dunkel. Ihre Finger krampften sich fest um seine Hand.

„Sie ist hier." Überraschung und Erregung schwangen in Cocos Stimme. „Ich bin mir ganz sicher."

In ihrer Begeisterung hätte sie um ein Haar ihre Hände zurückgezogen und die Kette unterbrochen. Sie hatte stets daran geglaubt – nun ja, hatte daran glauben wollen –, aber sie hatte nie wirklich eine „Anwesenheit" so deutlich empfunden.

Über den Tisch hinweg strahlte sie Lilah an, doch ihre Nichte hatte die Augen geschlossen, und ein schwaches Lächeln spielte um ihre Lippen.

„Ein Fenster muss sich irgendwo geöffnet haben", sagte Amanda und wäre aufgesprungen, um nachzusehen, hätte Coco sie nicht angefaucht.

„Nichts dergleichen! Alle bleiben still sitzen! Sie ist hier. Könnt ihr es denn nicht fühlen?"

C.C. fühlte es, und sie wusste nicht, ob sie sich dumm vorkommen oder Angst haben sollte. Irgendetwas war anders. Sie war sicher, dass Trent es ebenfalls empfand.

Es war so, als hätte jemand sanft eine Hand über ihre und Trents miteinander verschlungenen Hände gelegt.

Die Kälte verschwand und wurde von einer besänftigenden, tröstlichen Wärme ersetzt, die so real war, dass C.C.

über ihre Schulter blickte, weil sie sicher war, jemanden hinter ihr stehen zu sehen.

Doch sie nahm nichts als den Tanz des Kaminfeuers und der Kerzenflammen wahr.

„Sie ist so verloren." C. C. stieß einen unterdrückten Ruf aus, als ihr bewusst wurde, dass sie es war, die gesprochen hatte. Alle Augen richteten sich auf sie. Sogar Lilahs Augen öffneten sich träge.

„Siehst du sie?", fragte Coco flüsternd und schaute C. C. aufgeregt an.

„Nein, natürlich nicht. Es ist nur …" Sie konnte es nicht erklären. „Es ist so traurig", murmelte sie, ohne zu merken, dass Tränen in ihren Augen glitzerten. „Könnt ihr es nicht fühlen?"

Trent konnte, und es machte ihn sprachlos. Ein gebrochenes Herz und ein Sehnen, das so tief war, dass man es nicht ermessen konnte.

Einbildung, sagte er sich, die Kraft der Suggestion.

„Lass den Kontakt jetzt nicht abbrechen." Coco suchte verzweifelt nach einer angemessenen Vorgehensweise. Jetzt, da tatsächlich etwas geschehen war, hatte sie keinen Anhaltspunkt. Ein Blitz ließ sie zusammenzucken. „Glaubst du, sie wird durch dich sprechen?"

Am anderen Ende des Tisches lächelte Lilah. „Erkläre uns einfach, was du siehst, Kleines."

„Eine Halskette", hörte C. C. sich sagen. „Zwei Reihen Smaragde, flankiert von Diamanten – wunderschön leuchtend." Das Glitzern schmerzte in ihren Augen. „Sie trägt die Halskette, aber ich kann ihr Gesicht nicht sehen. Oh, sie ist so unglücklich."

„Die Calhoun-Halskette", hauchte Coco. „Dann ist es also wahr."

Als wäre ein Seufzer durch den Raum geweht, flackerten die Kerzen erneut und brannten daraufhin ganz ruhig. Ein Scheit knackte im Kamin.

„Sehr merkwürdig", sagte Amanda, als die Hand ihrer Tante schlaff von der ihren glitt. „Ich kümmere mich um das Kaminfeuer."

„Kleines." Suzanna betrachtete C. C. mit genauso viel Sorge wie Neugierde. „Alles in Ordnung?"

„Ja." C. C. räusperte sich. „Sicher." Sie warf Trent einen flüchtigen Blick zu. „Ich vermute, das Gewitter hat sich irgendwie auf mich ausgewirkt."

Coco hob eine Hand an ihre Brust und tippte auf die Stelle, an der ihr Herz schlug. „Ich glaube, wir alle könnten ein Glas Brandy gebrauchen." Erschütterter, als sie einräumen wollte, erhob sie sich und ging zur Anrichte.

„Tante Coco", begann C. C. „Was ist die Calhoun-Halskette?"

„Die Smaragde." Sie verteilte die Cognacschwenker. „Es gibt eine Legende, die innerhalb der Familie weitererzählt wurde. Du kennst einen Teil davon – wie Bianca sich in einen anderen Mann verliebte und tragisch starb. Ich nehme an, es ist höchste Zeit, dass ich euch den Rest erzähle."

„Du hast ein Geheimnis bewahrt?" Amanda lächelte, während sie den Brandy in ihrem Glas kreisen ließ. „Tante Coco, du erstaunst mich."

„Ich wollte auf den richtigen Zeitpunkt warten. Der scheint nun gekommen zu sein." Sie nahm wieder ihren Platz ein und wärmte den Brandy zwischen ihren Händen an. „Man erzählt sich, dass Biancas Geliebter ein Künstler war, einer von den vielen, die in jenen Tagen auf die Insel kamen. Sie pflegte sich mit ihm zu treffen, wenn Fergus nicht im Haus war, was oft der Fall war. Die Ehe der beiden war nicht gerade arrangiert, kam dem aber sehr nahe. Bianca war Jahre jünger als Fergus, und offenbar war sie auch sehr schön. Da Fergus nach ihrem Tod all ihre Bilder zerstörte, wissen wir das nicht mit Sicherheit."

„Warum?", fragte Suzanna. „Warum hat er das getan?"

„Gram, vielleicht." Coco zuckte die Schultern.

„Viel eher Zorn", warf Lilah ein.

„Wie auch immer." Coco nahm einen kleinen Schluck. „Er zerstörte alle Erinnerungen an sie, und die Smaragde gingen verloren. Er hatte Bianca die Halskette geschenkt, als sie Ethan, ihren ältesten Sohn, gebar." Sie warf einen Blick auf Trent. „Mein Vater. Er war noch ein Kind zum Zeitpunkt des Todes seiner Mutter, sodass diese Ereignisse in seiner Erinnerung nie ganz klar waren. Doch seine Nanny, die Bianca gegenüber treu ergeben war, erzählte ihm Geschichten über sie. Und an die erinnerte er sich. Sie machte sich nichts aus der Halskette, trug sie aber oft."

„Als eine Art von Strafe", bemerkte Lilah. „Und als Talisman." Sie lächelte ihrer Tante zu. „Oh, ich weiß schon seit Jahren von der Halskette. Ich habe sie gesehen, genau wie C. C. heute Abend." Sie hob das Glas an ihre Lippen. „Es gibt auch noch passende Ohrringe, Smaragdtropfen, genau wie der Stein in der Mitte der unteren Kette."

„Das erfindest du doch nur", warf Amanda ihr vor, und Lilah zuckte mit den Schultern.

„Nein, tue ich nicht." Sie lächelte C. C. zu. „Oder?"

„Du hast es nicht erfunden.“ Unbehaglich sah C.C. ihre Tante an. „Was bedeutet das alles?“

„Ich bin mir da gar nicht sicher, aber ich denke, dass diese Halskette für Bianca noch immer wichtig ist. Die Kette wurde nie mehr nach ihrem Tod gesehen. Manche Leute glaubten, Fergus habe sie in die See geworfen.“

„Auf gar keinen Fall“, behauptete Lilah. „Der alte Herr hätte nicht einen Dollar ins Meer geworfen, viel weniger eine Smaragdhalskette.“

„Nun ja ...“ Coco sprach nicht gern schlecht über einen Vorfahren, war jedoch gezwungen, ihr recht zu geben. „Das hätte tatsächlich seinem Charakter widersprochen. Grandpa hat jeden Penny gezählt.“

„Was wurde nun aus der Halskette?“, wollte Amanda wissen.

„Das, meine Liebe, ist ein Mysterium. Meines Vaters Nanny erzählte ihm, Bianca wollte Fergus verlassen und hatte eine Kassette gepackt, die die Nanny eine Schatztruhe nannte. Bianca hatte versteckt, was für sie am wertvollsten war.“

„Doch sie starb“, murmelte C.C.

„Ja. Die Legende besagt, dass diese Kassette mit ihrem Schatz irgendwo im Haus versteckt ist.“

„In unserem Haus?“ Suzanna starrte ihre Tante überrascht an. „Glaubst du wirklich, dass hier irgendeine Schatztruhe versteckt ist seit achtzig Jahren, und keiner hat sie bisher gefunden?“

„Es ist ein sehr großes Haus“, antwortete Coco. „Womöglich hat sie die Kassette im Garten bei den Rosen vergraben.“

„Falls sie überhaupt existiert hat“, sagte Amanda.

„Sie hat existiert.“ Lilah nickte C. C. zu. „Und ich denke, Bianca hat entschieden, dass es Zeit wird, den Schatz zu finden.“

Als alle gleichzeitig zu reden begannen und Argumente und Vorschläge über den Tisch hin und her flogen, hob Trent eine Hand.

„Ladys! Ladys!“, wiederholte er und wartete, bis sie verstummten. „Mir ist bewusst, dass es sich hier um eine Familienangelegenheit handelt, aber da ich eingeladen wurde, an diesem Experiment teilzunehmen, fühle ich mich gedrängt, etwas zur Beruhigung der Lage beizutragen. Legenden werden meistens übertrieben und im Lauf der Zeit ausgeschmückt. Falls es jemals eine Halskette gegeben hat, wäre es da nicht am wahrscheinlichsten, dass Fergus sie nach dem Tod seiner Frau verkauft hat?“

„Aber er konnte sie nicht verkaufen“, warf Lilah ein, „wenn er sie nicht fand.“

„Glaubt wirklich eine von Ihnen, Ihre Urgroßmutter hätte einen Schatz im Garten vergraben oder hinter einem losen Stein versteckt?“ Ein Blick in die Runde zeigte ihm, dass sie genau das glaubten. Trent schüttelte den Kopf. „Ein solches Märchen passt doch eher zu Alex und Jenny als zu erwachsenen Frauen.“ Er breitete seine Hände aus. „Sie wissen doch nicht einmal, ob es überhaupt jemals eine Halskette gegeben hat.“

„Aber ich habe sie gesehen“, behauptete C. C., obwohl sie sich dabei albern vorkam.

„Das war Einbildung“, verbesserte Trent sie. „Denken Sie alle doch bitte darüber nach. Vor wenigen Minuten saßen sechs vernünftige Erwachsene um diesen Tisch, hielten einander an den Händen und beschworen einen Geist. Das ist ganz in Ordnung als ein etwas sonderbares Salonspiel, aber dass tatsächlich irgendjemand an eine Botschaft aus dem Jenseits glaubt …“ Er wollte ganz bestimmt nicht hinzufügen, dass er für einen Moment etwas gespürt hatte.

„Es ist schon etwas Ansprechendes an einem zynischen, praktisch denkenden Mann.“ Lilah stand auf, öffnete eine Schublade der Anrichte und nahm einen Block und einen Stift heraus. Nachdem sie sich neben C. C.s Stuhl gekniet hatte, begann sie zu zeichnen. „Ich respektiere Ihre Meinung, aber Tatsache ist, dass diese Halskette nicht nur existiert hat, sondern meiner Ansicht nach noch immer existiert. Da bin ich mir ganz sicher.“

„Etwa wegen der Gutenachtgeschichten einer Nanny?“

Sie lächelte ihm zu. „Nein, wegen Bianca.“ Sie schob C. C. den Block zu. „Hast du das hier heute Abend gesehen?“

Lilah war immer eine lässige und geschickte Künstlerin gewesen. C. C. blickte auf die grobe Skizze der Halskette – zwei verzierte und filigrane Reihen rechteckig geschliffener Smaragde, besetzt mit Brillanten. Von der unteren Kette hing ein tropfenförmiger Stein.

„Ja.“ C. C. fuhr mit einer Fingerspitze darüber. „Ja, das ist die Halskette.“

Trent betrachtete die Zeichnung. Falls ein solches Schmuckstück existierte und Lilahs Zeichnung auch nur annähernd maßstabsgetreu war, musste es unzweifelhaft ein Vermögen wert sein.

„Oh, du meine Güte“, murmelte Coco, als der Notizblock zu ihr gelangte. „Oh, du meine Güte.“

„Ich glaube, Trent hat durchaus recht.“ Amanda warf einen

scharfen Blick auf die Skizze, ehe sie Suzanna den Block reichte. „Wir können kaum das Haus Stein für Stein auseinandernehmen, selbst wenn wir das wollten. Trotz aller übersinnlichen Erfahrungen muss der oberste Grundsatz in der Angelegenheit sein, dass wir sichergehen, absolut sicher", fügte sie hinzu, als Lilah seufzte, „dass die Halskette eine Tatsache ist. Selbst vor achtzig Jahren muss ein solches Stück eine unglaubliche Summe gekostet haben. Es muss Unterlagen geben. Falls Lilahs berühmte Wellen falsch sind und die Halskette wieder verkauft wurde, müsste es darüber auch eine Aufzeichnung geben."

„Gesprochen wie eine wahre Spaßverderberin", klagte Lilah. „Das bedeutet vermutlich, dass wir unseren Sonntag damit verbringen, uns durch einen Berg von Papieren zu wühlen."

C. C. versuchte nicht einmal zu schlafen.

Sie wickelte sich in ihren Flanellmorgenmantel, und während um sie herum das Haus knackte und knarrte, verließ sie ihr Zimmer, um zu Trent zu gehen.

Aus Amandas Raum hörte sie das Murmeln der Spätnachrichten. Dann das Summen von Sitars aus Lilahs Zimmer. Es kam ihr gar nicht in den Sinn, sich befangen zu fühlen oder auch nur zu zögern. Sie klopfte an Trents Tür und wartete darauf, dass er öffnete.

Als er es tat, sein Hemd offen und seine Augen ein wenig schläfrig, verspürte sie ein erstes Prickeln auf ihrer Haut.

„C. C.?"

„Ich muss mit dir sprechen." Sie blickte auf das Bett und wandte den Blick wieder ab. „Darf ich hereinkommen?"

Wie sollte ein Mann sich fair verhalten, wenn sogar Flanell erotisch wirkte? „Vielleicht wäre es besser, wir warten bis zum Morgen."

„Ich glaube nicht, dass ich das kann."

Er verspürte ein bekanntes Ziehen in seinen Lenden. „In Ordnung. Sicher." Je schneller er ihr seinen Standpunkt erklärte, desto besser – hoffte Trent. Er ließ sie ein und schloss die Tür. „Willst du dich setzen?"

„Zu viel nervöse Energie." Sie schlang die Arme um ihren Oberkörper und ging zum Fenster. „Es hat zu schneien aufgehört. Freut mich. Suzanna hat sich um ihre Blumen Sorgen gemacht. Der Frühling ist auf dieser Insel so unberechenbar." Sie fuhr sich mit den Fingern durch ihre Haare und drehte sich um. „Ich plaudere nur so daher, und ich hasse das." Ein tiefer Atemzug beruhigte sie. „Trent, es lässt mir keine Ruhe, ich muss wissen, was du wirklich über den heutigen Abend denkst."

„Über den heutigen Abend?", fragte er behutsam.

„Über die Séance." Sie rieb über ihr Gesicht. „Himmel, ich komme mir wie ein Dummkopf vor, wenn ich es ausspreche, aber … Trent, irgendetwas ist geschehen." Sie streckte ihm ihre ruhelosen Hände entgegen und wartete darauf, dass er sie ergriff. „Ich bin sehr erdverbunden, sehr praktisch in meinem Denken. Lilah ist diejenige, die an all dieses Zeug glaubt. Aber jetzt … Trent, ich muss es wissen. Hast du irgendetwas gefühlt?"

„Ich weiß nicht, was du meinst. Ich habe mich ganz bestimmt ein paar Mal albern gefühlt."

„Bitte!" Sie schüttelte ungeduldig seine Hände. „Sei ehrlich zu mir, es ist wichtig."

Hatte er sich nicht selbst versprochen, ehrlich zu sein? „Also schön, C. C. Sag mir, was du gefühlt hast."

„Die Luft wurde sehr kalt. Dann war es, als würde etwas – jemand – hinter uns stehen. Hinter und zwischen uns beiden. Es war nichts, das mir Angst gemacht hätte. Ich war überrascht, aber nicht erschrocken. Wir hielten uns an den Händen, genau wie jetzt. Und dann ..."

Sie wartete darauf, dass Trent es sagte, dass er zugab, etwas gefühlt zu haben. Diese grünen Augen forderten es. Als er es dann tatsächlich tat, geschah es nur sehr zögernd. „Mir war, als würde jemand eine Hand auf unsere Hände legen."

„Ja." Mit geschlossenen Augen zog sie seine Hände an ihre lächelnden Lippen. „Ja, genau so."

„Gemeinsame Halluzination", setzte er an, doch sie schnitt ihm mit einem Lachen das Wort ab.

„Ich will das nicht hören. Keine rationalen Erklärungen." Sie presste seine Hand an ihre Wange. „Ich bin keine schwärmerische Person, aber ich weiß, dass das etwas bedeutet. Etwas Wichtiges. Ich weiß es."

„Die Halskette?"

„Nur ein Teil davon und nicht dieser Teil. Den ganzen Rest – die Halskette, die Legende – klären wir schon noch früher oder später. Ich glaube, wir werden es tun müssen, weil es so vorherbestimmt ist. Aber diese Berührung durch die Hand, das war wie ein Segen."

„Hör mal ..."

„Ich liebe dich." Ihre Augen leuchteten, als sie seine Wange berührte. „Ich liebe dich, und nichts in meinem Leben erschien mir jemals so richtig."

Er war sprachlos.

Ein Teil von ihm wollte zurückweichen, freundlich lächeln und ihr erklären, dass sie sich von der Stimmung des Moments hinreißen ließ. Liebe kam nicht innerhalb weniger Tage. Falls sie überhaupt kam, was selten genug geschah, dauerte es mehrere Jahre.

Ein anderer Teil von ihm, tief in ihm vergraben, wollte sie an sich drücken, damit dieser Augenblick nie zu Ende ging.

„Catherine …"

Doch sie kam bereits in seine Arme, die er schon ausgebreitet hatte. Als hätte er keine Kontrolle über seine eigenen Arme, schlang er sie um C. C. Ihre Wärme durchdrang ihn wie eine Droge.

„Ich glaube, ich wusste es, als du mich das erste Mal geküsst hast." Sie schmiegte ihre Wange an seinen Kopf. „Ich wollte es nicht, habe auch nicht darum gebeten, aber so war es noch nie zuvor für mich. Ich glaube auch nicht, dass ich es jemals so erwartet habe. Da warst du, so plötzlich, so vollständig in meinem Leben. Küss mich wieder, Trent! Küss mich jetzt!"

Er konnte gar nicht anders, seine Lippen brannten bereits nach ihr.

Als sie aufeinandertrafen, sprühten die Funken des Feuers nur noch heißer.

Catherine schmolz förmlich in seinen Armen, jagte Flammenzungen durch seinen Körper. Als er nicht verhindern konnte, dass sein Verlangen größer wurde, zögerte sie nicht, sondern drückte sich gegen ihn und bot ihm alles an.

C. C. schob ihre Hände unter sein Hemd und genoss sein spontanes, unbewusstes Erbeben. Seine Muskeln spannten sich unter ihren Fingern mit jener Kraft an, die sie wollte und brauchte.

Der Wind seufzte vor dem Fenster, so wie sie in seinen Armen seufzte.

Trent konnte nicht genug bekommen. Er wollte sie verschlingen, als seine Lippen wie verrückt über ihr Gesicht glitten, an ihrem Hals hinunter. Seine Zähne rieben behutsam über ihre Haut. Der Duft von Flieder wirbelte durch seinen Kopf.

Sie bog sich zurück, und ihr leises, lustvolles Stöhnen brachte sein Blut in Wallung.

Er musste sie berühren, sonst wurde er noch verrückt. Aber seine Sinne waren aufgepeitscht, auch wenn er es nicht tat. Als sie ihren Morgenmantel öffnete, stöhnte Trent auf. Darunter war sie für ihn nackt. Wie in Trance legte er seine Hände an sie.

Da wusste C.C., wie es war, wenn das Blut kochte. Sie fühlte es förmlich unter ihrer Haut dahinjagen und überall heiß pochen, wo er sie berührte.

Sie verspürte eine herrliche Schwäche, verbunden mit einer wahnsinnigen Stärke. Sie wollte ihm beides schenken und fand den richtigen Weg, als sein Mund sich erneut begierig auf ihre Lippen drückte.

Sie erschauerte, während sie reagierte. Sie überließ sich ihm, während die Hitze anwuchs. Als ihr Kopf nach hinten sank und ihre Finger sich hart in seine Schultern gruben, fühlte er etwas in sich hochsteigen, das mehr war als Verlangen, tiefer als Leidenschaft.

Glück, Hoffnung, Liebe.

Als er die Gefühle erkannte, gesellte sich Entsetzen hinzu.

Mit einem schweren Atemzug wich er zurück.

Ihr Morgenmantel war von einer Schulter geglitten und

hatte sie entblößt. Seine Lippen hatten die Stelle bereits gekostet. Ihre Augen leuchteten wie die Smaragde, die sie sich vorgestellt hatte. Lächelnd hob sie ihre zitternde Hand an seine Wange.

„Willst du, dass ich heute Nacht bei dir bleibe?“

„Ja – nein.“ Trent hielt sie auf Armeslänge von sich, aber es war das Schwerste, was er jemals hatte tun müssen. „Catherine …“

Er wollte, dass sie blieb, das wurde ihm klar. Nicht nur in dieser Nacht, nicht nur wegen ihres herrlichen Körpers. Die Tatsache, dass er sich das wünschte, machte es umso wichtiger, die Dinge geradezurücken.

„Ich habe nicht … Ich war nicht fair zu dir, und diese Angelegenheit ist mir so schnell aus den Händen geglitten.“ Er stieß einen langen Atemzug aus. „Himmel, du bist schön. Nein“, sagte er hastig, als sie lächelte und auf ihn zutreten wollte. „Wir müssen miteinander sprechen, nur sprechen.“

„Ich dachte, das hätten wir schon.“

Wenn sie ihn weiterhin so ansah, würde er auf jede Fairness pfeifen. Oder auf sein eigenes Überleben. „Ich habe mich nicht klar genug ausgedrückt“, begann er langsam. „Hätte ich gewusst, hätte ich erkannt, wie unschuldig du bist, hätte ich … Nun, ich hoffe, ich wäre behutsamer gewesen. Jetzt kann ich nur versuchen, es auch wieder gutzumachen, verstehst du?“

„Nein, ich verstehe nicht.“

„Genau das ist das Problem.“ Da Trent etwas Abstand brauchte, ging er ein Stück weg. „Ich sagte, ich fühlte mich zu dir hingezogen, sehr hingezogen. Und das ist wahr. Aber ich hätte dich nie ausgenutzt, hätte ich eine Ahnung gehabt.“

Plötzlich begann sie zu frieren und zog den Morgenmantel um ihren Körper. „Bist du betroffen, weil ich noch nicht mit einem Mann zusammen war?“

„Nicht betroffen.“ Frustriert drehte er sich wieder zu ihr. „Betroffen ist nicht der richtige Ausdruck. Ich kann kein passendes Wort finden. Es gibt Regeln, verstehst du.“ Doch sie starrte ihn nur weiterhin verständnislos an. „Catherine, eine Frau wie du erwartet und verdient mehr, als ich dir geben kann.“

Sie senkte ihren Blick auf ihre Hände, während sie sorgfältig den Gürtel ihres Morgenmantels verknotete. „Und was wäre das?“

„Eine Bindung, eine Zukunft.“

„Eine Ehe“, fügte C. C. hinzu.

„Ja.“

Ihre Knöchel wurden weiß. „Vermutlich denkst du, was ich gesagt habe, wäre Teil von Tante Cocos Plan.“

„Nein.“ In diesem Moment wäre er zu ihr gegangen, hätte er es bloß gewagt. „Nein, das denke ich natürlich nicht.“

„Nun ja.“ Sie kämpfte darum, dass ihre Finger sich entspannten, was ihr nicht wirklich gelang. „Das ist ja auch etwas, nehme ich an.“

„Ich weiß, dass deine Gefühle ehrlich sind, vielleicht übertrieben, aber ehrlich. Und es ist ganz und gar mein Fehler. Wäre dies nicht so schnell passiert, hätte ich dir gleich zu Beginn erklärt, dass ich nicht die Absicht habe, jemals zu heiraten. Ich glaube nicht daran, dass zwei Menschen zueinander loyal sein können, noch viel weniger glücklich für ein ganzes Leben.“

„Warum nicht?“

„Warum nicht?“ Er starrte sie an. „Weil es einfach nicht

funktioniert. Ich habe meinen Vater von Heirat zu Scheidung und zurück wechseln gesehen. Das ist, als wäre man Zuschauer bei einem Tennismatch. Als ich das letzte Mal von meiner Mutter hörte, stand sie vor ihrer dritten Hochzeit. Es ist einfach nicht praktisch, Versprechen zu geben, von denen man weiß, dass sie ohnehin gebrochen werden."

„Praktisch", wiederholte C.C. nachdenklich und nickte. „Du lässt nicht zu, dass du etwas für mich fühlst, weil es unpraktisch wäre."

„Das Problem ist, dass ich schon etwas für dich fühle."

„Nicht genug." Nur genug, um ihr das Herz aus dem Leib zu schneiden. „Nun, ich bin froh, dass wir das geklärt haben." Jählings wandte sie sich zur Tür. „Gute Nacht."

„C.C." Er legte eine Hand auf ihre Schulter, bevor sie den Türknauf finden konnte.

„Entschuldige dich nicht", sagte sie und betete, dass ihre Selbstbeherrschung noch ein paar Minuten anhielt. „Das ist nicht nötig, du hast alles perfekt erklärt."

„Verdammt, warum schreist du mich nicht an? Wirf mir ein paar von den Schimpfnamen an den Kopf, die ich garantiert verdiene." Das hätte er der stummen Verzweiflung vorgezogen, die er in ihren Augen erkannt hatte.

„Dich anschreien?" C.C. zwang sich dazu, sich umzudrehen und ihn anzusehen. „Dafür, dass du fair und aufrichtig bist? Dir Schimpfnamen an den Kopf werfen? Wie kann ich das, Trent, wenn du mir so schrecklich leid tust?"

Seine Hand löste sich von ihr. C.C. hielt den Kopf hoch. Unter dem Schmerz, dicht darunter, war Stolz.

„Du wirfst etwas weg – nein, du wirfst nicht", verbesserte sie sich. „Du gibst mir höflich etwas zurück, das du nie wieder bekommen wirst. Was du aus deinem Leben verbannt hast, Trent, wäre der beste Teil davon gewesen."

Sie ließ ihn mit dem unbehaglichen Gefühl allein, dass sie absolut recht hatte.

Heute Abend fand eine Party statt. Ich dachte, es wäre gut für mich, das Haus mit Menschen und Lichtern und Blumen zu füllen.

Ich weiß, dass Fergus damit zufrieden war, dass ich alle Details so sorgfältig überwacht habe. Ich hatte mich gefragt, ob ihm meine Geistesabwesenheit aufgefallen war oder wie oft ich an den letzten Nachmittagen an den Klippen entlang spazieren gegangen war, oder wie viele Stunden ich im Turm damit verbracht hatte, meinen Träumen nachzuhängen. Doch er scheint nichts gemerkt zu haben.

Die Greenbaums waren hier und die McAllisters und die Prentises. Jeder, der den Sommer auf der Insel verbringt, und von dem Fergus meint, wir sollten ihn zur Kenntnis nehmen, nahm teil.

Der Ballsaal war mit Gardenien und roten Rosen ausgeschmückt. Fergus hatte ein Orchester aus New York engagiert, und die Musik war gleichermaßen wohlklingend und spritzig.

Ich vermute, Sarah McAllister trank zu viel Champagner, denn ihr Lachen ging mir schon lange, bevor das Abendessen serviert wurde, auf die Nerven.

Ich glaube, mein goldenes Kleid passte sehr gut, denn es bekam viel Lob. Doch als ich mit Ira Greenbaum tanzte, waren seine Augen auf meine Smaragde gerichtet. Sie hingen wie eine Fessel um meinen Hals.

Wie unfair ich doch bin. Sie sind schön, und sie gehören mir nur, weil Ethan mir gehört.

Während des Abends schlich ich mich ins Kinderzimmer hinauf, obwohl ich weiß, wie hingebungsvoll Nanny zu allen meinen Kindern ist. Ethan wurde wach und fragte schläfrig, ob ich ihm ein Stück Torte gebracht habe.

Er sieht wie ein Engel aus, wenn er schläft, er und meine anderen süßen Babys. Meine Liebe zu ihnen ist so gewaltig und so tief, dass ich mich frage, warum mein Herz nicht einen Teil dieses süßen Gefühls auf den Mann übertragen kann, der diese Kinder in die Welt gesetzt hat.

Vielleicht liegt der Fehler an mir. Bestimmt ist das der Fall. Nachdem ich ihnen einen Gutenachtkuss gegeben hatte und wieder auf dem Korridor stand, wünschte ich mir verzweifelt, nicht in den Ballsaal zurückkehren zu müssen, zu dem Gelächter und dem Tanz, sondern zu den Klippen laufen zu können. Auf den Klippen stehen zu können, mit dem Wind in meinem Haar und dem Geräusch und dem Geruch der See rings um mich herum.

Würde er dann zu mir kommen, wenn ich so etwas wagte? Würde er zu mir kommen, damit wir zusammen in der Dunkelheit stehen und nach etwas greifen könnten, das wir uns nicht wünschen dürfen, noch weniger nehmen?

Ich ging nicht zu den Klippen. Meine Pflicht ist mein Ehemann, und zu ihm ging ich. Während ich mit ihm tanzte, war mein Herz so kalt wie die Juwelen um meinen Hals. Dennoch lächelte ich, als er mir ein Kompliment wegen meiner Fähigkeiten als Gastgeberin machte.

Seine Hand lag so arrogant und doch so besitzergreifend an meiner Taille. Als wir uns zu der Musik bewegten, durch-

forschten seine Augen den Raum. Er genoss, was ihm gehörte, und achtete darauf, ob seine Gäste auch beeindruckt waren.

Wie gut ich doch weiß, wie viel Status und die Meinung anderer dem Mann bedeuten, den ich geheiratet habe. Und wie wenig sie mir bedeuten.

Ich wollte ihn anschreien. „Fergus, um Himmels willen, sieh mich an. Sieh mich an und nimm mich wahr! Bring mich dazu, dich zu lieben, denn Angst und Respekt können für keinen von uns genug sein. Bring mich dazu, dich zu lieben, damit ich nie wieder meine Schritte zu den Klippen lenke und zu dem, der dort auf mich wartet."

Aber ich schrie ihn nicht an. Als er mir ungeduldig sagte, es wäre wichtig, dass ich mit Cecil Barkley tanze, murmelte ich meine Zustimmung.

Jetzt ist die Musik verstummt, und die Lampen sind gelöscht. Ich frage mich, wann ich Christian wiedersehen werde. Ich frage mich, was aus mir werden wird.

7. Kapitel

C.C. saß mit gekreuzten Beinen mitten in einem Meer von Papieren. Ihr Auftrag, ob sie ihn nun gern auf sich genommen hatte oder nicht, lautete, sich durch alle Notizen und Quittungen und Papierschnipsel zu wühlen, die in drei Pappkartons mit der Aufschrift VERSCHIEDENES gequetscht waren.

In der Nähe saß Amanda an einem Kartentisch, mehrere überquellende Kartons zu ihren Füßen. Die Haare am Hinterkopf festgesteckt und eine Lesebrille auf der Nase, studierte sie gewissenhaft jeden Bogen, bevor sie ihn auf einen der verschiedenen Stapel legte, die sie vor sich aufgebaut hatte.

„Das hätte schon vor Jahrzehnten gemacht werden sollen", bemerkte sie.

„Du meinst, das Zeug hätte schon vor Jahrzehnten verbrannt werden sollen", bemerkte C. C. sehr bissig.

„Nein." Amanda schob die ständig rutschende Brille wieder an ihren Platz. „Manches davon ist interessant und verdient aufgehoben zu werden. Aber Papiere in Pappkartons zu stopfen, entspricht nicht meiner Vorstellung von Konservierung der Familiengeschichte."

„Fällt ein Rezept für Stachelbeermarmelade unter Familiengeschichte?"

„Für Tante Coco schon. Das fällt unter Küche, Unterabteilung Rezepte."

C.C. veränderte ihre Haltung und wedelte dann eine

Staubwolke weg. „Was ist mit einer Rechnung für sechs Paar weiße Kinderhandschuhe und einen blauen seidenen Sonnenschirm?"

„Bekleidung, nach dem Datum geordnet. Hm, das hier ist interessant. Tante Cocos Schülerbeschreibung von ihrem Lehrer in der vierten Klasse. Ich zitiere: Cordelia ist ein geselliges Kind. Allerdings neigt sie zu Tagträumen und hat Schwierigkeiten, eine ihr übertragene Aufgabe zu Ende zu führen."

„Das ist vielleicht eine sensationelle Neuigkeit." C. C. bog ihren steifen Rücken durch und ließ ihren Kopf kreisen. Neben ihr fiel das Sonnenlicht durch die schmutzigen Fensterscheiben des Abstellraums. Mit einem kleinen Seufzer stützte sie die Ellbogen auf ihre Knie und starrte auf das Fenster.

„Wo, zum Teufel, ist Lilah?" Ungeduldig wie immer, tappte Amanda mit ihrem Fuß. „Suzanna ist entschuldigt, weil sie mit den Kindern in die Vormittagsvorstellung gegangen ist, aber Lilah sollte zur Verfügung stehen."

„Sie wird schon kommen", murmelte C. C.

„Sicher, wenn alles getan ist." Amanda stürzte sich auf einen neuen Stapel und nieste zweimal. „So etwas Schmutziges habe ich schon lange nicht mehr gesehen."

C. C. zuckte die Schultern. „Alles wird schmutzig, wenn es lange irgendwo herumliegt."

„Nein, ich meine wirklich schmutzig. Das ist ein Limerick, den Großonkel Sean geschrieben hat. ‚Da war eine Lady aus Bakersfield, deren Brüste machten die Leute wild. Sie …' Na, lassen wir es gut sein", entschied Amanda. „Wir legen eine Sparte für versuchte Pornografie an." Als C. C. keinen Kommentar abgab, blickte Amanda zu ihr hinüber und sah, dass ihre Schwester noch immer auf einen Sonnenstrahl starrte. „Ist mit dir alles in Ordnung, Süße?“

„Hm? Oh ja.“

„Du siehst nicht so aus, als hättest du besonders gut geschlafen.“

C.C. zuckte die Schultern und widmete sich wieder den Papieren. „Ich glaube, die Séance hat mich verwirrt.“

„Das überrascht mich nicht.“ Amanda spitzte die Lippen, während sie noch mehr Quittungen durchblätterte. „Ich gebe nie etwas auf diese Dinge. Biancas Turm ist eine andere Sache. Ich glaube, wir alle haben da oben etwas gefühlt. Aber ich war immer der Ansicht, das käme daher, dass Bianca sich aus dem Fenster gestürzt hat und wir das wussten. Dann, gestern Abend ...“ Als sie von einem Schauern gepackt wurde, rieb sie sich die fröstelnden Arme. „Ich weiß, dass du wirklich etwas gesehen, wirklich etwas erfahren hast.“

„Ich weiß, dass die Halskette real ist“, sagte C.C. bestimmt.

„Ich gebe dir recht, dass sie real war, besonders, wenn ich eine Quittung in meiner Hand halte.“

„War und ist. Ich hätte die Halskette bestimmt nicht vor mir gesehen, wäre sie versetzt oder ins Meer geworfen worden. Es mag verrückt klingen, aber Bianca will, dass wir sie finden.“

„Es klingt tatsächlich verrückt.“ Seufzend lehnte Amanda sich auf dem knarrenden Stuhl zurück. „Und was noch verrückter ist, ich glaube es auch. Ich hoffe nur, niemand im Hotel findet heraus, dass ich in meiner freien Zeit nach einem vergrabenen Schatz suche, weil meine längst verstorbene Vorfahrin uns das geraten hat ... Oh!“

„Hast du es gefunden?" C.C. raffte sich bereits hoch.

„Nein, nein. Das ist ein alter Terminkalender. 1912. Die Tinte ist ein wenig verblasst, aber die Handschrift ist hübsch, eindeutig feminin. Das muss von Bianca sein. Sieh nur! ‚Einladungen abschicken'. Und hier ist die Gästeliste. Wow, was für eine Party! Die Prentises." Amanda nahm ihre Brille ab und kaute auf dem Bügel herum. „Ich wette, sie wohnten in Prentise Hall, in einem dieser Landhäuser, die 1947 abbrannten."

„‚Mit dem Gärtner wegen Rosen sprechen'", las C.C. über die Schulter ihrer Schwester. „‚Letzte Anprobe von goldenem Ballkleid'. ‚Christian drei Uhr nachmittags treffen'. Christian?" Sie legte angespannt eine Hand auf Amandas Schulter. „Könnte das ihr Künstler gewesen sein?"

„Das weiß ich genauso wenig wie du." Amanda setzte rasch ihre Brille wieder auf „Aber sieh hier! ‚Verschluss der Smaragde verstärken lassen'. Das könnten die bewussten sein."

„Das müssen sie sein."

„Wir haben aber bisher noch keine Quittungen gefunden."

C.C. warf einen müden Blick auf die Papiere, die überall im Raum herumlagen. „Wie stehen unsere Chancen?"

Selbst Amandas Organisationstalent drohte zu verzagen. „Nun, sie werden jedes Mal besser, wenn wir wieder mit einem Karton fertig sind."

„Mandy." C.C. setzte sich auf den Fußboden neben sie. „Uns wird die Zeit knapp, nicht wahr?"

„Wir beschäftigen uns erst seit ein paar Stunden damit."

„Das meine ich nicht." C.C. lehnte ihre Wange an Amandas Schenkel. „Du weißt das. Selbst wenn wir auf die Quittung stoßen, müssten wir immer noch die Halskette finden. Das könnte Jahre dauern. Wir haben keine Jahre zu unserer

Verfügung. Wir werden verkaufen müssen, nicht wahr?"

„Wir sprechen morgen Abend darüber, bei dem Familienrat." Besorgt streichelte sie C. C. über die Haare. „Hör mal, warum legst du dich nicht für eine Weile hin und machst ein Nickerchen? Du siehst erschlagen aus."

„Nein." Sie stand auf, ging über die Papiere hinweg an die Fenster und kam wieder zurück. „Ich komme besser zurecht, wenn ich meinen Verstand und meine Hände beschäftige. Andernfalls könnte ich jemanden erwürgen."

„Trent, zum Beispiel?"

„Das wäre doch ein ausgezeichneter Anfang. Nein." Seufzend schob sie ihre Hände in die Taschen. „Nein, dieser ganze Jammer ist nicht seine Schuld."

„Sprechen wir noch immer über das Haus?"

„Ich weiß es nicht." Erschöpft setzte C. C. sich wieder auf den Fußboden. Wenigstens war sie froh, dass sie sich in der Nacht davor ausgeweint hatte. „Ich bin der Meinung, dass alle Männer dumm sind, selbstsüchtig und total überflüssig."

„Dann bist du in ihn verliebt."

Ein trockenes Lächeln umspielte ihre Lippen. „Bingo. Und um deine nächste Frage zu beantworten: Nein, er erwidert meine Liebe nicht. Er interessiert sich nicht für mich, für eine gemeinsame Zukunft und eine Familie, und er bedauert es sehr, dass er mir das nicht klargemacht hat, bevor ich den Fehler beging, mich in ihn zu verknallen."

„Es tut mir leid, C. C." Nachdem sie die Brille abgenommen hatte, stand Amanda auf, durchquerte den Raum und setzte sich neben ihre Schwester. „Ich weiß, wie weh das tun muss, aber du kennst ihn erst seit ein paar Tagen. Eine Schwärmerei ..."

„Es ist keine Schwärmerei." Gedankenverloren faltete

C. C. aus dem Marmeladenrezept einen Papierflieger. „Ich habe herausgefunden, dass Verlieben nichts mit Zeit zu tun hat. Das kann ein Jahr dauern oder eine Sekunde. Es passiert, wenn es passieren soll."

Amanda legte einen Arm um C. C.s Schultern und drückte sie. „Nun, davon habe ich keine Ahnung. Glücklicherweise musste ich mir darüber nie Sorgen machen." Die Tatsache brachte ein Stirnrunzeln hervor, aber nur für einen Moment. „Ich weiß allerdings eines. Wenn er dir wehgetan hat, werden wir dafür sorgen, dass es ihm leid tut, jemals einer Calhoun über den Weg gelaufen zu sein."

C. C. lachte und ließ das Stachelbeerrezept fliegen. „Das ist zwar verlockend, aber ich glaube, es geht mehr darum, dass ich mir selbst wehgetan habe." Sie schüttelte sich ein wenig. „Komm schon, arbeiten wir weiter."

Sie hatten gerade wieder begonnen, als Trent hereinkam. Er blickte zu C. C. und traf auf eine solide Mauer aus Eis. Als er sich an Amanda wandte, erging es ihm nicht viel besser.

„Ich dachte, Sie könnten etwas Hilfe brauchen", sagte er.

Amanda warf einen Blick zu C. C. und erkannte, dass ihre Schwester die stumme Behandlung anwandte. Eine sehr wirkungsvolle Waffe, nach Amandas Einschätzung. „Nett von Ihnen, Trent." Amanda schenkte ihm ein Lächeln, das flüssige Lava hätte gefrieren lassen. „Aber dies hier ist in der Tat ein familiäres Problem."

„Lass ihn doch trotzdem helfen." C. C. machte sich nicht einmal die Mühe hochzublicken. „Ich kann mir vorstellen, dass er großartig ist, wenn es darum geht, in Papieren herumzukramen."

„Na gut." Achselzuckend deutete Amanda auf einen Klappstuhl. „Sie können den nehmen, wenn Sie wollen. Ich ordne die Unterlagen nach Inhalt und Jahr."

„Fein." Trent nahm den Stuhl und setzte sich ihr gegenüber.

Sie arbeiteten in eisiger Stille. Nur das Knistern von Papier und das Tappen von Amandas Schuh waren zu hören.

„Hier ist eine Reparaturrechnung", sagte er – und wurde ignoriert. „Für die Reparatur eines Verschlusses."

„Zeigen Sie her!" Amanda hatte ihm das Blatt schon aus der Hand gerissen, ehe C. C. durch den Raum stürmte. „Hier steht nicht, um welche Art von Halskette es sich gehandelt hat", murmelte sie.

„Aber das Datum ist richtig." C. C. tippte mit dem Finger darauf. „16. Juli 1912."

„Ist mir irgendetwas entgangen?", fragte Trent die beiden Schwestern.

Amanda wartete einen Moment, um zu sehen, ob C. C. antwortete. Als C. C. es nicht tat, blickte sie auf. „Wir haben einen Notizkalender von Bianca gefunden. Darin hatte sie vermerkt, dass sie die Smaragde reparieren lassen wollte."

„Dann könnte es das sein, was Sie brauchen." Seine Augen waren auf C. C. gerichtet, aber seine Antwort galt Amanda.

„Das mag ausreichen, um uns alle davon zu überzeugen, dass die Calhoun-Halskette 1912 existierte, aber das hilft uns in keiner Weise, die Kette zu finden." Sie legte die Quittung beiseite. „Mal sehen, was wir sonst noch unter diesem Wust ausgraben können."

C. C. ging zu ihren Papieren zurück.

Ein paar Sekunden später rief Lilah vom Fuß der Treppe: „Amanda! Telefon!“

„Sag, dass ich zurückrufe!“

„Es ist das Hotel. Sie meinten, es sei wichtig. Sie wollen sofort mit dir sprechen.“

„Verdammt noch mal!“ Amanda legte ungehalten ihre Brille auf den Tisch, bevor sie Trent einen Blick aus zusammengekniffenen Augen zuwarf. „Ich komme in ein paar Minuten zurück“, sagte sie und verließ den Raum.

Er wartete, bis das Geräusch ihrer raschen Schritte nicht mehr zu hören war.

„Sie hat einen starken Beschützerinstinkt“, bemerkte Trent.

„Wir halten zusammen“, erklärte C. C. und legte ein Blatt auf einen Stapel, ohne die geringste Ahnung zu haben, worum es sich handelte.

„Das habe ich gesehen. Catherine …“

C. C. hatte sich innerlich gewappnet und warf ihm ihren kühlsten Blick zu. „Ja?“

„Ich wollte mich davon überzeugen, dass mit dir alles in Ordnung ist.“

„Schön. In welcher Hinsicht?“

Sie hatte Staub an der Wange. Er sehnte sich heftig danach, ihr das lächelnd zu sagen. Er wollte sie lachen hören, wenn sie den Staub wegputzte. „Nach gestern Abend – ich weiß, wie aufgewühlt du warst, als du mein Zimmer verlassen hast.“

„Ja, ich war aufgewühlt.“ Sie griff nach einem weiteren Blatt. „Ich habe wohl eine ziemliche Szene gemacht.“

„Nein, das habe ich nicht gemeint.“

„Ich habe aber eine Szene gemacht.“ Sie lächelte verkrampft. „Ich glaube, diesmal bin ich diejenige, die sich entschuldigen sollte. Die Séance und alles, was dabei geschehen ist, ist mir wohl in den Kopf gestiegen." Nicht in den Kopf, dachte sie, sondern in mein Herz. „Ich muss mich ziemlich idiotisch angehört haben, als ich in dein Zimmer kam."

„Nein, natürlich nicht." Sie ist so kühl, dachte er. So gefasst. Sie verblüffte ihn. „Du hast gesagt, dass du mich liebst."

„Ich weiß, was ich gesagt habe." Ihre Stimme wurde noch zehn Grad kälter, aber ihr Lachen blieb unverändert. „Warum schreiben wir beide es nicht der Stimmung des Augenblicks zu?"

Das ist vernünftig, dachte Trent. Weshalb fühlte er sich dann so verloren? „Dann hast du es nicht so gemeint?"

„Trent, wir kennen uns doch erst seit ein paar Tagen." Will er mich leiden lassen? fragte sie sich.

„Aber du hast so niedergeschlagen ausgesehen, als du gegangen bist."

C. C. hob eine Augenbraue. „Sehe ich jetzt niedergeschlagen aus?"

„Nein", antwortete er bedächtig. „Nein, das tust du nicht."

„Nun, dann wollen wir die ganze Angelegenheit vergessen." Während sie sprach, versteckte die Sonne sich hinter Wolken. „Das wäre wohl am besten für uns beide, findest du das nicht auch?"

„Ja." Genau das wollte er. Dennoch fühlte er sich leer, als er wieder aufstand. „Ich will das Beste für dich, C. C."

„Fein." Sie betrachtete das Papier in ihrer Hand. „Wenn du hinuntergehst, bitte Lilah, sie soll mir Kaffee bringen, wenn sie heraufkommt."

„In Ordnung."

C. C. wartete, bis er gegangen war, ehe sie die Hände vors Gesicht schlug.

Sie hatte sich getäuscht. Das erkannte C. C. Sie hatte sich noch lange nicht ausgeweint.

Trent ging zurück in sein Zimmer. Sein Aktenkoffer war dort, vollgepackt mit Arbeit, die er hatte erledigen wollen, während er seinem Büro fern war.

Er setzte sich an den verschrammten Schreibtisch und öffnete eine Akte.

Zehn Minuten später starrte er noch immer aus dem Fenster, ohne auch nur einen Blick auf das erste Wort der Akte geworfen zu haben.

Er riss sich zusammen, griff nach seinem Stift und zwang sich, sich zu konzentrieren. Er schaffte es, das erste Wort zu lesen, sogar den ersten Absatz.

Dreimal.

Angewidert warf er den Stift weg, erhob sich und ging auf und ab.

Es ist lächerlich, dachte er.

Trent hatte schon in Hotelzimmern überall auf der Welt gearbeitet. Warum sollte es in diesem Zimmer anders sein? Das Zimmer hatte Wände und ein Fenster und eine Decke – mehr oder weniger.

Der Schreibtisch war mehr als ausreichend.

Wenn er wollte, konnte er sogar ein Feuer anzünden, um für eine heitere Stimmung zu sorgen. Und für Wärme.

Der Himmel wusste, dass er etwas Wärme gebrauchen konnte nach diesen dreißig Minuten, die er in dem Abstellraum verbracht hatte.

Es gab überhaupt keinen Grund, weshalb er nicht fähig sein sollte, sich hinzusetzen und für eine oder zwei Stunden Geschäfte zu erledigen.

Ausgenommen, dass er sich ständig erinnerte – wie hübsch C.C. ausgesehen hatte, als sie in ihrem grauen Hausmantel und barfuß in sein Zimmer gekommen war. Er konnte noch immer sehen, wie ihre Augen geleuchtet hatten, als sie dort stand, wo er gerade stand, und ihm zulächelte.

Verzweifelt rieb er seine dumpf schmerzende Herzgegend. Er war nicht an Schmerzen in dieser Gegend gewöhnt. An Kopfschmerzen, ja sicher. Aber nie an Herzschmerzen.

Doch die Erinnerung, wie C.C. sich in seine Arme geschmiegt hatte, verfolgte ihn. Und wie sie schmeckte … Wieso hing ihr Geschmack noch immer einen Hauch von seinen Lippen entfernt?

Es ist ein schlechtes Gewissen, sonst nichts, versicherte er sich selbst.

Er hatte ihr wehgetan, und zwar so schlimm, wie er ganz sicher niemals einer anderen Frau Schmerzen zugefügt hatte. Ganz gleich, wie kühl sie heute gewesen war, ganz gleich, wie gefasst – das war eine Schuld, mit der er für lange Zeit würde leben müssen.

Vielleicht sollte er nach oben gehen und noch einmal mit ihr sprechen.

Seine Hand lag schon auf dem Türknauf, bevor er sich bremste. Das hätte alles nur noch komplizierter gemacht, falls das überhaupt möglich war. Nur weil er sein schlechtes Gewissen besänftigen wollte, durfte er C.C. nicht wieder in eine unangenehme Lage bringen.

Sie kam damit in jeder Hinsicht besser zurecht als er. Sie

war stark, offenbar sehr widerstandsfähig. Und stolz. Und sanft, ging es ihm durch den Kopf. Warm und unglaublich schön.

Eine Verwünschung murmelnd, ging er ständig auf und ab.

Es wäre viel klüger gewesen, wenn er sich auf das Haus und nicht auf seine Bewohnerinnen konzentriert hätte.

Die wenigen Tage, die er in diesem Haus verbracht hatte, mochten einen persönlichen Aufruhr verursacht haben, hatten ihm aber auch Zeit und Gelegenheit verschafft, Pläne zu entwerfen – von innen heraus. Es hatte ihm einen Geschmack von der Stimmung und dem Grundton und der Geschichte geboten. Und wenn er sich nur für eine Weile hinsetzen konnte, würde er auch ein paar von seinen Gedanken zu Papier bringen können.

Aber es war hoffnungslos. Sobald Trent den Stift in die Hand nahm, waren seine Gedanken wie weggewischt. Er fühlte sich eingeschlossen. Das sagte er sich zumindest. Er brauchte nur etwas Luft.

Trent griff nach einer Jacke und tat etwas, das er sich seit Monaten nicht mehr gegönnt hatte. Er unternahm einen Spaziergang.

Er folgte seinem Instinkt zu den Klippen, die unebene Wiese hinunter, um eine zerbröckelnde Steinwand herum, auf das Meer zu.

Die Luft hatte Biss. Der Frühling schien seine schönen Gewänder gerafft und sich zurückgezogen zu haben. Der Himmel war grau und düster mit einigen wenigen hoffnungsvollen Flecken von Blau. Wild wachsende Blumen, die tapfer genug gewesen waren, sich durch Steine und Erde an die Oberfläche zu kämpfen, wurden vom Wind hin und her gerissen.

Trent ging mit den Händen in den Hosentaschen und gesenktem Kopf. Depressionen waren ihm kein vertrautes Gefühl, und er war entschlossen, sie durch Gehen zu vertreiben.

Als er zurückblickte, konnte er gerade noch die Spitzen der Türme hinter sich erkennen. Er wandte sich ab und sah aufs Meer hinaus, unwillkürlich die Haltung des Mannes nachahmend, der hier vor Jahrzehnten gemalt hatte.

Atemberaubend.

Das war das einzige Wort, das ihm in den Sinn kam. Felsen stürzten schwindelerregend in die Tiefe, rosa und grau, wo der Wind sie umheulte, schwarz, wo das Wasser auftraf und hochschoss.

Wütende Brecher bäumten sich auf und durchschnitten dunkleres Wasser. Nebel zog wie Rauch dahin und zerfaserte, und in der Luft schwebte die Drohung von Regen. Es hätte düster wirken sollen, aber es war schlichtweg spektakulär.

Trent wünschte, C.C. wäre bei ihm. Sie sollte neben ihm sein, ehe sich die Zeit oder der Wind veränderte.

Sie würde lächeln, dachte er. Lachen und dabei diese langen, herrlichen Beine im Boden verankern und ihr Gesicht dem Wind zuwenden.

Wäre sie hier gewesen, hätte die Schönheit der Szenerie nicht bewirkt, dass er sich so einsam fühlte.

So verdammt einsam.

Das Prickeln in seinem Nacken ließ ihn sich umdrehen und beinahe auch eine Hand ausstrecken. Er war so sicher gewesen, Catherine auf sich zukommen zu sehen. Doch da war nichts als die abfallenden Felsen und der Wind. Dennoch blieb das Gefühl, dass jemand in seiner Nähe war, so real, dass er am liebsten gerufen hätte.

Ich bin ein vernünftiger Mann, versicherte Trent sich. Er wusste, dass er allein war. Dennoch schien jemand bei ihm zu sein und zu warten. Und zu beobachten. Und für einen Moment war er sogar sicher, den Duft von Flieder aufzufangen.

Einbildung, entschied er, doch seine Hand war nicht ganz ruhig, als er sich die Haare aus dem Gesicht strich.

Dann hörte er das Weinen. Trent lauschte angestrengt dem traurigen Schluchzen, das der Wind zu ihm trug. Es verklang und floss, genau wie das Meer.

Sein Magen zog sich zusammen, während er sich bemühte, mehr zu hören, obwohl ihm der klare Verstand sagte, dass es da nichts zu hören gab.

Etwa ein Nervenzusammenbruch? fragte er sich. Doch das Geräusch war real, verdammt noch mal. Keine Halluzination. Langsam kletterte er eine Geröllhalde hinunter.

„Wer ist da?“, rief Trent, als wieder ein Seufzer an seine Ohren drang.

Er bewegte sich auf das Geräusch zu, hastete tiefer und wurde von einer Eile angetrieben, die er nicht zu erklären vermochte. Eine Lawine loser Steine rutschte ins Leere und brachte ihn in die Realität zurück.

Was, in Gottes Namen, tat er da? Er kletterte eine Klippe hinter einem Geist hinunter?

Trent hob seine Hände und sah, dass die Handflächen trotz des scharfen Windes schweißfeucht waren. Nun konnte er nichts anderes hören als das hektische Pochen seines Herzens.

Nachdem er sich gezwungen hatte, still stehen zu bleiben und ein paar beruhigende Atemzüge zu machen, sah er sich nach dem leichtesten Aufstieg um.

Er hatte gerade begonnen, wieder nach oben zu klettern,

als das Geräusch erneut kam. Weinen. Nein, Wimmern. Es war ganz deutlich und ertönte nahezu unter seinen Füßen.

Trent kauerte sich hin und spähte hinter einen Felsen. Es war ein jämmerlicher, mitleiderregender Anblick.

Der kleine schwarze Welpe war kaum mehr als ein Ball fellbedeckter Knochen. Trent seufzte erleichtert und musste laut auflachen.

Er wurde ja doch nicht verrückt.

Als Trent ihn genauer betrachtete, versuchte der verstörte Welpe zurückzuweichen, doch es war kein Platz mehr da. Die ängstlich flackernden Augen richtete er zitternd auf Trent.

„Du hast ja wohl ein ziemlich böses Erlebnis hinter dir, nicht wahr?“ Trent streckte eine Hand aus, bereit, sie zurückzuziehen, falls der Welpe schnappte. Der Hund duckte sich jedoch nur winselnd. „Ist ja schon gut, kleiner Kerl. Ganz ruhig, ich tue dir nichts.“

Er streichelte sanft den Welpen zwischen den Ohren. Noch immer zitternd, leckte der Hund Trents Hand.

„Du fühlst dich garantiert ziemlich einsam.“ Er war froh darüber, dass der Hund sich beruhigte. „Ich auch. Wir könnten doch gemeinsam zum Haus zurückgehen.“

Er hob den Hund hoch und steckte ihn unter seine Jacke.

Er war schon halb oben, als er sich jählings umdrehte.

Von dem Punkt, an dem er gestanden und auf die See geblickt hatte, bis zu der Stelle, an der er den verirrten Hund gefunden hatte, waren es mindestens fünfzig Yards.

Seine Handflächen wurden wieder feucht, als er erkannte, dass er unmöglich das Winseln des Welpen gehört haben konnte, nicht von der Kante der Klippe. Der Wind hätte bei dieser Entfernung jedes Geräusch mit sich gerissen.

Dennoch hatte er etwas gehört. Und deshalb war er hinuntergeklettert und hatte den verirrten Hund gefunden.

„Was, zum Teufel, war das?“, murmelte Trent und drückte den Hund fester an sich, während er zurück zum Haus eilte.

Als er den Rasen überquerte, begann er sich albern vorzukommen, was sollte er denn zu seinen Gastgeberinnen sagen? Sehen Sie nur, was mir hier gefolgt ist? Wie war es mit: Raten Sie, was ich getan habe. Ich habe mein Leben aufs Spiel gesetzt und bin die Klippen hinuntergeklettert. Und jetzt sehen Sie, was ich gefunden habe.

Keine der beiden Einleitungen erschien ihm passend.

Am vernünftigsten wäre gewesen, in den Wagen zu steigen und den Hund ins Dorf zu bringen. Es musste ein Tierheim oder einen Veterinär geben. Er konnte wohl kaum in den Salon marschieren und seinen Fund auf dem Teppich absetzen.

Aber Trent erkannte, dass er es einfach nicht fertigbrachte, den zitternden Fellball Fremden zu überantworten. Der kleine Kerl vertraute ihm und drückte sich an ihn.

Während er noch zögernd dastand, kam C.C. aus dem Haus.

Trent versuchte, natürlich zu wirken. „Hallo!“

„Hallo!“ Sie blieb stehen und knöpfte ihre Jeansjacke zu. „Wir haben keine Milch mehr. Brauchst du irgendetwas aus dem Dorf?“

Eine Dose Hundefutter, dachte er und räusperte sich. „Nein, danke, ich – äh …“ Der Welpe strampelte an seinem Hemd. „Habt ihr irgendetwas gefunden?“

„Eine ganze Menge, aber nichts, das uns verrät, wo wir nach der Halskette suchen sollen.“ Ihre Enttäuschung verwandelte sich in Neugierde, als sie die Bewegungen unter seiner Jacke bemerkte. „Ist alles in Ordnung?"

„Bestens." Trent räusperte sich und verschränkte die Arme. „Ich habe einen Spaziergang gemacht."

„Gut." Es ist schrecklich, dachte sie, einfach schrecklich. Er konnte ihr kaum in die Augen sehen. „Tante Coco macht ein leichtes Abendessen, falls du hungrig bist."

„Oh, danke."

C. C. wollte an ihm vorbeigehen, als ein kurzes hohes Japsen sie stoppte. „Wie bitte?"

„Nichts." Er unterdrückte ein unfreiwilliges Lachen, als der Welpe gegen seine Rippen strampelte.

„Ist mit dir alles in Ordnung?"

„Ja, ja, fein." Trent zeigte ihr ein unschuldiges Lächeln, als der Hund seine Nase über den Reißverschluss der Jacke schob.

„Was hast du denn da?" C. C. vergaß ihren Vorsatz, Abstand von ihm zu halten, und kam heran, um seinen Reißverschluss herunterzuziehen. „Oh, Trent, das ist ein Welpe!"

„Ich habe ihn unten bei den Felsen gefunden", erklärte er hastig. „Ich war mir nicht sicher, was ich damit machen …"

„Ach, du armes kleines Ding", murmelte sie, als sie den Welpen an sich nahm. „Hast du dich verlaufen?" C. C. rieb ihre Wange an dem Fell und stupste ihre Nase gegen die seine. „Jetzt ist ja alles wieder gut."

Der Hund wedelte so heftig, dass er ihr fast entglitt.

„Ist er nicht süß?" Lächelnd trat Trent näher, um ihn zu streicheln. „Sieht so aus, als wäre er eine ganze Weile allein auf sich gestellt gewesen."

„Er ist noch ein Baby." Sie drückte ihn sanft murmelnd an sich. „Was hast du gesagt, wo hast du ihn gefunden?"

„Unten bei den Felsen. Ich machte einen Spaziergang." Und ich habe an dich gedacht. Wie unter einem geheimnisvollen Zwang streichelte er ihre Haare. „Ich konnte ihn nicht einfach dort lassen."

„Natürlich nicht." C. C. blickte auf und wurde sich bewusst, dass er sie beinahe schon umarmte. Seine Hand hatte sich in ihre Haare geschoben, seine Augen waren auf sie gerichtet.

„Catherine ..."

Der Welpe japste wieder. Sie zuckte zurück. „Ich bringe ihn hinein. Er wird frieren, und Hunger hat er bestimmt auch."

„In Ordnung." Er konnte seine Hände nur noch in seine Taschen schieben. „Ich könnte doch losmarschieren und die Milch besorgen."

„In Ordnung." Ihr Lächeln war bemüht, als sie zu den Stufen zurückwich. Sie drehte sich um, redete sanft auf den Hund ein und ging ins Haus.

Als Trent zurückkehrte, hatte der Welpe bereits einen Ehrenplatz neben dem Kamin in der Küche und die ungeteilte Aufmerksamkeit von vier schönen Frauen.

„Wartet, bis Suze und die Kinder zurückkommen", sagte Amanda gerade. „Sie werden ausflippen. Er mag ganz eindeutig deine Leberpastete, Tante Coco."

„Offenbar ein Gourmet unter den Hunden." Lilah lag bereits auf allen vieren und stupste mit ihrer Nase gegen die seine. „Du bist doch ein Gourmet, Süßer?"

„Ich finde, er hätte etwas Schlichteres als Futter bekommen sollen." Coco war ebenfalls verzaubert und kauerte auf dem Boden. „Bei richtiger Pflege wird er sehr hübsch werden."

Voll Begeisterung über sein Glück jagte der Welpe im Kreis. Als er Trent entdeckte, hoppelte er auf ihn zu, wobei er über seine eigenen Beine stolperte.

Die Frauen rafften sich auf und stellten ihm alle gleichzeitig Fragen.

„Einen Moment!" Trent setzte die Einkaufstüte auf den Tisch und kauerte sich hin, um den Hund am Bauch zu kraulen. „Ich weiß nicht, woher er kommt. Ich fand ihn, als ich an den Klippen entlangging. Er hat sich versteckt. Nicht wahr, mein Junge?"

„Wir sollten herumhören, ob er jemandem entlaufen ist", meinte Coco und winkte ab, als ihre Nichten einstimmig widersprachen. „Das ist nur recht und billig. Aber es liegt bei Trent, da er ihn gefunden hat."

„Ich finde, Sie sollten tun, was Sie für das Beste halten." Er stand auf und nahm die Milch aus der Tüte. „Er könnte bestimmt davon einen Schluck vertragen."

Amanda hatte bereits ein Schälchen geholt und stritt mit Lilah, wie viel sie ihrem neuen Gast geben sollten.

„Was hast du noch besorgt?" C. C. grub in der Tüte.

„Ein paar Sachen." Er zuckte die Schultern und gab schließlich auf. „Ich finde, er sollte ein Halsband haben." Trent zog ein leuchtend rotes Halsband mit silbernen Nieten hervor.

C. C. konnte ein Lächeln nicht unterdrücken. „Ganz was Feines."

„Und eine Leine." Trent legte auch sie auf den Tisch. „Welpenfutter."

„Oh, oh!“ C.C. durchforstete die Tüte. „Und Welpenspielzeug, Kauknochen.“

„Er braucht unbedingt etwas zum Knabbern“, erklärte Trent.

„Sicher braucht er das. Ein Ball und eine Quietschmaus.“ Lachend drückte sie das quiekende Gummispielzeug mit ihrer Hand zusammen.

„Er braucht auch etwas zum Spielen.“ Trent verschwieg, dass er auch nach einem Hundekörbchen und nach einem Kissen gesucht, aber nichts gefunden hatte.

„Ich habe gar nicht gewusst, dass du ein Softie bist.“

Er blickte auf den trinkenden Hund hinunter. „Ich auch nicht.“

„Wie heißt er?“, wollte Lilah wissen.

„Nun ja, ich ...“

„Sie haben ihn gefunden. Sie müssen ihm auch einen Namen aussuchen.“

„Machen Sie schnell“, verlangte Amanda. „Sonst verpasst Lilah ihm einen Namen wie Griswold.“

„Fred“, sagte Trent impulsiv. „Für mich sieht er wie Fred aus.“

Völlig unbeeindruckt von der Namensgebung ließ Fred sich auf den Boden fallen, wobei ein Ohr in der Milchschüssel hing, und schlief ein.

„Nun, das wäre erledigt.“ Amanda streichelte den Welpen noch einmal, bevor sie aufstand. „Komm, Lilah, du bist jetzt an der Reihe mit den Papieren.“

„Ich helfe euch!“ Alle Instinkte auf volle Kraft gestellt, schob Coco ihre beiden Nichten aus dem Raum und ließ C.C. allein mit Trent.

„Ich gehe jetzt auch.“ C.C. wollte zur Tür.

Trent legte eine Hand auf ihren Arm, um sie zurückzuhalten.

„Was ist?“

„Warte!“

„Worauf?“

„Warte einfach.“

Sie stand da und unterdrückte den Schmerz. „Ich warte.“

„Ich … Wie geht es deiner Hand?“

„Gut.“

„Fein.“ Er kam sich wie ein Idiot vor. „Das ist fein.“

„Wenn das alles ist …“

„Nein. Ich wollte dir sagen … Ich habe ein Klappern im Wagen festgestellt, als ich ins Dorf fuhr.“

„Ein Klappern?“ C.C. spitzte die Lippen. „Was für ein Klappern?“

Ein eingebildetes, dachte er, zuckte jedoch mit den Schultern. „Einfach ein Klappern. Ich wäre dir dankbar, wenn du dir den Wagen ansehen würdest.“

„In Ordnung. Bring ihn morgen vorbei.“

„Morgen?“

„Mein Werkzeug ist in der Werkstatt. Gibt’s denn sonst noch was?“

„Während ich spazieren ging, wünschte ich mir, du wärst bei mir.“

C.C. blickte weg, bis sie sicher war, das Loch geflickt zu haben, das er gerade in ihre Abwehrmauer geschlagen hatte. „Wir wollen verschiedene Dinge, Trent. Lassen wir es dabei.“ Sie wandte sich zur Tür. „Versuche, den Wagen zeitig zu bringen“, fügte sie hinzu. „Ich muss morgen einen Auspuff austauschen.“

8. Kapitel

C.C. entzündete das Gasgemisch an dem Schweißgerät, klappte den Gesichtsschutz herunter und bereitete sich darauf vor, das Rohr an der verrosteten Auspuffanlage eines 62er Plymouth abzuschneiden.

Der Tag lief nicht gut.

Der vorgesehene Familienrat ging ihr nicht aus dem Sinn. Über die Halskette waren keine weiteren schriftlichen Unterlagen aufgetaucht, obwohl sie unzählige Quittungen und alte Aktendeckel durchgeforstet hatten. Daran, dass Amanda nicht darüber sprechen wollte, erkannte sie, dass die Dinge schlecht standen.

Dazu kam eine weitere ruhelose Nacht. Sie hatte Fred winseln gehört und war aufgestanden, um nach ihm zu sehen, hatte jedoch mitbekommen, wie Trent den Welpen durch leises Zureden hinter seiner Schlafzimmertür besänftigt hatte.

Die Tatsache, dass ihm der Hund so sehr am Herzen lag, dass er ihn in sein Zimmer geholt und getröstet und gefüttert hatte, brachte C.C. dazu, ihn nur noch mehr zu lieben. Und je stärker dieses Gefühl wurde, desto mehr schmerzte es.

Sie wusste, dass sie an diesem Morgen müde aussah, weil sie den Fehler begangen hatte, in den Spiegel zu blicken. Damit konnte sie fertigwerden. Ihr Aussehen war nie ihre Hauptsorge gewesen. Die Rechnungen, die sie in der Post gefunden hatte, waren es dagegen schon.

Sie hatte die Wahrheit gesagt, als sie Suzanna versicherte, das Geschäft würde gut laufen. Doch es gab noch immer wunde Stellen.

Nicht alle Kunden zahlten pünktlich, und ihr Bargeldfluss war zu oft ein bloßes Rinnsal. Sechs Monate, dachte C. C. während sie durch das alte Metall schnitt. Sie brauchte nur noch sechs Monate. Doch das war viel zu lang, um dazu beitragen zu können, dass sie *The Towers* behielten.

Ihr Leben veränderte sich schnell, und zwar absolut nicht zum Besseren.

Trent stand da und beobachtete C. C. Sie hatte irgendeinen verbeulten alten Wagen auf der Hebebühne, stand darunter und hantierte mit einem Schweißbrenner.

Während er zuschaute, wich sie zur Seite, als ein Rohr klappernd auf dem Boden landete. Sie trug wieder einen Overall, dicke Sicherheitshandschuhe und einen Helm. Die Musik, ohne die sie offenbar nicht auskommen konnte, dröhnte aus dem Radio auf der Werkbank.

Ganz sicher hatte ein Mann die Grenze zwischen gesundem Verstand und Wahnsinn überschritten, wenn er sich vorstellte, wie herrlich es wäre, eine Frau, die wie ein Schweißer gekleidet war, auf einem Betonboden zu lieben.

C. C. veränderte ihre Haltung und entdeckte ihn. Sehr behutsam schaltete sie den Schweißbrenner aus, bevor sie das Visier hochklappte.

„Ich habe an deinem Wagen keinen Fehler gefunden. Die Schlüssel sind im Büro. Kostet nichts." Sie klappte das Visier wieder herunter.

„C. C.!"

„Ja?"

„Was ist mit Abendessen?“

Sie schob rasch den Schild zurück und betrachtete Trent. „Was ist damit?“

„Ich meine …“ Mit einem Blick nach oben trat er zu ihr unter den Wagen. „Ich möchte, dass du heute Abend mit mir isst.“

Sie verlagerte ihr Gesicht. „Seit einigen Tagen esse ich jeden Abend mit dir.“ Sie klappte das Visier herunter.

Trent klappte es wieder hoch. „Nein, ich meine, ich möchte dich zum Dinner ausführen.“

„Warum?“

„Warum nicht?“

C.C. hob eine Augenbraue. „Nun, das ist nett, aber ich stehe heute Abend ein wenig unter Druck. Wie haben Familienrat.“ Sie zog das Visier wieder herunter und wollte den Schneidbrenner erneut anzünden.

„Dann eben morgen.“ Verärgert klappte Trent das Visier wieder hoch. „Wenn du nichts dagegen hast, möchte ich dir in die Augen schauen können, wenn ich mit dir spreche.“

„Ich habe aber etwas dagegen, weil ich arbeiten muss. Und ich gehe morgen nicht mit dir zum Dinner aus.“

„Weshalb nicht?“

Sie stieß einen langen Atemzug aus, der ihre Haare hochwirbelte. „Weil ich es nicht will.“

„Du bist noch immer wütend auf mich.“

Ihre Augen, die zu strahlen begonnen hatten, wirkten plötzlich eisig. „Wir haben das alles geregelt. Es besteht also kein Grund, weshalb ich mit dir eine Verabredung treffen und ausgehen sollte.“

„Nur ein Abendessen“, sagte Trent und wurde sich bewusst, dass er nicht lockerlassen konnte. „Niemand wird das eine Verabredung nennen. Ein schlichtes Essen, als Freunde, bevor ich nach Boston zurückfahre."

„Du fährst zurück?" Ihr Herz schien in die Kniekehlen zu rutschen. Sie wandte sich ab, um in einigen Werkzeugen herumzuwühlen.

„Ja. Für Mitte der Woche habe ich ein paar Meetings vorgesehen. Ich werde am Mittwochnachmittag im Büro erwartet."

Einfach so, dachte sie, während sie eine Rohrzange ergriff und wieder weglegte. ‚Ich habe ein paar Meetings vorgesehen', also bis dann ... tut mir leid, dass ich dein Herz gebrochen habe ... „Nun ja, dann, gute Fahrt."

„C. C." Er legte eine Hand auf ihren Arm, ehe sie sich wieder hinter dem Visier verstecken konnte. „Ich möchte etwas Zeit mit dir verbringen. Ich würde mich in der ganzen Angelegenheit wesentlich besser fühlen, wenn ich wüsste, dass wir uns im Guten trennen."

„Du willst dich besser fühlen", murmelte sie und zwang sich dazu, sich ein wenig zu entspannen. „Sicher, warum nicht. Dinner morgen geht in Ordnung. Du verdienst einen kleinen Abschied."

„Ich weiß es zu schätzen, wirklich." Er tätschelte ihre Wange und beugte sich vor. C.C. zog das Visier mit einem Klacken herunter.

„Geh lieber von dem Schweißbrenner weg, Trent", sagte sie sanft. „Du könntest dich nämlich verbrennen."

Ein Familienrat war bei den Calhouns traditionsgemäß laut, angefüllt mit heftigen Diskussionen und Tränen und Gelächter.

Dieser Familienrat war ungewöhnlich gedämpft.

Amanda saß in ihrer Eigenschaft als Finanzberaterin am Kopfende des Tisches.

Im Raum war es still.

Suzanna hatte die Kinder bereits zu Bett gebracht. Es war ein wenig leichter gewesen als gewöhnlich, weil die beiden sich durch das Spiel mit Fred erschöpft hatten – und umgekehrt.

Trent hatte sich diskret gleich nach dem Dinner entschuldigt. Es spielte wohl kaum eine Rolle, fand C. C. Er würde den Ausgang früh genug erfahren. Sie fürchtete, dass sie alle ihn bereits kannten.

„Vermutlich weiß jede von uns, warum wir hier sind“, begann Amanda. „Trent fährt am Mittwoch zurück nach Boston, und es wäre in jeder Hinsicht am besten, wir würden ihm vor seiner Abreise unsere Entscheidung bezüglich des Hauses mitteilen.“

„Ich finde, wir sollten uns lieber auf die Suche nach der Halskette konzentrieren“, bemerkte Lilah. Ihr starrer Blick stand im Gegensatz zu ihrem nervösen Spiel mit den Obsidiankristallen, die sie um ihren Hals trug.

„Wir suchen noch immer nach den Papieren.“ Suzanna legte eine Hand auf Lilahs Arm. „Aber wir müssen uns wohl darüber im Klaren sein, dass die Suche nach der Halskette lange dauern wird. Länger, als wir uns leisten können.“

„Dreißig Tage ist länger, als wir uns leisten können.“ Alle Augen richteten sich auf Amanda. „Ich habe letzte Woche vom Anwalt eine Nachricht erhalten.“

„Letzte Woche!“, warf Coco ein. „Stridley hat sich mit dir in Verbindung gesetzt, und du hast es nicht erwähnt?“

„Ich hatte gehofft, ich könnte einen Aufschub erwirken, ohne irgendjemandem Sorgen zu bereiten." Amanda legte eine Hand auf die Akte vor sich. „Ausgeschlossen. Wir haben von den Steuerrückzahlungen gelebt, aber die harte Tatsache ist, dass wir nicht genug Rücklagen gebildet haben. Die Versicherungsprämien werden fällig. Wir können sie zahlen, und auch die Hypothek – fürs Erste. Strom und andere Nebenkosten waren in diesem Winter höher als gewöhnlich, und die neue Heizung und die Reparaturen des Daches haben eine Menge von unserem Stammkapital aufgefressen."

C. C. fragte: „Wie schlimm ist es?"

„So schlimm, wie es nur sein kann." Amanda rieb sich die schmerzende Schläfe. „Wir könnten noch ein paar Stücke verkaufen und uns damit über Wasser halten, so eben. Aber in zwei Monaten sind wieder Steuern fällig, und dann sind wir dort, wo wir angefangen haben."

„Ich kann meine Perlen verkaufen und …", begann Coco, doch Lilah schnitt ihr das Wort ab.

„Nein. Absolut nein. Wir waren uns schon vor langer Zeit einig, dass es ein paar Dinge gibt, die nicht verkauft werden können. Wenn wir uns den Tatsachen stellen müssen", sagte sie grimmig, „dann sollten wir das tun."

„Die Wasserinstallation ist völlig im Eimer", fuhr Amanda fort und musste sich räuspern, weil sie einen Kloß im Hals hatte. „Wenn wir die elektrischen Leitungen nicht erneuern lassen, könnte uns das ganze Haus unter den Händen abbrennen. Das Honorar für Suzannas Anwalt …"

„Das ist mein Problem", unterbrach Suzanna.

„Das ist unser Problem", verbesserte Amanda und erhielt einhellige Zustimmung. „Wir sind eine Familie", fuhr sie fort.

„Wir haben das Schlimmste gemeinsam durchgestanden, und wir sind damit fertiggeworden. Vor sechs oder sieben Jahren sah alles so aus, als würde es gut laufen. Aber die Steuern sind gestiegen, zusammen mit den Versicherungen, den Reparaturkosten, mit allem. Es ist nicht so, als wären wir arm, aber das Haus frisst jeden Cent auf, den wir erübrigen können, und noch einiges mehr. Wäre ich der Meinung, dass wir aus dieser Talsohle herauskommen, wenn wir noch ein oder zwei Jahre durchhalten, würde ich sagen, wir sollten das Limoges verkaufen oder ein paar Antiquitäten. Aber es ist, als würde man mit bloßen Händen ein Loch in einem Damm zuhalten und gleichzeitig feststellen müssen, wie andere Stellen brechen, während einem schon die Finger abrutschen."

„Was meinst du, Mandy?", fragte C. C.

„Ich meine", antwortete Amanda und presste ihre Lippen zusammen, „die einzige realistische Chance für uns ist der Verkauf des Hauses. Mit dem Angebot von St. James können wir unsere Schulden tilgen, das meiste von dem behalten, was uns allen wichtig ist, und ein anderes Haus kaufen. Wenn wir nicht verkaufen, wird uns *The Towers* auf jeden Fall in einigen Monaten weggenommen." Eine Träne lief über ihre Wange. „Es tut mir leid. Ich finde einfach keinen Ausweg."

„Es ist nicht deine Schuld." Suzanna tastete nach ihrer Hand. „Wir alle haben gewusst, dass es dazu kommen wird."

Amanda schniefte und schüttelte den Kopf. „Was wir als Sicherheitspolster hatten, haben wir bei dem Zusammenbruch der Aktienbörsen verloren. Wir konnten uns einfach nicht mehr erholen. Ich weiß, ich habe diese Investitionen gemacht …"

„Wir alle haben diese Investitionen gemacht." Lilah beugte

sich vor, um ebenfalls die Hände der anderen zu ergreifen. „Auf Empfehlung eines sehr angesehenen Borsenmaklers. Wäre nicht der Boden durchgebrochen, hätte ich in der Lotterie gewonnen, wäre Baxter nicht so ein geldgieriger Bastard gewesen, dann wären die Dinge jetzt vielleicht anders. Aber sie sind es nicht."

„Wir werden trotzdem zusammenbleiben." Coco fügte ihre Hand dazu. „Darauf kommt es an."

„Darauf kommt es an", stimmte C. C. ihr zu und legte ihre Hand noch ganz obenauf. Und zumindest das fühlte sich richtig an, wenn schon nichts anderes. „Was machen wir jetzt?"

Amanda rang um Fassung und lehnte sich zurück. „Ich würde sagen, wir bitten Trent herunter und überzeugen uns davon, dass das Angebot noch immer steht."

„Ich hole ihn." C. C. stand auf und verließ eilig das Zimmer.

Sie konnte es nicht glauben. Selbst während sie durch die zahlreichen Räume und auf den Korridor hinaus und die Treppe hinaufging und mit einer Hand über das Geländer strich, konnte sie es nicht glauben. Nichts davon würde ihr noch lange gehören.

Eine Zeit würde kommen, da sie nicht mehr von ihrem Zimmer auf die hohe Steinbalustrade treten und auf die See blicken konnte.

Sie würde nicht mehr die Stufen zu Biancas Turm hinaufklettern und Lilah auf dem Fenstersitz zusammengekuschelt vorfinden, während sie ihren Blick durch das staubige Glas ins Freie richtete und träumte.

Oder Suzanna, die im Garten arbeitete, während die Kinder in ihrer Nähe über den Rasen jagten.

Amanda würde nicht mehr die Treppe herunterkommen, um hastig irgendwohin zu fahren oder irgendetwas zu tun.

Tante Coco würde sich nicht mehr am Küchenherd zu schaffen machen.

In wenigen Sekunden würde das Leben, das sie gekannt hatte, vorbei sein. Und das neue Leben musste erst beginnen. Sie hing irgendwo in einem Niemandsland, zu betäubt, um irgendeinen Schmerz zu verspüren.

Trent kauerte neben dem Kaminfeuer, während Fred auf dem leuchtend roten Kissen in seinem neuen Hundekörbchen schnarchte. Trent wurde klar, dass er den kleinen Teufel vermissen würde. Selbst wenn er daheim in Boston Zeit und Neigung für einen Hund gehabt hätte, wäre es ihm unmöglich gewesen, Fred den Kindern oder den Frauen wegzunehmen.

Er hatte gesehen, wie C.C. an diesem Nachmittag dem Welpen in dem kleinen Garten neben dem Haus ein Bällchen zugeworfen hatte, als sie von der Arbeit heimgekommen war. Es war so schön gewesen, sie lachen zu hören und sie mit dem Hund und Suzannas Kindern balgen zu sehen.

Seltsamerweise erinnerte es ihn an die Fantasie, die er gehabt hatte – an den Tagtraum, verbesserte er sich. An den Tagtraum, den er erlebt hatte, als während der Séance seine Gedanken abgeschweift waren. Jenen Tagtraum, wie er und C.C. auf einer sonnigen Veranda saßen und Kindern beim Spielen im Garten zuschauten.

Es war natürlich Albernheit, aber irgendetwas hatte sich an diesem Nachmittag in seinem Inneren geregt, als er an der Tür gestanden und mitbekommen hatte, wie sie Fred ein Bällchen zuwarf. Es war ein gutes Gefühl gewesen, bis sie sich umdrehte und ihn entdeckte. Ihr Lachen war wie weggewischt gewesen, und ihre Augen hatten einen eigenartigen Glanz angenommen.

Er stand auf und betrachtete die Flammen im Kamin. Es war verrückt, aber er wünschte sich von ganzem Herzen, C. C. würde noch einmal explodieren, noch einmal mit der Faust nach ihm schlagen, ihn mit Schimpfnamen belegen. Die schlimmste Form der Bestrafung war ihre gleichbleibende leidenschaftslose Höflichkeit.

Bei dem Klopfen an der Tür murmelte Fred leise im Schlaf.

Als Trent die Tür öffnete und C. C. vor sich sah, freute er sich ungemein und war gleichzeitig besorgt. Diesmal konnte er sie nicht wegschicken. Es war unmöglich, ihr zu sagen, dass es nicht sein konnte. Er musste ... Dann schaute er in ihre Augen.

„Was ist denn los?" Er streckte tröstend eine Hand aus, doch C. C. wich steif vor ihm zurück.

„Wir alle möchten, dass du nach unten kommst, wenn es dir nichts ausmacht."

„Catherine ..."

Doch sie ging bereits weg und machte immer größere Schritte, um schnellstens für Abstand zwischen ihnen beiden zu sorgen.

Trent fand sie alle gefasst um den Esszimmertisch herum versammelt. Und er war klug genug zu begreifen, dass er es hier mit einer vereinigten Willenskraft zu tun hatte.

Die Calhouns hatten die Reihen geschlossen.

„Ladys?"

„Trent, setzen Sie sich bitte!" Coco deutete auf den Stuhl neben sich. „Hoffentlich stören wir Sie nicht."

„Überhaupt nicht.“ Er blickte zu C. C., doch sie fixierte die Wand oberhalb seines Kopfes. „Halten wir noch eine Séance ab?“

„Diesmal nicht.“ Lilah deutete mit einem Kopfnicken auf Amanda. „Amanda?“

„Also gut.“ Sie holte tief Luft und war erleichtert, als Suzanna unter dem Tisch ihre Hand drückte. „Trent, wir haben Ihr Angebot für *The Towers* diskutiert und beschlossen, es zu akzeptieren.“

Er warf ihr einen undefinierbaren Blick zu. „Es zu akzeptieren?“

„Ja.“ Amanda drückte ihre freie Hand auf ihren flauen Magen. „Das heißt, sofern Ihr Angebot noch steht.“

„Ja, natürlich.“ Er ließ seinen Blick schweifen und schließlich auf C. C. verharren. „Sind Sie sich einig, dass Sie verkaufen wollen?“

„Wolltest du das nicht von Anfang an?“ C. C.s Stimme klang schroff. „Bist du nicht deshalb hierhergekommen?“

„Ja.“ Aber er hatte wesentlich mehr erhalten, als er hatte haben wollen. „Meine Firma wird sehr gern den Besitz kaufen. Aber es muss sichergestellt sein, dass Sie alle zugestimmt haben, dass Sie alle genau das wollen – alle.“

„Wir sind uns einig.“ C. C. vermied den Blickkontakt mit Trent.

„Die Anwälte werden sich um die Details kümmern“, fuhr Amanda fort. „Doch bevor wir die Angelegenheit den Anwälten übergeben, möchte ich noch einmal die Bedingungen durchgehen, Trent.“

„Natürlich.“ Er nannte erneut den Kaufpreis.

Tränen begannen in C. C.s Augen zu brennen.

„Es gibt keinen Grund, weshalb wir wegen des zeitlichen Ablaufs nicht flexibel sein sollten. Mir ist klar, dass Sie ein Inventarverzeichnis erstellen wollen, bevor Sie umziehen."

Sie wollen es so, erinnerte er sich. Es ist nur ein Geschäft. Deshalb werde ich mich nicht so fühlen, als wäre ich gerade unter einem Stein hervorgekrochen.

„Wir möchten den Umzug am liebsten schnell durchführen." Suzanna heischte am Tisch um Bestätigung. „Sobald wir ein anderes Haus gefunden haben."

„Wenn ich Ihnen irgendwie helfen kann ..."

„Du hast schon genug getan", unterbrach C. C. kühl. „Wir können für uns selbst sorgen."

„Ich möchte eine Bedingung hinzufügen." Lilah beugte sich vor. „Sie kaufen das Haus und das Land, aber nicht das Inventar."

„Natürlich bleiben die Einrichtung, die Erbstücke und Ihre persönlichen Besitztümer Ihr Eigentum."

„Einschließlich der Halskette." Sie neigte ihren Kopf. „Ob sie nun gefunden wird, bevor wir das Haus räumen, oder danach, die Kette gehört den Calhouns. Ich will das schriftlich, Trent. Sollte irgendwann während Ihrer Renovierungsarbeiten die Halskette gefunden werden, gehört sie uns."

„In Ordnung." Die kleine Klausel wird die Anwälte zum Wahnsinn treiben, dachte er, aber das ist deren Problem. „Ich werde dafür sorgen, dass es in den Vertrag aufgenommen wird."

„Biancas Turm." Lilah sprach langsam, als hätte sie Angst, ihre Stimme könnte brechen. „Gehen Sie behutsam damit um."

„Wie wäre es mit Wein?" Coco stand auf und flatterte mit den Händen. „Wir sollten einen Schluck Wein trinken."

„Entschuldigt mich." C. C. zwang sich dazu, aufzustehen und dem Impuls zu widerstehen, aus dem Zimmer zu stürmen. „Wenn wir mit allem fertig sind, möchte ich nach oben gehen. Ich bin müde."

Trent wollte ihr folgen, aber Suzanna hielt ihn zurück. „Ich glaube nicht, dass sie jetzt aufnahmebereit ist. Ich werde gehen."

C. C. betrat die Terrasse, um sich über die Mauer zu lehnen und ihre Tränen von dem kalten Wind trocknen zu lassen.

Es sollte Sturm geben, dachte sie. Ich wünschte mir einen Sturm, so wütend und leidenschaftlich wie mein Herz.

Sie schlug mit der Faust auf die Mauer und verfluchte den Tag, an dem sie Trent kennengelernt hatte. Er wollte nicht ihre Liebe, aber ihr das Haus nehmen.

Natürlich, hätte er ihre Liebe erwidert, hätte er ihr nie das Haus nehmen können.

„C. C." Suzanna trat ins Freie und legte einen Arm um ihre Schultern. „Es ist kalt. Lass uns hineingehen."

„Es ist nicht richtig."

„Nein." Sie drückte ihre Schwester an sich. „Das ist es nicht."

„Er weiß nicht einmal, was es bedeutet." Sie wischte die Zornestränen weg. „Er kann es nicht verstehen. Er wollte auch gar nicht."

„Vielleicht nicht. Vielleicht kann das niemand außer uns. Aber das ist nicht seine Schuld, C. C. Wir können nicht ihm die Schuld geben, weil wir das Haus nicht halten konnten."

Suzanna wandte ihren Blick von dem Garten ab, den sie liebte, und sah zu den Klippen, die sie stets anzogen.

„Ich bin hier schon einmal weggegangen, scheint ein ganzes

Leben her zu sein, aber es sind erst sieben Jahre. Jetzt fast schon acht." Suzanna seufzte. „Ich dachte, es wäre der glücklichste Tag meines Lebens, als ich diese Insel verließ, um in mein neues Zuhause in Boston zu ziehen."

„Du brauchst nicht darüber zu sprechen. Ich weiß, dass es dir wehtut."

„Nicht mehr so sehr wie früher. Ich war verliebt, C.C., eine Braut, die ihre Zukunft in Händen hielt. Und als ich mich umdrehte und sah, wie *The Towers* hinter mir verschwand, weinte ich wie ein Kind. Ich dachte, diesmal würde es leichter sein." Als ihr die Tränen in die Augen zu steigen drohten, schloss sie die Lider. „Ich wünschte, es wäre so. Was ist nur mit diesem Haus, dass es uns dermaßen anzieht?", fragte sie versonnen.

„Ich weiß, dass wir ein anderes Haus finden können." C.C. verschlang ihre Finger mit denen ihrer Schwester. „Ich weiß, dass wir zurechtkommen und sogar glücklich sein werden. Aber es schmerzt. Du hast recht, es ist nicht Trents Schuld. Aber ..."

„Du musst irgendjemandem die Schuld geben." Suzanna lächelte verständnisvoll.

„Er hat mich verletzt. Ich gebe es wirklich nur ungern zu, aber es ist so. Ich möchte gern sagen können, dass er mich dazu gebracht hat, mich in ihn zu verlieben. Es würde mir schon genügen, wenn er zugelassen hätte, mich in ihn zu verlieben. Doch nichts davon trifft zu. Das habe ich alles ganz von selbst gemacht."

„Und Trent?"

„Er ist nicht interessiert."

„Nach der Art, wie er dich ansieht, müsstest du dich irren."

„O ja, er ist interessiert", entgegnete C. C. grimmig. „Aber Liebe hat nichts damit zu tun. Er hat sehr höflich abgelehnt, einen Nutzen aus meinem Mangel an Erfahrung zu ziehen, wie er es nennt."

„Oh!" Suzanna blickte wieder zu den Klippen. Sie wusste, dass Zurückweisung die schärfste aller Klingen war. „Es hilft nicht viel, aber es hätte noch schwieriger für dich sein können, wäre er nicht so vernünftig gewesen."

„Er ist vernünftig, o ja", räumte C. C. mit säuerlicher Miene ein. „Und da er ein vernünftiger und zivilisierter Mann ist, möchte er, dass wir Freunde bleiben. Er führt mich sogar morgen zum Dinner aus, um sicherzugehen, dass ich nicht hinter ihm hertrauere, sodass er ohne Schuldgefühle nach Boston zurückkehren kann."

„Was wirst du machen?"

„Nun, ich werde mit ihm zum Dinner ausgehen. Ich kann genauso verdammt zivilisiert sein wie er." Sie reckte ihr Kinn hoch. „Und wenn ich mit ihm fertig bin, wird es ihm leid tun, jemals seine Augen auf Catherine Calhoun gerichtet zu haben." Sie wirbelte zu ihrer Schwester herum. „Hast du noch immer dieses rote Kleid, das mit den Steinchen besetzte, das bis zur Sünde ausgeschnitten ist?"

Suzannas Lächeln wurde breit. „Worauf du wetten kannst."

„Sehen wir es uns an."

Also, dachte C. C., was doch ein Tag und ein enges Seidenkleid für einen Unterschied machen können.

Die Lippen gespitzt, drehte sie sich vor dem gesprungenen bodenlangen Spiegel in der Ecke ihres Zimmers hin und her.

Das Kleid war einen Hauch zu klein für sie, sogar trotz der hastig ausgeführten Änderungen, die Suzanna noch in letzter Minute angebracht hatte. Aber dadurch wirkte es sogar noch mehr.

Und es sprach für sich.

Wünschst du dir nicht, mich zu bekommen? fragte das Kleid sehr deutlich.

C.C. strich mit den Händen über ihre Hüften. Wenn es nach ihr ging, konnte Trent es sich wünschen, bis ihm der Schädel platzte.

Das Kleid war ein an den Körper geschmiegtes Glitzern von Flammen, die von dem tiefen Ausschnitt bis zu dem hochgezogenen Saum hinunter leckten. Suzanna hatte das Kleid bedenkenlos abgeschnitten, sodass es C. C. nur bis zum halben Schenkel reichte. Die langen Ärmel endeten in engen Stulpen an ihren Handgelenken. Und sie fügte noch Cocos Strassohrclips mit ihrem blendenden Funkeln dem Outfit hinzu.

Die halbe Stunde, die sie für das Make-up aufgewendet hatte, lohnte sich. Ihre Lippen waren so rot wie ihr Kleid, dank Amandas Beitrag. Ihre Lider waren in Kupfer- und Smaragdtönen geschminkt, dank Lilah, ihr Haar schimmerte wie die Schwingen eines Raben und war an den Schläfen zurückgekämmt.

Alles in allem, dachte C.C., während sie sich umdrehte, steht Trenton St. James III. eine Überraschung bevor.

„Suzanna sagte auch, du brauchst Schuhe." Lilah kam herein, stockte und war ganz hingerissen. Die Schuhe baumelten von ihren Fingern, während sie auf das Kleid starrte. „Ich muss in ein Paralleluniversum geraten sein."

C. C. wirbelte lächelnd im Kreis herum. „Was hältst du davon?"

„Trent wird Sauerstoff brauchen." Beifällig reichte sie C. C. ein hochhackiges Paar Schlangenlederschuhe. „Kleines, du siehst gefährlich aus."

„Gut." C. C. zog die Schuhe an. „Jetzt muss ich nur noch mit denen gehen können, ohne aufs Gesicht zu fallen."

„Dann übe. Ich muss Amanda holen."

Kurz darauf überwachten alle drei Schwestern C. C.s Gehversuche.

„Ihr seid zum Dinner verabredet", warf Amanda ein und zuckte bei jedem Wackeln zusammen. „Du wirst also die meiste Zeit sitzen."

„Ich kriege das schon hin", meinte C. C. „Ich bin nur nicht an hohe Absätze gewöhnt. Wie kannst du in diesen Dingern den ganzen Tag arbeiten?"

„Talent."

„Geh langsamer", schlug Lilah vor, „bedächtiger, als hättest du alle Zeit der Welt."

„Lass es dir von ihr sagen", stimmte Amanda zu. „Sie ist eine Expertin in Langsamkeit."

„In diesem Fall ..." Lilah warf Amanda einen pikierten Blick zu, „ist langsam gleichbedeutend mit sexy. Siehst du?"

C. C. nahm den Rat ihrer Schwester an und ging vorsichtig und mit Bedacht, was katzenhaft schleichend wirkte.

Amanda streckte die Arme aus. „Du hast mich überzeugt. Welchen Mantel ziehst du an, C. C.?"

„Darüber habe ich noch gar nicht nachgedacht."

„Du kannst mein schwarzes Seidencape nehmen", entschied Amanda. „Du wirst frieren, aber du wirst großartig beim Frieren aussehen. Parfüm. Tante Coco hat noch was von diesem teuflischen französischen Zeug von Weihnachten."

„Nein." Suzanna schüttelte den Kopf. „Sie sollte bei ihrem üblichen Duft bleiben." Sie neigte den Kopf und betrachtete lächelnd ihre Schwester. „Der Kontrast wird ihn in den Wahnsinn treiben."

Ohne zu ahnen, was auf ihn wartete, saß Trent im Salon bei Coco. Seine Taschen waren gepackt, die Anrufe waren erledigt. Er wünschte sich, eine vernünftige Entschuldigung zu finden, um noch ein paar Tage zu bleiben.

„Wir haben es genossen, Sie bei uns zu haben", erklärte Coco, als er seinen Dank für ihre Gastfreundschaft ausgedrückt hatte. „Ich bin sicher, dass wir uns bald wiedersehen werden."

Ihre Kristallkugel log nicht, erinnerte sie sich. Diese Kristallkugel brachte noch immer Trent mit einer ihrer Nichten in Verbindung, und Coco war nicht bereit, das Handtuch zu werfen.

„Das hoffe ich. Ich muss Ihnen sagen, Coco, wie sehr ich Sie dafür bewundere, dass Sie vier so zauberhafte Frauen großgezogen haben."

„Manchmal glaube ich, dass wir uns gegenseitig großgezogen haben." Sie blickte sich verschwommen lächelnd in dem Raum um. „Dieses Haus wird mir fehlen. Um ehrlich zu sein, dachte ich nicht, dass es mir etwas ausmachen würde, bis – nun ja, bis jetzt. Ich bin nicht hier aufgewachsen wie die Mädchen. Wir reisten ziemlich viel, wissen Sie, und mein Vater kam nur sporadisch hierher zurück. Ich dachte stets, der Umstand, dass seine Mutter hier starb, hielte ihn fern. Und dann verbrachte ich natürlich die Zeit meiner Ehe und die ersten

Jahre meiner Witwenschaft in Philadelphia. Als dann Judson und Deliah ums Leben kamen, zog ich wegen der Mädchen hierher." Sie warf ihm ein trauriges Lächeln zu. „Tut mir leid, dass ich so sentimental werde, Trenton."

„Entschuldigen Sie sich nicht." Er nippte nachdenklich an seinem Aperitif. „Meine Familie hat nie zusammengehalten, und als Folge davon gab es in meinem Leben nie ein Zuhause wie dieses hier. Ich glaube, deshalb habe ich angefangen zu verstehen, was es bedeuten kann."

„Sie sollten sesshaft werden", sagte sie, schlauerweise – wie sie dachte. „Finden Sie ein nettes Mädchen, schaffen Sie sich ein Heim und eine Familie. Alle Menschen sind einsam, die niemanden haben, zu dem sie nach Hause kommen können."

Da er diesen Gedankengang vermeiden wollte, bückte er sich und warf Fred ein Bällchen zu. Zu zweit beobachteten sie, wie der Hund hinterherhoppelte, stolperte und auf dem Bauch landete.

„Nicht besonders anmutig", murmelte Trent.

Er stand auf und holte den kleinen Ball, kraulte den Hund am Bauch und hob den Blick.

Als Erstes sah er schlanke schwarze Schuhe mit hohen Absätzen.

Langsam wanderte sein Blick an langen, wohlgeformten Beinen hoch. Während ihm der Atem stockte, kauerte er auf dem Fußboden und ließ sich auf seine Fersen zurücksinken.

Funkelndes Scharlachrot schmiegte sich schlank und glatt über kurvenreiche weibliche Formen.

„Was verloren?", fragte C. C., als sich seine Augen auf ihr Gesicht richteten.

Ihre geschwungenen Lippen waren rot und schimmerten.

Trent biss sich auf die Zunge, um sich davon zu überzeugen, dass er sie nicht geschluckt hatte. Auf unsicheren Beinen erhob er sich.

„C. C.?"

„Wir wollten heute zum Dinner ausgehen, nicht wahr?"

„Wir – ja. Du siehst wunderbar aus."

„Gefällt es dir?" Sie drehte sich im Kreis, damit er sehen konnte, dass das Kleid hinten sogar noch tiefer ausgeschnitten war als vorne. „Ich finde, Rot ist eine so fröhliche Farbe." Und so machtvoll, dachte sie und lächelte unverändert.

„Es steht dir. Ich habe dich noch nie in einem Kleid gesehen."

„Sehr unpraktisch, wenn es darum geht, eine Benzinpumpe auszutauschen. Bist du gehbereit?"

„Gehbereit, wohin?"

Oh ja, sie würde ihren Spaß haben. „Zum Dinner."

„Richtig, ja."

Sie neigte ihren Kopf so, wie Suzanna es ihr gezeigt hatte, und reichte ihm ihr Cape.

Es war eine Höflichkeitsgeste, die er Hunderte Male für Dutzende von Frauen ausgeführt hatte. Dennoch waren seine Hände unsicher.

„Warte nicht auf mich, Tante Coco."

„Nein, Liebes." Sobald die beiden ihr den Rücken zuwandten, lächelte sie breit und riss die Arme in die Luft.

In dem Moment, als sich die Haustür schloss, schlugen die übrigen drei Calhouns ihre hochgereckten Hände gegeneinander.

9. Kapitel

Ich bin froh, dass du mich dazu überredet hast, heute Abend auszugehen." C. C. tastete schon nach dem Griff, bevor sie daran dachte, sich von Trent die Wagentür öffnen zu lassen.

„Ich war mir nicht sicher, ob du noch immer mit mir ausgehen wolltest." Er umfasste ihre Hand.

„Wegen des Hauses?" So lässig wie möglich zog C. C. ihre Hand weg und ließ sich in die Polster gleiten. „Das ist erledigt. Ich möchte heute Abend lieber nicht darüber sprechen, einverstanden?"

„Einverstanden." Er schloss die Tür und umrundete die Kühlerhaube. „Amanda hat das Restaurant empfohlen." Er hatte seine Hand am Schlüssel, blickte jedoch C. C. weiterhin an.

„Stimmt etwas nicht?"

„Nein." Sofern man sein Nervensystem außer Acht ließ. Nachdem er den Motor gestartet hatte und angefahren war, versuchte er es noch einmal. „Ich dachte, du würdest gern nahe am Wasser speisen."

„Das klingt gut." Sein Radio war auf einen Sender mit klassischer Musik eingestellt. Nicht ihr üblicher Stil, fand sie. Aber es war auch keine übliche Nacht. C. C. lehnte sich zurück und bereitete sich darauf vor, die Fahrt zu genießen. „Hast du dieses Klappern wieder gehört?"

„Welches Klappern?"

„Das Klappern, das ich für dich beseitigen sollte."

„Oh, das Klappern." Er lächelte. „Nein. Es hat wohl nur in meiner Einbildung existiert." Als sie ihre Beine übereinanderschlug, spannten sich seine Finger am Lenkrad an. „Du hast mir noch nicht erzählt, wieso du dich entschlossen hast, Automechanikerin zu werden."

„Weil ich gut darin bin." Sie drehte sich so auf dem Sitz, dass sie Trent ansah. Er fing einen Hauch von Flieder auf und hätte beinahe gestöhnt. „Als ich sechs war, nahm ich den Motor unseres Rasenmähers auseinander, um festzustellen, wie er funktioniert. Davon bin ich nicht mehr losgekommen. Warum bist du ins Hotelgewerbe gegangen?"

„Das wurde von mir erwartet." Er stockte, als er überrascht erkannte, dass dies die erste Antwort aus seinem Mund war. „Und ich nehme an, dass ich gut darin geworden bin."

„Gefällt es dir?"

Hatte ihn das jemals irgendjemand zuvor schon gefragt? Hatte er sich selbst das jemals gefragt? „Ja, ich schätze schon."

„Du schätzt?" Ihre Brauen verschwanden unter den Stirnfransen. „Ich dachte, du wärst dir in allem sicher."

Trent sah sie an und wäre beinahe von der Straße abgekommen. „Offenbar nicht."

Als sie vor dem Restaurant an der Küste hielten, hatte er sich an ihre Verwandlung gewöhnt. Oder er glaubte es wenigstens.

Er ging um den Wagen herum, um die Tür für C.C. zu öffnen. Sie stieg aus, und kurz danach standen sie einander Auge in Auge gegenüber, nur einen Hauch voneinander entfernt.

C. C. wich nicht aus und fragte sich, ob er hören konnte, wie ihr Herz gegen ihre Rippen trommelte.

„Bist du sicher, dass nicht doch etwas nicht stimmt?"

„Nein." Trent war nur sicher, dass niemand, der so ungeheuer sexy war, dazu bestimmt war, dass man ihm widerstand. Er legte eine Hand in ihren Nacken. „Lass mich nachprüfen."

Sie wich in dem Moment aus, als seine Lippen die ihren streifen wollten. „Das ist keine Verabredung, denk daran, nur ein freundschaftliches Dinner."

„Ich möchte die Spielregeln ändern."

„Zu spät." Lächelnd bot sie ihm ihre Hand. „Ich bin hungrig."

„Da bist du nicht allein", murmelte er und führte sie hinein.

Er überlegte noch, wie er mit ihr umgehen sollte. Die ansonsten sich so glatt vollziehenden Rituale, die er für selbstverständlich angesehen hatte, wirkten eingerostet.

Die Szenerie war perfekt. Der kleine Tisch stand neben dem Fenster, und die Wellen plätscherten gleich darunter. Als die Sonne im Westen versank, färbte sie die Bay dunkler. Trent bestellte Wein, während C. C. nach der Speisekarte griff und ihn anlächelte.

C. C. schlüpfte behutsam aus ihren Schuhen.

„Ich war hier noch nicht", erklärte sie Trent. „Es ist sehr hübsch."

„Ich kann nicht dafür garantieren, dass das Essen so außergewöhnlich sein wird wie das deiner Tante."

„Niemand kocht wie Tante Coco. Es wird ihr leid tun, wenn du wegfährst. Sie kocht gern für einen Mann."

„Und du?"

„Und ich was?"

„Wird es dir auch leidtun, wenn ich wegfahre?"

C. C. blickte in die Speisekarte und versuchte, sich auf ihre Wahl zu konzentrieren. Tatsache war, dass sie gar keine Wahl hatte. „Da du noch immer hier bist, müssen wir abwarten. Ich kann mir vorstellen, dass du in Boston eine ganze Menge nachzuholen hast."

„Ja, allerdings. Ich habe daran gedacht, Urlaub zu machen, wenn ich alles erledigt habe. Einen richtigen Urlaub. Bar Harbor könnte eine gute Wahl sein."

Sie blickte hoch und dann beiseite. „Tausende denken so", murmelte sie und war erleichtert, als der Kellner den Wein servierte.

„Wenn du überall hinfahren könntest, wohin du wolltest, was würdest du aussuchen?"

„Das ist eine schwierige Frage, weil ich nirgendwo war." C. C. nahm einen Schluck und fühlte den Wein auf ihrer Zunge glatt wie kühle Seide. „Ich glaube, irgendeinen Ort, an dem ich beobachten kann, wie die Sonne am fernen Horizont untergeht. Wo es warm ist." Sie zuckte die Schultern. „Wahrscheinlich hätte ich Paris oder London sagen sollen."

„Nein." Er legte eine Hand auf die ihre. „Catherine …"

„Sind Sie bereit für die Bestellung?"

C. C. blickte zu dem Kellner hoch, der neben ihnen stand. „Ja." Sie entzog Trent ihre Hand und wählte willkürlich von der Speisekarte. Vorsichtshalber hielt sie eine Hand in ihrem Schoß, als sie ihr Weinglas hob. In dem Moment, als sie wieder allein waren, fragte sie: „Hast du jemals einen Wal gesehen?"

„Nein."

„Du wirst irgendwann zurückkommen, während du *The Towers* umbauen lässt. Du solltest dir einen Tag nehmen und mit einem der Walbeobachtungsboote hinausfahren. Beim letzten Mal habe ich drei Buckelwale gesehen. Du musst dich allerdings warm anziehen. Sogar im Hochsommer wird es kalt, wenn du erst einmal draußen auf dem Atlantik bist. Es kann eine raue Fahrt sein, aber sie lohnt sich. Vielleicht wirst du dir sogar überlegen, ob du selbst ein Ferienpaket anbieten solltest. Du weißt schon, ein Wochenendaufenthalt, kombiniert mit einer Walbeobachtungstour. Viele von den Hotels …"

„Catherine." Trent brachte sie zum Verstummen, indem er rasch ihr Handgelenk umfasste, bevor sie ihr Glas erneut heben konnte. Er konnte ihren raschen, ungleichmäßigen Pulsschlag fühlen. Keine Leidenschaft diesmal, dachte er, sondern ein verletztes Herz. „Die Papiere sind noch nicht unterschrieben", sagte er ruhig. „Es ist noch immer Zeit, um nach anderen Möglichkeiten zu suchen, Euch *The Towers* zu erhalten."

„Es gibt keine anderen Möglichkeiten." Sie erkannte, während sie ihn anschaute, dass ihm etwas daran lag. Sie sah es in seinen Augen. Sorge, Entschuldigung. Irgendwie war es das wert, dass sie nun wusste, dass ihm etwas daran lag. „Entweder verkaufen wir jetzt an dich, oder *The Towers* wird später wegen der Steuern verkauft. Das Endresultat bleibt gleich, und es liegt etwas mehr Würde darin, wenn wir es so machen."

„Ich könnte vielleicht helfen. Ein Darlehen."

C.C. zog sich augenblicklich zurück. „Wir können dein Geld nicht nehmen."

„Wenn ich euch das Haus abkaufe, nehmt ihr auch mein Geld."

„Das ist etwas anderes. Das ist ein Geschäft, Trent", sagte sie, bevor er widersprechen konnte. „Ich schätze dein Angebot, vor allem, weil ich weiß, dass du aus dem einzigen Grund hier bist, um *The Towers* zu kaufen."

Das ist der einzige Grund, dachte er. Oder er war es zumindest gewesen. „Es ist nur so, dass ich mir vorkomme, als würde ich Witwen und Waisen ihr Heim wegnehmen."

Sie brachte ein Lächeln zustande. „Wir sind fünf starke, selbstständige Frauen. Wir geben dir keine Schuld – das heißt, ich gebe dir ein wenig die Schuld, aber ich weiß wenigstens, dass es unfair von mir ist. Meine Gefühle für dich machen es nicht leicht, fair zu sein."

„Wie sind deine Gefühle?"

Sie stieß einen kleinen Seufzer aus, als der Kellner die Vorspeise servierte und die Kerze zwischen ihnen anzündete. „Du nimmst das Haus, dann kannst du auch alles haben. Ich bin in dich verliebt, aber ich werde darüber hinwegkommen." Sie neigte leicht den Kopf und nahm die Gabel auf. „Gibt es noch etwas, das du wissen willst?"

Als er erneut ihre Hand ergriff, zog sie sich nicht zurück, sondern wartete. „Ich wollte dir nie wehtun", sagte er behutsam. Wie gut doch ihre Hand in die seine passte, fand er, während er sie betrachtete. Wie beruhigend es war, seine Finger mit den ihren zu verschränken. „Ich bin nur nicht fähig, dir oder irgendeiner anderen Liebe und Treue zu schwören."

„Das ist traurig." C.C. schüttelte den Kopf, als Trent sie wieder anschaute. „Sieh mal, ich verliere nur ein Haus. Ich kann ein anderes finden. Du verlierst den Rest deines Lebens, und du hast nur eines." Sie zwang ein Lächeln auf ihre Lippen, als sie sich von ihm löste. „Es sei denn, du schließt dich Lilahs Vorstellungen von Wiedergeburt an. Das ist ein guter Wein", bemerkte sie. „Was ist das für einer?"

„Pouilly Fumé."

„Den muss ich mir merken." Sie plauderte fröhlich, während sie aß, ohne irgendetwas zu schmecken. Als der Kaffee serviert wurde, wusste C. C., dass sie lieber einen Motor mit ihren Fingernägeln auseinandernehmen würde, als noch einmal einen solchen Abend durchzustehen.

Ihn so verzweifelt zu lieben und doch so stark sein zu müssen, so stolz, dass sie so tat, als wäre sie fähig, ohne ihn zu leben. Hier zu sitzen und begierig jede Geste und jedes Wort in ihrem Gedächtnis zu speichern, während sie vorgab, alles wäre ganz lässig und locker.

Sie wollte ihn anschreien und wüten und ihn dafür verdammen, dass er ihre Gefühle zur Raserei hochgeputscht hatte und dann ganz ruhig von dem tobenden Gewitter wegging. Doch sie konnte sich nur an den kalten Trost des Stolzes klammern.

„Erzähl mir etwas über dein Zuhause in Boston", forderte sie ihn auf. Dann konnte sie ihn sich in seinem eigenen Heim vorstellen.

Trent konnte seinen Blick nicht von ihr abwenden. Wie die Clips an ihren Ohren Funken zu versprühen schienen. Wie der Widerschein der Kerzen träumerisch in ihren Augen schimmerte. Während des ganzen Abends hatte er das Gefühl gehabt, als würde sie einen Teil von sich abblocken. Den wichtigsten Teil. Und er würde vielleicht nie wieder alles von ihr sehen.

„Mein Zuhause?“

„Ja, wo du wohnst.“

„Es ist einfach ein Haus.“ Ganz plötzlich wurde ihm bewusst, dass es ihm nichts bedeutete. Es war eine ausgezeichnete Investition, das war alles. „Es ist nur ein paar Minuten von dem Büro entfernt.“

„Das ist praktisch. Wohnst du schon lange da?“

„Etwa fünf Jahre. Und zwar habe ich es von meinem Vater gekauft, als er und seine dritte Frau sich trennten. Sie beschlossen, ein paar Vermögenswerte flüssig zu machen.“

„Ich verstehe.“ Und C. C. fürchtete, dass sie es wirklich tat. „Lebt deine Mutter auch in Boston?“

„Nein. Sie reist. Es gefällt ihr nicht, an einen Ort gebunden zu sein.“

„Klingt nach Großtante Colleen.“ C. C. lächelte über den Rand ihrer Tasse hinweg. „Das ist die Tante meines Vaters, Biancas ältestes Kind.“

„Bianca“, murmelte Trent und dachte wieder an jenen Moment, als er diese sanfte und beschwichtigende Wärme auf seinen und C. C.s verschlungenen Händen gefühlt hatte.

„Sie lebt auf Kreuzfahrtschiffen. Von Zeit zu Zeit bekommen wir eine Postkarte aus irgendeinem Hafen, Aruba oder Madagaskar. Sie ist etwas über achtzig, Single aus Leidenschaft und gemein wie ein Hai mit einem Kater. Wir alle leben in der Angst, dass sie uns besuchen könnte.“

„Ich wusste gar nicht, dass du andere noch lebende Verwandte hast außer Coco und deinen Schwestern.“ Er zog seine Brauen zusammen. „Sie könnte etwas über die Halskette wissen.“

„Großtante Colleen?“ C.C. spitzte die Lippen, während sie darüber nachdachte. „Das bezweifle ich. Sie war noch ein Kind, als Bianca starb, und verbrachte den größten Teil ihrer Kindheit in Internaten.“ Ohne zu überlegen, nahm sie ihre Clips ab und massierte die zarten Ohrläppchen. Begierde breitete sich wie Buschfeuer in Trents Blut aus. „Jedenfalls, falls wir sie aufspüren könnten – was nicht wahrscheinlich ist – und ihr gegenüber diese ganze Sache erwähnen, würde sie wahrscheinlich dahergedampft kommen und sämtliche Mauern aufhacken. Sie mag *The Towers* nicht, dafür mag sie umso mehr Geld.“

„Das klingt nicht nach einer Verwandten von dir.“

„Ach, wir haben eine ganze Reihe von sonderbaren Dingen in unserem Familienschrank.“ Nachdem C.C. die Ohrclips in ihre Beuteltasche hatte fallen lassen, stützte sie einen Ellbogen auf den Tisch. „Großonkel Sean – er war Biancas Jüngster – wurde niedergeschossen, als er aus dem Fenster seiner verheirateten Geliebten kletterte. Einer seiner Geliebten, sollte ich wohl sagen. Er ging nach Westindien, und niemand hat mehr etwas von ihm gehört. Das war irgendwann in den Dreißigerjahren.“

Trent hörte fasziniert zu.

„Ethan, mein Großvater, verlor den größten Teil des Familienvermögens durch Karten und Pferde. Spielen war seine Schwäche, und das hat ihn auch umgebracht. Er schloss eine Wette ab, von Bar Harbor nach Newport und zurück innerhalb von sechs Tagen segeln zu können. Er schaffte es nach Newport und segelte früher als geplant zurück, als er in einen Orkan geriet und auf See verloren ging. Was bedeutet, dass er auch seine letzte Wette verlor.“

„Die beiden hören sich nach einem abenteuerlichen Paar an."

„Sie waren Calhouns", erklärte C. C., als würde das alles besagen.

„Tut mir leid, dass die St. James' nichts Vergleichbares zu bieten haben."

„Ach ja. Ich habe mich immer gefragt, ob Bianca von diesem Turmfenster zurückgewichen wäre, hätte sie gewusst, wie schief es mit ihren Kindern laufen würde." C. C. blickte nachdenklich zu den Lichtern hinaus, die auf dem Wasser spielten. „Sie muss ihren Künstler wirklich sehr geliebt haben."

„Oder sie war sehr unglücklich in ihrer Ehe."

C. C. schaute ihm in die Augen. „Ja, das kann auch sein. Nun, wir sollten zurückfahren. Es wird schon spät." Sie wollte aufstehen, erinnerte sich dann und fuhr mit ihrem bloßen Fuß auf dem Boden unter dem Tisch herum.

„Was ist los?", wollte Trent wissen.

„Ich habe meine Schuhe verloren." So viel, dachte sie, zu dem Image einer weltgewandten Frau.

Trent bückte sich, um zu suchen, und hatte freien Ausblick auf lange, schlanke Beine. „Äh …" Er räusperte sich und richtete seine Augen auf den Boden. „Da sind sie schon." Er griff nach beiden Schuhen, richtete sich auf und lächelte C. C. an. „Streck deinen Fuß aus! Ich helfe dir."

Er betrachtete sie, während er die Schuhe auf ihre Füße schob, und erinnerte sich daran, dass er einmal gedacht hatte, sie würde sich nicht zum Aschenputtel eignen.

Er fuhr mit seinem Finger über ihren Rist und fing ein Flackern in ihren Augen auf. Jenes Flackern vor Verlangen, das er – ganz gleich, was ihm seine Vernunft auch einredete – so sehr wollte.

„Habe ich schon mal erwähnt, dass du unglaublich schöne Beine hast?“

„Nein.“ Sie hatte eine Hand an ihrer Seite zur Faust geballt und kämpfte darum, sich mehr auf diese Faust zu konzentrieren als auf die Empfindungen, die seine Berührungen durch ihren Körper jagten. „Nett von dir, dass du es festgestellt hast.“

„Das ist kaum zu vermeiden. Es sind die einzigen Beine, die ich jemals gesehen habe, die in Overalls sexy aussehen.“

Das Hämmern ihres Herzens ignorierend, beugte sie sich zu ihm. „Das erinnert mich ...“

Trent hätte sie auf der Stelle küssen können. Er hätte sich nur noch einen oder zwei Zentimeter vorneigen müssen, damit sein Mund mit dem ihren verschmolz – genau, was er sich wünschte. „Woran erinnert es dich?“

„Ich glaube nicht, dass deine Stoßdämpfer noch mehr als zweitausend Meilen durchhalten.“ Lächelnd erhob sie sich. „An deiner Stelle würde ich mich darum kümmern, sobald du zu Hause bist.“ Zufrieden mit sich selbst, verließ C.C. vor ihm das Restaurant.

Als sie sich in den Wagen setzten, gratulierte sie sich. Ein sehr erfolgreicher Abend, alles in allem, dachte sie.

Vielleicht fühlte er sich nicht so elend wie sie, aber sie war verdammt sicher, dass sie ihm ein, zwei unangenehme Momente bereitet hatte. Er würde am nächsten Tag nach Boston zurückfahren. C. C. wandte sich ab und starrte aus dem Fenster, bis sie sicher war, mit dem Schmerz fertigzuwerden. Sie fragte sich, was Trent dachte.

Trent würde zurückfahren, sie aber nicht so leicht vergessen. Sein letzter Eindruck von ihr würde der einer gefassten, absolut mit sich selbst zufriedenen Frau in einem sexy roten Kleid sein. Besser, entschied C. C., viel besser als das Bild einer Mechanikerin mit Schmieröl an den Händen.

Noch wichtiger war, dass sie sich selbst etwas bewiesen hatte. Sie konnte lieben, sich jedoch auch zurückziehen und den Geliebten freigeben.

Sie blickte auf, als der Wagen die Steigung in Angriff nahm. Sie konnte die dunklen Spitzen der zwei in den Nachthimmel ragenden Türme sehen.

Trent verlangsamte die Fahrt, als auch er das Haus betrachtete.

„In Biancas Turm brennt Licht."

„Lilah", murmelte C. C. „Sie sitzt oft da oben." Sie stellte sich ihre Schwester vor, wie sie am Fenster saß und in die Nacht blickte. „Du wirst das Haus doch nicht niederreißen, oder?"

„Nein." Trent verstand mehr, als sie ahnte. Behutsam ergriff er ihre Hand. „Ich verspreche dir, es wird nicht niedergerissen werden."

Das Haus geriet außer Sicht, als die Straße eine Kurve beschrieb, und füllte danach nahezu das gesamte Blickfeld aus. Sie hörten das Donnern und Brausen der See, während sie das Gebäude betrachteten. Lichter brannten überall und hoben sich schimmernd von dem grauen Stein ab. Ein schlanker Schatten bewegte sich vor dem Turmfenster, stand einen Moment still, glitt dann davon.

Im Haus rief Lilah die Treppe herunter: „Sie sind zurück!"

Vier Frauen eilten an die Fenster, um ins Freie zu spähen.

„Wir sollten sie nicht ausspionieren", murmelte Suzanna, schob jedoch den Vorhang noch ein Stück weiter zur Seite, um besser sehen zu können.

„Das tun wir doch gar nicht." Amanda strengte ihre Augen an. „Wir überprüfen lediglich, sonst nichts. Kannst du etwas erkennen?"

„Sie sind noch immer im Wagen", klagte Coco. „Wie sollen wir denn feststellen, was sich da draußen abspielt, wenn die beiden im Wagen sitzen?"

„Wir könnten unsere Fantasie einsetzen." Lilah schüttelte ihre Haare. „Wenn dieser Mann sie nicht bittet, mit ihm nach Boston zu gehen, ist er wirklich ein Kretin."

„Nach Boston?" Alarmiert blickte Suzanna zu ihr. „Du glaubst doch nicht, dass sie nach Boston gehen würde, oder?"

„Sie würde bis ans Ende der Welt gehen, hätte er so viel Verstand, sie darum zu bitten", bemerkte Amanda. „Seht nur, sie steigen endlich aus!"

„Wenn wir ein Fenster nur einen winzigen Spalt öffnen, könnten wir vielleicht hören …"

„Tante Coco, das ist lächerlich." Lilah schnalzte missbilligend mit der Zunge.

„Du hast natürlich recht, Kleines." Röte überzog Cocos Wangen.

„Natürlich habe ich recht. Sie würden das Fenster quietschen hören, wenn wir es versuchen." Grinsend presste sie ihre Stirn gegen das Glas. „Wir müssen eben alles von ihren Lippen ablesen."

„Es war nett", sagte C. C., als sie aus dem Wagen stieg. „Ich war schon eine ganze Weile nicht mehr zum Dinner aus."

„Du hattest Dinner mit Finney.“

Sie sah ihn verblüfft an und lachte dann. „Oh, Finney! Ja, sicher.“ Die Brise spielte mit ihren Stirnfransen, während sie lächelte. „Du hast ein bemerkenswertes Gedächtnis.“

„Manche Dinge bleiben eben in meinem Gedächtnis hängen.“ Die Eifersucht, die er verspürte, war unglücklicherweise keine Erinnerung. „Führt er dich nie aus?“

„Finney? Nein, ich besuche ihn immer bei ihm zu Hause.“

Frustriert rammte Trent seine Hände in die Hosentaschen. „Er sollte dich ausführen.“

C. C. unterdrückte ein leises Lachen, als vor ihr das Bild des alten Finney entstand, wie er sie in ein Restaurant begleitete. „Ich werde daran denken, es ihm gegenüber zu erwähnen.“ Sie drehte sich um und wollte die Stufen hinaufsteigen.

„Catherine, geh noch nicht hinein.“ Er ergriff hastig ihre Hände.

An den Fenstern zogen sich vier Augenpaare schmal zusammen.

„Es ist schon spät, Trent.“

„Ich weiß nicht, ob ich dich noch einmal sehe, bevor ich abfahre.“

Es kostete sie ihre ganze Kraft, ihre Augen ruhig zu halten. „Dann verabschieden wir uns eben jetzt.“

„Ich muss dich wiedersehen.“

„Die Werkstatt öffnet um halb neun. Ich werde dort sein.“

„Verdammt, C. C., du weißt, was ich meine.“ Seine Hände lagen auf ihren Schultern.

„Nein, weiß ich nicht.“

„Komm mit nach Boston“, platzte er heraus und versetzte

sich damit selbst einen Schock, während sie ruhig abwartend dastand.

„Warum?"

Um sich Zeit zu verschaffen, seine Selbstbeherrschung wiederzufinden, trat er einen Schritt zurück. „Ich könnte dich dort herumführen." Wie geistlos kann ich denn eigentlich noch werden, fragte sich Trent. Wie gut kann sie denn noch aussehen? „Du hast einmal gesagt, du wärst noch nie da gewesen. Wir könnten ein paar schöne Tage miteinander verbringen."

C.C. fröstelte unter ihrem Umhang, doch ihre Stimme klang gefestigt. „Bittest du mich, nach Boston zu kommen und eine Affäre mit dir zu haben?"

„Nein. Ja. O Gott! Warte doch!" Er drehte sich um und tat ein paar Schritte von ihr weg, um atmen zu können.

Im Haus lächelte Lilah. „Aber ja, er liebt sie doch, ist aber zu dumm, um es zu erkennen."

„Pst!" Coco winkte ab. „Ich kann fast hören, was sie sagen." Sie hatte ein Ohr am Ende des Wasserglases, das sie an die Fensterscheibe drückte.

Am Fuß der Stufen versuchte Trent es erneut. „Wenn ich mit dir zusammen bin, endet nichts so, wie ich es erwarte." Er wandte sich wieder um. Sie stand noch immer da, das Haus hinter ihr. Ihr Kleid schimmerte wie flüssige Lava in der Dunkelheit. „Ich weiß, dass ich nicht das Recht habe, dich zu bitten, und ich hatte es auch nicht vor. Ich hatte die Absicht, mich zivilisiert von dir zu verabschieden und dich gehen zu lassen."

„Und jetzt?"

„Wünsche ich mir mehr, mit dir Liebe zu machen, als ich atmen möchte."

„Mit mir Liebe zu machen“, wiederholte C.C. ruhig. „Aber du liebst mich nicht.“

„Ich verstehe nichts von Liebe. Du bedeutest mir etwas.“ Er kam zurück und berührte ihr Gesicht. „Vielleicht könnte das genug sein.“

Sie betrachtete ihn und erkannte, dass er nicht die geringste Ahnung hatte, ein bereits zersprungenes Herz zu zerbrechen. „Das könnte es sein, vielleicht für einen Tag oder eine Woche oder einen Monat. Aber du hattest recht, was mich angeht, Trent. Ich erwarte mehr. Ich verdiene mehr.“ Ihre Augen auf ihn gerichtet, schob sie ihre Hände über seine Schultern. „Ich habe mich dir ein Mal angeboten. Das wird nicht wieder vorkommen. Und das hier auch nicht.“

Sie presste ihren Mund auf seine Lippen und legte jedes Bruchstück ihrer verworrenen Gefühle hinein. Ihre Arme umschlangen ihn, während ihr Körper sich verführerisch an ihn schmiegte. Mit einem Seufzer öffnete sich ihr Mund und lud ihn ein, sich zu nehmen, was er wollte.

Aus dem Gleichgewicht gebracht und von großer Begierde erfüllt, zog er ihren Kopf zurück. Unsicher glitten seine Hände unter ihren Umhang und suchten drängend die Wärme ihrer Haut.

So viele Gefühle – zu viele Gefühle stürmten auf ihn ein. Er wollte nur ihren Geschmack in sich aufnehmen. Doch da war noch mehr. Sie ließ ihn nicht nur den Kuss nehmen, sondern auch die Gefühle, die damit verbunden waren. Trent ertrank darin, aber die Flut war so stark und zu Kopf steigend, dass er sich nicht dagegenstemmen konnte.

Liebe mich! Warum kannst du mich nicht lieben? Ihr Geist schien es zu schreien, während sie auf der Woge ihres Verlangens davongerissen wurde. Alles, was sie wollte, war hier im Kreis, den ihre Arme bildeten. Alles – ausgenommen sein Herz.

„Catherine …“ Er kam nicht zu Atem, zog sie näher, presste seinen Mund an ihren Hals. „Ich kann gar nicht nahe genug an dich herankommen.“

C. C. hielt ihn noch einen Moment fest, dann zog sie sich langsam, schmerzlich zurück. „Doch, du könntest es. Und das ist es, was am meisten wehtut.“ Sie wandte sich um und eilte die Stufen hinauf.

„Catherine!“

Sie blieb an der Tür stehen. Den Kopf hoch erhoben, drehte sie sich um. Trent folgte ihr bereits, als er die Tränen in ihren Augen schimmern sah. Nichts sonst hätte ihn aufhalten können.

„Leb wohl, Trent. Ich hoffe, dass dich das nachts wach halten wird.“

Während er noch dort stand und dem Echo der zuschlagenden Tür nachlauschte, war er sicher, dass genau das passieren würde.

Ich kann nicht mehr weiter. Ich kann nicht mehr so tun, als wäre ich meinem Ehemann nur in diesem Tagebuch untreu. Mein Leben, das in meinen vierundzwanzig Jahren so ruhig und geordnet war, wurde in diesem Sommer zu einer Lüge.

Zu einer Lüge, für die ich büßen muss.

Während der Herbst sich nähert und wir unsere Pläne für die Rückkehr nach New York machen, danke ich Gott, dass ich bald Mount Desert Island hinter mir lassen werde. Wie nahe, wie gefährlich nahe war ich in diesen letzten Tagen daran gekommen, mein Ehegelöbnis zu brechen.

Und dennoch, ich trauere.

In einer Woche werden wir fort sein. Vielleicht werde ich Christian nie wiedersehen. So sollte es sein. So muss es sein. Doch in meinem Herzen weiß ich, dass ich meine Seele für eine Nacht, selbst für eine Stunde in seinen Armen hergeben würde.

Ich bin davon besessen, mir vorzustellen, wie es sein könnte. Mit ihm würde ich endlich Leidenschaft und Liebe und sogar Freude finden. Mit ihm wäre es nicht nur einfach eine Pflicht – kalt und stumm und bald vorüber.

Ich bete um Vergebung für den Ehebruch, den ich im Geiste begangen habe. Mein Gewissen hat mich gedrängt, mich von den Klippen fernzuhalten. Und ich habe es versucht. Mein Gewissen hat verlangt, dass ich für Fergus eine geduldigere, liebevollere und verständnisvollere Ehefrau bin. Ich habe es getan. Was immer er von mir verlangt hat, ich habe es erfüllt.

Auf seine Forderung hin habe ich einen Tee für mehrere der Damen veranstaltet. Wir sind ins Theater gegangen und zu unzähligen Dinnerpartys. Ich habe Gesprächen über Geschäfte und Mode und die Möglichkeit von Krieg zugehört, bis mein Kopf geschmerzt hat. Mein Lächeln schwindet nie, denn Fergus möchte, dass ich immer zufrieden aussehe. Weil es ihm gefällt, trage ich die Smaragde, wenn wir abends ausgehen.

Sie sind jetzt meine Buße, eine Erinnerung daran, dass eine Sünde nicht immer durch Taten begangen wird, sondern im Herzen.

Ich sitze hier in meinem Turm, während ich dies schreibe. Die Klippen liegen unter mir, die Klippen, auf denen Christian malt. Zu denen ich gehe, wenn ich mich aus dem Haus schleiche wie ein abenteuerlustiges Hausmädchen.

Es beschämt mich. Es hält mich aufrecht. Sogar jetzt blicke ich hinunter und sehe ihn. Er schaut auf die See hinaus und wartet auf mich.

Wir haben einander nie berührt, kein einziges Mal, obwohl wir beide von schmerzlichem Sehnen erfüllt sind. Ich habe erfahren, wie viel Leidenschaft in einem langen Schweigen liegen kann, in langen verwirrten Blicken.

Ich werde heute nicht zu ihm gehen, sondern nur hier sitzen und ihn beobachten. Wenn ich fühle, dass ich genug Kraft habe, werde ich zu ihm gehen, aber nur, um ihm Lebewohl zu sagen und ihm alles Gute zu wünschen.

In dem langen Winter, der mir bevorsteht, werde ich ständig daran denken, ob er wohl im nächsten Sommer wieder hier auf Mount Desert Island sein wird.

10. Kapitel

Hier sind die Papiere, nach denen Sie verlangt haben, Mr. St. James.“ Ohne seine Sekretärin wahrzunehmen, stand Trent am Fenster und starrte ins Freie. Diese Gewohnheit hatte er seit seiner Rückkehr vor drei Wochen entwickelt.

Durch die breiten getönten Glasscheiben konnte er das geschäftige Boston zu seinen Füßen betrachten. Türme aus Stahl und Glas glitzerten neben eleganten Brownstone-Häusern in einer bunten architektonischen Mischung.

Der dichte Verkehr flutete durch die Straßen. In Sweatshirts und farbenfrohen Laufshorts trieben Jogger sich selbst über den Weg am Fluss entlang.

Dann war da auch noch der Fluss, von Booten wimmelnd, deren Segel sich voll in der warmen Frühlingsbrise blähten.

„Mr. St. James?“

„Ja?“ Er blickte zu seiner Sekretärin.

„Ich habe Ihnen die Papiere gebracht, die Sie verlangt haben.“

„Danke, Angela.“ Aus alter Gewohnheit sah er auf seine Uhr. Schmerzhaft fiel ihm ein, dass er selten an die Zeit gedacht hatte, als er mit C. C. zusammen gewesen war. „Es ist schon nach fünf. Sie sollten zu Ihrer Familie nach Hause fahren.“

Angela zögerte.

Sie arbeitete seit sechs Jahren für Trenton. Erst in den letzten zwei Wochen hatte er begonnen, sie mit ihrem Vornamen anzusprechen oder sich nach ihrer Familie zu erkundigen. Am Vortag hatte er ihr sogar ein Kompliment wegen ihres Kleides gemacht. Seine Veränderung hatte die gesamte Belegschaft verblüfft. Als seine langjährige Sekretärin fühlte sie sich verpflichtet, nach der Ursache zu forschen.

„Könnte ich denn einen kurzen Moment mit Ihnen sprechen?"

„Gern. Möchten Sie sich setzen?"

„Nein, Sir. Hoffentlich halten Sie das nicht für unangebracht, Mr. St. James, aber ich wollte fragen, ob Sie sich gut fühlen."

Der Hauch eines Lächelns spielte um seinen Mund. „Sehe ich nicht gut aus?"

„O doch, natürlich. Ein wenig müde vielleicht. Es ist nur so, seit Sie von Bar Harbor zurück sind, wirken Sie zerstreut und irgendwie anders."

„Man könnte sagen, dass ich zerstreut bin. Und ich bin anders. Und um Ihre ursprüngliche Frage zu beantworten: Nein, ich glaube nicht, dass ich mich wirklich gut fühle."

„Mr. St. James, wenn es etwas gibt, das ich für Sie tun könnte …"

Er setzte sich auf die Kante seines Schreibtisches und schaute Angela an. Er hatte sie eingestellt, weil sie tüchtig und schnell war. Wie er sich erinnerte, hätte er sie beinahe übergangen, weil sie zwei kleine Kinder hatte. Er hatte sich darüber gesorgt, dass sie vielleicht ihre Verpflichtungen nicht richtig ausbalancieren könnte, doch er war, wie er es gesehen hatte, ein Risiko eingegangen. Und es hatte sehr gut geklappt.

„Angela, wie lange sind Sie verheiratet?"

„Verheiratet?“ Sie blinzelte etwas verwirrt. „Zehn Jahre.“
„Glücklich?“
„Ja. Joe und ich sind glücklich.“
Joe, dachte er. Er hatte nicht einmal den Namen ihres Mannes gekannt, hatte sich nicht die Mühe gemacht, ihn herauszufinden. „Warum?“
„Warum, Sir?“
„Warum sind Sie glücklich?“
„Ich nehme an, weil wir uns lieben.“
Er nickte und gab ihr ein Zeichen weiterzusprechen. „Und das ist genug?“
„Es hilft ganz sicher, über schwierige Dinge hinwegzukommen.“ Sie lächelte, als sie an ihren Joe dachte. „Es gab ein paar schwierige Dinge, aber einer von uns schafft es immer, den anderen darüber hinwegzubringen.“
„Dann betrachten Sie beide sich als Team. Sie beide haben demnach viel gemeinsam?“
„Das glaube ich gar nicht. Joe mag Football, was ich hasse. Er liebt Jazz, den ich nicht verstehe.“ Erst später sollte ihr bewusst werden, dass sie sich zum ersten Mal wirklich wohl in Trents Gesellschaft fühlte, seit sie den Job angenommen hatte. „Manchmal ist mir danach, mir das ganze Wochenende die Ohren zu verstopfen. Aber wann immer ich ihn ausquartieren möchte, stelle ich mir vor, wie mein Leben ohne ihn wäre. Und diese Vorstellung gefällt mir überhaupt nicht.“ Angela wagte sich noch einen Schritt weiter. „Mr. St. James, falls es darum geht, dass Maria Montblanc letzte Woche geheiratet hat, nun, dann möchte ich sagen, dass Sie ohne sie besser dran sind.“
„Maria hat geheiratet?“

Ehrlich verblüfft schüttelte Angela den Kopf. „Ja, Sir. Letzte Woche, diesen Golfprofi. Es stand in allen Zeitungen."

„Das ist mir wohl entgangen." Es hatten andere Berichte in den Zeitungen gestanden, die seine Aufmerksamkeit in Anspruch genommen hatten.

„Ich weiß, dass Sie sich ziemlich lange mit ihr getroffen haben."

Mich mit ihr getroffen, dachte Trent. Dieser kühle, leidenschaftslose Satz beschrieb ihre Beziehung perfekt. „Ja, das stimmt."

„Sie sind nicht betroffen?"

„Wegen Maria? Nein." Tatsache war, dass er seit Wochen nicht mehr an sie gedacht hatte. Nicht mehr, seit er eine Werkstatt betreten und verschrammte Stiefel entdeckt hatte.

Eine andere Frau, erkannte Angela. Und wenn diese andere Frau eine derartige Wirkung auf den Boss hatte, besaß sie Angelas volle Unterstützung. „Sir, wenn Ihnen jemand anderes im Kopf herumgeht, könnten Sie unter Umständen die Situation überanalysieren."

Die Bemerkung überraschte ihn so, dass er wieder lächelte. „... Überanalysiere ich, Angela?"

„Sie sind sehr gründlich, Mr. St. James, und Sie analysieren gründlich jedes Detail, was im Geschäftsleben sehr gut ist. Mit persönlichen Angelegenheiten kann man allerdings nicht immer logisch umgehen."

„Zu diesem Schluss bin ich auch gekommen." Er stand wieder auf. „Ich bin Ihnen dankbar, dass Sie mir so viel von Ihrer Zeit geschenkt haben."

„Es war mir ein Vergnügen, Mr. St. James." Das war es tatsächlich gewesen. „Kann ich sonst irgendetwas für Sie tun?"

„Nein, danke." Er wandte sich wieder dem Fenster zu. „Gute Nacht, Angela."

„Gute Nacht." Sie lächelte, während sie die Tür hinter sich langsam schloss.

Trent blieb eine Weile an derselben Stelle stehen. Nein, er hatte die Ankündigung von Marias Hochzeit nicht gesehen. Die Zeitungen waren auch voll gewesen von dem bevorstehenden Verkauf von *The Towers*. „Bar-Harbor-Sehenswürdigkeit wird neuestes St.-James-Hotel!" Er erinnerte sich deutlich an die Überschrift. „Gerüchte über verborgenen Schatz versüßen den Handel."

Trent wusste nicht, wo das Leck entstanden war, aber es hatte ihn nicht weiter überrascht. Wie erwartet, hatten seine Anwälte über die Klausel gegrollt, auf der Lilah bestanden hatte. Auf den Korridoren war von Smaragden geflüstert worden. Es war nur natürlich, dass dieses Gerücht auf die Straße und in die Druckmedien gelangen musste.

Zeitungen und Klatschblätter schwelgten seit mehr als einer Woche in Spekulationen über die Calhoun-Smaragde. Man hatte sie eingestuft als unbezahlbar und tragikumwoben und legendär – all die richtigen Adjektive, um für noch mehr Zeitungsartikel zu sorgen.

Fergus Calhouns Geschäftsunternehmungen waren aufgewärmt worden, zusammen mit dem Selbstmord seiner Frau. Ein unternehmungslustiger Reporter hatte es sogar geschafft, Colleen Calhoun an Bord eines Kreuzfahrtschiffes im ionischen Meer aufzuspüren. Die prägnante Antwort der Grande Dame war gesperrt gedruckt worden.

„Humbug!"

Er fragte sich, ob C. C. die Zeitungen gelesen hatte. Natürlich hatte sie das. Und genauso wahrscheinlich war sie von der Presse gejagt worden.

Wie nahm sie es auf? War sie verletzt und fühlte sie sich elend, weil sie Fragen beantworten musste, während ein neugieriger Reporter ihr einen Kassettenrecorder unter die Nase hielt?

Trent lächelte unwillkürlich. Beantworten musste? Er konnte sich vorstellen, dass sie ein Dutzend Reporter hinausgeworfen hatte, wenn diese sich in ihre Werkstatt gewagt hatten.

Himmel, er vermisste sie!

Es fraß ihn bei lebendigem Leib auf. Er erwachte jeden Morgen und fragte sich, was sie gerade tat. Er ging jeden Abend zu Bett und wälzte sich dann unruhig herum, während Gedanken an sie durch seinen Kopf kreisten. Wenn er schlief, war sie in seinen Träumen.

C. C. war sein Traum.

Drei Wochen, dachte Trent. Es war drei Wochen her. Er hätte sich eigentlich schon daran gewöhnen müssen, doch mit jedem Tag, an dem er hier und sie woanders war, wurde es nur noch schlimmer.

Die revidierten Verträge für den Verkauf von *The Towers* lagen auf seinem Schreibtisch. Er hätte sie schon vor Tagen unterschreiben sollen. Aber er konnte sich nicht dazu durchringen, diesen endgültigen Schritt zu tun. Als er sie das letzte Mal angesehen hatte, konnte er sich nur auf drei Worte konzentrieren:

Catherine Colleen Calhoun.

Er las sie immer und immer wieder und erinnerte sich daran,

wie sie ihm das erste Mal ihren Namen genannt hatte. Wie sie ihm ihren Namen wie eine Waffe entgegengeschleudert hatte. Sie hatte Schmierfett in ihrem Gesicht gehabt. Daran erinnerte Trenton sich. Und an das Feuer in ihren Augen.

Dann erinnerte er sich an andere Gelegenheiten, unbehagliche Momente, achtlose Worte. Daran, wie sie ihn finster angesehen hatte von ihrem Platz auf der Seitenlehne des Sofas, während er mit Coco Tee trank. An ihre Miene, als sie gemeinsam auf der Terrasse gestanden und die See betrachtet hatten. Wie perfekt ihr Mund zu dem seinen gepasst hatte, als sie sich unter einer Laube aus Glyzinen, die noch nicht blühten, geküsst hatten.

Die Glyzinen werden jetzt blühen, dachte er. Die ersten duftenden Blüten hatten sich bestimmt schon geöffnet. Ob C. C. überhaupt an ihn dachte, wenn sie dort spazieren ging?

Wenn sie es tat, fürchtete er, dass ihre Gedanken nicht freundlich waren.

Sie hatte ihn verwünscht, als sie ihn das letzte Mal sah. Sie hatte ihre grünen Augen auf ihn gerichtet und gehofft, dass der letzte Kuss, den sie sich gaben, ihn nachts wach halten würde.

Bestimmt ahnte sie nicht im Entferntesten, wie sehr ihr Wunsch wahr geworden war.

Trent rieb seine müden Augen und ging zu seinem Schreibtisch, der sich wie immer in perfekter Ordnung befand. Genau wie sein Geschäftsleben – genau, wie sein Privatleben früher gewesen war.

Die Dinge hatten sich verändert, das musste er zugeben. Er hatte sich verändert. Doch vielleicht hatte er sich gar nicht so völlig verändert.

Erneut griff er nach den Verträgen, um sie zu studieren. Er war noch immer ein geschickter und methodisch arbeitender Manager, der es verstand, ein Geschäft zu steuern und es zu seinem Vorteil wirken zu lassen.

Er griff nach seinem Stift und tippte damit leicht auf die Papiere. Vor ein paar Tagen hatte sich das Samenkorn einer Idee in seinem Kopf festgesetzt. Jetzt saß er ruhig da und ließ es wachsen, sich bewegen, neue Wege suchen.

Ungewöhnlich, dachte Trent. Vielleicht auch leicht exzentrisch, aber, dachte er, während ein Lächeln sich um seinen Mund ausbreitete, wenn ich meine Karten richtig ausspiele, könnte es klappen.

Es war seine Aufgabe, dafür zu sorgen, dass es klappte. Langsam stieß er einen langen Atemzug aus. Möglicherweise war es das wichtigste Geschäft seines Lebens.

Er griff nach dem Telefon, bot den ganzen St.-James-Einfluss auf und begann, die ersten Rädchen in Bewegung zu setzen.

Hank war damit fertig, die Stoßstange des 69er Mustangs zu polieren, trat zurück und bewunderte seine Arbeit. „Sieht echt gut aus!", rief er C. C. zu.

Sie blickte zu ihm, hatte jedoch die Hände voll mit dem Wechsel der Bremsbeläge an dem Wagen zu tun, der über ihrem Kopf schwebte. „Das wird eine richtige Schönheit. Ich bin froh, dass wir den Auftrag bekommen haben, ihn wieder herzurichten."

„Soll ich jetzt mit der Zündung anfangen?"

Sie fluchte, als ihr Bremsflüssigkeit auf die Stirn tropfte. „Nein. Du hast mir heute dreimal gesagt, dass du am Abend eine heiße Verabredung hast. Mach dich sauber und verschwinde!"

„Danke." Aber er war zu ordnungsliebend, um zu gehen, ohne vorher Werkzeug und Material an seinen Platz zu legen. „Haben Sie schon ein anderes Haus gefunden?"

„Nein." C.C. ignorierte den plötzlichen Schmerz in ihrer Magengrube und konzentrierte sich auf ihre Arbeit. „Morgen machen wir uns alle auf die Suche."

„Wird nicht mehr dasselbe sein, wenn keine Calhouns mehr in *The Towers* sind. Eines hat diese Halskette aber bestimmt bewirkt. Die Zeitungen sind voll von Geschichten über die Smaragde."

„Das wird sich bald legen." Sie hoffte es.

„Schätze, wenn Sie die Steinchen finden, sind Sie alle Millionäre. Dann können Sie sich zur Ruhe setzen und nach Florida ziehen."

Trotz ihrer schlechten Stimmung musste sie lachen. „Nun ja, wir haben die Halskette ja noch nicht gefunden." Nur die Quittung, dachte sie, die Lilah während ihrer einzigen Schicht in dem Abstellraum zutage gefördert hatte. „Florida muss noch eine Weile warten. Die Bremsen warten allerdings nicht."

„Dann mache ich mich jetzt auf den Weg. Soll ich das Büro zusperren?"

„Geh nur und unterhalte dich gut."

Er ging pfeifend hinaus, und C.C. legte eine Pause ein, um Arme und Hals zu erholen. Sie wünschte sich, Hank noch eine Weile bei sich behalten zu haben, um Gesellschaft und Ablenkung zu haben. Selbst wenn er von dem Haus und der Halskette redete und kein Ende fand, beschäftigte er damit ihre Gedanken.

Ganz egal, wie laut C.C. das Radio einstellte, sobald sie allein war, erdrückte sie das Alleinsein.

Sie würden nun jeden Tag von dem Anwalt hören. Vielleicht hat Tante Coco heute Nachmittag einen Anruf von Stridley erhalten, in dem er ihr mitteilt, dass die Verträge unterschrieben und ein Ratifizierungsdatum festgelegt worden sind.

Ob Trent zu der endgültigen Ratifizierung kommen wird? Nein, nein, natürlich nicht. Er wird einen Stellvertreter schicken, und das ist auch bestimmt das Beste.

Außerdem hatte sie zu viel zu tun, um sich darüber den Kopf zu zerbrechen. Die Jagd nach einem Haus, die Suche in den alten Papieren nach einem Anhaltspunkt für den Ort, an dem sich die Smaragde befanden, den herrlichen Mustang, den sie perfekt aufpolieren wollte. Sie hatte kaum einen Moment Zeit zum Luftholen, noch viel weniger zum Brüten, ob sie Trent an dem Tisch sehen würde, an dem die Verträge rechtsgültig von beiden Parteien unterschrieben wurden.

Hätte es doch bloß aufgehört zu schmerzen, wenn auch nur für ein paar Sekunden.

Es wird schon besser werden, sagte C.C. sich, als sie sich wieder den Bremsen widmete. Es musste besser werden, nachdem sie ein neues Haus gefunden und sich darin eingerichtet hatten. Nachdem das Gerede über die Halskette verstummt war. Alles würde wieder normal sein. Oder zumindest würde sie es als normal akzeptieren müssen. Wenn der Schmerz nie ganz wegging, würde sie eben lernen, damit zu leben.

Sie hatte ihre Familie. Gemeinsam konnten sie mit allem fertigwerden.

Ihre Schultern waren steif, als sie endlich fertig war. Sie rollte sie ein wenig, wollte unter dem Wagen hervorkommen und bemerkte, dass das Radio nicht mehr spielte. Sie warf einen Blick zu dem Apparat – und sah Trent neben der Werkbank stehen. Der Schraubenschlüssel fiel klirrend aus C. C.s Hand auf den Boden.

„Was machst du hier?", fragte sie völlig überrascht.

„Ich warte darauf, dass du fertig wirst." Sie sah sagenhaft aus. Das war alles, was er denken konnte. Einfach fantastisch. „Wie geht es dir?"

„Ich habe viel zu tun." Von dem Schmerz voll getroffen, drehte sie sich um und schlug auf einen Schalter an der Wand. Der Wagen auf der Hebebühne senkte sich. „Du bist vermutlich wegen des Hauses hier."

„Ja, man könnte sagen, das ist einer der Hauptgründe."

„Wir haben erwartet, vom Anwalt zu hören."

„Ich weiß."

Als der Wagen sicher auf dem Boden stand, nahm sie einen Lappen und wischte sich damit ab, während sie ihre Augen auf ihre Hände gerichtet hielt. „Amanda kümmert sich um die Details. Sie ist im Bay Watch, falls du etwas besprechen musst."

„Was ich besprechen muss, betrifft dich – uns."

Sie blickte auf und tat rasch einen Schritt rückwärts, als sie sah, dass er zu ihr gekommen war. „Ich habe dir wirklich nichts mehr zu sagen."

„In Ordnung, dann übernehme ich das Sprechen. In einem Moment."

Er bewegte sich schnell. Dennoch war C. C. sicher, ihm entwischen zu können, wäre sie darauf gefasst gewesen. Sie war allerdings nicht sicher, ob sie es versucht hätte.

Es fühlte sich so gut an und so richtig, dass sein Mund ihren Mund verschloss und seine Hände ihr Gesicht liebkosten. Ihr Stolz setzte gerade lange genug aus, dass sie nach seinen Handgelenken griff und sich daran festhielt, während sie ihre Sehnsüchte in den Kuss einfließen ließ.

„Seit dreieinhalb Wochen habe ich daran gedacht, das zu tun", murmelte er.

Sie schloss fest ihre Augen. „Geh weg, Trent!"

„Catherine ..."

„Zum Teufel mit dir! Ich habe gesagt, geh weg!" Sie riss sich los, drehte sich um und stützte sich auf die Werkbank. „Ich hasse dich dafür, dass du hergekommen bist und mich wieder zum Narren gemacht hast."

„Du bist kein Narr, du warst nie einer."

Als seine Hand leicht über ihre Schulter strich, packte C.C. einen Hammer und wirbelte herum. „Wenn du mich noch einmal berührst, breche ich dir die Nase!"

Er sah sie an. Feuer schien in ihren Augen zu lodern. „Gott sei Dank, du bist wieder du selbst." Begeistert, aber vorsichtig, hob er eine Hand. „Hör mich bitte an. Zuerst das Geschäft."

„Mein Geschäft mit dir ist beendet."

„Die Pläne sind geändert worden." Er fischte etwas Kleingeld aus der Dose auf der Werkbank. „Darf ich dir einen Drink kaufen?"

„Nein. Sag, was du zu sagen hast, und dann verschwinde von hier."

Mit einem Achselzucken ging Trent zum Automaten und warf die Münzen ein. Erst da bemerkte C.C., dass er ausgetretene Stiefel trug.

„Was ist das denn?", fragte sie, wobei sie auf seine Füße starrte.

„Das?" Trent grinste jungenhaft, als er den Verschluss der Dose öffnete. „Andere Schuhe. Was hältst du davon?" Als sie nicht reagierte, nahm er einen langen Schluck. „Ich weiß, nicht ganz das übliche Image, aber die Dinge ändern sich. Etliche Dinge haben sich verändert. Würdest du bitte den Hammer weglegen?"

„Wie bitte? Oh! Na schön." Sie legte ihn weg. „Du hast gesagt, deine Pläne hätten sich geändert. Hast du jetzt inzwischen etwa beschlossen, *The Towers* doch nicht zu kaufen?"

„Ja und nein. Möchtest du lieber ins Büro gehen, wenn wir das alles besprechen?"

„Verdammt, Trent, sag mir doch einfach, was hier vor sich geht."

„Na schön. So sieht die Abmachung aus. Wir nehmen einen Flügel, den Westflügel, würde ich sagen, damit Biancas Turm nicht mit einbezogen wird. Diesen Teil lassen wir gründlich renovieren. Am liebsten möchte ich so viel wie möglich von der ursprünglichen Bausubstanz erhalten, und wo immer etwas neu gebaut werden muss, sollten wir uns nach den ursprünglichen Plänen richten. Alles sollte die Atmosphäre der Jahrhundertwende behalten. Das wird einen Teil der Anziehungskraft ausmachen."

„Anziehungskraft?", wiederholte C.C. langsam und wusste nicht, was sie sagen sollte.

„Wir könnten leicht zehn Suiten bauen, ohne gegen die Architektur zu sündigen. Wenn meine Erinnerung funktioniert, dann wäre der Billardraum ein ausgezeichneter Speisesaal, den man für mehr intime Mahlzeiten und Privatpartys herrichten könnte."

„Zehn Suiten?"

„Im Westflügel", bestätigte er. „Mit dem Akzent auf Ästhetik und Intimität. Wir müssen nur dafür sorgen, dass alle Kamine wieder funktionieren. Ich schätze, bei unserem Angebot werden wir eher Gäste haben, die das ganze Jahr hier wohnen, als nur Saisonbesucher."

„Was wirst du mit dem Rest des Hauses machen? Gibt's da bereits Pläne?"

„Das würde an dir und deiner Familie liegen." Trent setzte die Getränkedose ab und kam auf C. C. zu. „Wie ich das sehe, könntet ihr sehr gut im Erdgeschoss und im ersten Stock des Ostflügels wohnen. Wie du weißt, ist dort eine Menge Platz."

Verwirrt presste sie die Finger gegen ihre Schläfe. „Wir würden was? Von dir mieten?"

„Das ist es eigentlich nicht, was ich im Sinn hatte. Ich habe mehr an eine Partnerschaft gedacht." Er ergriff ihre Hand und betrachtete sie genau. „Deine Knöchel sind wieder verheilt."

„Was für eine Partnerschaft?"

„Die St. James Corporation streckt das Geld für die Renovierung und die Werbekampagne und so weiter vor. Sobald erst einmal der Gästelandsitz arbeitet – ich mag in diesem Fall den Ausdruck ‚Gästelandsitz' lieber als ‚Hotel' –, teilen wir die Gewinne fifty-fifty."

„Ich verstehe nicht."

„Es ist wirklich ganz einfach, C. C." Er hob ihre Hand an und küsste einen Finger. „Wir schließen einen Kompromiss. Wir haben unser Hotel, ihr habt euer Zuhause. Niemand verliert etwas."

Sie unterdrückte das kleine Flackern von Hoffnung aus Angst, zu viel Hoffnung zu verspüren. „Ich begreife nicht, wie das funktionieren könnte. Warum sollte irgendjemand dafür bezahlen, um in dem Zuhause von jemand anderem zu wohnen?"

„Eine Sehenswürdigkeit", erinnerte Trent sie und küsste den nächsten Finger. „*The Towers* ist eine weithin bekannt gewordene Sehenswürdigkeit, mit einer Legende, einem Geist und einem Geheimnis. Die Leute werden alles bezahlen, um hier wohnen zu können. Und wenn sie erst einmal Cocos Bouillabaisse gekostet haben …"

„Tante Coco?"

„Ich habe ihr bereits die Position als Küchenchefin angeboten. Sie ist begeistert. Dann ist da noch die Frage des Managers, aber ich denke, Amanda wird in die Bresche springen, meinst du nicht auch?"

Seine Augen lächelten, als er einen Kuss auf ihren dritten Finger hauchte.

„Warum machst du das?", fragte C. C.

„Ich bin Geschäftsmann. Und mein Vorschlag entspricht gutem Geschäftssinn. Ich habe bereits mit einer Marktanalyse begonnen."

Er drehte ihre Hand herum und drückte seine Lippen auf die Handfläche.

„Das habe ich auch meinen Abteilungsleitern bei unserer letzten Versammlung erklärt. Allerdings glaube ich, dass du noch einen anderen Grund kennst."

„Ich weiß überhaupt nichts."

C. C. entzog ihm ihre Hand und ging zu der Werkstatttür, um sie zu öffnen.

„Ich weiß nur", sagte sie, ohne sich dabei umzudrehen, „dass du wieder hierhergekommen bist mit irgendeinem wilden Plan …"

„Es ist ein sehr solider Plan", unterbrach er sie lächelnd. „Ich bin nicht der Typ für wilde Pläne. Zumindest war ich es bisher nie."

Er ging zu ihr, ergriff sie an den Schultern.

„Ich will, dass du dein Zuhause behältst, C. C."

Sie presste die Lippen fest aufeinander und schloss die Augen. „Dann tust du es also für mich?"

„Für dich, für deine Schwestern, Coco, sogar Bianca." Mit festen Händen drehte er C. C. so, dass sie ihn ansah. „Und ich tue es für mich. Du wolltest, dass ich nachts wach bleibe, und du hast es geschafft."

Sie brachte ein schwaches Lächeln zustande. „Schuldgefühle bewirken wahre Wunder."

„Das hat nichts mit Schuldgefühlen zu tun. Hatte es nie. Es hat mit Liebe zu tun, damit, verliebt zu sein. Nein, zieh dich nicht zurück", sagte er ruhig, als sie sich gegen seinen Griff stemmte.

Sie wandte das Gesicht ab.

„C. C., das Geschäftliche ist für heute abgeschlossen. Jetzt geht es nur noch um dich und um mich."

Sie wich beharrlich seinem Blick aus.

„C. C., das ist jetzt so persönlich, wie es nur überhaupt möglich sein kann."

Sie ballte ihre Hände an ihren Seiten zu Fäusten und schüttelte den Kopf.

„Bei mir ist alles persönlich, verstehst du das denn nicht, Trent? Du bist aus heiterem Himmel hier aufgetaucht und hast alles in meinem Leben geändert.“ Sie versuchte vergeblich, sich von ihm loszureißen. „Dann bist du einfach wieder verschwunden. Jetzt wiederum kommst du zurück und erklärst mir großartig, dass du deine Pläne geändert hast.“

Einen Moment war es in der Werkstatt so still, dass Trent glaubte, sie müsste sein Herz schlagen hören. Er räusperte sich.

„Du warst nicht die Einzige, für die sich alles verändert hat, C. C. Für mich ist auch nichts mehr so, wie es einmal war, bevor ich dich in deiner Werkstatt das erste Mal unter diesem Auto gesehen habe, deine abgeschabten Stiefel, dein ölverschmiertes Gesicht.“

Panik stieg in ihm hoch.

Sie wollte ihm nicht noch eine Chance geben.

Seine Stimme bekam einen beschwörenden Ton. „Ich habe um das alles nicht gebeten. Ich wollte es ganz sicher nicht, glaub mir.“

„Oh, du hast sehr deutlich zu verstehen gegeben, was du nicht wolltest.“ C. C. stemmte sich gegen ihn und erreichte gar nichts. Genauso gut hätte sie versuchen können, eines der hier in der Werkstatt abgestellten Autos von der Stelle zu rücken. „Du hast kein Recht, das alles noch einmal von vorne zu beginnen.“

„Zum Teufel mit Rechten!“

Seine Hände spannten sich an ihren Schultern an, während er ihr beschwörend in die Augen sah. Als sie nicht reagierte, schüttelte er sie heftig.

„Ich versuche dir zu erklären, Catherine, dass ich dich liebe. Das ist für mich eine ganz neue Erfahrung, und du wirst nicht einen Streit daraus machen.“

Ihre Augen flammten so wütend auf, wie er das aus ihrer gemeinsamen Anfangszeit her nur zu gut kannte.

„Ich mache daraus, was immer ich will“, schleuderte sie ihm entgegen, und ihr Zorn steigerte sich gewaltig, als ihre Stimme brach. „Ich lasse nicht zu, dass du mich noch einmal verletzt. Ich werde auch nicht zulassen …“

Von einer Sekunde auf die andere verstummte sie, und ihre Augen weiteten sich.

„Hast du gesagt, dass du mich liebst?“, fragte sie, zwischen Zorn, Überraschung und Erstaunen schwankend. „Hast du es wirklich gesagt, oder habe ich mich verhört?“

„Sei einfach still und hör zu!“, fauchte Trent sie an. „Ich habe dreieinhalb lange Wochen damit verbracht, mich ohne dich leer und einsam und elend zu fühlen.“

„Geschieht dir recht …“

Doch er ließ sie nicht zu Wort kommen. „Ich bin von dir weggegangen, weil ich dachte, ich könnte es. Weil ich dachte, es wäre richtig und fair und das Beste für uns beide.“

„Richtig – fair – das Beste …“, murmelte sie. „Was für ein …“

„Logischerweise“, schnitt er ihr das Wort ab, „logischerweise war das auch so. Und ist es auch noch immer.“

„Logischerweise …“

„Würdest du aufhören, mich ständig zu unterbrechen?“ Seine Finger drückten gegen ihre Schultern. „Wir haben so überhaupt nichts gemeinsam.“

„Was hat Liebe …“

„Ich sah keinen Sinn darin“, fiel er ihr erneut ins Wort, „deine und meine Zukunft zu riskieren, wenn du ganz sicher mit jemand anderem besser dran wärst.“

„Und mit wem, wenn ich vielleicht fragen darf?“, zischelte sie, während in ihren Augen wieder einige jener Funken sprühten, die er lieben und fürchten gelernt hatte.

„Zum Beispiel mit jemandem wie Finney.“

„Finney?“ Ein schallendes Lachen entrang sich ihr und fachte sein Temperament an.

„Ja, Finney!“, rief er.

„Das ist köstlich!“

Seine Augen zogen sich zusammen. „Mit jemandem wie Finney wäre das Risiko für deine Zukunft, in Prozenten ausgedrückt, viel geringer.“

Während ihre Gefühle durcheinanderwirbelten, klopfte C. C. ihm mit ihrer Faust gegen die Brust.

„Ich sage dir etwas, Trent“, erklärte sie gefährlich leise. „Warum nimmst du nicht deine Prozente mit zurück nach Boston und zeichnest eine Grafik? Davon verstehst du doch sicher eine ganze Menge mehr als von Liebe und …“

„C. C.!“

Sie schüttelte den Kopf und stemmte beide Fäuste gegen seine Brust. „Lass mich jetzt allein! Ich habe noch eine Menge Arbeit.“

„Ich bin noch nicht fertig.“

Als sie den Mund öffnete, um ihn zu verwünschen und mit Schimpfnamen zu belegen, ließ er sich von seinem Instinkt leiten und küsste sie.

Zuerst leistete C. C. Widerstand, und ihrem verschlossenen Mund entrangen sich erstickte Protestlaute, doch Trent küsste sie immer leidenschaftlicher, bis sie still war.

Als er schließlich seine Stirn gegen die ihre lehnte, war er genauso atemlos wie sie.

„Das hat nichts mit Logik oder Prozenten zu tun", sagte er leise.

Ohne sie freizugeben, trat er einen Schritt zurück, um sie betrachten zu können.

„Catherine, jedes Mal, wenn ich mir ins Gedächtnis rief, dass ich nicht an Liebe oder eine Ehe für ein ganzes Leben glaube, erinnerte ich mich daran, wie ich mich gefühlt habe, wenn ich mit dir zusammen war, tags und nachts. Es ist mir nicht mehr aus dem Sinn gegangen."

Sie betrachtete ihn forschend. „Wie hast du dich mit mir gefühlt?"

„Lebendig, glücklich. Und ich wusste, dass ich mich nie wieder so fühlen würde, es sei denn, ich käme zu dir hierher zurück."

Er ließ seine Hände von ihren Schultern gleiten.

„C. C., du hast mir einmal gesagt, was wir zusammen hatten, hätte der beste Teil meines Lebens werden können. Du hattest recht. Ich weiß nicht, ob ich dafür sorgen kann, dass es funktioniert, aber ich muss es versuchen. Ich brauche dich."

Sie erkannte, dass er Angst hatte, dass er sogar mehr Angst hatte als sie.

Ihre Augen auf die seinen gerichtet, hob sie ihre Hand an seine Wange. „Ich kann dir eine Garantie auf einen Auspuff geben, Trent, aber nicht auf Liebe und Glück für ein ganzes Leben."

„Ich wäre auch damit zufrieden, wenn du mir sagst, dass du mich noch immer liebst und mir noch eine Chance gibst."

„Ich liebe dich noch immer. Aber ich kann dir nicht noch eine Chance geben."

„Catherine!“

„Weil du die erste noch nicht ergriffen hast.“ Sie berührte seinen Mund mit ihren Lippen – einmal, zweimal. „Warum ergreifen wir sie nicht gemeinsam?“, fragte sie und lachte, als er sie fest an sich zog. „Jetzt hast du es doch gemacht. Jetzt hast du überall Öl an dir.“

„Ich werde mich daran gewöhnen müssen.“ Trent wirbelte sie ein paar Mal herum, ehe er sie wieder abstellte und sich zurückbog, um ihr Gesicht zu betrachten. Alles, wonach es ihn verlangte, war da, in ihren Augen. „Ich liebe dich, Catherine. Ich liebe dich sehr.“

Sie zog seine Hand an ihre Wange. „Daran werde ich mich gewöhnen müssen. Und vielleicht werde ich das auch tun, wenn du es hundertmal gesagt hast.“

Er sagte es ihr, während er sie festhielt und ihr Gesicht mit Küssen bedeckte, während er sich an dem Geschmack ihres Mundes aufhielt.

„Ich glaube, das funktioniert“, murmelte C. C. „Vielleicht sollten wir die Werkstatttore schließen.“

„Lass sie offen.“ Er trat wieder zurück und kämpfte um einen klaren Kopf. „Ich bin noch immer genug St. James, um die Dinge in ihrer richtigen Reihenfolge zu machen, aber ich habe nicht mehr viel Selbstbeherrschung.“

„Und was ist die richtige Reihenfolge?“ Lächelnd fuhr sie mit einem Finger an seinem Hemd hoch, um mit dem obersten Knopf zu spielen.

„Warte!“ Innerlich aufgewühlt, hielt er ihre Hand fest. „Ich habe darüber auf dem ganzen Weg von Boston hierher nachgedacht. Ich habe mir ein paar unterschiedliche Methoden ausgedacht. Ich könnte dich wieder ausführen. Ein wenig

Wein und viel Kerzenschein. Oder wir könnten wieder im Garten in der Abenddämmerung miteinander sprechen."

Er sah sich in der Werkstatt um. Flieder und Motoröl, dachte er. Perfekt.

„Aber dies hier scheint der richtige Ort und der richtige Zeitpunkt zu sein." Er zog aus seiner Tasche eine kleine Schatulle, öffnete sie und reichte sie C. C. „Du hast einmal gesagt, sollte ich dir einen Diamanten anbieten, würdest du mir ins Gesicht lachen. Ich dachte, ich könnte mit einem Smaragd mehr Glück haben."

Tränen schnürten ihr die Kehle zu, als sie den dunkelgrünen Stein in seiner schlichten Goldfassung betrachtete. Er leuchtete ihr entgegen, voll Hoffnung und Versprechen. „Wenn das ein Heiratsantrag sein soll, brauchst du gar kein Glück." Feucht und strahlend richteten ihre Augen sich wieder auf ihn. „Die Antwort war immer ja."

Trent schob ihr den Ring auf den Finger. „Lass uns heimfahren."

„Ja." Sie nahm seine Hand. „Lass uns heimfahren", stimmte sie ihm zu.

– ENDE –